安徽师范大学文学院学术文库（第四辑）

古典文学论集

GUDIAN WENXUE LUNJI

吴振华 著

安徽师范大学出版社

·芜湖·

责任编辑：房国贵

装帧设计：丁奕奕　欧阳显根

图书在版编目（CIP）数据

古典文学论集/吴振华著.—芜湖：安徽师范大学出版社，2019.1

（安徽师范大学文学院学术文库.第四辑）

ISBN 978-7-5676-3785-6

Ⅰ.①古… Ⅱ.①吴… Ⅲ.①中国文学－古典文学研究－文集 Ⅳ.①I206.2-53

中国版本图书馆CIP数据核字（2018）第215334号

本书由安徽高校省级学科建设重大项目资助出版

古典文学论集

吴振华　著

出版发行：安徽师范大学出版社

芜湖市九华南路189号安徽师范大学花津校区　邮政编码：241002

网　　址：http://www.ahnupress.com

发 行 部：0553-3883578　5910327　5910310（传真）　E-mail：asdcbsfxb@126.com

印　　刷：虎彩印艺股份有限公司

版　　次：2019年1月第1版

印　　次：2019年1月第1次印刷

开　　本：700 mm×1000 mm　1/16

印　　张：21.5

字　　数：328千字

书　　号：ISBN 978-7-5676-3785-6

定　　价：68.00元

总　序

安徽师范大学文学院的前身是1928年建立的省立安徽大学中国文学系，是安徽省高校办学历史最悠久的四个院系之一。1945年9月更名为国立安徽大学中文系，1949年12月更名为安徽大学中文系，1954年2月更名为安徽师范学院中文系，1958年更名为合肥师范学院中文系，1972年12月更名为安徽师范大学中文系，1994年10月更名为安徽师范大学文学院。这里人才荟萃，刘文典、陈望道、郁达夫、朱湘、苏雪林、周予同、潘重规、宗志黄、张煦侯、卫仲璠、宛敏灏、张涤华、祖保泉、余恕诚等著名学者都曾在此工作过，他们高尚的师德、杰出的学术成就凝成了我院的优良传统，培养出了一大批出类拔萃的各类人才。

文学院现设有汉语言文学、秘书学、汉语国际教育、戏剧影视文学等4个本科专业，语言研究所、古籍整理研究所等5个研究所（中心）。拥有中国语言文学博士后科研流动站，中国语言文学一级学科硕士点、博士学位点；设有中国古代文学等10个硕士学位二级学科授权点和学科教学（语文）、汉语国际教育两个专业学位点；有1个安徽省一流学科（中国语言文学，2017），安徽省A类重点学科（中国语言文学，2008），3个安徽省B类重点学科（中国古代文学、汉语言文字学、中国现当代文学）；有1个国家级特色专业建设点（汉语言文学专业），1个国家级教学团队（中国古代文学），两门国家级精品课程（文学理论、大学语文）；主办1种省级刊物（《学语文》）。

文学院师资科研力量雄厚，现有在岗专任教师95人，其中教授26人，副教授32人，博士52人。2010年以来，本学科共主持省部级以上科研项目131项，其中国家社科基金项目41项（含重大招标项目2项和重点项目3项），获得省部级以上奖励24项。教师中，有国家首届教学名师1人，享受国务院特殊津贴12人，皖江学者3人，二级教授8人，5人入选省级学术和技术带头人，6人入选省级学术和技术带头人后备人选。

走过九十年的风雨征程，目前中文学科方向齐全，拥有很多相对稳定、特色鲜明的研究领域。唐诗研究、古代文论研究、儿童语言习得研究、古典文献研究、宋辽金文学研究、词学研究、当代文学现象研究、古典诗歌接受史研究、梵汉对音研究、句法语义接口研究等，在全国居于领先地位或在学术界有较大影响。特别是李商隐研究的系列成果已成为传世经典，国务院学位委员会委员、北京大学教授袁行霈先生说，本学科的李商隐研究，直接推动了《中国文学史》的改写。

经过几代人的薪火相传，中文学科养成了严谨扎实的学术传统，培育了开拓创新的学术精神，打造了精诚合作的学术团队，形成了理论研究与服务社会相结合、扎根传统与关注当下相结合、立足本位与学科交融相结合、历代书面文献与当代口传文献并重的学科特色。

21世纪以来，随着老一辈学者相继退休，中文学科逐渐进入了新老交替的时期，如何继承、弘扬老一辈学者的学术传统，如何开启中文学科的新篇章，成了摆在我们面前的迫切任务。基于这一初衷，我们特编选了这套丛书，名之为"安徽师范大学文学院学术文库"，计划做成开放式丛书，一直出版下去。我们认为，对过去的学术成果进行阶段性归纳汇集，很有必要，也很有意义，可以向学界整体推介我院的学术研究，展现学术影响力。

现在奉献的是第四辑，文集作者既有资深的老教师，也有年富力强的年轻学者，学科领域涵盖文学、语言学等领域，大致可以反映文学院学术研究风貌的历史传承与时代新变。

我们坚信，承载着九十年的历史积淀，文学院必将向学界奉献更多的学术精品，文学院的各项事业必将走向更悠远的辉煌！

储泰松

二〇一八年十月

目　　录

考论"序"的含义

"序"本指古代建筑物（房屋）的组成部分。《尔雅·释宫第五》："东西墙谓之序。"①《说文解字》也说："序，东西墙也。"②《中文大辞典》则更明确地说："序，堂之东西墙也。"③此后，《辞源》④、《汉语大辞典》⑤等大型工具书均采用了这一释义。"序"的含义由"东西墙"引申为"东西厢（墙边）"。如《尚书·顾命》："西序东向，敷重厎席，缀纯，文贝仍几。东序西向，敷重丰席，画纯，雕玉仍几。"郑玄注："东西厢谓之序。"在东西厢陈列了饰以"文贝""雕玉"的"几"（座位），用于"旦夕听事"和"养国老飨群臣"⑥。显然，中国古人对"东""西"两个方位是非常看重的。这是因为"东""西"方向建构了中国古人的"秩序"观念。我们的祖先居住在位于北半球温带的黄河中游流域，这里四季分明，冷暖交替、季风时至，春生夏长秋收冬藏的农作物生长规律，早晚的日出东岭和日落西山，形成了时间的概念。这种有规律的时间流变、季节播迁

① 胡奇光、方环海：《尔雅译注》，上海古籍出版社1999年版，第204页。

② 许慎：《说文解字》，天津古籍出版社1991年版，第192页。

③ 林尹、高明：《中文大辞典》第十一册，据1967年台湾中文大辞典编纂委员会的原版，于1982年北京重印本，第375页。

④ 《辞源》（一卷本），商务印书馆1988年版，第543页。

⑤ 《汉语大词典》（缩印本）（上册），汉语大词典出版社1997年版，第1955页。

⑥ 李学勤：《十三经注疏·尚书正义》，北京大学出版社1999年版，第502页。本篇下引此书只注篇名、页码。

影响到中国古人的空间建筑观念。如清代戴震的《考工记图·卷下》绘有周代定制（周前已经如此，周代更为完善）的"王城""世室""明堂""宗庙"等四种最重要的建筑物体制的平面图，都是按南北向中轴线对称建筑的（俗称"坐北朝南"），并以东西为"序"，其中"宗庙"的核心部"（祭）堂"正好处于两"楹"和"东西序"之间①。中国古人的宇宙概念与庐舍有关，"宇"是屋宇，"宙"是由"宇"中出入往来。他们从屋宇中得到空间观念，从"日出而作，日落而息"（《击壤歌》），由宇中出入而得到时间观念。"空间、时间合成他的宇宙而安顿着他的生活。"②因此，中国古人在建筑房屋时，首先要确定的是"东西"方位。《考工记》说："为规，识日出之景（影），与日入之景（影）。昼参诸日中之景（影），夜考之极星（北辰），以正朝夕。"③这里"正朝夕"就是定"东西"方位，只有这样才能"南北正"。

中国古代是最重"礼乐"制度的，而"礼乐"的核心就是"秩序"。《礼记正义·卷五十二·中庸》说："宗庙之礼，所以序昭穆也；序爵，所以辨贵贱也；序事，所以辨贤也；旅酬下为上，所以逮贱也；燕毛，所以序齿也。"故《礼记·乐记》："乐者，天地之和也。礼者，天地之序也。和，故百物皆化；序，故群物皆别。乐由天作，礼以地制。过制则乱，过作则暴。明于天地，然后能兴礼乐也。"又说："乐著大始，而礼居成物。著不息者，天也。著不动者，地也。一动一静者，天地之间也。故圣人曰'礼乐'云。"④作为"天地之序"的"礼"具有排列等级、建构社会和谐秩序的意义。正如《旧唐书·礼仪志》所概括的：（由于）"欲无限极，祸乱生焉。圣人惧其邪放，于是作乐以和其性，制礼以检其情，俯俯仰仰有容，周旋中矩。故肆觐之礼立，则朝廷尊；郊庙之礼立，则人情肃；冠婚之礼立，则长幼序；丧祭之礼立，则孝慈著；蒐狩之礼立，则军旅振；享宴之礼立，则君臣

---

① 戴震：《考工记图》，商务印书馆1955年初版，第110-113页。
② 宗白华：《中国美学史论集》，安徽教育出版社2000年版，第73-74页。
③ 《十三经注疏·周礼注疏》，第1148-1149页。
④ 《十三经注疏·礼记正义》，第1090页，1097页，第1439页。

笃。是知礼者，品汇之璇衡，人伦之绳墨，失之者辱，得之者荣，造物已还，不可须臾离也。"①这种"不可须臾离"的"礼"其实与古人的日常生活紧密相关，即融于"六礼""七教""八政"之中②，其中很多重要活动都是在"序"这个地点有"秩序""按次序"举行的。如：

(1) 主人升，立于序端，西面；宾西序，东面。

——《仪礼注疏·上·卷二·士冠礼》

这是主人与宾客相向而立，位定，将行冠礼的情景。地点在两"序"之间，而且注重东西向的站位。仪式结束后，"宾降，直西序，东面，主人降，复初位。"

(2) 主人坐奠爵于篚，兴对。宾复位，当西序，东面。……宾降，主人辞。宾对，复位，当西序。

——《仪礼注疏·上·卷八·乡饮酒礼第四》

乡饮酒礼是很重要的礼仪，非常重视长幼尊卑的序次排列，故"揖让升。宾厌介升，介厌众长，众宾序升，即席"。郑玄注曰："众宾序升者，谓三宾堂上有席者，以年长为首，以次即席也。"这里描写出乡饮酒礼彬彬有礼、揖让有序、秩序井然的场面。"序"已经由本义"东西墙"引申出了"次序，按次序排列"这一重要意义。

(3) 宾降，立于西阶西。射人升宾，立于序内，东面。……序进，盥，洗角，升自西阶；序进，酬媵，交于楹兆。

——《仪礼注疏·卷四十·燕礼第六》

这里的"序进"也是按照规定的次序进行的意思。

----

① 刘昫等：《旧唐书》（第三册），中华书局1975年版，第815页。
② 《十三经注疏·礼记正义·卷十三·王制》。"六礼：'冠、昏、丧、祭、乡、相见'"。"七教：'父子、兄弟、夫妇、君臣、长幼、朋友、宾客'"。"八政：'饮食、衣服、事为、异别、度、量、数、制'"。

（4）敦弓既坚，四锬既均。舍矢既均，序宾以贤。

——《毛诗正义·下·卷十七》

郑注后孔颖达"正义"曰："言序宾以贤者，谓次序为宾，以此择之而皆贤也。然则非贤不得为宾，故言宾客次序皆贤也。"这四句是说：彩绘雕弓坚劲，四支利箭击中靶心，然后按照射箭胜负来安排座次。这首诗描写周天子与族人宴饮、比射，最后以敬老结束，宣扬"周家忠厚"的本旨。而"宾序以贤"突出了按次序排列贤才的礼制观念。

由此可见，"序"由本义"东西墙"引申出了"次序""排列次序"的含义。这个新义与古代礼乐制度紧密相关，不妨说是古代礼乐制度对"秩序"的追求赋予了"序"以新的涵义。按"次序"排列座次，古人非常重视，并深深影响后代。如：

（5）席南乡（向）北乡，以西方为上；东乡（向）西乡（向），以南方为上。

——《礼记正义·上·卷二·典礼上》

宴席上的座次以"坐西朝东"为尊，这种观念在后代产生了很深的影响。较典型的如《史记·项羽·本纪》："项王、项伯东向坐。……沛公北向坐，张良西向侍。"①《史记·魏其武安侯列传》："（田蚡）尝招客饮，坐其兄盖侯（按：即王信）南向，自坐东向，以汉为相尊，不可以兄故私挠。"②可见周代的"西序东向"为尊在西汉是普遍接受的观念，这一观念一直延续到现在（安徽黟县西递宏村的明清建筑及乡俗还是如此，即可证明这一点）。

周代还有一项重要的"庠（序）"制度，如：

（6）司徒修六礼以节民性，明七教以兴民德，齐八政以防淫，一道德以同俗，养耆老以致孝，恤孤独以逮不足，上贤以崇德，简不肖

---

① 司马迁：《史记》（第一册），中华书局1959年版，第312页。
② 司马迁：《史记》（第九册），中华书局1959年版，第2844页。

以绌恶。……

　　耆老皆朝于庠，元日习射上功，习乡（郑注谓饮酒，乡礼，春秋射，国蜡，而饮酒养老）。……

　　有虞氏养庶老于西序。殷人养国老于右学，养庶老于左学。周人养国老于东胶，养庶老于虞庠。虞庠在国之西郊。

　　　　　　　　　　——《礼记正义·上·卷十三·王制第五》

　　郑玄注曰：“上庠、右学，大学也，在西郊；下庠、左学，小学也，以国中王宫之东；东序、东胶，亦大学，在国中王宫之中；西序、虞庠亦小学也，西序在西郊，周立小学于西郊。”由此可见，周代“序”具有“学校”的意义，其设置大致在王宫之“东”、“西”郊。学校设置的目的在于“养国老”，推行礼制，故《孟子·滕文公》说：“设为庠序以教之。庠者，养也；校者，教也；序者，射也。（王念孙认为“序”即“射”，是教导之名）夏曰校，殷曰序，周曰庠；学则三代共之，皆所以明人伦也。”①

　　由此可见，“序”又具有“学校”（大学、小学）的含义，后来“序”又衍生出“文体”名称的含义，即介绍、评述作品内容的一种文体。这是因为“序”与“叙”“绪”音同义通，如王逸《离骚经序》说：“故上述唐、虞、三后之制，下序桀、纣、羿、浇之败”②。这个“序”与“叙（述）”是同义的。据《尔雅》，“序”又与“绪”通，具有“端绪”之义。如《汉书·韦贤（玄成附）传》：“今皇帝有疾不豫，乃梦祖宗见戒以庙，楚王梦亦有其序。”颜师古注曰：“序，绪也，谓端绪也。”③这种文体名称来由，应该如明代吴讷所云：“其次第有序，故谓之序也。”④

　　如果我们将上述考索联系起来，就会得出这样的认识：中国古人由于东西方位建立了时间有序交替的概念，逐渐形成了“秩序”的观念，因而非常重视东西方位的意义，故建筑房屋时首先确定东西方位，并将房屋最

---

①　杨伯峻：《孟子译注》（上），中华书局1960年版，第122页。

②　洪兴祖：《楚辞补注》，中华书局1983年版，第2页。

③　班固：《汉书》（第十册），中华书局1962年版，第3121页。

④　吴讷：《文章辨体序说》，于北山点校，人民文学出版社1962年版，第42页。

重要的"东西墙"命名为"序"。由于"序"是古代礼制施行场所"堂"的重要组成部分,许多重要的礼仪活动如冠婚、宴饮、祭祀等都在这里举行,因此"序"引申出"次序""排序"的含义,而且以"西序东向"最为尊大。推行礼仪制度的重要场所是学校,故"序"又获得了"学校"的含义,最后演化出叙述"端绪井然""叙述次第有序"的文体名称。"序"的含义显示了中国古人在重礼治的文化背景下,对自然和人类社会秩序的形而上的理性追求,具有深厚而广泛的文化内涵。

（原载《文史知识》2009年第7期）

"序"体溯源及先唐诗序的流变历程

中国古代最重礼乐制度，"礼"的核心就是"秩序"。古人由东西方位建立了时间有序交替的概念，逐渐形成了自然"秩序"观，因而建筑房屋时首先确定东西方位，并将房屋最重要的"东西墙"命名为"序"。"序"是古代礼制施行场所"堂"的重要组成部分，许多重要的礼仪活动如冠婚、宴饮、祭祀等都在这里举行，因此"序"又引申出"次序""排序"的含义，而且以"西序东向"最为尊大。推行礼仪制度的重要场所是学校，故"序"又获得了"学校"的含义。最后，因整理文献而演化出叙述"端绪井然""次第有序"的文体名称。"序"的含义显示了中国古人在重礼治的文化背景下，对自然和人类社会秩序形而上的理性追求，具有深厚而广泛的文化内涵。本篇即打算在这一文化背景下，追溯"序"体的源流，辨析其基本类型，并以"诗序"为例，勾勒出先唐诗序的流变历程，进而揭示出诗序的文学史意义。

一、"序"的源流及其基本类型

作为文体的"序"到底什么时候产生、最早的序谁人制作的呢？这是看似简单却几千年来悬而未决的难题。通过考察文章、文集发生过程，我们可以得出一些新的看法。

文献记载中有几种比较典型的说法：

（1）《史记·孔子世家》："孔子晚而喜《易》，序《彖》《系》《象》《说卦》《文言》。"①

按：唐张守节《史记正义》注曰："序，《易序卦》也。夫子作《十翼》，谓《上彖》《下彖》《上象》《下象》《上系》《下系》《文言》《序卦》《说卦》《杂卦》也。"

（2）《周易正义》："《序卦》者，文王既繇六十四卦，分为上下二篇，其先后之次，其理不见。故孔子就上下二《经》，各序其相次之义，故谓之《序卦》焉。"②

（3）《陔余丛考·序》："孙炎云：序，端绪也。孔子作《序卦》及《尚书序》，子夏作《诗序》，其来尚已。"③

从司马迁，到郑玄，经孙炎到孔颖达，再到赵翼，都认为"序"体产生于春秋末期，第一篇"序"是孔子作的《序卦传》。

这一说法有人反对。如明代吴讷《文章辨体序说·序》："《尔雅》云：'序，绪也。'序之体，始于《诗》之大序，首言六义，次言《风》《雅》之变，又次言《二南》王化之自。其言次第有序，故谓之序也。"④他认为最早的"序"不是《序卦》而是《诗大序》，至于作者是谁，吴氏未说明。而欧阳修《易童子问·卷三》说："童子问曰：'《系辞》非圣人之作乎？'曰：'何独《系辞》焉，《文言》《说卦》而下，皆非圣人之作。而众说淆乱，亦非一人之言也。"⑤又《序问》说："或问：'《诗》之《序》，卜商作乎？卫宏作乎？非二人之作，则作者其谁乎？'应之曰：'《书》《春秋》皆有《序》，而著其名氏，故可知其作者。《诗》之序不著名氏，安得而知之乎？虽然，非子夏之作，则可以知也。'"⑥这里欧阳修否定了《诗序》为子夏所作，认为最早的"序"并非产生于春秋战国

---

① 司马迁：《史记》（第六册），中华书局1959年版，第1937页。
② 李学勤：《十三经注疏·周易正义》，北京大学出版社1999年版，第334页。
③ 赵翼：《陔余丛考》，河北人民出版社1990年版，第403页。
④ 吴讷：《文章辨体序论》，于北山点校，人民文学出版社1962年版，第42页。
⑤ 欧阳修：《欧阳修全集·卷七十八》，中华书局2001年版，第1119页。
⑥ 欧阳修：《欧阳修全集·卷六十一》，中华书局2001年版，第900页。

时期。

这种解说经传而相互矛盾的说法相当于普遍，因为经学在流传过程中存在"尊经"和"疑经"两大派别，尊经者往往要推圣人扛大旗，疑经者却坚决反对。由此而考索"序"体的产生，困难较大。但我们可从经典产生的先后，大致推断哪个"序"最先产生。

据《史记·太史公自序》载其父司马谈论"六家要旨"，是首列《易大传》。刘昫《旧唐书·经籍上》"甲部经录十二家的顺序是：'《易》类一，《书》类二，《诗》类三，《礼》类四，《乐》类五，《春秋》类六……小学类十二。'"①

据此可以断定，《易经》是最早形成的典籍，且没有受秦"焚书坑儒"的影响，其传承从未中断过，故应以《序卦》为诸"序"中最早者，至少在司马迁之前就流传了很长时间并定型，其产生时间应在春秋至战国晚期。那《序卦》一定是孔子所作吗？如果不是，为什么又会附会于孔子呢？我认为这应该考察经典形成及文集产生的历史过程。

儒家六经之首是《周易》，其经传的创作过程经历了远古时代至春秋战国之间的漫长过程，是先民以集体智慧探索宇宙、社会、人生大秩序的结晶，成为经典后，则推为圣人所作。"古者包羲氏之王天下也，仰则观象于天，俯则观法于地，观鸟兽之文，与地之宜，近取诸身远取诸物，于是始作八卦，以通神明之德，以类万物之情。"②指出其运用"观物取象"的方法，通过从上到下、由近及远的观察，对客观自然进行由表及里、从现象到本质的概括，达到"通神明之德，类万物之情"的境界。《周易》中到处可见宇宙世界"秩序"的认识。如"天尊地卑，乾坤定矣。卑高以陈，贵贱位矣。"这是乾坤和人类的大序。"日来则月往，月往则日来，日月相推而明生焉；寒往则暑来，暑往则寒来，寒暑相推而岁成焉。"这是阴阳、四时相互推演之序。"圣人立象以尽意，设卦以尽情伪，系辞以尽其言。……彰往而察来，显微阐幽，……其称名也小，其取类也大，其旨

① 刘昫：《旧唐书·经籍上》，中华书局1962年版，第1966页。
② 黄寿祺、张善文：《周易译注》，上海古籍出版社1989年版，第572页。

远，其辞文，其言曲而中，其事肆而隐。"这是表达之序。故《周易》涵天道、地道、人道而"广大悉备"，是一部"原始要终"而"言之有序"的著作。正因为如此，故在整理《周易》时，撰《序卦传》的作者（尽管可能不是孔子，但肯定是《周易》的整理者，也许出自众手，其形成定本必有一个较长的历史过程）能在分析《周易》六十四卦的编排次序基础上，揭示诸卦前后相承的意义。从这个意义上讲，诸史记载孔子确实整理过《周易》，所以孔颖达《周易正义》说孔子"就上下二经，各序其相次之义"也有一定的可信度。《序卦传》含有排列卦序，指明各卦依次相承的意义，含有事物向正反方面发展变化的辩证思想，其"序"为动词，符合先秦时代文体以动词命名的通例①，具备后代文体"序"的基本特征，但还未脱离"传"（解释经义）的胎壳。后来司马迁著《史记》作《太史公自序》解释各篇作意及各篇先后次序，显然受到《序卦传》的影响。

《周易》这种"言之有序"的创作模式，对后代影响深远。如：

《史记·孟子荀卿列传》述孟子生活在天下务"合从连横，以攻伐为贤"的战国纷争时期，而他却"述唐、虞、三代之德"，当然是不合时宜的"迂阔之论"，因此只得"退而与万章之徒，序《诗》《书》述仲尼之意，作《孟子》七篇。"荀卿则"嫉浊世之政，亡国乱君相属，不遂大道而营于巫祝，信祺祥，……于是推儒、墨、道德之行事兴坏，序列著作数万言而卒。"②

《史记·屈原贾生列传》评述屈原创作离骚时说："上称帝喾，下道齐桓，中述汤武，以刺世事。明道德之广崇，治乱之条贯，靡不毕见，其文约，其辞微，其志洁，其行廉，其称文小而其指极大，举类迩而见义远。"③而他自己在创作《史记》是在受宫刑后"论次其文"的基础上"发

① 郭英德："当一种'言说'方式被人们约定俗成地确认为某一'类名'以后，与这种'言说'方式相对应的言辞样式就形成特定的文本方式，而这种'言说'方式的行为特征同时脱胎换骨地成为特定文本方式的文本形态特征。"如"诰""誓""命"等文体。郭英德：《中国古代文体学论稿》，北京大学出版社2005年版，第42页。

② 司马迁：《史记》（第七册），中华书局1959年版，第2343、2348页。

③ 司马迁：《史记》（第八册），中华书局1959年版，第2481页。

愤著书"，故"述往事，思来者"。这里司马迁评述的屈原《离骚》创作方法，及自己的"论次其文"和"述往思来"，其实就是创作过程中的"（次）序"。正是由于司马迁对创作过程中的"序"有理性认识，故而他写出了《太史公自序》。一方面叙述自己的家世和写作《史记》的过程，总括全书旨要及创作的精神动力，可以看成自叙传；另一方面又"序次其文"，按"本纪""表""书""世家""列传"的顺序，"叙"每一篇的大意。实际上这篇《自序》可以看作一百三十篇的总序和每一篇小序的总汇，其体例显然与《诗大序》《诗小序》具有相同特点，可以看作"序"体正式确立的标志。它置于全书的末尾，具有总括归纳的特点，同时起条目清晰、明确意旨的作用，这显然与司马迁编辑"天下放佚旧闻"的创作背景相关。后来这样的"序"一般放在书前，具有开门见山、纲举目张的作用。

随着历史的发展，文化积累越来越厚，文章体类繁多，自然由经书、史传而产生了杂类各体文章的文集。由集体撰述向个体著述演进。清代章学诚《文史通义·文集》这样说："集之兴也，其当文章升降之交乎？古者朝有典谟，官存法令，风诗采之闾里，敷奏登之庙堂，未有人自为书，家存一说者也。自治学分途，百家风起，周、秦诸子之学，不胜纷纷；识者已病道术之裂矣。……两汉文章繁矣，……而文集之名犹未立也。自挚虞创为《文章流别》，学者便之，于是别聚古人之作，标为别集；则文集之名，实仿于晋代。"[1]

虽然章氏论述文集目的在于批评"言行殊而文集兴，诚伪之判"的现象，但他所述的文集形成过程则具有历史真实性。其中一个最为关键性的可以说具有标志性意义的事件是西汉末期的刘向校录群书，这是有文献可考、规模宏大的整理古代文献工作。

《汉书·楚元王传（后附刘向传）》："成帝即位……向以故九卿召拜为中郎，使领护三辅都水。……而上方精于《诗》《书》，观古文，诏向领

---

① 章学诚：《文史通义》，叶瑛校注，中华书局1985年版，第296页。

校中《五经》秘书。"①《汉书·艺文志》说:"至成帝时,以书颇散亡,使谒者陈农求遗书于天下。诏光禄大夫刘向校录经传诸子诗赋……每一书已,向辄条其篇目,撮其指意,录而奏之。会向卒,哀帝复使向子侍中奉车都尉歆卒父业。"②

刘向典校秘书的义例有一项比较重要的是"条别篇章,定著目次",由于古书每篇独立为册卷,不相联系,既或无篇目,又无一定之序,故刘向将不分类的零篇各标以篇目,并编定其先后次序。如成帝河平年间,因为赵飞燕姊妹得宠幸,"向以为王教由内及外,自近者始。故采取《诗》《书》所载贤妃贞妇,兴国显家可法则,及孽嬖乱亡者,序次为《列女传》,凡八篇,以戒天子。及采传记行事,著《新序》《说苑》凡五十篇奏之"。《新序》是可考知的最早以"序"命名的书籍,编成于汉成帝河平三年至阳朔元年(即前26至前24年)之间,是一本辑录的历史故事集,与《列女传》《说苑》为同一类型的书,目的都是为了向君王"陈法戒,以助观览,补遗阙"。刘向由编辑整理文献而编撰《新序》等书,并为古籍撰写"叙录"的事实说明:"序"应该产生于编辑整理文献的过程中。这样我们就有理由说:刘向是"序"体形成过程中的关键人物。由此可以推知为什么最早的"序"要附会在孔子身上的原因,就是因为相传孔子对上古文献有编辑整理之功。③

单篇作品的"序",似乎应该产生于书籍序之后。《诗小序》可能保留了一些比较古老的"序",尽管标示了作者(如许穆夫人作《载驰》前的"序"等),但这些所谓的"序"多是后代研习诗经者以诗史互证方法追索诗歌的本事而成,具有"以史说诗"的倾向,可以认为是单篇诗序的滥觞。像东汉王逸所述屈原作《天问》的"序",我认为也只能算推测,故

---

① 班固:《汉书》(第七册),中华书局1962年版,第1950页。

② 班固:《汉书》(第六册),中华书局1962年版,第1701页。

③ 司马迁:《史记·孔子世家》(第六册)载:"古者《诗》三千多篇,及至孔子,去其重,取可施礼义。……三百五篇,孔子皆弦歌之,以求合《韶》《武》《雅》《颂》之音。礼乐自此可得而述,以备王道,成六艺。"司马迁:《史记》(第六册),中华书局1962年版,第1936页。

后代怀疑者不少。而比较可靠的应该算汉初贾谊的《鵩鸟赋》前面的一段文字："贾生为长沙王太傅，三年，有鵩飞入贾生舍，止于坐隅。楚人命鵩曰服。贾生既以适居长沙，长沙卑湿，自以为寿不得长，伤悼之，乃为赋以自广。"①这虽然是司马迁根据赋文第一段内容而撮述的"序"，但它与赋文关系是相互补充的，故后来《文选》收录时将其当成"并序"。②但这足以说明贾谊此赋的前面一节文字具有"序"的特征，正因为此赋的范式作用，后来汉赋带"并序"的相当普遍。③诗歌的单篇"序"可考的是东汉张衡的《四愁诗并序》和《怨诗并序》。④但可以肯定的是单篇作品的"序"出现在书籍序之后，是先有"赋序"后有"诗序"。

综上所述，我们得出这样的认识："序"体产生于整理编辑文献的过程中。从传说中的孔子整理而作《序卦传》等到西汉刘向校理群书而作"叙录"，标志"序"体的确立。司马迁的《自序》是最早可考的文集（史传）序，刘向的《新序》则是第一本以"序"命名文集的书。司马迁、刘向为"序"体的确立做出了重要贡献。由宇宙本来就存在的"序（秩序）"到解释、表达这种"序"而要求"言之有序"，形成古人的"次序"概念，由于文献散乱或积累到丰富的程度，产生了整理文献的现实需求，孔子为讲学传经而整理，刘向受皇命而校理，则是两次重要的标志性的活动。司马迁创作《史记》接受《序卦传》影响而作《自序》标志"序"体的正式产生；刘向作《新序》标志"序"进入了文集；而贾谊的《鵩鸟赋》则为单篇文序的产生提供了范式。由此可见，"序"体产生后的流变是先有文集序，再有单篇的序，最后演变出赠别序，而此体在唐代达到完全成熟。

---

① 司马迁：《史记》（第八册），中华书局1959年版，第2496页。

② 萧统：《昭明文选》（上册），李善注，作《鵩鸟赋》，京华出版社2000年版，第365页。这不如朱东润主编《中国历代文学作品选》（上编 第一册，上海古籍出版社1980年版）中将"序"放入题解为妥当。

③ 严可均：《全上古三代秦汉三国六朝文》统计，录汉赋中有"并序"者24篇。此据新版横排本，河北教育出版社1997年版。

④ 张震泽取逯钦立说，认为"序"为伪托。见张震泽：《张衡诗文集校注》，上海古籍出版社1986年版，第1页。

　　"序"体在两汉产生之后到魏晋南北朝时基本定型，体类大备，标志性事件是萧统编《文选》时，除录入单篇赋序、诗序外，还专录一卷"序"（第四十六卷，一部分在第四十五卷）。"序"体的分类，赵翼分为"经传序、史传自序、校书序、赋序"等。《陔余丛考·序》中说："何休、杜预之序《左氏》《公羊》，乃传经者之自为序也。史迁、班固之《序传》，乃作史者之自为序也。刘向之《叙录》诸书，乃校书者之自为序也。其假手于他人以重于世者，自皇甫谧之序左思《三都》始。"我认为分为"文集序""单篇作品序""宴会序""赠序"四类比较妥当。"文集序"，包括赵翼说的传经者、解传者的自为序，如郑玄《尚书大传叙》《诗谱序》[1]，高诱《吕氏春秋序》《淮南子序》[2]；也有"集序"和"文选序"，如萧统《陶渊明集序》和《文选序》[3]，还有"作史者序""校书者序"还有"释氏佛经序"，如释僧佑的《释迦谱序》《法苑杂缘原始集序》等[4]。"单篇作品序"，文类比较多，如"文序"：刘歆《移书让太常博士并序》[5]，萧琛《难范缜〈神无论〉序》[6]等；如"赋序"：扬雄《甘泉赋并序》[7]，左思《三都赋序》[8]，陆

---

　　① 严可均：《全上古三代秦汉三国六朝文·金后汉文·卷八十四》，河北教育出版社1997年版，第787页。

　　② 严可均：《全上古三代秦汉三国六朝文·金后汉文·卷八十七》，河北教育出版社1997年版，第820页。

　　③ 严可均：《全上古三代秦汉三国六朝文·全梁文·卷二十》，河北教育出版社1997年版，第215、216页。

　　④ 严可均：《全上古三代秦汉三国六朝文·全梁文·卷七十二》，河北教育出版社1997年版，第754、755页。

　　⑤ 严可均：《全上古三代秦汉三国六朝文·全汉文·卷四十》，河北教育出版社1997年版，第625页。

　　⑥ 严可均：《全上古三代秦汉三国六朝文·全汉文·卷二十四》，河北教育出版社1997年版，第253页。

　　⑦ 严可均：《全上古三代秦汉三国六朝文·全汉文·卷五十一》，河北教育出版社1997年版，第720页。

　　⑧ 严可均：《全上古三代秦汉三国六朝文·全晋文·卷七十四》，河北教育出版社1997年版，第766页。

机《文赋序》①，庾信《哀江南赋序》②等；如"诗序"：王羲之《三月三日兰亭诗序》③，湛方生《庐山神仙诗序》④；还有赞、铭、诔、颂等韵文均有序，不备举⑤。这类序最为丰富，见后附录。"宴会序"，如石崇的《金谷〈园宴饮〉诗序》⑥；"赠序"在唐代以后大盛。

二、诗序的形成过程及其文学史意义

（一）《诗序》作者及制作年代的评述

《四库全书总目》中说："诗有四家，毛诗独传。唐前无异论，宋以后则众说争矣。"⑦从宋代欧阳修经郑樵到朱熹的疑经风气形成后，围绕《诗经》研究的各种问题，尊经派和疑经派展开了激烈的争辩。其中《诗序》的作者问题是焦点，自元、明、清直至现代，仍然聚讼纷纭，成为"说经之家第一争诟之端"。

《四库全书总目·诗序》⑧说：

> 《诗序》之说，纷如聚讼。认为《大序》子夏作，《小序》子夏、

---

① 严可均：《全上古三代秦汉三国六朝文·全晋文·卷九十七》，河北教育出版社1997年版，第991页。

② 严可均：《全上古三代秦汉三国六朝文·全后周文·卷八》，河北教育出版社1997年版，第184页。

③ 严可均：《全上古三代秦汉三国六朝文·全晋文·卷二十六》，河北教育出版社1997年版，第273页。

④ 严可均：《全上古三代秦汉三国六朝文·全晋文·卷一百四十》，河北教育出版社1997年版，第1459页。

⑤ 如曹植《画赞》并序（《全三国文·卷十七》）；傅玄《华岳铭并序》（《全晋文·卷四十六》）；颜延之《陶徵士诔并序》（《全晋文·卷三十八》）；释·慧远《襄阳丈六金像公元并序》（《全晋文·卷一六二》）。

⑥ 严可均：《全上古三代秦汉三国六朝文·全晋文·卷三十三》，河北教育出版社1997年版，第346页。

⑦ 《钦定四库全书总目》（整理本）（上册），中华书局1997年版，第186页。

⑧ 《钦定四库全书总目》（整理本）（上册），中华书局1997年版，第187页。

毛公合作者，郑玄《诗谱》也。以为子夏所序诗，即今《毛诗序》者，王肃《家语注》也。以为卫宏受学谢曼卿，作《诗序》者，《后汉书·儒林传》也。以为子夏所创，毛公及卫宏又加润益者，《隋书·经籍志》也。以为子夏不序诗者，韩愈也。①以为子夏惟裁初句，以下出于毛公者，成伯玙也。以为诗人所自制者，王安石也。以《小序》为国史旧文，以《大序》为孔子作者，明道程子也。以首句即为孔子所题者，王得臣也。以为《毛传》初行，尚未有序，其后门人互相传授，各记其师说者，曹粹中也。以为村野妄人所作，昌言排击而不顾者，则倡之者郑樵、王质，和之者朱子也。……朱子同时如吕祖谦、陈傅良、叶适以同志之交，各持异议。……马端临作《经籍考》，于他书无所辨，惟《诗序》一事，反复攻诘，至数千言。

争讼正如四库馆臣所说："攻汉学者，意不尽在于经义，务胜汉儒而已；伸汉学者，意亦不尽在于经义，愤宋儒之诋汉儒而已。"所以为了"消融数百年之门户"，馆臣"参稽众说，务协其平"，得出这样的结论："定序首二句为毛苌以前经师所传；以下续申之词，为毛苌以下弟子所附，仍录冠诗部之首，明渊源之有自"。

这个结论能调和诸家异说，但将诗序的制作时间推到毛苌之前，还是引起了后人的进一步争论。

程俊英《历代〈诗经〉研究评述》中将《诗序》作者概括出比较有根据而有影响的三说：①子夏作；②子夏、毛公、卫宏合作；③卫宏作。她认为"东汉卫宏作《诗序》的话，是比较可信的。"②

而蒋凡却认为卫宏作序，大可怀疑，有四点理由；最后他得出结论：

---

① 范处义：《诗补传·篇目》：唐人之议《诗序》也，韩愈曰："子夏不序《诗》有三焉：知不及，一也；暴扬中蓝之私，《春秋》所不道，二也；诸侯犹世，不敢以云，三也。……汉之学者欲显其传，因藉之子夏。"按：这可能是韩愈逸文，今《韩昌黎文集》无此。也有可能是范氏独撰韩愈言来论诗经汉学之非。

② 朱杰人、戴从喜：《程俊英教授纪念文集》，华东师范大学出版社2004年版，第151-152页。

"《毛诗序》不是一人一时之作，其中包含了先秦旧说，保存了古时的许多思想资料，也可能有东汉毛诗家加以润益的成分；但就其总体来说，它大约完成于西汉中期以前的学者之手。"①

冯浩菲《历代诗经论说述评》搜罗历史上有关《诗序》的形成及作者的十七种说法并将其分为三类：（1）《诗序》作于毛亨之前，即先秦时代；（2）古序（即单部序）作于先秦，古序之后，即双部序之后部序，为汉儒申说增补；（3）《诗序》为汉儒所作。冯著认为后两说不可取，而列出八条理由证明《诗序》作于先秦。②

这里我不想对三位学者的观点做出谁是谁非的评判，因为这相当困难，况且上古史实记载本身就存在相互矛盾的情况，各据一词均可成说。我只想从文体学的角度提出一点浅见，以期以新的视角观察这个纷繁难解的问题。我在前面详细考察了"序"这一文体产生的历史过程，得出的基本结论是："序"产生于编辑整理文献的过程中。而"序"体的成型显然经过"序卦"到"自序"这样的过渡，才最终向单篇作品序演变的历程。如果《诗序》这样成熟而标准的体制产生于先秦，而到东汉张衡时期才出现第一篇"诗序"。这中间相隔了六百余年，六百余年中诗人并不算少，竟不作一篇"诗序"，显然是不可思议的。另外，我在前面考察单篇作品序的产生过程时，已指出单篇最早的"序"不是"诗序"而是"赋序"，这里存在一条"书籍序"到"赋序"再到"诗序"和其他文体序的演变线索。考逯钦立《先秦汉魏晋南北朝诗》和严可均《全上古三代秦汉三国六朝文》，这两书是搜罗先唐诗、文资料最完备的巨著，我仔细索检，得到如下数据：先唐文献中，除《诗序》外，书集序299篇，赋序252篇，诗序102篇，其他文体序95篇（见本书31页附表）。这也从一个侧面说明：如果早在先秦就创作出305篇"诗序"，而此后一千多年才作了102篇诗序，这显然也是难以令人信服的。因此，我认为将《诗序》定为东汉以前

① 王运熙、顾易生：《中国文学批评通史·先秦两汉卷》（汉代部分由蒋凡撰写），上海古籍出版社1996年版，第399—400页。

② 冯浩菲：《历代诗经论说述评》，中华书局2003年版，第152—168页。

所作是比较稳妥的，符合这一文体产生的历史条件。我大致同意蒋凡的意见，认为《诗序》出于众手，但不同意将其推到西汉中期（司马迁作《自序》）之前。如果我们承认《诗经》这部长达五百年间产生的诗歌集是不同历史阶段产生的作品的话，那么我们就应该承认对它的接受不是一次性完成的。自传说中的孔子整理《诗经》到汉初的四家传诗，不管是立于学官还是私家传授，汉前的诗经研究并不是将其作为文学来研究的，而是诗史互证以明美刺风雅政教之旨。正如朱自清所说，《诗序》的认诗证史是将"'以诗合意'的结果就当作'知人论世'，以为作诗的'人''世'果然如此，作诗的'志'果然如此，将理想当作事实，将主观当作客观"，又说"《毛诗》《郑笺》跟着孟子注重全篇的说解，自是正路。但他们曲解'知人论世'，并死守着'思无邪'一义胶柱鼓瑟的'以意逆志'，于是乎就不是说诗而是证史了"①。由于《诗经》是乐歌，故在最初创作出来时，虽有其本事，但因不立题，故难详端绪。有一点是可以肯定的，即最初作者是没有作"序"和"题"的。"大序""小序"是后来研读传习《诗经》的学者在接受过程中做出的"以意逆志"的理解，其说由于师徒相传，逐渐有所增删，大致在孔子到卫宏这一段时间内最终形成今天所见到的文本。从经师传诗作序到诗人作诗立序，之间存在一个观念接受与转变的问题。因为诗序可以将创作背景及作者之意交代清楚，免得产生歧解，所以为诗人所认可，逐渐形成一种文体。诗序与其他文体序的形成应该在大致相同的时期和相同的文化背景上。只有这种创作观念为作家所接受，才有可能形成序诗合体的风尚。这样就有必要以"诗序"为例考察一下先唐诗序演变的历史过程。

（二）先唐诗序的流变历程

中国古代很早就形成"诗史互证"的传统。《诗经》中就有一些诗如《硕人》《载驰》《清人》《黄鸟》等都可以与《左传》相印证，连朱自清也

---

① 朱自清：《朱自清说诗》，上海古籍出版社1998年版，第26、74页。

说"这几篇与《左传》所记都相合，似乎不是向壁虚造"①。这里以《鄘·载驰》为例。《毛序》说："许穆夫人闵卫之亡，伤许之小力不能救，思归唁其兄，又义不得，故赋是诗也。"②《左传·闵公二年》："冬十二月，狄人伐卫。卫懿公好鹤。鹤有乘轩者。将战，国人受甲者皆曰：'使鹤！鹤实有禄位，余焉能战？'……及狄人战于荥泽，卫师败绩。遂灭卫。……立戴公以庐于曹，许穆夫人赋《载驰》。齐侯使公子无亏帅车三百乘，甲士三千人以戍曹。"③《毛序》显然是对《左传》所叙史实进行撮述，再加以整合而成。尽管能诗史互证，但这"序"绝不是许穆夫人所作。不过这序对后来作诗者很有启发：诗应该交代写作背景和寓意，这样读者欣赏、理解诗歌时，容易明白作者的旨趣所在。从文体学角度看，不能将它作为最早的"诗序"来看，因为"作者之意"是后人附上去的，作者本人尚没有这一意识。先唐"诗序"的形成过程大致经历了"先秦的萌芽期""两汉的生成期""两晋的成熟期"和"南北朝（含隋）的衰落期"四个阶段。

下面按逯钦立《先秦汉魏晋南北朝诗》收录的诗歌顺序，列叙"诗序"的流变情况。

1. 先秦诗共七卷。收"歌""谣""杂辞"，大都录自史书、经传。如《弹歌》见《吴越春秋》，《击壤集》见《尚书传》，《南风歌》见《孔子家语》，《涂山歌》见《吕氏春秋》，《五子歌》见《夏书》，《夏人歌》见《韩诗外传》等，每一篇歌辞都有一产生过程的说明，虽荒古渺远，然文献所征，后人也只能始妄听之。至于《史记》中的有些记载后代流传很广，值得重视和注意。如《麦秀歌》，《史记·宋微子世家》载："箕子朝周，过故殷墟，感宫室毁坏，生禾黍，箕子伤之，欲哭则不可，欲泣为其近妇人，乃作《麦秀之诗》以歌咏之。其诗曰：'麦秀渐渐兮，禾黍油油。彼

---

① 朱自清：《朱自清说诗》，上海古籍出版社1998年版，第15页。
② 李学勤：《十三经注疏·毛诗正义》，北京大学出版社1999年版，第210页。
③ 李学勤：《十三经注疏·春秋左传正义》（上），第310–312页。

狡僮兮，不与我好兮！'"①此歌在古代典籍中记载或转引很多②，有一定的可信度，其对箕子创作心态、背景的推测、描述，有一定的依据，那种睹景兴悲、物是人非的易代之感当是真情的流露，在古代易代之际有相当的典型性，为后代怀古诗的滥觞，也成为伤感昔盛今衰诗歌的最早艺术原型。此外如《史记》中的《邺民歌》，载于《论语》的《楚狂接舆歌》，见于《孟子》的《孺子歌》，载于刘向《列女传》的《黄鹄歌》、《说苑》的《越人歌》、《新序》的《徐人歌》等，都有依托的本事，虽然诗人此时还没有作"序"的意识，但这些史传类著作在收集、编辑时的撮述和作意之推测，可以算作"诗序"的初始形态。这种对本事索解的探求意识，直指诗歌意旨的内核，是诗序产生的史传文化背景和依据。

2.汉诗十二卷。如《史记》中的《郑白渠歌》、《汉书》中的《安世房中歌》和《后汉书》中的《五噫歌》之类，还承继先秦的传统，录歌时附上本事的考索；而真正成为作者有意识的"诗序"的是东汉张衡的《怨诗序》和《四愁诗序》。

> 《四愁诗序》："张衡不乐久处机密，阳嘉中，出为河间相。时国王骄奢，不遵法度，又多豪右并兼之家。衡下车，治威严，能内察属县，奸猾行巧劫，皆密知名，下吏收铺，尽服禽。诸豪侠游客，悉惶惧逃出境。郡中大治。争讼息，狱无系囚。时天下渐弊，郁郁不得志。为《四愁诗》，效屈原以美人为君子，以珍宝为仁义，以水深雪雾为小人，思以道术为报。贻于时君，而惧谗邪不得以通。先辞曰……"③

逯钦立按语说："此序乃后人伪托，而非衡所作，王观园《学林》辨

---

① 司马迁：《史记》（第五册），中华书局1959年版，第1620-1621页。
② 据逯钦立《先秦汉魏晋南北朝诗》（上），此诗尚见于《尚书大传》，《文选·思旧赋》注引尚书大传；《御览·五百七十》引史记，《乐府诗集》作《伤殷操》诗纪前集一。见逯著该歌条后记，中华书局1983年版。
③ 逯钦立：《先秦汉魏晋南北朝诗》（上），中华书局1983年版，第180页。

之甚详。"今查宋代王观国的《学林》，王氏认为此序伪托有两个理由：（1）张衡为相，不会斥言国王骄奢不遵法度，也不会自称下车治威严，郡中大治；（2）此序内容与《后汉书·张衡传》多同，故序是史辞，为编集张衡诗文者增损而成①。我认为序言一般不会自称姓名，此序不是自述口吻，王氏所论极是，唯编者不易断定。但后来校注张衡文集者，明知伪托，却依然当作诗序收录，因为"所言事实，大致尚与本传符合"②。

而《怨诗序》则是比较可靠的介绍作意的"序"，文曰："秋兰，咏嘉美人也。嘉而不获，用故作是诗也。"诗曰："猗猗秋兰，植彼中阿。有馥其香，有黄其葩。虽曰幽深，厥美弥嘉。之子之远，我劳何如！"诗写秋兰种在深山，香气馥郁，开着金黄的花朵，具有美好幽丽的品质，可惜远在深山，我徒劳心思念，不能亲自去采摘。诗中充满了咏叹嗟赏之情，且情思幽渺。而"序"则揭示诗中隐含的象征意义。这样，文直抒揭主旨，诗婉娈发幽思，诗与序相互补充，相互发明。通过这样的诗文联姻，获得一种新的体制，更能充分地抒情言志。

3. 魏诗十二卷。只有曹植的三首诗有序，分别是：《献诗并疏》（按：以疏代序）、《赠白马王彪并序》、《离友并序》③。前者是献给皇帝的诗，故以庄重的"疏"体代说作诗之意；后两首都为离别诗，《赠白马王彪》系抒写个人的愤懑为中心，兄弟离别之情是在此基础上产生的，具有特殊的创作背景，愤激之情不可遏止。《离友并序》则稍不同。具有一般性的应酬性质，说"乡人有夏侯威者，少有成人之风，余尚其为人，与之昵好。王师振振，送余于魏邦，心有眷然，为之陨涕，乃作《离友》之诗"。显然感慨身世已退居其次，主要写朋友之间的深情厚谊。

综观晋前诗，可考的诗序只有六篇，比较确凿的只有四篇（按：除

① 见《钦定四库全书·子部·杂家类·学林》（卷七），第851册，1986年台湾商务印书馆发行，第171页。

② 萧统《文选》按序收录。今人张震泽《张衡诗文校注》也将序全录。张震泽：《张衡诗文校注》，上海古籍出版社，1986年版。

③ 逯钦立：《先秦汉魏晋南北朝诗·全魏诗卷七·曹植二》，中华书局1983年版，第445、452、460页。

《四愁诗序》外，《孔雀东南飞序》也系后人伪托），可见在晋前诗人还没有普遍明确的诗序合一意识。虽然大部分诗都有创作本事，但明确将本事入序还未成为风尚。这大约由于：一方面，汉儒治诗，以序解诗追索本事的观念还没有为诗人普遍接受；另一方面，那是一个乐府创作盛行的时代，诗人写诗抒情言志还在坚守诗文之别。曹植是诗、文兼擅的重要作家，其作诗序仅三篇，都是因为有重要原因，或颂诗献忠，或悲愤难抑，或惜别依依。这说明诗、序合体还有待诗文交融的进一步深化。诗题序化，或序化为题成为风尚后，诗序才趋向繁荣。

4.晋诗二十卷，共存序30篇，其中东晋末期大诗人陶渊明存诗序12篇，数量最多。①

首先是傅玄的《拟四愁诗并序》："张平子作四愁诗，体小而俗，七言类也。聊拟而作之。名曰《拟四愁诗》。"②此"序"诗揭示拟作之意的，表现了晋朝开始形成一种新的创作风气。接着产生了纪实性的诗序，沿着曹植的作风而加以发展。如应亨《赠四王冠诗并序》说"永平年四月，外弟王景系兄弟四人并冠，贻四王子诗曰……"就明确标有时间、因由，纪实性很突出。类似的有傅咸（239—294）的《答潘尼诗并序》《答栾弘诗并序》《赠何劭王济诗并序》《诗并序》《答郭泰机诗并序》③等。这些诗序都是为酬赠应答而作，表现了另一种文人之间唱酬风尚进入了诗序，并开始有意识地"作序明意"。而《答潘尼诗并序》和《答栾弘诗并序》这两篇序已经带有很强的自传性，不仅将酬答之原由叙述得很清楚，而且将自己的际遇、感慨也交代出来了，是文学史研究中考察诗人生平的重要参考资料。傅咸是晋初重要的赋家，他的诗序开始注意文采的修饰。如《答郭

---

① 30篇，是按《先秦汉魏晋南北朝诗》统计的，如果加上严可均《全上古三代秦汉三国六朝文》的统计，去重后得58篇。严著仿《全唐文》体例，对诗总集中未收诗序都收入。参见本书第31页表1。

② 逯钦立：《先秦汉魏晋南北朝诗》，中华书局1983年版，第573页。此诗序又见徐陵编《玉台新咏·卷九》，中华书局1985年版，第404页。

③ 逯钦立：《先秦汉魏晋南北朝诗》，中华书局1983年版，第606、607、608、609页。

泰机诗并序》因诗佚序存而显得珍贵：

> 河南郭泰机，寒素后门之士，不知余无能为益。以诗见激切可施用之才，而况沉沦不能自拔于世。余虽心知之而未如之何。此屈非复文辞所了，故直戏以答其诗云。

序中对当时士族制度笼罩下的时代氛围有一定的暴露，对"英俊沉下僚"的寒门才子沉沦不能自拔之"屈"，深寓悲悯同情之意，因"此屈非复文辞所了"，故想以戏谑来化解友人之悲愁，"有意作序"的意识加强了，其诗在《文选》的注文中仅存"素丝岂不絜，寒女难为客""贫寒犹手拙，操杼安能工"两联，可见诗、序是相得益彰的。

与傅咸同时稍后的石崇也留下了三首诗序[①]，《楚妃叹并序》《王明君辞并序》分别咏楚之贤妃（樊姬）"能立德著勋，垂名后世"和咏王昭君远嫁乌孙的"哀怨"，带有咏史怀古之情。而《思归引并序》[②]比较重要，全引如下：

> 余少有大志，夸迈流俗，弱冠登朝，历位二十五，年五十以事去官，晚节更乐放逸，笃好林薮。遂肥遁于河阳别业。其制宅也。却阻长堤，前临清渠。柏木几于万株，江水周于舍下，有观阁池沼，多养鱼鸟，家素习技，颇有秦、赵之声。出则以游目弋钓为事，入则有琴书之娱，又好服食咽气，志在不朽。傲然有凌云之操，欻复见牵羁，婆娑于九列，困于人间烦黩，常思归而咏叹。寻览乐篇有《思归引》。傥古人之心有同于今，故制此曲。此曲有弦无歌，今为作歌辞以述余怀。恨时无知音者，令造新声而播于丝竹也。

此序除自叙生平志向外，又描写了自家别业的优美景色和罢官之后林

---

① 石崇有《金谷园诗序》，因是诗集序，与王羲之《兰亭集序》一样，故在此处不论。

② 逯钦立：《思归引并序》，《先秦汉魏晋南北朝诗·晋诗卷四》，中华书局1983年版，第643页。

泉游观、琴书弋钓，带有文人倦于官场、退引思归的旨趣，对后来的归隐之作、山水游赏之作影响很大，开创了归隐全真的新题材领域。石崇的经济条件和这种归思之志及文人雅士的兴怀是此后《金谷园诗序》产生的基础，对后来王羲之的《兰亭集序》和陶渊明《归去来兮辞并序》有直接影响，余波一直沿及此后的一千多年的诗坛。

与石崇的归隐别业享受"制宅"美景和声色娱乐不同，湛方生的《庐山神仙诗序》①则展现了另一种归隐崇尚自然之乐：

> 浔阳有庐山者，盘基彭蠡之西，其崇标峻极，辰光隔辉，幽涧澄深，积清百仞，若乃绝阻重险，非人迹之所游，窈窕冲深。常含霞而贮气，真可谓神明之区域，列真之苑囿矣。太元十一年，有樵采其阳者，于时鲜霞褰林，倾晖映岫，见一沙门，披法服独在岩中，俄顷振裳挥锡，凌崖直上，排丹霞而轻举，起九折而一指，既白云之可乘，何帝乡之足远哉。穷目苍苍，翳然灭迹。诗曰："吸风玄圃，饮露丹霄。室宅五岳，宾友松乔。"

此首颂列仙之趣的诗非常短，仅四句，无甚味道，倒是序写得非常优美，对庐山美景和神仙动态的描写堪称绝诣，引人入胜，富有诗情画意，是比较典型的"序重诗轻"，对后来山水诗影响较大。如东晋支遁的《游石门诗序》也是序长诗短，序很美，而诗一般化，艺术的灵光偏照于序文，诗则由于老庄玄言的影响而干枯槁悴，似乎是流于形式，虽固守诗为正宗的观念，但实际上诗情画意在序文中暗度陈仓。这说明序与诗之关系如果处理不当就会产生轻重失衡的问题。

将诗与序完美交融的当推晋宋之交的大诗人陶渊明。《晋诗卷十六》

---

① 逯钦立：《先秦汉魏晋南北朝诗》，中华书局1983年版，第943页。

《晋诗卷十七》录存陶诗序12篇①。陶渊明的诗序大致可分为四类：（1）酬赠应答。如《赠长沙公并序》《答庞参军并序》《与殷晋安别并序》《赠羊长史并序》。这类序很短，一般只交代酬赠对象的一些情况和作意，虽简明扼要，但没有独到之处。（2）闲居咏怀。如《停云并序》《时运并序》《九日闲居并序》《有会而作并序》《形影神并序》等，这类序多半与饮酒有关，含有珍惜生命而追求自然的哲理思考，用笔比较凝炼，带有思辨色彩，是序中的创举。（3）山水游览。如《游斜川并序》就写得很美，用散句叙事抒怀，用偶句描写景物，如"鲂鲤"二句写鱼鸟自得其乐的生命乐趣；"傍无"四句写"曾城"的独秀风采和诗人的钦慕之情。句皆凝炼而富于表现力，将人与自然的和谐融洽表现出来了。（4）综合类。最具代表性的是《桃花源诗并序》，以优美的带有传奇小说的笔调，虚构了一个独立于人世之外的理想世界，其序具有浓郁的诗意，历代传美，其价值远远超过了该诗。至此，散文的优美融入诗意，达到了很高的艺术境界。

清代刘熙载论述诗文之别时提出"诗醉文醒"之说②，指出诗歌艺术意象、意境具有想象性、朦胧性、暗示性的特征，而散文则明晰准确，但二者有相济为用的一面。如陶渊明《饮酒二十首》，均是诗人酒醉后信笔涂抹而成的，但观诗意又不像是醉后所作，他非常清醒，肯定是借酒抒怀。陶诗与陶文消息相通，《饮酒》及序就提供了例证。《序》云：

> 余闲居寡欢，兼比夜已长，偶有名酒，无夕不饮，顾影独尽，忽焉复醉。既醉之后，辄题数句自娱，纸墨遂多。

序文介绍、描述了这组诗的写作情况，展示了作者长夜寂寥的落寞情怀，而酒醉后的诗歌显然含有深沉的感慨。陶渊明的诗与序往往相互映

---

① 逯钦立：《先秦汉魏晋南北朝诗》收诗序12篇，将《桃花源记并诗》《归去来兮辞并序》都入诗类，第985、986页。逯钦立《陶渊明集校注》却将《归去来兮并序》归入"辞赋"卷；《桃花源记并诗》归入"记传赞述"卷。前后矛盾，此文从前说，视为诗序。

② 刘熙载：《艺概》卷二："文所不能言者，诗或能言之。大抵文善醒，诗善醉。醉中语亦有醒时道不到者。"见《刘熙载文集》，江苏古籍出版社2001年版，第117页。

衬、补充，是诗文交融的最佳范例之一。陶渊明不仅扩大了诗序的表现范围，还丰富了诗序的表现方式，把散体、骈体的一些技巧引入了序中，精心结撰，诗与序交映生辉，浑然一体，是诗序流变过程中的一座丰碑，为后来诗序的制作既提供了范式，又指示了发展的方向，打开了诗文交融的艺术通道。

5.南北朝时期，文化继续南移，北方文坛比较寂寞，文采风流钟聚于南土，但由于骈文独霸局面的形成，诗歌渐渐局限于宫廷应制、酬唱娱情、游历宴饮的范围，诗题比较具体，且出现了长题诗作，因此诗序又渐渐退去，失去了作用①；另外，文的自觉带来了评论诗歌的风气。因此部分诗人借诗序评论诗歌的特征。尽管作品不多，但开了新的风气。如谢灵运的《拟魏太子邺中集诗八首并序》：

> 建安末，余时在邺宫，朝游夕讌，究欢愉之极，天下良辰美景、赏心乐事。四者难并。今昆弟友朋，二三诸彦，共尽之矣。古来此娱，书籍未见，何者，楚襄王时，有宋玉、唐、景，梁孝王时，有邹、枚、严、马，游者美矣，而其主不文。汉武帝时（《李善本文选》无"时"字），徐、乐诸才，备应对之能，而雄猜多忌，岂获晤言之适，不诬方将，庶必贤于今日尔。岁月如流，零落将尽，撰文怀之，感往增怆。其辞曰……②

这篇序文拟魏太子曹丕的口气来抒发"四美难并"的感慨，历叙楚王、梁孝王、汉武帝与文士酬唱的情景及缺陷，写"岁月如流""感往增怆"之怀，显然是精心结撰的借他人酒杯浇自己胸中块垒之作。其余七首诗每首诗前还有一小序，就是对所怀之人的评价，如《曹植》："公子不及世事，但美遨游，然颇有忧生之嗟。"这是对诗人作品内涵及特色的一种

---

① 逯钦立：《先秦汉魏晋南北朝诗·宋诗卷二》为例，收谢灵运大量的山水诗，制题新颖，但没有一首诗序。

② 逯钦立：《先秦汉魏晋南北朝诗》，中华书局1983年版，第1181页。

评价。这种作风在梁朝江淹的《杂体三十首并序》①中发展为对诗史的评论：

> 夫楚谣汉风，既非一骨；魏制晋造，固亦二体。譬犹蓝朱成彩，杂错之变无穷；宫角为音，靡曼之态不极。蛾眉讵同貌，而俱动于魄；芳草宁共气，而皆悦于魂。不其然欤？至于世之诸贤，各滞所迷，莫不论甘而忌辛，好丹而非素。岂所谓通方广恕，好远兼爱者哉。乃及公干、仲宣之论，家有曲直，安仁、士衡之评，人立矫抗。况复殊于此者乎。又贵远贱近，人之常情；重耳轻目，俗之恒蔽。是以邯郸托曲于李奇，士季假论于嗣宗。此其效也。然五言之兴，谅非夐（《初学记》作"变"）古。但关西邺下，既已罕同；河外江南，颇为异法。故玄黄经纬之辨，金碧浮沉之殊。仆以为亦各具美兼善而已。今作三十首诗，学其文体。虽不足品藻渊流，庶亦无乖商榷云尔。

此序可以作为南朝大量拟作诗的理论概括，他从否定"是古非今""贵远贱近""重耳轻目"的俗见出发，肯定了近代五言诗的意义和地位，并大力模拟。其实江淹的拟作中含有"品藻渊流"的意味，尽管他的拟作诗具有所拟对象的特点，学得很像，但终因模拟多于创新，不为文学史家认可。不过，从文体学角度出发，此序却别具意义。一方面对文学源头的追索，对时风时弊的批评，对模仿追拟的肯定，具有文学批评史意味；另一方面是用骈体为序，显然是感染时风所致，序精致工整，对后来初唐四杰的骈体诗序有一定影响。此序标志着诗序由先秦两汉而来的散体向骈体的转变。本来诗序的创作是用散体附依于韵文之前介绍创作情况、意旨的，因散体近于口语，直接明白，由散体变为骈体是一次重要的转变，使诗序由朴拙粗糙渐趋华赡靡丽。这是骈文发展兴盛向诗序渗透的必然结果，也是其未来发展的重要障碍，当到初唐骈序发展到高峰后，必须再向

---

① 逯钦立：《先秦汉魏晋南北朝诗》，中华书局1983年版，第1569页。

散体回归，才能有新的推进，这已是中唐以后的事了。

骈文为序还运用于宴会赋诗的场合。如萧纲《三日侍皇太子曲水宴诗序》①：

> 窃以周城洛邑，自流水以禊除；晋集华林，同文轨而高宴。莫不礼具义举，沓矩重规，昭动神明，雍熙钟石者也。皇太子生知上德，英明在躬；智湛灵珠，辩均河注。腾茂实于三善，振嘉声于八区。是节也，上已属辰。余萌达壤，仓庚应律，女夷司候。尔乃分阶树羽，疏泉泛爵，兰觞沿沂，蕙肴来往。宾仪式序，盛德有容，吹发孙枝。声流嶰谷，舞艳七盘。歌新六变，游云驻彩，仙鹤来仪。都人野老，云集雾会。结轸方衢，飞轩照日。（以下缺）

这显然是一篇带有颂敬色彩的充满夸饰、炫耀词藻的骈文，描写宴会前的场面，引典庄重，藻饰华丽，声慨非凡，虽非完璧，但对后来的四杰诗序影响是非常明显的。南朝诗序仅留存七篇，这两篇骈序比较典型地反映了这个时代的风尚。而北朝却无一首诗序留存，像王褒、庾信这样由南入北的辞赋家，竟不作一首诗序，这一现象值得深思。隋代国祚短暂，只留下王胄的《卧疾闽越述净名意诗并序》②，带有佛教的味道，没有新意。整个诗序的创作，历经两晋的一个小高潮后，在南北朝（含隋）时期，趋向低靡，但先唐的诗序，已具备了后代诗序的基本体格和文体特征，在另一个诗歌高潮到来之后，随着散文的同步推进，必将趋向新的繁荣。

（三）诗序的作用和意义

序与诗具有相互依存不可偏废的关系。古人对《毛诗序》的看法颇能说明"序"的作用。如宋代程颐认为"学《诗》而不求《序》，犹欲入室

---

① 逯钦立：《先秦汉魏晋南北朝诗》，中华书局1983年版，第1929页。
② 逯钦立：《先秦汉魏晋南北朝诗》，中华书局1983年版，第2701页。

而不由户也"①，程大昌也说"序也者，其《诗》之喉襟也欤"②，都将"序"看成理解诗的门户和关键处。马端临更进一步说："《诗》不可无《序》，而《序》有功于《诗》也。"这"功"就是因为诗多讽谕，反覆咏叹，偏重兴象，而序则"序作之之意"，这样就能相互发明，相得益彰。郝敬这样解释说："序即诗人之志，诗辞明显，《序》即不及，但道诗所未言者，与后人所不知者而已，故《序》不可废也。……若《诗》无古序，则似夜行。"③陈启源更说："执（序）以读其诗，譬犹秉烛而物于暗室中，百不失一矣。故有诗必不可以无叙也。"④

当然也有反对的声音。如朱鉴强烈攻序："《诗》本易明，只被前面《序》作梗。《序》出于汉儒，反乱《诗》本意。"⑤因否定汉儒而否定诗序，这显然是连孩子同脏水一起泼掉。章如愚态度更坚决，说："《诗序》之坏《诗》无异三《传》之坏《春秋》。然三《传》之坏《春秋》而《春秋》存，《诗序》之坏《诗》而《诗》亡。"⑥简直认为"序"是罪不可赦了。

这两派的意见显然来自尊经或疑经的学术背景，都有偏颇。总体说来，诗与序的相互发明还是应该承认的。冯浩菲将《诗序》内容概括成九类：①括举大意；②揭明大义；③意义兼明；④揭明编诗者之意或说诗者之意；⑤说明背景；⑥补序作者；⑦补为解题；⑧统序诗意；⑨揭明美刺。⑦这种概括比较全面，对研究《毛序》来说是切实可行的，但与创作的真实情况还是有距离。

通过前文对先唐诗序流变的考察，我们认为诗序有下面几个作用：

（1）诗序中作者叙述的具体创作背景情况，是第一手原始资料，可以

---

① 程颐：《程氏经说》（卷三），四库全书本。
② 程大昌：《考古编·诗论十三》，《丛书集成初编》本。
③ 郝敬：《谈经·毛诗》，《丛书集成初编》本。
④ 陈启源：《毛诗稽古编·总诂·举要》、《清经解》庚申补刊本。
⑤ 朱鉴：《诗传遗说》，四库全书本。
⑥ 章如愚：《群书考索·别集·卷七》，四库全书本。
⑦ 马浩菲：《历代诗经论说述评》，中华书局2003年版。

用来考察作者及相关人物的生平经历，因而具有文学史意义；

（2）诗序往往揭示作诗主旨，或暗示作意，因此，诗序是诗歌主旨明晰的重要标志；

（3）诗歌的发展不是一枝独秀，在发展过程中必然会与同时代的其他文体发生关系，也会吸收其他文体的特点融入自己的血肉之中。诗序正好成为一个样本，是诗歌与其他文体交融的重要依据；

（4）诗序中往往展现作者的创作心境、精神状态，因此通过诗序可以更好地研究作家、理解诗意乃至感受时代氛围和考察社会风尚，因而可以更好地知人论世；

（5）诗序中往往评诗论艺，作者喜欢追索文学的本源，因而诗序具有总结诗学思想发展历程的文学批评史意义。

表1　先唐时代各体"序"统计表

时　代	赋　序		诗　序		集　序		其他文体序	合计	所占比例
上古三代(含秦)17卷	0		0		1	0.3%	0	0	
全汉文63卷	10	4%	1	1%	15	5%	书序1	1	1%
全后汉文106卷	21	8.3%	2	1.96%	27	9%	赞序1、颂序2、铭序2	5	5%
全三国文75卷	38	15%	4	3.92%	13	4.3%	颂序3、碑序1、赞序1、铭序1	6	6.3%
全晋文167卷	130	51.6%	58	56.86%	90	30.1%	铭序6、颂序3、连珠序1、箴序5、吊文序2、诔序4、辞序1、记序1、赞序5	28	29.5%
全宋文64卷	13	5.2%	18	17.65%	14	4.7	书序1、颂序3、赞序2、铭序2、诔序9、祭文序1	18	19%
全齐文26卷	4	2%	4	3.92%	9	3%	碑序1、论序1、诔序1	3	3.2%
全梁文24卷	20	8%	7	6.86%	77	25.8%	颂序6、铭序8、哀序1、论序2、赞序3	20	21%
全陈文18卷	1	0.4%	2	1.96%	10	3.3%	论序1、记序1	2	2.2%
全后魏文60卷	4	1.6%	1	1%	11	3.7%	颂序1	1	1%
全后周文24卷	3	1.2%	0		4	1.3%	铭序1、碑序1、颂序2、论序1、赞序1	5	5.3%
全隋文(含1卷先唐文)37卷	7	2.8%	5	4.9%	28	9.4%		6	6.3%
合计731卷	252		102		299			95	

（原载《学术月刊》2008年第1期）

论唐代帝王诗序

　　帝王的诗歌创作最早可以追溯到上古时代。传说中葛天氏之乐，有"玄鸟在曲"①之句，《周礼》中记载上古黄帝有《云门》②之歌，帝尧有《大唐之歌》③，《礼记·乐记》载："昔者，舜作五弦之琴以歌《南风》"④，《吕氏春秋》载："禹立，勤劳天下，日夜不懈，疏三江五湖，注之东海，以利黔首。于是命皋陶作《夏籥》九成，以昭其功。"⑤均由于时代荒古渺远，这些诗歌在疑似之间。至秦始皇作《仙真人诗》，虽见于

---

　　①吕不韦：《吕氏春秋·古乐》："昔葛天氏之乐，三人操牛尾投足以歌八阕。一曰《载民》，二曰《玄鸟》，三曰《遂草木》……八曰《总万物之极》。"按："玄鸟在曲"当是第二阕中的歌辞。岳麓书社1989年版，第33-34页。

　　②《十三经注疏·周礼正义·春官宗伯下》："以乐舞教国子，舞《云门》《大卷》……《大武》。"[疏]《云门》，黄帝乐。北京大学出版社1999年版，第575、576页。但孔颖达《毛诗正义》（上）："大庭有鼓籥之器，黄帝有《云门》之乐，至周尚有《云门》，明其音声和集。既能和集，毕不空弦，弦之所歌，即是诗也。但事不经见，故总为疑辞。"李学勤：《十三经注疏·周礼正义》，北京大学出版社1999年版，第4页。

　　③《尚书大传》载《大唐之歌》曰："舟张辟雍，鸧鸧相从。八风回回，凤凰喈喈。"郑注："《大唐之歌》美尧之禅也。"范文澜《文心雕龙注·明诗》注[七]中认为这是舜美尧之歌，而尧歌应为《大章》。范文澜：《文心雕龙注》，人民文学出版社1958年版，第69-70页。

　　④《礼记正义》郑注："南风，长养之风也。以言父母之长养己，其辞未闻也。"孔颖达正义：《圣证论》引《尸子》及《家语》难郑云："昔者，舜弹五弦之琴其辞曰：'南风之熏兮，可以解吾民之愠兮。南风之时兮，可以阜吾民之财兮。'"李学勤：《十三经注疏·周礼正义》，北京大学出版社1999年版，第1099页。

　　⑤吕不韦：《吕氏春秋·仲夏纪》，岳麓书社1989年版，第35页。

《史记》，也让人信疑参半。①项羽的《垓下歌》和刘邦的《大风歌》算是比较确凿的帝王创作②，汉武帝文韬武略，开创了炎汉盛世，他不仅创作了《瓠子歌》《秋风辞》《李夫人歌》，还与群臣作《柏梁台联句》诗，开启了一种君臣赓歌唱和的新风气。③要之，汉代之前的帝王赋诗，要么是歌功颂德，要么是抒发独特情境下的感慨，或者具有《柏梁台联句诗》那样君臣陈述职责式的政治用意，数量不多，影响却不小。魏晋时期，由于人性的觉醒而进入了文的自觉时代，出现了帝王创作的高潮。如"魏武（曹操）以汉相之尊，雅爱诗章；文帝（曹丕）以副君之重，妙善文词"④，因此以帝王为中心形成了著名的邺下文人集团，带来了一个"五言腾涌"的诗歌兴盛局面，曹操、曹丕还留下了自己的诗集；到南朝以后，帝王往往成为宫廷文学的核心人物。如梁武帝萧衍"资生知之上才，体沉郁之幽思，文丽日月，赏究天人。昔在贵游，已为称首。……固以瞰

① 刘勰：《文心雕龙·明诗》说"秦皇灭典，亦造仙诗"，是相信为始皇之作。考《史记·秦始皇本纪》："三十六年，……始皇……使博士为《仙真人诗》，及行所游天下，传令乐人歌弦之。"则此歌亦非始皇自造，乃博士所为。

② 《史记·项羽本纪》："项王军壁垓下，……夜闻汉军四面皆楚歌，乃大惊曰：'汉皆已得楚乎？是何楚人之多也？'项王则夜起，饮帐中。……乃悲歌慷慨，自为诗曰：'力拔山兮气盖世……'"司马迁：《史记》，中华书局1959年版，第333页。《史记·高祖本纪》："高祖还乡，过沛，留。置酒沛宫……酒酣，高祖击筑，自为歌曰：'大风起兮云飞扬……'"

③ 沈德潜：《古诗源》卷二："元封元年（前109），帝既封禅，乃发卒万人，塞瓠子决河，还自临祭，令群臣从官皆负薪，时东都烧草薪少，乃下淇园之竹以为楗，上既临河决，悼其功之不就，为作歌二章。……'瓠子决兮将奈何……''河汤汤兮激潺湲……'"同书卷二："帝行幸河东，祠后土，顾视帝京。忻然中流，与群臣饮讌，自作《秋风辞》：'秋风起兮白云飞，草木黄落兮雁南归。……欢乐极兮哀情多，少壮几时兮奈老何。'"同书卷二："夫人早卒……方士齐人少翁言能致其神，乃夜张灯烛，设帷帐，陈酒肉，而令帝居帷帐。遥望见好女如李夫人之貌……不得就视，帝愈益相思悲感，为作诗：'是耶非耶，立而望之，翩何姗姗其来迟。'""元封三年，作柏梁台，诏群臣二千石，有能为七言诗乃得上坐。"沈德潜评曰："亦后人联句之祖也。武帝句（即'日月星辰和四时'），帝王气象，以下难追后尘矣。"按：查《史记·孝武本纪》"元封三年十一月柏梁台遭火灾"，未载联句之事。另，范文澜引顾炎武《日知录》认为柏梁台联句为伪作。

④ 刘勰：《文心雕龙》，范文澜注，人民文学出版社1958年版，第673页。

汉魏而不顾，吞晋宋于胸中。"①而陈后主则更是"荒于酒色，不恤政事……妇人美貌丽服巧态以从者千余人，常使张贵妃、孔贵人等八人来坐，江总、孔范等十人预宴，号曰'狎客'，先令八妇人襞彩笺，制五言诗，十客一时继和，迟则罚酒。君臣酣饮，从夕达旦，以此为常。"②这种醉生梦死式的迷恋酒色与文学，当然招来后世的批评，唐魏征就说："后主生深宫之中，长妇人之手，既属邦国殄瘁，不知稼穑之艰难。后稍安集，复扇淫侈之风。宾礼诸公，唯寄情于文酒；昵近群小，皆委之以衡轴。"③到隋炀帝则更登峰造极，他不仅造"迷楼"，"诏选内宫良家女数千以居楼中，每一幸，有经月而不出者"④。而且因"善属文，不欲人出其右"⑤，把文学作为独炫才华并迫害文人的工具。也许由于这几个昏君均喜爱文学，故初唐的帝王和有识之士都对帝王好文表示否定，如唐太宗不愿编自己的文集⑥，大臣虞世南拒绝应制太宗的艳体诗⑦，魏征借史论为太宗提供借鉴："梁简文之在东宫，亦好篇什。清辞巧制，止乎衽席之间；雕琢曼藻，思及闺闱之内。……流宕不已，迄于丧亡。陈氏因之，未能全变。"⑧又说："古人有言：亡国之主，多有才艺。考之梁、陈及隋，信非虚论。然则不崇教义之本，偏尚淫丽之文，徒长

① 钟嵘：《诗品序》，徐达注译，贵州人民出版社1990年版，第18页。

② 《二十五史精华·南史》（二），岳麓书社1989年版，第516页。

③ 《二十五史精华·陈书》（二），岳麓书社1989年版，第304页。

④ 《迷楼记》，转引自宇文所安：《诗与欲望的迷宫》，程章灿译，生活·读书·新知三联书店2003年版，第2页。

⑤ 刘𫗧：《隋唐嘉话》载："炀帝为《燕歌行》，文人皆和，著作郎王胄独不下帝，帝每衔之，胄竟坐见害，而诵其警句曰：'庭草无人随意绿'，复能作此耶？"因同样的原因又杀了薛道衡。

⑥ 吴兢：《贞观政要·文史》：著作郎邓世隆表请编次太宗文集。太宗曰："朕若制事出令，有益于人者，史则书之，足为不朽。若事不师古，乱政害物，虽有词藻，终贻后代笑，非所须也。只如梁武帝父子及陈后主、隋炀帝，亦大有文集，而所为多不法，宗社皆须臾倾覆。凡人主惟在德行，何必要事文章耶？"竟不许。吴兢：《贞观政要》，岳麓书社1994年版，第260页。

⑦ 宋祁、欧阳修：《新唐书·虞世南传》：帝常作宫体诗，使赓和。虞世南曰："圣作诚工，然体非雅正。上之所好，下必有甚者，臣恐此诗一传，天下风靡。不敢奉诏。"

⑧ 魏征：《隋书·经籍志》，中华书局1975年版，第173页。

浇伪之风，无救乱亡之祸矣。"①后来王勃言论更为极端："斯文不振，屈宋导浇源于前，枚马张淫风于后。……故魏文用之而中国衰，宋武贵之而江东乱，虽沈、谢争骛，适足兆齐梁之危，徐、庾并驰，不能止周陈之祸。"②正因为初唐前期从帝王、大臣到文士都对"文之用"抱这样的态度，故帝王将"崇文"放在最末位置。到中宗时，似乎又回到陈隋的迷恋状态，玄宗之后才归于雅正，诗歌创作也达到高潮；而中唐德宗之后，整个唐代进入衰世，帝王的诗歌创作进入低谷，留存作品很少。从诗序角度看，南朝之前没有帝王诗序流传下来，到梁、陈虽有一些诗序，但艺术影响不大。唐代皇帝对制作诗序抱有极大热情，形成了一种繁荣的景象，留下许多著名的作品，对唐诗的繁荣产生了重要影响，因此值得认真探讨。本篇就沿着历史的顺序，对唐代太宗、武后、中宗、玄宗、德宗等诗序作个案研究。

一、唐太宗诗序

李世民（598—649）是"贞观之治"的政权核心人物，对整个唐代文学的发展有开创之功。清编《全唐诗》以他的《帝京篇并序》开篇。从文体的角度看，这也的确是探究初唐诗序的一个最佳范本。全文如下：

> 予以万几之暇，游息艺文。观列代之皇王，考当时之行事，轩、昊、舜、禹之上，信无间然矣。至于秦皇、周穆，汉武、魏明，峻宇雕墙，穷侈极丽，征税殚于宇宙，辙迹遍于天下，九州无以称其求，江海不能赡其欲，覆亡颠沛，不亦宜乎！予追踪百王之末，驰心千载之下，慷慨怀古，想彼哲人，庶以尧舜之风，荡秦汉之弊，用咸英之曲，变烂漫之音，求之人情，不为难矣。故观文教于六经，阅武功于七德，台榭取其避燥湿，金石尚其谐神人，皆节之于中和，不系之于淫放。故沟洫可悦，何必江海之滨乎？麟阁可玩，何必两（一作

① 姚思廉：《陈书·后主传论》，岳麓书社1989年版，第305页。
② 董诰：《全唐文·卷一百八十》，中华书局1983年版，第1829页。

"山")陵之间乎？忠良可接，何必海上神仙乎？丰镐可游，何必瑶池之上乎？释实求华，以人从欲，乱于大道，君子耻之。故述《帝京篇》以明雅志云尔。

这是李世民"明雅志"的重要作品。第一首描写帝京及皇宫的壮丽，为组诗奠定基调；第二首写"暇日""崇文"的乐趣；第三首写"重武"，赞赏皇宫卫士骑射的绝技；第四首描写音乐，表达崇雅抑郑的趣味；第五、第六首描写出游禁苑的"逸趣"，反对过分逸游；第七首写晚宴归来，在长烟消散、皎月清澄、清风徐来、玉树姗姗的氛围中"耽玩琴书"的雅兴；第八首是"玉酒兰肴"之后的沉思，警诫自己要在得志欢乐时重寸阴轻尺璧；第九首写内殿歌舞之乐，表现出珍重当下、不去求仙的情致，因为悬圃仙境就在眼前；第十首总论意旨，要以古代贤君的简朴为榜样，去奢戒盈，惠民纳谏，居安思危，慎明刑赏，广敷教化。

这组精心结撰的诗歌具有导向性，据傅璇琮主编《唐五代文学编年史》，它写于贞观十八年（644），是李世民晚年创作的具有思想总结意义的代表作，与他临终前的《帝范》十二篇一样，也可以说是留给高宗的训示格言。没有必要认为组诗是帝王一天生活过程的叙述①，而应该看成帝王闲暇生活的写照。尤其最后一首以议论的语调表达了比较成熟的治国理念和对待闲暇游赏的态度。李世民通过组诗并序的形式表达了他的文学态度。正如宇文所安所说："《帝京篇》很难算得上是唐诗的什么高潮，不过，它的确把帝王的焦虑戏剧化地呈现给了读者。通过这些诗篇，以及无数的公开场合，李世民昭示了帝王的自我控制和他在纳谏方面的从善如流。"②这一结论是精警的，而其将"无数的公开场合"与诗歌、诗序结合起来的评价方法更有启发性。

---

① 宇文所安《他山的石头记》中的论文《享乐的困难》即认为是写一天的活动过程。宇文所安：《他山的石头记》，田晓菲译，江苏人民出版社2003年版，第212页。

② 宇文所安：《享乐的困难》，《他山的石头记》，田晓菲译，江苏人民出版社2003年版，第227页。

（一）"游息艺文"与"先道德后文艺"

诗序中表达了"万几之暇，游息艺文"的观点，显然是继承儒家思想，即充分利用文艺的娱乐怡情、潜移默化功能，来完善人格修养。而在李世民的整个思想体系中文艺又排在最末的位置。如《资治通鉴·卷第一百九十八》载："（贞观）二十二年春正月，乙丑，作《帝范》十二篇以赐太子。曰《君体》……《求贤》……《纳谏》……《崇文》。且曰：'修身治国，备在其中。一旦不讳，更无所言矣。'"①《帝范》是李世民考察历代治乱兴衰的经验教训而总结出来的，是留给太子的治国之本，当是他一生奋斗的思想结晶，因而十分看重，在《帝范序》中说："汝以年幼，偏钟慈爱。义方多阙，庭训有乖，擢自维城之居，属以少海之任，未辨君臣之礼节，不知稼穑之艰难，朕每思此为忧，未尝不废寝忘食，自轩昊以降，迄至周隋，以经天纬地之君，纂业承基之主，兴亡治乱，其道焕然，所以披镜全踪，博采史籍，聚其要言，以为近戒云。"②《帝范后序》中又说："吾在位以来，所缺焉多矣。奇丽服玩，锦绣珠玉，不绝于前，此非防欲也；雕楹刻桷，高台深池，每兴其役，此非俭志也；犬马鹰鹘，无远不致，此非节心焉；数有行幸，以亟劳人，此非屈己也。斯数者，吾之深过，勿以滋为是而取法也。"③可见《帝范》是李世民留给太子的遗训。其具体内容《全唐文》未载，《资治通鉴》也缺载，当是已佚。但从十二篇的排列顺序可以看出李世民对文学的态度。他将"崇文"置于最后，与孔子"先道德后文艺"的观念相通④。说明先"崇德"后"崇文"，是初唐时期君臣的通识。在这一思想背景下考察《帝京篇序》，序中首标"游息艺文"，强调文学的涵养娱情功能，给文学一定的地位，具有比较重要的理论意义。

---

① 司马光：《资治通鉴》（下），上海古籍出版社1987年版，第1322—1323页。
② 董诰：《全唐文·卷十》，中华书局1983年版，第120—121页。
③ 董诰：《全唐文·卷十》，中华书局1983年版，第121页。
④ 李学勤：《十三经注疏·论语注疏》："孔门四科：德行、言语、政事、文学。"中华书局1999年版，第143页。

（二）汲取古代帝王覆亡颠沛的教训，维护儒家雅正的传统

《帝京篇》留有前代京都赋的遗痕，汲取赋体壮丽恢宏而终归于讽谏的结构模式，归于自警自惕。这与李世民对历史的重视有关。一方面，他重视修史，《修晋书诏》中说："右史序言，由斯不昧，左官诠事，历兹未远，发挥文字之本，导达书契之源。大哉，盖史籍之为用也。"①另一方面，他又重视读史，《金镜》中说："朕以万机暇日，游心前史，仰六代之高风，观百王之遗迹，兴亡之运。"②他更重视总结历史教训，得出了"任忠贤则享天下福，用不肖则受天下祸"，"遨游""爱声"会如"桀纣命不终于天年"，"至尊之极，以亿兆为心，以万邦为意"，"明主思短而长善，暗主护短而永愚"，"忧国之主屈身之欲，乐四海之民"③等重要结论。这些思想的形成当有一个较长的过程，可以说它们是《帝京篇》产生的根源。从这个意义上讲，《帝京篇》与《帝范》为代表的历史教训是相为表里的，共同组成李世民思想的两个方面。

（三）反对释实求华，主张节之中和

要将"观文教""阅武功"与"闲暇游赏"之间的关系协调好，关键在于去奢戒盈。节俭是李世民一贯的思想。如他下诏书"禁奏祥瑞"④，赐酺时不准宰杀耕牛，一反汉魏"赐牛酒"的习惯。⑤在园陵制度方面，他的《九嵕山卜陵诏》回顾了自己在隋末动乱中大定天下的经历后，表达了"反浇弊于淳朴，致王道于中和"的志向，又担心子孙"尚习流俗，崇厚园陵"，因此预为此制："务从简约，于九嵕山，足容一棺而已。"⑥在

---

① 董诰：《全唐文·卷八》，中华书局1983年版，第94页。

② 董诰：《全唐文·卷十》，中华书局1983年版，第126页。

③ 董诰：《全唐文·卷十》，中华书局1983年版，第126-127页。

④ 董诰：《禁奏祥瑞诏》，《全唐文·卷四》，中华书局1983年版，第57页。

⑤ 《全唐文·卷七》有《赐酺三日诏》，主要内容讲不准宰杀耕牛，要保护"耕稼所资"，节用爱财。

⑥ 董诰：《全唐文·卷五》，中华书局1983年版，第68-69页。

《遗诏》中又说："园陵制度，务从简约，昔者霸陵不掘，则朕意焉。"①这些诏书真实地表现了李世民戒奢节俭的品德，至于停修宫殿、停止封禅等举措都是这种思想的表现。三国时期曹植《辨道论》中有一段话："夫帝者，位殊万国，富有天下，威尊彰明，齐光日月，宫殿阙庭，焜耀紫微，何顾乎王母之宫，昆仑之域哉；夫三鸟被致，不如百官之美也；素女嫦娥，不若椒房之丽也；云衣雨裳，不若黼黻之饰也；驾螭载霓，不若乘舆之盛也；琼蕊玉华，不若玉珪之洁也。"②因此《帝京篇序》中反对四方逸游、崇奢极欲、征殚宇宙等，可以说与曹植总结的"戒奢去盈"思想是一脉相承的。

（四）反对浮靡轻艳文风，追求清朗刚劲的风格

这一点必须将诗与序联系起来才能明白。显然诗与序属于不同的文风类型，诗虽全部由对仗句是组成，语句绮丽，但总体上看有一种刚劲、中正、平和的意味。其中，第一首气象开阔，有雄视四方的气概；最后一首敦厚庸睦，有一种纯正质朴的风味。体制上还留着六朝粉色，追求整饬，因而结构上不够灵活，显得比较生硬，这是偶对句式因缺少回旋腾挪跌宕起伏必然带来的毛病。而序则是运用通脱平实、明白晓畅的散体文，在李世民的文集中这样散体的文章并不多。我们知道《晋书》中的《陆机传论》和《王羲之传论》是李世民写的，论者多关注《陆机传论》的研究，李世民称陆机为"百代文宗"，推崇备至，这可以解释他的骈文及诗赋学陆机的原因，在太宗心目中的"文"或许就是陆机那样的宏丽整饬、文采纷披。而学界研究太宗对王羲之的推崇，多从书法角度考虑，太宗酷爱《兰亭集序》，这已是众所周知的事实，但大家忽略了一点：从文体上看，《帝京篇序》有学《兰亭集序》的倾向。《兰亭集序》记叙三月三日被禊郊游踏青、耽玩山水的情事，兰亭聚会的高雅潇洒与王羲之的坦荡超逸及会稽山水的自然清丽融合在一起，既表达了人生且乐当下的意趣，也表达了

---

① 董诰：《全唐文·卷九》，中华书局1983年版，第108—109页。
② 范文澜：《文心雕龙注》（上），人民文学出版社1958年版，第348页。

忧虑生命短暂的悲慨，是众人集体赋诗之序；《帝京篇序》描述帝王闲暇时候的生活情形，表达了修身治国的理念，通过历史上一些帝王倾覆教训与自己生活体验的对比，深寓自我警戒旨意，文气贯通，一气呵成，也是组诗之序。因此，我认为王羲之的书法艺术和文章风格均对太宗产生了影响，即李世民是对王羲之的整个人格精神产生了崇拜心理。当然，《帝京篇序》并不是对《兰亭集序》亦步亦趋的模仿，因为生活内容和形式毕竟发生了变化，时代环境和精神状态也发生了变迁，困扰魏晋文人死生寿夭的人生之痛，在太宗贞观之治的背景下变成了建功立业可以实现，且乐当下不为虚幻，人生变得有滋有味，因而整体上呈现出一种信心满怀、进取豪迈的状态。

作为李世民仅存的诗序，《帝京篇序》的意义当然不止于模拟《兰亭集序》的文体价值上，因为这样的散体序并没有左右或影响初唐前期骈文序占绝对优势的文坛状况。它的重要意义在于他继承了两汉以来京都赋的传统，将赋法引入诗中，用组诗的形式首次描述了帝王健康正常、合情合德的雅化生活内容及情趣格调，显然对初唐乃至以后描述京城生活的诗、赋，如骆宾王的《帝京篇》、卢照邻的《长安古意》、杜甫的《咏怀五百字》、李白的部分《古风》等产生了实际影响。唐代围绕京城皇家生活而产生的诗、赋当以此为发轫，故其功不可磨灭，可能远远大于作为遗训对后来帝王生活规范产生的影响。

二、武则天、中宗诗序

（一）武则天诗序

武则天（624—705），是初唐时期乃至整个中国历史上影响特别大的女皇，史称"多智计，兼涉文史"①。在武则天统治期间，一方面她运用酷吏，兴告密之风，屡起大狱，铲除异己，控制朝廷；另一方面又借各种机会大行赏赐，以笼络人心。其中"赐宴"就特别多，据《旧唐书·则天皇后本纪》记载有：

> 690年，改"载初元年"为"天授元年"，大酺七日；
>
> 692年改元"长寿元年"，大酺七日；
>
> 693年改元"延载元年"，大酺七日；
>
> 695年正月，改元"证圣元年"，大酺七日；同年九月，又改元"天册万岁元年"，大酺九日；
>
> 696年改元"登封元年"，大酺九日；夏四月又改为"万岁通天元年"，大酺七日；
>
> 697年，改元"神功元年"，大酺七日；
>
> 698年正月，改元"圣历元年"，大酺九日；九月李显重立为太子，大酺五日；
>
> 700年改元"久视元年"，大酺五日。

这些宴饮都是要赋诗的，由此可见在初唐时期诗歌与宴饮的关系。久视元年夏天，武则天避暑嵩山三阳宫，为了缓和太子、诸武和男宠"二张"之间的矛盾，举行了规模很大影响深远的"石淙宴饮"。她亲自制序赋诗，群臣毕和，成为初唐诗坛的一件盛事。《夏日游石淙诗并序》：

> 若夫圆峤方壶，涉沧波而靡际；金台玉阙，陟玄圃而无阶。惟闻山海之经，空览神仙之记。爰有石淙者，即平乐涧也。尔其近接嵩岭，俯届箕峰，瞻少室兮若莲，睇颍川兮如带。既而蹑崎岖之山径，荫蒙密之藤萝，汹涌洪湍，落虚潭而送响；高低翠壁，列幽涧而开

---

① 刘昫等：《旧唐书·则天皇后本纪》，中华书局1975年版，第115页。又据称，她有文集120卷（已佚），还有《内苑要略》十卷、《百僚新诫》五卷、《臣轨》两卷、《垂拱格》四卷等。

莚。密叶舒帷，屏梅氛而荡燠；疏松引吹，清麦候以含凉。就林薮而王心神，对烟霞而涤尘累。森沈丘壑，即是桃源；森漫平流，还浮竹箭。纫薜荔而成帐，耸莲石而如楼。洞口全开，溜千年之芳髓；山腰半坼，吐十里之香梗。无烦昆阆之游，自然形势之所。当使人题彩翰，各写琼篇，庶无滞于幽栖，冀不孤于泉石。各题四韵，咸赋七言。

诗曰：

> 三山十洞光玄箓，玉峤金銮镇紫微。
> 均露均霜标胜壤，交风交雨列皇畿。
> 万仞高岩藏日色，千寻幽涧浴云衣。
> 且驻欢筵赏仁智，雕鞍薄晚杂尘飞。

这篇诗序及诗颇能代表武则天的诗文造诣。先看诗序，可以说是一篇精粹的骈文，开篇即说"圆峤方壶""金台玉阙"之类的仙山是虚无不实的，从而映衬出"石淙（平乐洞）"才是真正的人间仙境，我们从中似乎还能看到唐太宗否定神仙不求逸游的影子，也可以看到武后真实的且乐当下的情怀。武则天写此序时已经77岁，一生经历了宫廷中无数的风风雨雨，如今太子李显也众望所归地被召回朝廷，稳定了人心，眼看着就要交出手中的权力，因此游览嵩山石淙美景，对她来说是回归自然的灵魂休憩，难怪她如此倾心神往。接下来描述"石淙"的地理位置和风光，与武则天果断刚毅的性格相应，她在写景时注重动词的选择，景物都具有飞动的气势，虽然没有像王勃诗序那样镶金嵌玉，但依然显得宏伟壮丽。尤其突出"荡燠""含凉"等嵩山夏天特有的气候特征，以应合这次游宴是为避暑的目的。面对绝佳胜景，总会使人诗兴大发，因此"当使人题彩翰，各写琼篇，庶无滞于幽栖，冀不孤于泉石"。与诗序一样，诗也写得非常有气势。这是一首标准的七言律诗，首联写"三山十洞""玉峤金銮"的神仙佳境，展现一派壮丽而飘逸的氛围；颔联突出皇畿旁边"均露均霜""交风交雨"的石淙令人神往；颈联抒写游览所见的景象："万仞高岩藏日色，千寻幽涧浴云衣。"不但辉光明丽，而且境界开阔，气势雄伟，颇能代表一代女皇的胸襟气度，成为唐诗中的名联。虽然还是初唐时期的作品，但已见壮盛气象。可以说其涵融虚括与诗序中的实景境界相互补充，相得益彰。末联写欢宴赏赐，最后是"雕鞍薄晚杂尘飞"的回宫，具有真正的皇家气派，对后来盛唐时期的一些宫廷应制诗有一定的影响。

"石淙宴饮"作为一个历史事件，它除了协调关系的政治作用外，还对诗歌产生很大的影响。首先，可以看到七律在此时已经成为时尚，武则天的作品和"咸赋七言"的规定，无疑具有重大的导向性和强制性，这能激发应制者在七律创作方面进行琢磨研讨。七律在武后到中宗时期体制定型，虽不能说是由于这次宴饮，至少这次颇具规模的应制对七律的成熟有重要影响。考察这组七律应制诗，虽然诸朝臣总体倾向都在向武则天效忠献敬，大部分诗是写得有水准的，尤其中间的写景联，在万古不变的风景面前，诗人毕竟是可以激发出灵感的，如："金灶浮烟朝漠漠，石床寒水夜泠泠"（李峤），"石泉石镜恒留月，山鸟山花竞逐风"（姚崇），"重崖对耸霞文驳，瀑水交飞雨气寒"（苏味道），"花落风吹红的历，藤垂日晃绿葿葿"（阎朝隐），"雾隐长林成翠幄，风吹细雨即虹泉"（薛曜），"远近风泉俱合杂，高低云石共参差"（杨敬述），"溪水泠泠杂行漏，山烟片片绕香炉"（沈佺期），"树作帷屏阳景翳，芝如宫阙夏凉生"（崔融），"岩边树色含风冷，石上泉声带雨秋"（宋之问）等，将石淙的夏天景象表现得真切可感，而且并不觉得重复。从应制者来说，大部分都是武后朝的诗坛精英，他们的诗作本身就有很大影响，再加上陪女皇游石淙美景并侍宴的特殊环境和刻石流传等因素，从而使这组诗在当时诗坛上烙下了深深的印记。武则天诗序与这组应制诗，成为初唐后期的重要事件，研究武则天对初唐文学的影响，我认为"石淙宴饮"是不可忽视的重要资料。

（二）唐中宗诗序

唐中宗李显（656—710）是初唐时期最典型的庸主，正如《旧唐书》

史臣所说:"志昏近习,心无远图,不知创业之难,唯取当年之乐。"①长期幽禁南方的苦难经历,并没有锻炼他坚强不屈的意志和毅力,当上皇帝之后,仿佛要把曾经损失的青春弥补回来,他完全忘记了太宗遗训,过着一种没有节制的宴乐生活,将写诗饮酒当成了人生唯一的乐趣,而且特别热衷于大型的赋诗纪兴宴会。君臣唱和达到了空前的地步,虽然也有沈佺期、宋之问等翘楚,又有苏颋、张说、李峤等新秀,但整体上看不及玄宗时诗人的水平,也没有武后时应制诗人的高水准。中宗对诗歌形式的尝试很感兴趣,应制的形式五花八门,其中比较重要的是对格律的探讨,五律、七律体制的成熟,与这种宴乐风气有很大关系,通过这些规模庞大的诗会,提高了诗人整体水平。从另一个方面看,中宗确实用自己的君臣笙歌燕舞生活实践了儒家"诗可以群"的观念。

中宗擅长诗歌,唯一的诗序《九月九日幸临渭亭登高得秋字并序》(《全唐诗·卷二》):

> 粤以景龙三年,宾鸿九月,乘紫机之余暇,历翠黉以寅游。尔乃气肃商郊,风惊兑野。波收元灞,澄霁色于林塘;云敛黄山,蔼晴晖于原隰。衔芦送响,疑传苏武之书;化草翻光,似临车允之帙。于时诏懿戚,命朝贤,属重阳之吉辰,呈九皋之嘉瑞。萸房荐馥,辟邪之术爰彰;菊蕊含芬,延年之欢伏著。人以酒属,喜见覆于金杯;文在兹乎,盖各飞于玉藻。渊明抱菊,且浮九酝之欢;毕卓持螯,须尽一生之兴。人题四韵,同赋五言,其最后成,罚之引满。

这也是他生命晚期进入游宴高峰期的作品。由此诗序看出中宗具有文人的特征,首先,他虽然说是"乘紫机之余暇,历翠黉以寅游",但实际上有记载的这年游历就有十一次,除了六、十一、十二月,每月都有规模比较大的游宴,可见"紫机"之务他是并没有兴趣的;其次,他对秋景的描写,颇具笔力,受初唐四杰影响较明显,在描写"波收元灞,澄霁色于林

---

① 刘昫等:《旧唐书·中宗本纪》,中华书局1975年版,第151页。

塘；云敛黄山，蔼晴晖于原隰"之后，写大雁南飞和草色翻光景象，都运用典故，以显示典雅；最后，渊明和毕卓的故事，激起秋天赏菊饮酒的情怀，要"须尽一生之兴"，而且赋诗也要学当年金谷宴饮的做法"其最后成，罚之引满"。从所赋之诗来看，是一首五律，与诗序内容接近，只是尾联表达了兴犹未尽还要"淹留""龙沙"的愿望，一个只知道逸游没有忧虑和远图的皇帝形象凸现在眼前。中宗一生是可悲的，连爱好文学也都是如此平庸。他用自己的平庸为唐诗格律的成熟做了必要的铺垫，这或许就是他对文学史的贡献。

三、唐玄宗诗序

李隆基（685—762）是唐朝在位时间最长、对唐代文学艺术发展影响最广泛也最深远的皇帝。《旧唐书》说"（他）性英断多艺，尤知音律，善八分书。仪范伟丽，有非常之表"[1]，不但工诗能文，而且在儒、道经典的注疏方面也有成就，对中国文化影响巨大。[2]但他本人的文学创作却很少受到关注。[3]实际上，在玄宗统治的四十五年中，涌现出王维、李白、杜甫、高适、岑参等一批诗歌巨星，掀起了唐诗波澜壮阔的高潮，尽管玄宗本人的创作没有众星那样耀眼，但他的思想观念及以他为核心的王朝开创的"开天盛世"对唐代文学艺术的繁荣和发展至关重要的。《全唐诗》存其诗63首，《全唐文》存其文25卷，其中他对诗序的制作极富热情，序文中真实地表露了一种"盛世情结"，具有一种雄壮开阔的气象，展现出一种敦睦醇厚的氛围，表现出一种底气十足、豪迈奔放的气势，既

---

① 刘昫等：《旧唐书·玄宗本纪》，中华书局1975年版，第165页。

② 《十三经》中《孝经》是唐玄宗注疏的。"天宝十四载十月颁《御注老子》并《注疏》于天下。"刘昫等：《旧唐书·玄宗本纪》，中华书局1975年版，第230页。

③ 中国社会科学院文研所《唐代文学史》（1995年）没有论述唐玄宗的诗文创作；袁行霈主编《中国文学史》（1998年）也没有论及；丁放、袁行霈合撰《唐玄宗与盛唐诗坛》（载《中国社会科学》2005年第4期）也仅从道教方面论述了玄宗对盛唐诗坛的影响。

是开天盛世的表征，又为推动盛世的发展，具有不可低估的作用。这些诗序多写于君臣宴集或实行赏赐之时，对朝臣的精神影响是显而易见的。在那个物质富足的时代，在那个以得到名人赠诗赠序为荣的时代，可以想象玄宗的赐诗赐序是一种难遇的旷世荣耀，对唱和、酬赠诗风的盛行具有相当影响的，甚至具有移风易俗的力量。

唐玄宗的诗序中最多的是宴会序，这与开天盛世雄厚的物质条件相关，也与玄宗对文士的重视有关，用频繁的赐宴赋诗，达到和睦君臣、统一思想、协调关系等目的，有的诗序甚至含有比较深远的政治用意，整体上看，这些诗序也表现了一种盛唐气度及玄宗本人的儒雅修养，表现了一种敦厚雄壮的文风。"嘉会赋诗以亲"是古代宴聚的最基本目的，因为任何社会都是由不同阶层的人群构成的，"与民同乐"一直是古代贤君的治国理念，特别像唐代这样强盛的封建王朝，皇帝为了展现朝廷上下君臣融洽的景象，经常举行盛大的朝会，进行宴乐和赏赐。高祖、太宗时期多是军功献捷方面的宴赏；高宗、武后时期，则由于上尊号、进祥瑞和频繁改元而"赐酺"，娱乐性增强；中宗时期（特别是后期）转向纯粹的娱乐方面，大量的文人参加宴会并应制赋诗，有时甚至一日三宴达到登峰造极的地步；玄宗结束了这种局面，在开元十一年之前，很少举行这样的宴会，是励精图治的时期，随着政局的稳定，四边的安宁，整个社会呈现出一派欣欣向荣的景象。而玄宗朝的宴会有一些新的特点，主要表现在以下几个方面。

（1）展现朝廷上下和畅的盛世景象。如《端午三殿宴群臣探得神字并序》（《全唐诗·卷三》），这篇诗序作于开元十五年端午节。开头即点明"式宴陈诗"是展现"上和下畅"的主旨。接着叙述自己因"宵衣旰食""卜战行师"而"勤贪日给，忧忘心劳"，但开元盛世局面的形成，还是由于济济朝士和勇武将帅共同努力的结果。由于在这物候变化而麦秋有登的初夏季节，"时雨近霁，西郊霍靡而一色；炎云作峰，南山嵯峨而异势"雄伟景象的召唤，因此要"召儒雅，宴高朋"，显然与中宗"召懿戚，命朝贤"的文人式的游乐不同。玄宗始终重视经术，于是在丰盛的宴席上，仍然注重"讽味黄老，致息心于真妙；抑扬游夏，涤烦想于诗书"。尊儒重道是玄宗思想的重要方面，另外他又十分重视社会风俗，即使在这样大型的宴会上，依然是"感婆娑于孝女，悯枯槁之忠臣"。因此既感叹季节的循环往复，又赞美君臣的相乐，最后就是赋诗纪兴，要比肩汉武魏文的雅会。观玄宗的诗歌也写得敦厚浑朴，展现了其乐融融、兴会空前的景象。可以说从宴会的因由、具体景象、感慨内容和君臣兴致等方面，都体现出一种盛世特有的既宏壮豪华又不十分铺张奢侈的特点。

（2）表现对文教礼乐的高度重视。开元盛世的一个重要内涵是文教礼乐的兴盛，玄宗对文教的重视可以说达到了空前的地步。如《春晚宴两相及礼官丽正殿学士探得风字并序》（《全唐诗·卷三》）：

> 朕以薄德，祗膺历数，正天柱之将倾，纫地维之已绝，故得承奉宗庙，垂拱岩廊，居海内之尊，处域中之大。然后祖述尧典，宪章禹绩，敦睦九族，会同四海。犹恐烝黎未乂，徭戍未安，礼乐之政亏，师儒之道丧。乃命使者，衣绣服，行郡县，因人所利，择其可劳，所以便亿兆也。乃命将士，擐介胄，砺矢石，审山川之向背，应岁月之孤虚，所以静边陲也。乃命礼官，考制度，稽典则，序文昭武穆，享天地神祇，所以申严洁也。乃命学者，缮落简，缉遗编，篡鲁壁之文章，缀秦坑之煨烬，所以修文教也。故能使流寓返枌榆之业，戎狄称藩屏之臣，神祇歆其禋祀，庠序阐其经术。既家六合，时巡两京，函秦则委输斯远，鼎邑则朝宗所利。封畿四塞，从来测景之都；城阙千门，自昔交风之地。阴阳代谢，日月相推，岂可使春色虚捐，韶华并歇？乃置旨酒，命英贤，有文苑之高才，有披垣之良佐，举杯称庆，何乐如之？同吟湛露之篇，宜振凌云之藻。于时岁在乙丑，开元十三年三月二十七日。

"丽正殿"是唐代宫廷的内殿，开元七年设修书院于其中，掌校理四部群书，于"开元十三年四月，改集仙殿为集贤殿，丽正书院为集贤书院；内五品以上为学士，六品以下为直学士"①。诗序中描述的就是改名前的一次重大宴会，开篇回顾自己于神龙元年（705）诛灭韦后，先天二年（713）破灭太平公主，扫平内乱，登上皇位的经历，接着写"居海内之尊，处域中之大"之后，应该"祖述尧典，宪章禹绩，敦睦九族，会同四海"，四句将玄宗的人生理想表述得非常清晰，而要达到这一目标，首先在于安民心、薄徭赋，其次就是重视礼乐儒道。因此他命御史行郡县"以便亿兆"，命将士励戎行"以静边陲"，命礼官考制度"以申严洁"，命学者"缮落简，辑遗篇"而"修文教"。通过这些有力的举措，使流离失所的农民返回故乡安居乐业，让戎狄称臣愿作藩篱屏障，这样终于形成了兴旺发达的盛世局面，于是在阴阳代谢、春光明媚的季节，"乃置旨酒，命英贤，有文苑之高才，有掖垣之良佐，举杯称庆，何乐如之？同吟湛露之篇，宜振凌云之藻"，在君臣同乐兴酣酒阑之际，自然是赋诗抒怀。后来，张说赴集贤殿上任为大学士时，玄宗又赐宴赋诗。这无疑对这些学士们的心理产生重大影响。

（3）表现敦睦兄弟关系的衷情。玄宗的宴序中有几篇是叙兄弟之间情谊的，史称玄宗最重兄弟之情，如《旧唐书·让皇帝宪传》载："玄宗于兴庆宫西南置楼，西面题曰'花萼相辉之楼'，南面题曰'勤政务本之楼'。玄宗时登楼，闻诸王音乐之声，咸召登楼同榻宴谑，或便幸，赐金分帛，厚其欢赏。诸王每日于侧门朝见，归宅之后，即奏乐纵饮，击毬斗鸡，或近郊从禽，或别墅追赏，不绝于岁月矣。"②玄宗的诗序中有一篇就记录了这样的欢乐，即《首夏花萼楼观群臣宴宁王山亭回，楼下又申之以赏乐赋诗并序》，玄宗对"花萼楼"的命名颇有讲究，宁王宪、申王㧑、岐王范、薛王业邸第相望，环于宫侧，而此楼犹如"花蕊"，取《诗经·小雅·常棣》兄弟如花叶相依亲爱无间之义。据诗序，群官宴宁王山亭也是得到玄宗许可的，"近命群官，欣时乐宴，尽九春之丽景，匝三旬之暇日。畅饮桂山，棹歌沁水，醇以养德，味以平心，本将导达阳和，助成长

①　刘昫等：《旧唐书·玄宗本纪》，中华书局1975年版，第188页。
②　刘昫等：《旧唐书·卷九十五》，中华书局1975年版，第3011页。

育，亦朝廷多庆，军国余闲者也"。其实玄宗对诸王与朝臣的接触是控制很严的①，故他在群官已经宴饮宁王府之后，还要加以赏赐，是颇耐人寻味的。尽管说着"畅众心之怡虞，欢归骑之逶迤，鼓之以琴瑟，侑之以筐筥，衢尊意洽，场藿思苗，赋我有嘉宾之诗，奏君臣相悦之乐"之类的情深意切的话，是看重兄弟之情分，但未必不含严加控制的用意。这种兄弟情谊在《暇日与兄弟同游兴庆宫作》（《全唐诗·卷三》）也有表现，诗序表明"观风俗而劝人，崇友于而敦睦"的主旨。诗曰"从来敦棣萼，今此茂荆枝。万叶传余庆，千年志不移。凭轩聊属目，轻辇共追随。务本方崇训，相辉保羽仪。"将兄弟共荣同茂的志向表现得很充分，情感也真挚动人。当然最动人的应该算《鹡鸰颂并序俯同魏光乘作》（《全唐诗·卷三》）：

> 朕之兄弟，唯有五人，比为方伯，岁一朝见，虽载崇藩屏，而有睽谈笑，是以辍牧人而各守京职。每听政之后，延入宫披，申友于之志，咏棠棣之诗，邕邕如，怡怡如，展天伦之爱也。秋九月辛酉，有鹡鸰千数，栖集于麟德殿之庭树，竟旬焉。飞鸣行摇，得在原之趣。昆季相乐，纵目而观者久之，逼之不惧，翔集自若。朕以为常鸟，无所志怀。左清道率府长史魏光乘，才雄白凤，辩壮碧鸡，以其宏达博识，召至轩槛，预观其事，以献其颂。夫颂者，所以揄扬德业，褒赞成功，顾循虚昧，诚有负矣。美其彬蔚，俯同颂云。

序中描述的情景，后来被《新唐书》用来说明玄宗与兄弟之间的亲密关系，从中可以感受到玄宗对手足之情的重视。据《旧唐书·让皇帝宪传》："玄宗既笃于昆季，虽有谗言交构期间，而友爱如初。"因为他曾读魏文帝求仙诗，叹息说"朕每思服药如求羽翼，何如骨肉兄弟天生之羽翼

---

① 《旧唐书·惠文太子范传》载："时上禁约王公，不令与外人交接。驸马都尉裴虚己坐与范游宴，兼私挟谶纬之书，配徙岭外。……然上未尝间范，恩情如初，谓左右曰：'我兄弟友爱天至，必无异意，只是趋竞之辈，强相托付耳。我终不以纤芥之故责及兄弟也。'"刘昫等：《旧唐书》，中华书局1975年版，第3016页。

乎！陈思有超代之才，堪佐经纶之务，绝其朝请，卒令忧死。魏祚未终，遭司马宣王之夺，岂神丸之效也！"①唐代自太宗以来，兄弟争夺皇位的斗争一直相当残酷，到武后剪除宗枝，算是结束了这种血腥争夺的局面，但中宗、睿宗受制于后宫或御妹，到玄宗才得以结束后宫干政的局面，加上他们兄弟在早年都是如履薄冰，命悬一线，宁王曾在宫中备受凌辱，因此玄宗最重兄弟友情，一方面是他确实珍惜过去的患难与共，另一方面也是通过敦睦和厚来加强控制，使骨肉相残的悲剧不再重演。

赠别序：玄宗的赠别序分载于《全唐诗》和《全唐文》中，多作于开元后期及天宝年间，以开元二十九年春正月制"两京、诸州各置玄元皇帝庙并崇玄学，置生徒，令习《老子》《庄子》《列子》《文子》，每年准明经例考试"为标志②，玄宗进入了晚年崇道慕仙的人生阶段，朝政渐渐由李林甫、杨国忠等所控制，出现了"妖集廷除"而"朝野怨咨"的局面。当然这其中的历史教训应该由历史学家去总结，这里仅以玄宗的几篇赠序为例，说明他晚年的心态。如《为赵法师别造精院过院赋诗并序》（《全唐诗·卷三》）：

> 秋九月，听政观风，在乎游息。退朝之后，历西上阳，入清虚院，则法师所居之地也。法师得玄元之法，养浩然之气，故法此仙家，特建真宇，紫房对耸，绿竹罗生。既亲重其人，每经过其地，以怡神洗雪，进德修业，何必斋心累月，远在顺风。因而赋诗，用适其（一作真）意云尔。

虽然说是"听政观风，在乎游息"，但为法师造院并制序赋诗，显然还有崇尚道教的原因。道家讲究玄元之法，主张养浩然之气，因此玄宗既重其人，又习其业，并且认为不必"斋心累月"的苦修，要顺其自然。他的赋诗就是"欲广无为化，因兹庶可求"。如果说这里还是一种向往之情的话，那么《送李含光赴金坛诗序》则演变成了实际的期待："广陵炼师，

---

① 刘昫等：《旧唐书·卷九十五》，中华书局1975年版，第3011页。
② 刘昫等：《旧唐书·玄宗本纪》，中华书局1975年版，第213页。

上清品人也。抚志云霞，和光代俗，为予修福灵迹，将赴金坛，故赋诗宠行，以美其志。"①在《送李含光还广陵诗序》又说："炼师气远江山，神清虚白，道高八景，而学兼九流，每发挥元宗，启迪仙篆，延我以玉皇之祚，保我以金丹之期，敬焉重焉，深惜此别，因赋诗以饯行云耳。"②可见玄宗对祈福长生到了痴迷的地步。正因为崇道而无为，最终导致了"豪猾因兹而睥睨，明哲于是乎倦怀，故禄山之徒，得行其伪"，使开天业绩"前功尽弃"的悲惨结局。③

玄宗还有一篇追忆之序，即《巡省途次上党旧宫赋并序》（《全唐诗·卷三》）：

> 朕昔在初九，佐贰此州，未遇扶摇之力，空俟海沂之咏。洎大横入兆，出处斯易，一挥宝剑，遽履瑶图。承历数而顺讴谣，着天衣而御区夏。嗟乎，向时沉默，驾四马而朝京师；今日逍遥，乘六龙而问风俗。爰因巡省，途次旧居，山川宛然，人事无间，忽其鼎革，周游馆宇，触目依然。虽迹异汉皇，而地如丰邑，击筑慷慨，酌桂留连，空想大风，题兹短什。

作于开元十一年巡省途次上党旧宫之时。从创作的动因来说，人们经历过一番艰难困苦之后，都会有一种怀旧情结。玄宗于景龙二年四月，以卫尉少卿兼潞州别驾，真正掌握兵权，这是他日后能成功发动政变的重要条件，因此诗序开头就回忆往昔在上党时"未遇扶摇之力，空俟海沂之咏"，即未遇扶摇直上的雄风，只得等待时机，羡慕晋代王祥的功业，据说王祥曾为徐州别驾，"于时寇盗充斥，祥率励兵士，频时破亡，州界清静，政化大行，时人歌之曰：'海沂之康，实赖王祥。邦国不空，别驾之功。'"（《晋书·王祥传》）这里是用典故切合自己别驾的身份和日后取得"一挥宝剑，遽履瑶图"的成功。如今"着天衣而御区夏"，自然勾起

---

① 董诰：《全唐文·卷四十一》，中华书局1983年版，第446页。
② 董诰：《全唐文·卷四十一》，中华书局1983年版，第446页。
③ 刘昫等：《旧唐书·玄宗本纪》赞语，中华书局1975年版，第237页。

今昔的对比："向时沉默，驾四马而朝京师；今日逍遥，乘六龙而问风俗"。这种今昔之感虽没有太宗那样的深沉，但情调高昂，不是伤怀而是带着无限的欣悦进行追忆的，因此面对"山川宛然，人事无间，忽其鼎革，周游馆宇，触目依然"的景象，他所感到的是当年刘邦那样的自豪，"虽迹异汉皇，而地如丰邑，击筑慷慨，酌桂留连，空想大风"，赋诗抒怀。其诗也气象宏阔，雄浑壮健，有包举宇内、囊括万象的气概，充满一种豪迈进取的精神，是盛唐气象的一种表征。

开元时期和天宝时期唐玄宗的诗序有所区别。总体上看，开元时期有一种意气风发、雄浑富丽的盛世格调，天宝以后则相对庸俗软弱得多。《旧唐书》史臣的一段话说出了其中的原因："我开元之有天下也，纠之以典刑，明之以礼乐，爱之以慈俭，律之以轨仪。黜前朝侥幸之臣，杜其奸也；焚后庭珠翠之玩，戒其奢也；禁女乐而出宫嫔，明其教也；赐酺赏而放哇淫，惧其荒也；叙友于而敦骨肉，厚其俗也；搜兵而责帅，明军法也；朝集而计最，校吏能也。庙堂之上，无非济济之才；表著之中，皆得论思之士。而又旁求宏硕，讲道艺文。昌言嘉谟，日闻于献纳；长辔连御，志在于升平。贞观之风，一朝复振。于斯时也，烽燧不惊，华戎同轨。两蕃君长，越绳桥而竞款玉关；北狄酋渠，捐毳幕而争趋雁塞。……天子乃览云台之义，草泥金之札，然后封日观，禅云亭，访道于穆清，怡神于玄牝，与民休息，比屋可封。于时垂髫之倪，皆知礼让；戴白之老，不识兵戈。虏不敢乘月犯边，士不敢弯弓报怨。'康哉'之颂，溢于八纮。所谓'世而后仁'，见于开元者矣。年逾三纪，可谓太平。"[①]

四、唐德宗诗序

唐德宗李适（780—805），在位共26年，大部分时间周旋于藩镇割据之间，面对纷纷而起的军阀，采取姑息的政策，如兴元元年下诏说："李希

---

① 刘昫等：《旧唐书·玄宗本纪》，中华书局1975年版，第236页。

烈、田悦、王武俊、李纳，咸以勋旧，继守藩维，朕抚驭乖方，致其疑惧，皆由上失其道而下罹其灾。一切并与洗涤，复其爵位，待之如初。"①后来吴少诚于淮西藩镇作乱，贞元十五年八月德宗在制书中竟说："朕以王者之德，在乎好生；人君之体，务于含垢。宁屈己以宥罪，不残人以兴师。"②在如此屈己的情况下，勉强维持了20年的相对平静局面。德宗对朝臣经常采取赐宴赋诗的方式加强情感笼络，史称"德宗文思俊拔，每有御制，即命朝臣毕和"③。德宗朝的赐宴多发生在贞元三年之后，这是因为连年丰稔，人始复生民之乐，德宗下诏说："比者卿士内外，朝夕公务，今方隅无事，蒸民小康，其正月晦日、三月三日、九月九日三节日，宜任文武百官择胜地追赏。每节宰相、常参官共赐钱五百贯文，翰林学士一百贯文，左右神威、神策等十军各赐五百贯，……委度支每节前五日支付，永为常制。"④后来，贞元五年二月一日又下诏设立"中和节"以代正月晦日，"备三令节数，内外官司休假一日"⑤。这样，除非特殊情况，每年的三节令都有由朝廷出钱的大规模宴会，德宗借宴会之机赋诗遍赐群臣，从而达到上下和睦，以换取臣下的效忠。如贞元十四年春上巳，赐宰臣百僚宴于曲江亭，特令朝参的徐州刺史张建封与宰臣同坐而食，建封将还镇时，德宗特赐诗曰："牧守寄所重，才贤生为时。宣风自淮甸，授钺膺藩维。入觐展遐恋，临轩慰来思。忠诚在方寸，感激陈情词。报国尔所向，恤人予是资。欢宴不尽怀，车马当还期。谷雨将应候，行春犹未迟。勿以千里遥，而云无己知。"（《全唐诗·卷四》）史臣评论说："贞元以后，藩帅入朝及还镇，如马燧、浑瑊、刘玄佐、李抱真、曲環之崇秩鸿勋，未有获御制诗以送者。"于是张建封又献诗以自警励⑥。德宗留下的诗序只有两篇，都是宴会诗序。如《重阳日赐宴曲

---

① 刘昫等：《旧唐书·德宗本纪》，中华书局1975年版，第340页。

② 刘昫等：《旧唐书·德宗本纪》，中华书局1975年版，第391页。

③ 刘昫等：《旧唐书·刘太真传》，中华书局1975年版，第3762页。另《旧唐书·德宗本纪》史臣称赞德宗是"天才秀茂，文思雕华。"

④ 刘昫等：《旧唐书·刘太真传》，中华书局1975年版，第3763页。

⑤ 刘昫等：《旧唐书·德宗本纪》，中华书局1975年版，第367页。

⑥ 刘昫等：《旧唐书·张建封传》，中华书局1975年版，第3831-3832页。

江亭赋六韵诗用清字并序》（《全唐诗·卷四》）：

> 朕在位仅将十载，实赖忠贤左右，克致小康，是以择三令节，锡兹宴赏，俾大夫卿士，得同欢洽也。夫共其戚者同其休，有其初者贵其终。咨尔群僚，顺朕不暇，乐而能节，职思其忧，咸若时则，庶乎理矣。因重阳之会，聊示所怀。

这篇诗序作于贞元四年重阳节，首先强调是由于"忠贤左右"的努力，才形成了目前的小康局面，因此要选择三令节赐宴与大夫卿士同欢共乐，因为"共其戚者同其休，有其初者贵其终"，表达了德宗真诚的心意，当然同时也不忘提醒群僚"乐而能节，职思其忧"，说明宴会是有政治目的的，即"咸若时则，庶乎理矣"。其诗也是一片恬静和融的太平景象，很适合丰年欢庆的场合，几乎听不到民间的疾苦之声，也看不到时局宁静背后的隐忧。可以说德宗朝所有的宴会赋诗都是为了这个目的，应当客观地认为，在安史之乱后的涣散零乱、人心惟危的情势下，这种方式无疑成为一种有效的凝固剂和润滑剂。

再如《中春麟德殿会百僚观新乐诗一章章十六句并序》（增订注释《全唐诗》第一册）：

> 朕闻天地之德莫大于和，万物以生，九功乃叙。是以中春之首，纪为令节。布阳和之政，畅亭育之功，式宴且欢，顺时而举，盖取象于交泰之义也。今岁华载阳，嘉雪呈庆，君臣同乐，实获我心。近以听政之余，参比音律，播于丝竹，韵于歌诗，象中和之容，作中和之乐，教习甫就，毕陈于兹。于是辟广庭，临内殿，张大会，示群臣，千载成文，威仪有序，礼洽欢浃，中心是嘉。上下之志通，乾坤之理得，善固未尽，和莫甚焉。聊复成篇，以言其志。

这是贞元十七年中和节赐宴诗序，比较典型地表现了德宗诗序及诗歌的特点，"中和节"的设立就在于"和"，因为"和"是天地之大德，万物实生长于"和"，而中春二月初一，正是"布阳和之政，畅亨育之功"的最佳节令，因此要举行宴饮，"取象于交泰之义"。而此年又恰遇"岁华载阳，嘉雪呈庆"，故心情大悦，在听政之余，"参比音律，播于丝竹，韵于歌诗"，这里可以见出德宗赋诗追求一种圆润冲和之美，因此"象中和之容，作中和之乐"就不仅是整个宴会气氛的写照，更是他诗歌追求的一种境界。所以他说："上下之志通，乾坤之理得，善固未尽，和莫甚焉。"就是要通过这样的宴会在和乐融融之中协调好各方面的关系。其诗除再现当时的乾坤交泰、烟景氤氲景象外，主要是表达"庶协南风薰""浃欢情必均""万国希可亲"的良好愿望。应该说这在当时有一定的作用，至少对时局的稳定、对朝廷上下的团结有所帮助，贞元时期虽因姑息政策遭到后世史家的批评，如《旧唐书》史臣就说："赐宴之辰，徒矜篇咏。"[1]但我们也要看到，如果没有这二十年相对平静的和平发展局面，就很难出现后来宪宗元和年间的中兴气象。从诗歌角度看，在上下雍穆的气氛中，使中唐前期诗歌追求一种雍容典雅的气度，出现了权德舆、于邵、武元衡等为代表的一批追求敦厚典雅风格的作家，为元和诗歌的新变作了有力的铺垫。史臣说"文雅中兴，复高前代，二南三祖，岂盛于斯"[2]，也部分客观地看到了德宗朝的文学成就。

结　语

唐代帝王能诗者很多，如太宗、中宗、玄宗、德宗、文宗、宣宗等都有御制诗流传于后，而诗序的制作在玄宗达到一个高潮之后就衰落下去。总体上看，通过对帝王诗序（含诗歌）进行考察，有以下几方面的重要意义：（1）以帝王为中心的统治集团，控制了文学的话语权，物质条件优越，便于组织大规模的朝会。诗本来就有群居相亲、切磋琢磨、浸染感化的功能，帝王制序赋诗并要求应制唱和使儒家"诗可以群"的观念获得了

---

① 刘昫等：《旧唐书·德宗本纪》，中华书局1975年版，第401页。

② 刘昫等：《旧唐书·德宗本纪》，中华书局1975年版，第401页。

鲜活的生命力；（2）帝王的文学活动一般都具有政治教化的导向性，其创作往往是政治思想的延伸。在大型的歌舞宴乐或游历过程中，如果将自己的治国、修身等思想熔铸于其中，对朝臣乃至对社会风俗都有一定的导向作用；（3）帝王诗序（尤以赐序为要）对诗人的精神状态有重要影响，如玄宗的赐序就让受赐者感到无上的荣耀，德宗的赐序则换来了朝臣的忠诚；（4）帝王的文雅生活情趣对文人的创作有直接影响，如中宗与学士及贵戚们的频繁游宴赋诗，武则天举行的赛诗会，德宗对应制诗评定等级，等等，都会刺激诗人的创作欲望，一种在规定范围内争胜毫厘的意识增强了，这种生活内容及相应的创作方式，客观上使诗歌创作趋向繁荣；（5）从帝王的诗序及诗歌创作可以感受到宫廷文学的整体风格，即在总体的颂美氛围中呈现出一种趋同的格调。

当然，初唐长达百年的徘徊中，唐诗并没有在大量的宴饮应制中走向艺术的繁荣，说明帝王的创作，或者说宫廷文学创作具有致命的缺陷，就是那种强大的趋同意识销蚀磨灭了诗人的鲜活个性，当宴饮由宫廷转移到民间，诗人成为中心，诗人的独特经历和生活体验成为诗歌的主要内容时，诗歌才真正走向艺术的高潮。情性张扬而情景交融是帝王诗歌不可能达到的境界。生活境遇决定了诗人的创作。过去的文学史著作，由于过分强调"人民性"，而对唐代帝王群体诗歌创作比较忽略，我认为从文学产生的原生态来看，应该加强这方面的研究。

（原载《文学评论丛刊》2010 年第 2 期）

论王勃的诗序

王勃（650—676），字子安，绛州龙门人，隋末大儒王通之孙。据《旧唐书·王勃传》："勃六岁解属文，构思无滞，词情英迈。"①他是唐高宗时期著名的天才诗人，也是初唐时期创作序体最多的作家。②绝大部分是记录宴会、游览、送别（含留别）等场合赋诗之序，多数收入清编《全唐文》，极少数收在《全唐诗》中。清人蒋清翊《王子安集注》搜罗王勃诗文比较齐全，但还是有遗逸。③王勃的诗序对整个唐代诗序产生了深远影响，具有重要的文学史地位。

一、王勃诗序的基本类型及其特点

将清人蒋清翊的《王子安集注》与清编《全唐文》及日本藏《王勃集》中的诗序进行分类，得到下面的统计表（见表1）。

---

① 刘昫等：《旧唐书·卷一百九十》，中华书局1975年版，第5004页。

② 中国社会科学院文研所编《唐代文学史》（上）中说："王勃诗、赋九十余首，序、论、启、表、书、赞等百余篇，尤以序文最多，约七十多篇，超过了唐建国以来前代作家所写序文总数一倍有余，仅仅这个数字就是发人深思的。"

③ 王勃：《王子安集注》，蒋清翊注，1995年上海古籍出版社本，辑录了罗振玉补遗的流传在日本的抄本《王勃集》残卷中的23篇文章，其中20篇是序体文。

表1　王勃诗序统计表

类别＼出处	《王子安集注》及《全唐文》	日本藏《王勃集》	合计
宴会序	13	10	23
游历序①	10	3	13
游宴序②	3	2	5
赠别序	9	4	13
留别序	6	1	7
诗序	2	0	2
合计	43	20	63

（1）宴会序。如《秋日宴季处士宅序》（《全唐文·卷一百八十一》）：

　　若夫争名于朝廷者，则冠盖相趋；遁迹于邱园者，则林泉见托。虽语默非一，物我不同，而逍遥皆得性之场，动息匪自然之地。故有季处士者，远辞濠上，来游境中，披白云以开筵，俯青溪而命酌。昔时西北，则我地之琳琅；今日东南，乃他乡之竹箭。又此夜乘槎之客，犹对仙家；坐菊之宾，尚临清赏。既而依稀旧识，欢吴郑之班荆；乐莫新交，申孔程之倾盖；向时朱夏，俄涉素秋。金风生而景物清，白露下而光阴晚。庭前柳叶，才听蝉鸣；野外芦花，行看鸥上；数人之内，几度琴樽？百年之中，少时风月。兰亭有昔时之会，竹林无今日之欢。丈夫不纵志于生平，何屈节于名利？人之情矣，岂曰不然？人赋一言，各申其志，使夫千载之下，四海之中，后之视今，知我咏怀抱于兹日。

---

①　"游历序"中有一篇《三月上巳祓禊序》，宋《文苑英华》即收录，因文中有"永淳二年"字样，一直被认为是伪作，我认为当是"麟德二年"之误，王勃当是此年春天即到了越州山阴。

②　"游宴序"介于"宴序"和"游序"之间，如《越州秋日宴序》《夏日仙居观宴序》实际上包括先"游"后"宴"两个部分，这是王勃诗序的一个特点，在《滕王阁序》中还是这样。

开篇即议论一番"争名于朝"和"遁迹邱园"的不同人生意趣，表达了自己选择"逍遥"得性、动息自然的放旷心态，接着写季处士的热情款待和宴会地点的景物特色，最后写要像王羲之当年兰亭聚会那样赋诗纪兴，"使夫千载之下，四海之中，后之视今，知我咏怀抱于兹日"。虽为宴会序，但主要笔墨没有写宴会场面，而落笔于当时当地的景物，并抒发怀抱，只不过文人才子遇秋而悲的常见主旨，有"少年不识愁滋味，爱上层楼，为赋新词强说愁"的味道，是不能与当年王羲之深沉而通脱的人生感悟相比的，王勃显然是为了展露自己写景状物的文学才华。

又如《宇文德阳宅秋夜山亭宴序》（《全唐文·卷一百八十一》）。此序作于益州，宴席上碰到了"清虚君子"宇文峤和"风流名士"郎余令，二人均为王勃当年长安时的密友，因此他突发王子遒、嵇康一样的雅兴，似乎酒杯中泛着陶彭泽的菊影，闪烁着河阳潘岳花的光彩，金风玉露也清秀宜人，烟弥竹径，月映松扉，别有意境；池塘莲香，直透窗棂，三危露气，侵袭岫幌，真正是"冲衿于俗表，留逸契于人间"，于是他要赋诗抒怀，使"千载岩溪，无惭于烟景"。此序表现出文士特有的性情，也揭示了王勃创作物感生情的特征。据《唐才子传》称："勃属文绮丽，请者甚多，金帛盈积，心织而衣，笔耕而食。然不甚精思，先磨墨数升，则酣饮，引被覆面卧，及寤，援笔成篇，不易一字，人谓之腹稿。"[1]观这些短小优美的序文，由于有宴会独特场景的限制，估计不会是这样覆被酣睡后的产物，应当是即席挥毫而作，虽说是"不甚精思"，但要写得这样珠圆玉润，没有深厚的积累和敏捷的文思是难以办到的。人们欣赏王勃除了赏悦其文字之清丽秀美，当有爱其少年才华的因素，因为这样的文士毕竟难得一见。

（2）游历序。王勃仕途不达，抱绝世之才而不遇于时，因此四处游历，耽玩自然烟景、人间仙境就成为他消解忧郁、调节心境的重要方式。他早年游越，逐出王府后游蜀，居官虢州时游览洛阳周边的景色，随父南

---

① 傅璇琮：《唐才子传校笺》（第一册），中华书局1987年版，第32页。

迁则更是一路游览，即参加各种场合的宴会，也描述他所经历的游兴，尽管他的大部分诗序都或多或少与友人的宴聚欢会相关，但也有一些是专门来叙写游历的，故称为"游历序"。如《晚秋游武担山寺序》（《全唐文·卷一百八十一》）开篇即写益州武担山寺的仙道胜境："冈峦隐隐，化为阁崛之峰；松柏苍苍，即入祇园之树。引星垣于沓嶂，下布金沙；栖日观于长崖，傍临石镜。瑶台玉甃，尚控霞宫；宝刹香坛，犹芬仙阙。雕栊接映，台凝梦渚之云；璧题相晖，殿写长门之月。美人虹影，下缀虹幡；少女风吟，遥喧凤铎。"这简直是一个由翡翠珠玉镶嵌雕镌而成的净土世界。接下去写群公于岩泉结兴、筵赏畅游之情事，在映衬以金秋佳景："于时金方启序，玉律惊秋，朔风四面，寒云千里。层轩回雾，齐万物于三休；绮席乘云，穷九垓于一息。碧鸡灵宇，山川极望，石兕长江，汀洲在目。龙镰翠辖，骈阗上路之游；列榭崇闉，磊落名都之气。"面对蜀地奇观，于是他要与昔时登高能赋的大丈夫争胜，要"敢攀盛烈，下揆幽襟。庶旌西土之游，远嗣东平之唱"，即赋诗言怀、追慕古人的文雅风流。王勃的许多诗序从创作动因上讲，很大程度是欲比肩前贤、炫耀文采的产物。

（3）游宴序。如《越州秋日宴山亭序》（《全唐文·卷一百八十一》）是王勃早年游历吴越时的一篇纪游宴之序。"昔王子敬琅琊之名士，常怀习氏之园，阮嗣宗陈留之俊人，直至山阳之坐。"引述王、阮两位历史名人的风流故事来说明"非琴樽远契，必兆联于佳辰；风月高情，每留连于胜地"是古今才士相同的嗜好。又引古代文士与江山风月的典故："东山可望，林泉生谢客之文；南国多才，江山助屈平之气"说明江山对文思的巨大激发作用。接着便是描写越州秋景："红兰翠菊，俯映砂亭；黛柏苍松，深环玉砌。参差夕树，烟侵橘柚之园；的历秋荷，月照芙蓉之水。"最后才是描写宴会场景："星回汉转，露下风高，银烛摛华，瑶觞抒兴。"兴酣酒阑之后就是"五际飞文，时动缘情之作"。这篇序体现了王勃早期诗序富于激情、朝气蓬勃的少年特色，也体现其诗文创作受江山景物感发兴怀的影响。

又如上元二年家居龙门时的《夏日诸公见寻访诗序》（《全唐文·卷一百八十一》）："天地不仁，造化无力，授仆以幽忧孤愤之性，禀仆以耿介不平之气。顿忘山岳，坎坷于唐尧之朝；傲想烟霞，憔悴于圣明之代。情可知矣。"这"情"是遭受仕途打击后的真切而深沉的怀才不遇之情。但正当苦闷的时候，"赖乎神交胜友"忽然如鸾凤降自云霄，杨、沈二公来"石室寻真，访下走于丘壑"，于是"幽人待士，非无北壁之书；隐士迎宾，自有西山之馔。席门蓬巷，仁高士之来游；丛桂幽兰，喜王孙之相对"。欣悦之情、兀傲之态、雅洁之怀宛然可见。酒酣耳热时江山也来助兴："山南花圃，涧北松林，黄雀至而清风生，白鹤飞而苍云起。"最后是学仲长统、郭子期的风流"人探一字，四韵成篇"。这篇序以悲起以乐结，情感转换得益于胜友、美酒和先贤的召唤。

（4）赠别序。王勃的赠别序多写于"客中送客"的宴席上，因此时带自己的羁旅漂泊之怀。如《越州永兴李明府宅送萧三还齐州序》（《全唐文·卷一百八十一》）开头"不涉河梁者，岂识离别之恨"就点明是送别情事，中间提到"嗟歧路于他乡，他乡岂送归之地"，表达了客中送客、滞留他乡的悲怀。王勃以较大的篇幅抒写自己与萧三的友谊："惠而好我，携手同行，或登吴会而听越吟，或下宛委而观禹穴。良谈落落，金石丝竹之音辉；雅致飘飘，松柏风云之气状。当此时也。尝谓连璧无异乡之别，断金有好亲之契。"但是"我留子往"，因此"乐去悲来"，于是托景抒怀："清风起而城阙寒，白露下而江山远。徘徊去鹤，将别盖而同飞；断续来鸿，其离舟而俱泛。"最后以山涛和嵇康的典故，希望友人"善佐朝廷"，而自己则"甘从草泽"。勉励一番之后就是赋诗赠别。这是一篇通常格式的赠别序，叙离别、写风景、道劝勉、赠佳言、抒思念，一样不少。文字整饬华丽，友人与自己，心境与景物往往一笔双写，用典切当，含蓄隽永，令人回味。又如《秋日饯别序》（《全唐文·卷一百八十一》）这篇赠序，文思由悲转乐，最后是赋诗相思。几乎句句用典，既贴合自己的心境，又切合行者的状况，对仗精工，句法老练，将抒情写景与应酬结合得非常完美，达到了较高的艺术境地，为随后的《滕王阁序》做好了准备。

（5）留别序。"留别"也是离别。唐人送别诗中存在大量的"留别"之作，它的独特性在于是赋诗之人离别而去，诗中的思念对象是送别自己的人。如《还冀州别洛下知己序》（《全唐文·卷一百八十一》）：

> 东西南北，某也何从？寒暑阴阳，时哉不与。河阳古树，无复残花；合浦寒烟，空惊坠叶。王生卖药，入天子之中都；夏统乘舟，属群公之大会。风烟匝地，车马如龙；钟鼓沸天，美人似玉。芳筵交映，旁征豹象之胎；华馔重开，直抉蛟龙之髓。季鹰之思吴命驾，果为秋风；伯鸾之适越登山，以求渌水。辞故友，谢时人。登鄂阪而迁回，入邙山而北走。何年风月，三山沧海之春？何处风花，一曲青溪之路？宾鸿逐暖，孤飞万里之中；仙鹤随云，直去千年之后。悲夫！光阴难再，子卿殷勤于少卿；风景不殊，赵北相望于洛北。鸳鸯雅什，俱为赠别之资；鹦鹉奇杯，共尽忘忧之酒。

高步瀛《唐宋文举要》（下）选王勃骈文五篇，这是其中之一，并在末尾录蒋心余评语："清圆浏亮，学六朝者，所当问津。"①我认为这篇序结尾当有几句赋诗道别的话，当作于虢州参军期间，还冀州或许因为公务，具体情况不详。从整篇文章的情调看，展现的是一派生机勃勃的春天景象，没有除名后的悲伤。文中的"悲"是指离别知己，深感"光阴难再"，相思殷切而会合难期之淡淡感伤，由于全部织进了"清圆浏亮"的词句中，给人的感受是雅兴逸致和绵邈的思念情怀。

留别序最有代表性的当推《秋日登洪府滕王阁饯别序》（《全唐文·卷一百八十一》）（按：《四部丛刊》本《王子安集》作《滕王阁诗序》）。有关这篇诗序的写作时间，最早是五代王定保的《唐摭言·卷五》："王勃着《滕王阁序》，时年十四。都督阎公不之信，勃虽在座，而阎公意属子婿孟学士者为之，已宿构矣。及以纸笔巡让宾客，勃不辞让。公大怒，拂衣而

---

① 高步瀛：《唐宋文举要》（下），上海古籍出版社1982年版，第170页。

起，专令人伺其下笔。第一报云……又报云……又云：'落霞与孤鹜齐飞，秋水共长天一色'。公矍然而起曰：'此真天才，当垂不朽矣！'遂亟请宴所，极欢而罢。"①《旧唐书·王勃传》、辛文房《唐才子传》均取其说。后来更有诗话中虚构出王勃从父宦游江左，看到一座古祠，回路遇老叟，呼勃"子往南昌作赋，路七百里，吾助清风一席"的传说。②清代吴调侯《古文观止》又提出作于"咸亨二年"之说，其他情节相似。③虽然这则故事及其附会出的传说均难以令人置信，但人们还是津津乐道，都尽量推为少作，我认为这表现了一种崇拜少年天才的传统观念，中国古代众多的神童故事都表现为文思敏捷，才华出众，历来为人们艳羡，这是人们并不真正关注王勃作序真实时间的根本原因。因为王勃十六岁献《宸游东岳颂》和《乾元殿赋》等鸿文，又入沛王府侍读，当文名早著，不应当在此时才被发现为天才。实际上，此文作于上元二年，王勃随父前往交趾，九月九日路过南昌，正遇上重阳大宴会，于是在宴会上即席作序赋诗留别。如果《唐摭言》及诗话类著作照实书写，就没有什么惊悚视听的效果了。

这篇序从洪州的"人杰地灵"，写到宴会；接着写宴会时间、滕王阁的壮丽和登阁眺望三秋景象。下面再从宴会盛况写到自己"兴尽悲来"的身世之感，抒发怀才不遇的不平和依然渴望建功立业的雄心壮志，最后是赋诗惜别，并说这篇"短引"只是起一个抛砖引玉的作用，"登高作赋是所望于群公"。从全文看，主要笔墨还是落到写景和抒情上，宴会只是一条贯穿全文的线索，并作为一个重要的背景，宴席高潮也不过是情感起伏的转折点。这可以代表王勃诗序集游览、宴会、写景、抒怀于一炉的综合性特征，既可以称为"游宴序"，也可以称为"饯别序"，具有多方面的功能。因为他非常巧妙地将颂主夸客的应酬性和状物抒怀的文学性完美地结合在一起，既表现出当时的宴会气氛，又突出了自己的际遇，还恰如其分

---

① 王勃：《王子安集注·卷八》，蒋清翊注，上海古籍出版社1995年版，第229页。

② 章藻功：《思绮堂文集·登滕王阁书王子安序后》自注。转引自王勃：《王子安集注》卷首辑评，上海古籍出版社1995年版，第52页。

③ 吴调侯、吴楚材：《古文观止》（下），中华书局1959年版，第308页。

地展露了自己的志向和才华。文体上既辞采华美，对仗工整，声韵和谐，又气势奔放，自然流畅；用典既丰富贴切，又不冷僻晦涩，表现出既严守格律又突破规范、化艰涩为通俗的倾向。无论从哪个角度看，都是一篇美文。难怪吴调侯无限赞叹地说："想其当日对客挥毫，珍词绣句层见迭出，洵是奇才。"

二、王勃诗序的艺术成就

王勃的骈文是初唐的杰出代表，他的诗序又作为其骈文的代表，取得了很高的艺术成就。我认为主要表现为以下几个方面。

（一）在整个时代文风的趋同中表现出独特个性

所谓"趋同"，指的是整个初唐时期都崇尚骈文。《新唐书·文艺传序》说："高祖、太宗，大难始夷，沿江左余风，绮句绘章，揣合低昂，故王、杨为之伯。"①骈文在初唐达到一个高峰，上自帝王的诏书、制敕、德音等"王言"及朝臣的颂赞、章表、奏疏等"臣言"，下到表饰终之典的碑铭、墓志、祭文及表达私人情感的书启、赠序等，都是运用六朝以来骈四俪六的体制，乃至史传的赞语、传论也都是骈文。王勃的序类文体，其独特性在求同的倾向中表现出鲜明的个性化色彩，他将江山之丽景与身世之感融合在一起，突出了在初唐走向文治盛世的同时，下层才士的怀才不遇之悲。初唐是一个崇尚华丽壮大文风却贱视才士的时代，这与统治者崇尚武功和门第有关，他们一方面欣赏文学，将艺文当作娱乐养性之具而加以提倡，另一方面又持"先道德而后文艺"的观点而不愿意重用文士。唐太宗虽然重视诗文创作，但他始终将"崇文"置于其贞观之治的整个朝廷策略的最末位置；高宗虽也崇文尚丽，喜好夸

---

① 宋祁、欧阳修：《新唐书·卷二百一》，中华书局1975年版，第5725页。

饰颂圣之词，但以《五经正义》的颁行为标志①，文采秀士是没有仕途出路的。《资治通鉴·卷第二百二》载上元元年刘晓论选举制度的奏疏："礼部取士，专用文章为甲乙，故天下之士皆舍德行而趋文艺，有朝登甲科而夕陷刑辟者，虽日诵万言，何关理体？文成七步，未足化人。况尽心卉木之间，极笔烟霞之际，以斯成俗，岂非大谬？……陛下若取士，以德行为先，文艺为末，则多士雷奔，四方风动矣。"②作为奏疏庄重地站在朝廷角度立论，可以看作当时的主流意识，其实王勃也有这样的观点，咸亨二年的《上裴侍郎启》中就贬低文人，希望朝廷取士不要专重诗赋，要"先道德后文艺"。但王勃最终还是没有能够入朝士之选，不得不沉沦下僚，甚至得到"浮躁衒露"的恶评。③这样，王勃之类的才士不遇就不是简单的个人遭遇，而是具有普遍性的文士的悲剧命运，因而在诗文中表现身世之感，就将王勃从整个时代的趋同中凸现出来，具有独标孤卓的区别性意义。具体表现在他的诗文中就是随处可见悲慨之怀，听到其叹息之声，而心底的不甘又往往崇尚建功立业，因此生命的热血激情与现实的贫困潦倒形成矛盾交织的状态。他虽说着"吾被服家业（按：指王家八代以儒辅仁），沾濡庭训，切磋琢磨战兢惕厉者二十二载矣，幸以薄技，获躐戎役，尝耻道未成而受禄"④的话，但实际上是对自己沉溺下流的不平之鸣。

下面摘录一些诗序中的悲愤之语：

> 坎坷于唐尧之朝；傲想烟霞，憔悴于圣明之代。情可知矣。
>
> ——《夏日诸公见寻访诗序》
>
> 悲夫！秋者愁也。酌浊酒以荡幽襟，志之所之；用清文而销积

---

① 刘昫等：《旧唐书·高宗纪》载：永徽四年三月，颁孔颖达《五经正义》于天下，每年明经令依此考试。

② 司马光：《资治通鉴》（下），上海古籍出版社1987年版，第1358页。

③ 宋祁、欧阳修：《新唐书·裴行俭传》载：行俭曰："士之致远，先器识，后文艺。如勃等，虽有才，而浮躁衒露，岂享爵禄者哉？"

④ 董诰：《全唐文·卷一百八十一》，中华书局1983年版，第1838页。

恨，我之怀矣。

——《秋日游莲池序》

关山难越，谁悲失路之人？萍水相逢，尽是他乡之客。怀帝阍而不见，奉宣室以何年？嗟乎！时运不齐，命途多舛。

——《秋日登洪府滕王阁饯别序》

方严去舳，且对穷途。玉露下而苍山空，他乡悲而故人别。

——《江宁吴少府宅饯宴序》

听孤鸣而动思，怨复怨兮伤去人；闻唳鹤而惊魂，悲莫悲兮怆离绪。

——《冬日送间丘序》

这些句子比较典型也比较恒定地表现了王勃具有自宋玉以来的"贫士失职而志不平"的伤春悲秋情怀。在整个初唐被骈文和宫廷诗风弥漫的文学环境里，以王勃为代表的"四杰"将怀才不遇的人生感慨在诗文中表现出来，就具有了重要的区别意义。一般的文学史著作只是关注王勃的诗歌意义，而对他的骈文成就虽肯定，但并没有予以足够高的评价，我认为王勃的骈文中至少这些诗序是具有改变初唐浮靡文风的重要作用的。

（二）追求一种气势壮大、字挟风霜的劲健风格

杨炯《王勃集序》曾这样评价龙朔文坛："尝以龙朔初载，文场变体，争构纤微，竞为雕刻，糅之金玉龙凤，乱之朱紫青黄。影带以徇其功，假对以称其美，骨气都尽，刚健不闻。"①龙朔初载即661年，王勃只有12岁，可能已经著文了。杨炯批评的这种文风当包含诗、文在内的，其形成当有一个积渐过程，这种以"上官体"为代表的诗风及其相关的文风，最致命的缺点是"骨气都尽，刚健不闻"。但我认为王勃的"思革其弊，用光志业"也有一个发展过程，不妨这样假设：他在未入沛王府之前，也有一个趋同的阶段，入王府之后才明确要写出"气凌霄汉，字挟风霜"的劲健之作。观其《宸游东岳颂》及《乾元殿赋》等早期作品，有将

---

① 董诰：《全唐文·卷一百九十一》，中华书局1983年版，第1931页。

西汉大赋融合六朝华彩追求气盛壮丽的趋向，到被逐出王府入蜀后写《春思赋》和赴南海时写《采莲赋》《滕王阁序》等，才将人生感慨融入比兴和典饰之中，达到"契将往而必融，防未来而先制"，"壮而不虚，刚而能润，雕而不碎，按而弥坚"的境界，从而使"积年绮碎，一朝清廓"①。

在王勃的诗序中随处可见颇有气势的文句。如写景：

> 仁崖知宇，照临明日月之辉；广度冲襟，磊落压乾坤之气。
>
> ——《山亭兴序》
>
> 惊帝室之威灵，伟皇居之壮丽。朝游魏阙，见轩冕于南宫；暮宿灵台，闻弦歌于北里。
>
> ——《秋晚入洛于毕公宅别道王宴序》
>
> 遗墟旧壤，数万里之皇城；虎踞龙盘，三百年之帝国。霸气尽而江山空；皇风清而市朝改。
>
> ——《江宁吴少府宅饯宴序》

如写人物：

> 杨学士天璞自然，地灵无对，二十八宿禀太微之一星，六十四爻受乾坤之两卦。论其器宇，沧海添江汉之波；序其文章，元圃积烟霞之气。
>
> ——《秋日饯别序》
>
> 韦少府玉山四照，珠胎一色。纵横振锋颖之才，吐纳积江湖之量。子云笔札，拥鸾凤于行间；孙楚文词，列宫商于调下。
>
> ——《冬日羁游汾阴送韦少府入洛序》

如写宴会：

> 于是携旨酒，列芳筵，先被禊于长洲，却申交于促席。良谈吐玉，长江与斜汉争流；清歌绕梁，白云将红尘并落。
>
> ——《三月上巳被禊序》

---

① 董浩：《全唐文·卷一百九十一》，中华书局1983年版，第1931页。

遥吟俯畅，逸兴遄飞。爽籁发而清风生，纤歌凝而白云遏。睢园绿竹，气凌彭泽之樽；邺水朱华，光照临川之笔。

——《秋日登洪府滕王阁饯别序》

如抒怀：

高情壮思，有抑扬天地之心；雄笔奇才，有鼓怒风云之气。

——《游冀州韩家园序》

文章可以经纬天地，器局可以畜泄江河，七星可以气冲，八风可以调合。独行万里，觉天地之崆峒，高枕百年，见生灵之龌龊。

——《山亭思友人序》

无论写山亭幽景、皇城壮象、宴会盛况，还是描写人物风采，或者抒发逸怀浩气，都写得飞动轩昂，元气淋漓，勃显一种沛然有余汩汩喷涌的生命激情，千载之后读之，犹能使人心潮动而热血涌，思奋翮而展遐想。这种鹏举九霄的气象，壮丽雄快的格调，使王勃的诗序具有辽阔浩荡的意境，雄浑劲健的阳刚之美。

（三）景物描写具有色彩斑斓而兴象飞动的境界美

王勃的诗序中最引人注目的是那些色彩斑斓而包含诗情画意的景物描写。典型的是春色和秋景。据统计，王勃的全部63篇诗序中明确描写春景的有17篇，秋色的有22篇，合计39篇，占总量的62%。这大约是"春秋代序，阴阳惨舒，物色之动，心亦摇焉"的物感规律在起作用，因此刘勰接着说："岁有其物，物有其容；情以物迁，辞以情发。一叶且或迎意，虫声有足引心。况清风与朗月同夜，白日与春林共朝哉！"[1]尽管刘勰提到春夏秋冬四季景物均能摇荡性灵，但从他的感慨中不难体会他最重春秋两季。这符合中国古代文士普泛性的伤春悲秋情结。王勃似乎对"春"感最为深刻，《春思赋序》说："悲乎！仆不才，耿介之士也，窃禀宇宙独用之

---

① 范文澜：《文心雕龙注》（下），人民文学出版社1958年版，第693页。

心，受天地不平之气，虽弱植一介，穷途千里。未尝下情于公侯，屈色于流俗。凛然以金石自匹，犹不能忘情于春，则春之所及远矣，春之所感深矣。此仆所以抚穷贱而惜光阴，怀功名而悲岁月也。岂徒幽宫狭路、陌上桑间而已哉。屈平有言'目极千里伤春心'。因作《春思赋》，庶几乎以极春之所至，析心之去就云尔。"①王勃的诗文创作还深受江山风物的影响，《入蜀纪行诗序》说："烟霞为朝夕之资，风月得林泉之助。嗟乎！山川之感召多矣，余能无情乎！"②明确表达了他的这些诗歌乃山川感召心灵的抒情之作。他在《涧底寒松赋序》中说："盖物有类而合情，士因感而成兴。"③明确意识到外物与情感有"物类合情"的对应关系，接近西方美学中的"异质同构"之说。春天风和日丽，烟雨霏霏，万物欣欣向荣，到处一派朝气蓬勃的景象，既易激起进取者奋发豪迈之心，又易引起失意者沉沦烟景虚掷光阴感伤愤懑之情；秋季风清气肃，霜天万里，木叶凋零，苍凉寥落，加上北雁南飞，寒虫哀鸣，暮雨潇潇，凄神寒骨，最易引起失意文人的身世之感。而王勃作为怀才不遇的典型，四处漂泊，虽参加各种场合的兴酣情逸的宴会，但多生发乐极悲来的感叹。

如春景：

> 迟迟风景，出没媚于郊原；片片仙云，远近生于林薄。杂花争发，非止桃蹊；群鸟乱飞，有逾鹦谷。王孙春草，处处争鲜；仲统芳园，家家并翠。

——《三月上巳祓禊序》

> 于时序躔清律，运启朱明，轻莫秀而郊戍青，落花尽而亭皋晚。丹鹦紫蝶，候芳晷而腾姿；早燕归鸿，俟迅风而弄影。岩暄蕙密，野淑兰滋，弱荷抽紫，疏萍泛绿。于是俨松舻于石岙，停桂楫于璇潭，指林岸而长怀，出河州而极睇。

——《上巳浮江宴序》

---

① 董诰：《全唐文·卷一百七十七》，中华书局1983年版，第1798-1799页。
② 王勃：《王子安集注》，蒋清翊注，上海古籍出版社1995年版，第227页。
③ 董诰：《全唐文·卷一百七十七》，中华书局1983年版，第1806页。

桃花引骑，还寻源水之蹊；桂叶浮舟，即在江潭之上。尔其崇阑带地，巨浸浮天，绵玉甸而横流，指金台而委输。飞湍骤激，犹惊白鹭之涛；触浪奔回，若赴黄牛之峡。

——《江浦观鱼宴序》

写秋景：

向时朱夏，俄涉素秋。金风生而景物清，白露下而光阴晚。庭前柳叶，才听蝉鸣；野外芦花，行看鸥上；数人之内，几度琴樽？百年之中，少时风月。

——《秋日宴季处士宅序》

于时苍云寡色，白日无光。沙尘起而桂浦昏，凫雁下而芦洲晚。傍邻苍野，霜风橘柚之园；斜枕碧潭，夜月芙蓉之水。

——《绵州北亭群公宴序》

于时白藏开序，青女御律。金风高而林野动，玉露下而江山清。琴亭酒榭，磊落乘烟；竹径松扉，参差向月。……亦有红苹绿荇，亘渚连翘；玉带瑶华，分楹间植。池帘夕敞，香牵十步之风；岫幌宵褰，气袭三危之露。

——《宇文德阳宅秋夜山亭宴序》

通过比较，不难看出，王勃虽自称感春为深，但他的诗序在具体描写时，春景的描写还是要逊色于秋景，写秋景不仅境界清逸，而且特色鲜明，名作众多。特别挺拔的有"落霞"名联："落霞与孤鹜齐飞，秋水共长天一色。"虽然这一句式模仿庾信《华林马射赋》中的"落霞与芝盖齐飞，野水共春云一色"[①]，但王勃的这两句描写晴天碧水，天水相接上下浑然一色；晚霞自上而下，孤鹜自下而上，相映生辉，构成一幅色彩明丽

[①] 李士彪：《魏晋南北朝文体学》搜罗了"落霞句式"资料，认为不始于庾信，可以上溯到魏晋之际的桓范、阮籍等。李著收集庾信之前40多条例句，说明这是骈文的基本句式之一。上海古籍出版社2004年版，第234—238页。

而境界壮阔的绝妙图画，超越了庾信以静态并列景物的意境，是继承中有创新。然而，遍检王勃全部诗序，"落霞句式"仅得以下三联：

崇松将巨柏争阴，积濑与幽湍合响。

——《游山庙序》

言泉共秋水同流，词峰与夏云争长。

——《饯宇文明府序》

长江与斜汉争流，白云将红尘并落。

——《三月上巳祓禊序》

这一句式的优点在于将四个景物按两两相对的形式用一个"共""与"联系起来，再描述一个动态，达到对景物群的形象描绘，很富于表现力。而王勃诗序中另一种由"而"连接的对称七字句却更多，典型的如：

轻蒉秀而郊戍青，落花尽而亭皋晚。

——《上巳浮江宴序》

元经苦而白凤翔，素牒开而紫鳞降。黄雀至而清风生，白鹤飞而苍云起。

——《夏日诸公见寻访诗序》

金风高而林野动，玉露下而江山清。

——《宇文德阳宅秋夜山亭宴序》

襟三江而带五湖，控蛮荆而引瓯越。潦水尽而寒潭清，烟光凝而暮山紫。爽籁发而清风生，纤歌凝而白云遏。地势极而南溟深，天柱高而北辰远。

——《秋日登洪府滕王阁饯别序》

这种句式共32联，显然是王勃惯用的句式，它便于将四个景物用两个虚词和两个动词或形容词密集地组合在一起，形成景物描写主干性句子，既生动形象，又紧凑而凝炼，也是极富于艺术表现力的，由于被"落霞"句式的光辉所掩盖，不太为人们所注意，实际上对四季景物的描述，王勃在很大程度上是依赖于这种句式而完成的。

当然，毋庸讳言，王勃诗序也有明显的缺陷。第一，描写景物有雷同之嫌，如写秋景多"金风""玉露"，且常常白天与夜晚对举，有许多动词、形容词重复，读多了易生厌；更重要的是这种雷同，不能突出景物的特征，他的有些诗序无法编年，当与描写景物太普泛化、类型化有关；第二，过分用典形成一种虚套，如宴会就是"兰亭""金谷"，游览就提阮籍、嵇康，最俗的是常说陶潜之菊，潘岳之花，这种贴标签一样的用典，没有必要也无意义；第三，珠玉龙凤之类祥瑞词汇太多，尽管组合得珠圆玉润，声韵和谐，但给人以虚假的印象，这正是杨炯批评的龙朔文风在王勃诗序中的表现，也影响诗序的艺术魅力；第四，王勃的诗序也存在序重诗轻的问题，似乎是在刻意写序，作诗倒像是强弩之末的点缀。

三、王勃诗序的地位和影响

王勃对序体情有独钟，除集序、赋序、颂序外，纪游、宴会、赠别、思友之序最多。究其原因，我认为大致有以下几点：（1）序体承继南朝骈文特色，最容易将写景、抒情融为一体，具有明显的诗化特征；（2）序体轻便灵活，既无须赋颂那样精心结撰，殚精竭虑，也没有书启碑铭那样的目的性，因而最适合个人情感、心绪的自由表达；（3）序体适合宴会、群游纪行的场合，既能表达文人聚会的雅兴，又能展露文学才华，因而成为才子型文人最佳的选择文体；（4）大唐初期由百废待兴渐渐走向兴旺发达的气象，文人才士游宦宴乐的频繁，促进了时代风气对序体的需求，得到名人的赠序或在著名宴会上能被推举作序均是一种很大的荣誉。王勃禀性多感，加上屡遭挫折、四处漂泊的人生经历，与他耀地惊天的文才相结合，使他有条件能将六朝成熟的骈体诗序推向一个新的艺术境界，成为唐代诗序发展历程中的第一座里程碑。王勃是初唐骈文的大家，他将萌芽于先秦、定型于魏晋、骈化于南朝的诗序推向了一个高峰，为骈序的格律化做出了不可磨灭的贡献，同时，其缺陷也成为此体继续发展的重要障碍。王勃在盛唐杜甫之前屡遭贬斥，以致杜甫不得不作诗"王杨卢骆当时体，轻薄为文哂未休。尔曹身与名俱灭，不废江河万古流"（《戏为六绝句》）为其辩护。后来韩愈作《滕王阁记》说："江南多游观之美，而滕王阁为第一。及得三王为序、赋、记等，壮其文词"，又说："窃喜载名其上，词列三王之次，有荣耀焉。"①然而，明代张燮则批评说："勃文名为四杰之冠，儒者病其浮艳。"对此四库馆臣却说："杜甫、韩愈诗文亦冠绝古今，而其推勃如是，枵腹白战之徒，掇拾语录之糟粕，乃沾沾焉而动其喙，殆所谓蚍蜉撼树者欤！"②

我们认为，王勃的诗序为代表的骈文，洵为美文，千载共赏。他写景状物的艺术技巧，对律诗的写景产生了一定的影响，运用典故的变化多端对后来诗歌的典则雅丽也产生了重要影响，更重要的是，诗序中展露的文人兀傲个性和雄壮风格，在李白、陶翰、李华、梁肃等人的诗序中还可以听到巨大的回响。他在诗序中描述宴会及游赏的豪情逸兴，展示的文人雅洁胸襟，也成为后人追慕的对象，而他诗序中那些奇言警句，也为后人拾掇采撷的对象，更成为人们津津乐道的批评话题。章太炎先生在《检论·案唐》中说："尽唐一代，学士皆承王勃之化也。"甚至说："终唐之世，文士如韩愈、吕温、柳宗元、刘禹锡、李翱、皇甫湜之伦，皆勃之徒也。"③确实是一个大胆而独具只眼的论断，值得学术界认真思考和仔细研究。

（原载《中国文学研究》2010年第2期）

---

① 马其昶：《韩昌黎文集校注》，上海古籍出版社1986年版，第91—92页。

② 《钦定四库全书总目·卷一百四十九》，中华书局1997年版，第1991页。

③ 章太炎：《章太炎学术论著》，刘凌、孔繁荣编校，浙江人民出版社1998年版，第95—96页。

论柳宗元创作唐雅的现实意义及其艺术特点

"雅"诗是《诗经》的一种体裁，历来被人们当作"正体"看待，尤其在诗歌创作处于低迷的时期，人们力图恢复古道，总会以各种方式回归雅诗传统。唐代中期，遭遇安史之乱后，不但国家秩序遭到破坏，藩镇割据形成尾大不掉之势，导致皇权衰弱，朝纲不振，而且从朝中大臣、内宫宦官到藩镇将帅以及干谒求进的士人，皆普遍缺乏操守，因而精神世界也出现危机。正是在这样的背景下，中唐时期以韩愈、柳宗元为代表的思想家、文学家，高举复古大旗，企图通过重建已遭毁坏的儒家道统，恢复以儒家思想体系为核心的文统，来彻底改造文风，并通过文以明道来改造士风，进而改变浇漓的世风，打击藩镇骄兵悍将的嚣张气焰，树立皇帝的绝对权威，以期重新回归开元盛世，实现中兴局面。这就是中唐古文运动的真实背景和目的。韩愈、柳宗元不但领导了声势浩大的古文运动，而且在乐府歌诗创作方面也做出了重大贡献。柳宗元大力写作唐雅就是典型的表现。综观柳宗元研究的现状，对柳宗元散文和山水诗的研究非常充分，而对他在乐府雅诗创作方面的研究则很不够。故此本篇探讨柳宗元创作唐雅的现实指向及其艺术特点，以期求教于通家。

一、柳宗元的雅道观念与乐府雅诗创作

雅诗，本指《诗经》中用雅乐演唱的一种诗体，属于乐府歌诗范围。

宋代朱熹这样解释雅诗的特点及其意义："雅者，正也，正乐之歌也。其篇本有大小之殊，而先儒说又各有正变之别。以今考之，正小雅，燕飨之乐也；正大雅，会朝之乐，受厘陈戒之辞也。故或欢欣和说，以尽群下之情；或恭敬齐庄，以发先王之德。辞气不同，音节亦异，多周公制作时所定也。及其变也，则事未必同，而各以其声附之。"①朱熹的观点是对传统以雅诗为"言王政之所由废兴"说②的发展，既克服了儒家以政教得失说诗片面强调《诗经》的社会政治意义的偏颇，又恢复了诗经原为乐歌的本来面目，与孔颖达《毛诗正义序》的观点一脉相承。③只不过朱熹的说法更加简洁而一语中的，以"燕飨之乐"和"会朝之乐"的不同音乐形式来区分小雅、大雅，用"欢欣和说"和"恭敬齐庄"来区别两种诗歌的风格，是对《诗经》研究的重大推进。儒家本有"乐与政通"的观念，《毛诗序》所说"治世之音安以乐，其政和；乱世之音怨以怒，其政乖；亡国之音哀以思，其民困"就是典型的表现。诗乐结合并反映政教得失，由此形成颂美讽刺的诗学传统，构成了秦汉以来儒家思想支配的风雅观念。

汉乐府"感于哀乐，缘事而发"的精神，是对《诗经》美刺传统的进

---

① 朱熹：《诗集传》，凤凰出版社2007年版，第115页。

② 孔颖达：《毛诗注疏·卷第一·周南关雎诂训传第一》："雅者训为正也，由天子以政教齐正天下，故民述天子之政，还以齐正为名。王之齐正天下得其道，则述其美，雅之正经及宣王之美诗是也。若王之齐正天下失其理，则刺其恶，幽、厉小雅是也。诗之所陈，皆是天下大法，文、武用诗之道则兴，幽、厉不用诗道则废。此雅诗者，言说王政所用废兴，故有美刺也。"李学勤：《十三经注疏·毛诗正义》，北京大学出版社1999年版，第17页。吴按：这是孔颖达对《毛诗序》中"雅者，正也，言王政之所废兴也"原文的注释，是典型的儒家诗学观念，将《诗经》解释为美刺政教得失的文本。朱熹的贡献在于恢复诗经原为乐歌的本来面目。

③ 孔颖达：《毛诗正义序》："夫《诗》者，论功颂德之歌，止僻防邪之训，虽无为而自发，乃有益于生灵。六情静于中，百物荡于外，情缘物动，物感情迁。若政遇醇和，则欢娱被于朝野，时当惨黩，亦怨刺形于咏歌。作之者所以畅怀舒愤，闻之者足以塞违从正。发诸情性，谐于律吕，故曰'感天地，动鬼神，莫近于诗'。"李学勤：《十三经注疏·毛诗正义》，北京大学出版社1999年版，第3页。

一步发展，但是有的学者认为汉代乐府没有雅诗，惟《风》为可歌①。并认为汉代的铙歌"皆边地都鄙之谣，有音制，崎岖淫僻，止可度之鼓、吹、笛、笳，为马上之曲，不可被之琴、瑟、金、石，为殿廷之乐也；是故汉'雅'亡矣"②。黄节先生是乐府研究大家，他对汉魏铙歌的论述非常精彩，其"汉雅亡"的论断也令人信服，黄先生判定雅乐的根据主要是乐曲演奏地点和乐器的差异，推论一下：如果运用琴、瑟、金、石的乐器并于殿廷演奏，那么铙歌这种军乐是不是就可以认为是"雅诗"了？铙歌在魏晋时期是有很多作品留存的，如魏文帝使缪袭造短箫铙歌十二曲，用汉曲而易其名，因为汉代铙歌已经不是雅诗，故魏铙歌也不能算是雅歌，即使在殿廷演奏也不行，因此黄先生说"魏雅亦亡矣"。晋代铙歌黄先生没有论及，推论起来也应该不算雅歌了。南北朝、隋至初盛唐时期没有铙歌，因此柳宗元创作唐雅铙歌十二曲就是一个非常值得关注的现象。有大量证据表明，柳宗元的这类诗歌是真正的唐代雅诗歌曲。

要研究柳宗元的唐雅创作，首先要考察他的雅诗观念。柳宗元在任礼部员外郎时就特别推崇礼乐，《裴堪崇丰二陵集礼后序》说："内之则攒涂秘器，象物之宜；外之则复土斥上，因山之制。上之则顾命典册，与文物以受方国；下之则制服节文，颁宪则以示四方。由其肃恭，礼无不备。且苞并总统，千载之盈缩；罗络旁午，百氏之异同。搜扬剪裁，而毕得其中；顾问关决，而不悖于事。"③认为裴堪撰的德宗、顺宗山陵礼仪制度，既符合古制，又与实际情况相合，因此完全可以"藏之于太常书阁"，具有"爱礼而近古"的特点。这可以看作柳宗元渴望重建政治秩序恢复儒家礼制思想的体现。柳宗元的复古不仅仅局限于山陵制度，因此他接着说："昔韦孟以《诗》《礼》傅楚，而郊庙之制，卒正于玄成；郑玄以笺注师

----

① "汉世'声''诗'既判，'乐府'始与'诗'别行，'雅'亡而'颂'亦仅存，惟'风'为可歌耳。汉书礼乐志：武帝'立乐府，采诗夜诵，有赵代秦楚之讴'，盖该'风'也；而朝庙所作，则安世房中歌郊祀歌谓是'颂'已；铙歌非'雅'也。"黄节：《汉魏乐府风笺》，中华书局2008年版，第1页。

② 黄节：《汉魏乐府风笺》，中华书局2008年版，第1页。

③ 柳宗元：《柳宗元集》，中华书局1979年版，第573页。

汉，而禅代之仪，卒集于小同；贾谊以经术起，而嘉最好学；卢植以儒学用，而谌为祭法，旧史咸以为荣。"这一段话是说韦孟为楚元王傅，作诗讽谏，到他的六世孙韦玄成时，终于在汉元帝时期确立郊庙制度；郑玄注释《周易》《尚书》《毛诗》《仪礼》《礼记》《论语》《孝经》《尚书大传》《中候》《乾象历》等儒家经典，到他的孙子郑小同时，魏高贵乡公崇尚三老五更，便以小同为五更，车驾躬行古礼；贾嘉继承他爷爷贾谊的经术，能够传承家学；卢植在后汉为北中郎将，作《尚书章句》《礼记解诂》，他的五世孙卢谌作晋中书侍郎，撰《祭法》，注《庄子》，行于世。这些都是史书以为荣耀的传承儒家学术并发扬光大礼制的典范，虽然是作为赞颂裴墐能够继承家学①"以礼奉崇丰二陵"的陪衬，但实际上表现的是柳宗元强烈的建构封建礼制规范的愿望，因为"礼"的核心就是"秩序"，上下尊卑秩序井然，国家才能趋向中兴。礼制的建设在当时是重建安史之乱后朝野混乱秩序的大事，也是柳宗元任职的要领，很遗憾永贞革新很快失败，柳宗元远贬南荒，无缘参与朝廷新秩序的建构，只得通过文章来明道。其中很重要的一点是崇尚西汉文风，他说："殷周之前，其文简而野，魏晋以降，则荡而靡，得其中者汉氏。汉氏之东则既衰矣。当文帝时，始得贾生明儒术，武帝尤好焉。而公孙弘、董仲舒、司马迁、相如之徒作，风雅益盛，敷施天下，自天子至公卿大夫士庶人咸通焉。于是宣于诏策，达于奏议，讽于辞赋，传于歌谣……四方之文章烂然矣。……贞元间，文章特盛，本之三代，浃于汉氏，与之相准。"②柳宗元推崇西汉文章的原因是"近古而壮丽"，希望通过表彰西汉文风作为贞元文章的准的，由此可见柳宗元思想深处恢复古道的坚强意志。他以自己的创作实践了这一理念，被韩愈誉为"雄深雅健，似司马子长"。

柳宗元还从文章体裁方面严格诗文体制之别，也体现他的风雅观念。

---

① 按：裴氏一门五代都为朝廷礼官：裴墐的高祖裴行俭曾以礼匡义，曾祖裴光庭曾在开元时期以礼议论封禅，祖裴积以礼承大事，父亲裴儆以礼备东宫。

② 柳宗元：《柳宗元集·柳宗直西汉文类序》，中华书局1979年版，第577页。

《杨评事文集后序》[①]说:

> 　　文之用,辞令褒贬,导扬讽喻而已。……故作者抱其根源,而必由是假道焉。作于圣,故曰经,述于才,故曰文。文有二道:辞令褒贬,本乎著述者也;导扬讽谕,本乎比兴者也。著述者流,盖出于《书》之谟、训,《易》之象、系,《春秋》之笔削,其要在于高壮广厚,词正而理备,谓宜藏于简册也。比兴者流,盖出于虞、夏之咏歌,殷、周之风雅,其要在于丽则清越,言畅而意美,谓宜流于谣诵也。

柳宗元认为诗、文具有不同的源流和不同的体性特征,文本于经,本于著述,因此"高壮广厚,词正理备",而诗则本于比兴,本于《风》《雅》,要"导扬讽谕",因此"丽则清越,言畅意美"。尽管柳宗元是尊体派,坚持诗文之别,但是从他对杨评事文章的赞美来看,他是欣赏杨评事诗文兼善这方面的成就的。其实,柳宗元的唐雅就是将文的厚重庄严与诗的丽则清越相结合的典范。

此外,柳宗元在献给杨凭的长诗《弘农公以硕德伟才,屈于诬枉,左官三岁,复为大僚,天监昭明,人心感悦,宗元窜伏湘浦,拜贺末由,谨献诗五十韵,以毕微志》中还说:"茂功期舜禹,高韵状羲皇。足逸诗书囿,锋摇翰墨场。雅歌张仲德,颂祝鲁侯昌。"[②]意为赞颂杨凭的道德文章和政绩勋劳,实际上杨凭诗文难当此评,倒是作为宗元自写状比较适宜,因为他的歌诗创作确实是以《诗经》的雅颂体作为追慕对象,呈现出古朴苍劲、雅洁端庄的风貌特征。

我们知道,柳宗元恢复雅诗古道,并非个别现象,而是中唐时期复古思潮推动下的必然产物。如与宗元同道复古的韩愈,就是非常重视诗经雅颂体制的。他的《荐士》说:"周诗三百篇,雅丽理训诰。曾经圣人手,议论安

---

① 柳宗元:《柳宗元集》,中华书局1979年版,第578页。
② 柳宗元:《柳宗元集》,中华书局1979年版,第1122页。

敢到。"①韩愈认为《诗经》既"雅丽"（与"《诗》正而葩"义同），而且具有《尚书》中《伊训》《大诰》那样经典的意义，既有经纶世务、规范后世的作用，又经过孔子的删订，因此精纯美妙，地位崇高。《诗经》是中国诗歌的最早源头也是最高范本，这已成为共识，韩诗值得注意的是他首次将《诗》《书》并举，实际上隐含了诗文交通的观念，最精醇的"道"就存在其中。

较韩柳稍早的一批古文运动的先驱者萧颖士、独孤及等人也是风雅的提倡者。如萧颖士有《江有归舟三章并序》②，序中明言诗歌最重要的是"激扬雅训，彰宣事实"，要回归《诗经》"思无邪"的雅正传统。他的《江有枫十章并序》③也是模拟诗经的作品，通过与弟子们赋诗赠别的方式来弘扬雅道精神。又如独孤及很多诗序都明确要求赋诗模仿《诗经》体制。如：

> 问离群何赠，请宾赋车乘。主人赋《南有嘉鱼》，以代"零雨"之什。
>
> ——《送陈赞府兼应辟赴京序》
>
> 大火初落，昊天欲高，远山云开，归路秋色。请各抒别操，使行者得歌而咏之。
>
> ——《送司华自陈留移华阴赴任序》
>
> 何以送远？唯当赋《伐木》以为仁人之赠。
>
> ——《宋州送姚旷之江东刘冉之河北序》
>
> 岂不知《常棣》之诗废，则和乐之好缺？盍使伯氏仲氏偕咏歌之，以赠行迈。
>
> ——《奉送元城主簿兄赴任序》
>
> 高天晚秋，杀气动地，靡靡岐路，悠悠旆旌。送离如之何？赋《小戎》以为好。
>
> ——《送广陵许户曹充召募判官赴淮南序》
>
> 是役也，冥冥羽翰，非瞻望所及矣。请偕赋以知魏风。
>
> ——《送韦评事赴河南召募毕还京序》

---

① 钱仲联：《韩昌黎诗系年集释》，上海古籍出版社1994年版，第527页。
② 《全唐诗·卷一百五十四》，中华书局1960年版，第1593页。
③ 《全唐诗·卷一百五十四》，中华书局1960年版，第1591页。

从诗序中提到的这些模仿《诗经》的古体诗，可以看出中唐时期复古氛围的浓重，这在萧颖士的诗序及其诗歌中就有先例，在权德舆、元稹、白居易的诗序中也有表现，可见古文运动是适应时代复古潮流的必然产物。

柳宗元与上面诸人不同的是，他运用的不是《诗经》中的"风"类诗体，而是运用"雅"体；他不用这类诗体进行酬唱赠别，而是关注朝廷礼制建设方面的大事，企图通过"鸣国家之盛"的方式，载之史册，一方面洗刷自己永贞之贬的政治"污痕"，一方面祈求朝廷的理解与宽宥，再一方面也是真诚渴望王朝中兴愿望的体现。因此他的这些作品带有雍容肃穆的大雅气象。

柳宗元的乐府诗歌收在郭茂倩《乐府诗集》中的共有18首，分别是：第二十卷《鼓吹曲辞》（五）中的《唐鼓吹铙歌十二首》，第三十七卷《相和歌辞》（十二）中的《东门行》一首，第五十五卷《舞曲歌辞》（四）中的《白纻歌》一首，第七十一卷《杂曲歌辞》（十一）中的《行路难》三首，第七十三卷《杂曲歌辞》（十三）中的《杨白花》一首。另外，像《平淮夷雅二篇并序》《贞符并序》《视民诗》[①]《笼鹰词》《放鹧鸪词》[②]等，人们也认为是雅诗或乐府诗。本篇的论述将《平淮夷雅》等歌诗看作乐府雅诗。

二、柳宗元唐雅的内容及其现实指向

柳宗元的乐府诗全部作于贬官永州司马及任柳州刺史期间，《行路难》三首为拟乐府，《笼鹰词》《放鹧鸪词》两首为新题乐府，主要抒发贬官之痛，倾泄刚一奋飞就铩羽折翅并遭到禁锢因而抑郁难伸的苦闷；《古东门行》以乐府旧题写时事（按：以大量典故曲折表现元和十年对武元衡

①　柳宗元：《柳宗元集》卷一"雅诗歌曲"收了这四首雅诗，柳集最初为刘禹锡编订，即使经过了后人的修订，也足以说明这四首诗歌应该属于乐府雅诗，至少刘禹锡是将它们当作雅诗看待的，郭茂倩当是漏收。

②　吴文治《柳宗元诗文选评》将这两首诗当作乐府诗，也属于郭茂倩漏收作品。吴文治：《柳宗元诗文选评》，三秦出版社2004年版。

被藩镇派来的刺客杀害的深切同情），其余都是乐府雅诗。

《唐铙歌鼓吹曲十二篇序》[①]说：

> 伏惟汉、魏以来，代有铙歌鼓吹词，唯唐独无有。臣为郎时，以
> 太常联礼部，常闻鼓吹署有戎乐，词独不列。今又考汉曲十二篇，魏
> 曲十四篇，晋曲十六篇[②]，汉歌词不明纪功德，魏、晋歌，功德具。
> 今臣窃取魏、晋义，用汉篇数，为唐铙歌鼓吹十二篇，纪高祖、太宗
> 功能之神奇，因以知取天下之勤劳，命将用师之艰难。每有戎事，治
> 兵振旅，幸歌臣词以为容，且得大戒，宜敬而无害。

这段话点明了柳宗元创作唐雅的原因与主要目的。第一，他任礼部员外郎
时，因为礼部与太常寺相近，故常常听到演奏戎乐（军乐），但没有歌
词，因而想弥补这一空缺[③]；第二，他有意识取魏晋铙歌的歌功颂德之
意，却取汉代铙歌的篇数，与他崇尚汉代风格又想创新的理念相关；第
三，希望自己的歌词能够在戎事治兵时演奏，以壮军威，并产生一些警戒
作用。

柳宗元所作的铙歌十二曲全部为乐府新词，即题目与内容与汉魏晋时
期的篇名完全不同，惟音乐当是原来的乐曲，则不易考知。特列表如下：

---

① 柳宗元：《柳宗元集》，中华书局1979年版，第14–15页。

② 按：据《晋书·乐志下》，汉铙歌有22篇，魏受命后，改其十二曲，使缪袭为
词，述以功德代汉。并非如宗元序所说汉曲只有十二篇（按：当是"十"前缺一
"二"字），魏曲有十四篇，其实魏曲只改了汉曲十二篇，其余十篇应该一如其旧。及
晋武帝受禅，乃命傅玄制为22篇，亦述以功德代魏，这次实际上改动了汉曲20篇名
目，只有《玄云》《钓竿》两曲未改名，并非宗元所说晋曲十六篇。房玄龄：《晋书》，
中华书局1974年版，第701–703页。

③ 考《新唐书·百官志三·太常寺》，太常寺的职责是："掌礼乐、郊庙、社稷之
事，总郊社、太乐、鼓吹、太医、太卜、廪牺、诸祠庙等署。……凡行幸、出师、克
获，皆择日告太庙。"……吴按：太常寺演奏鼓吹曲，应当是出师或凯旋时，而更多的
时候演奏的当时郊庙、社稷之乐，宗元没有选择为郊庙祭祀乐曲作词，而选择鼓吹戎
乐，原因主要是戎乐有曲无词，想补其缺。另外，郊庙歌词唐历代有之，作者都是由
皇帝或皇帝指定专人制作，宗元或许没有资格写作。

表1　铙歌篇名历代变化表

序号	汉篇名	魏篇名	晋篇名	唐篇名
1	朱鹭	楚之平	灵之祥	晋阳武
2	思悲翁	战荥阳	宣受命	兽之穷
3	艾如张	获吕布	征辽东	战武牢
4	上之回	克官渡	宣辅政	泾水黄
5	雍离	旧邦	时运多难	奔鲸沛
6	战城南	定武功	景龙飞	苞枿
7	巫山高	屠柳城	平玉衡	河右平
8	上陵	平荆南	文皇统百揆	铁山碎
9	将进酒	平关中	因时运	靖本邦
10	君马黄		金灵运	吐谷浑
11	芳树	雍熙	大序	高昌
12	有所思	应帝期	惟庸蜀	东蛮
13	雉子斑		於穆我皇	
14	圣人出		仲春振旅	
15	上邪	太和	大晋承运期	
16	临高台		夏苗田	
17	远如期		仲秋狝田	
18	石留		顺天道	
19	务成		唐尧	
20	玄云		玄云	
21	黄爵行		伯益	
22	钓竿		钓竿	

　　歌功颂德是魏晋铙歌的主旨。魏曲"改《艾如张》为《获吕布》，言曹公东围临淮，擒吕布也。改《上之回》为《克官渡》，言曹公与袁绍战，破之于官渡也。……改《有所思》为《应帝期》，言文帝以圣德受命，应运期也。……改《上邪》为《太和》，言明帝继体承统，太和改元，德泽流布也。其余并同旧名。"①显然，魏曲制于魏明帝之时，既有歌颂曹公（曹操）的战功，又有颂扬魏文帝和魏明帝的武德文德的，在当时肯定是在殿廷演奏的，乐器也一定是琴、瑟、金、石之类的雅乐乐器，故而可以断定是雅诗歌曲。晋曲情况完全相同，只不过内容改为歌颂晋宣帝

---

　　① 房玄龄：《晋书》，中华书局1974年版，第701页。

（司马懿）、景帝（司马昭）和武帝（司马炎）的文治武功，其他与魏曲一样。柳宗元铙歌十二曲取魏晋歌功颂德之意，所不同的是，柳曲没有歌颂当今皇帝之前的所有皇帝，而只涉及高祖和太宗两帝，很多曲子的事件以大将为中心，最终归功于皇帝。其内容如下：

（1）《晋阳武》："隋乱既极，唐师起晋阳，平奸豪，为生人义主，以仁兴武。"这是序曲，突出高祖晋阳起兵反隋，打击豪强，是解天下百姓于倒悬的正义之举，核心是"以仁兴武"。

（2）《兽之穷》："唐既受命，李密自败来归，以开黎阳，斥东土。"写高祖收服兵败来归的李密，封他为邢国公，后来李密因谋反为部将所杀，消除了高祖的心头大患，故用"困兽"走向穷途末路来比喻李密的覆灭，以彰显唐帝的仁德。

（3）《战武牢》："太宗师讨王充（按：应为'王世充'），建德助逆。师愤击武牢下，擒之，遂降充。"此曲是歌颂太宗武功，他擒获窦建德，剿灭王世充，平定东都。

（4）《泾水黄》："薛举据泾以死，子仁杲尤勇以暴，师平之。"这是写太宗在浅水原打败薛仁杲，收复陇西泾州的战绩。

（5）《奔鲸沛》："辅氏凭江、淮，竟东海，命将平之。"辅公祐原为隋末跟随杜伏威窃据淮南的大盗，武德二年归唐，诏授辅公祐淮南道行台，封舒国公，武德六年杜伏威入朝，辅公祐遂于丹阳称帝，国号"宋"，修陈故宫室，派遣将领侵入海州，寇寿阳。因此高祖派赵郡王李孝恭及李靖、黄君汉、李世勣于武德七年讨伐，辅公祐战败被农民抓获，李孝恭斩之，传首京师，遂平定江淮地区。

（6）《苞枿》："梁之余，保荆、衡、巴、巫，穷南越，良将取之不以师。"写李孝恭、李靖受命统十二总管讨伐后梁宣帝曾孙萧铣，平定南方。

（7）《河右平》："李轨保河右，师临之不克，变，或执以降。"李轨自称河西大凉王，拥有河西五郡之地，先接受高祖的招抚，然后反叛，高祖派兵讨伐，未战，李轨为部将所执，河西平定。

（8）《铁山碎》："突厥之大，古夷狄莫强焉。师大破之，降其国，告于庙。"写贞观三年，太宗诏李靖、李勣六总管十余万军队征讨突厥，在铁山大破之，生擒颉利可汗，解除来自西北的最大威胁。

（9）《靖本邦》："刘武周败裴寂，咸有晋地，太宗灭之。"写刘武周率兵侵入并州，大败唐军晋州道行军总管裴寂，太宗请兵讨伐，于武德三年平并州，收复故地。

（10）《吐谷浑》："历经灭吐谷浑西海上。"写大将李靖奉太宗命，以西海道行军大总管身份，统领诸军于贞观九年大破吐谷浑，杀其可汗。

（11）《高昌》："李靖灭高昌。"[1]贞观十三年侯君集灭高昌，可能由于后来侯君集与太子李承乾联合谋反被诛，故移其功给李靖。

（12）《东蛮》："既克东蛮，群臣请图蛮夷状如《周书·王会》。"这是一支颂曲，贞观三年黔州西南的东谢蛮酋长谢元深入朝，颜师古奏请如周武王故事，将万国来朝的景象绘为《王会图》，歌颂大唐"万国衣冠拜冕旒"的宏大昌盛气象。

这十二首雅诗写高祖从晋阳起兵反隋，夺取长安，招降瓦岗军，收服李密，命李世民收复东都，在武牢关大破窦建德，迫使王世充投降，平定洛阳，又击灭刘武周，平定泾州。后来高祖、太宗派大将南征北战，收东蛮，灭高昌，破突厥于铁山，灭吐谷浑于西海，奠定了大唐混一区宇的宏大版图，形成万国来朝的兴盛局面，建立了大唐恢廓坚实的基业。尽管大唐以仁兴武，但是文德必须建立在武功的基础上，只有通过军事行动建立巩固的政权和稳定的社会秩序，才有可能从事物质文明和精神文化建设。因此，宗元的这组军歌在颂圣的外表下，其实想要表达的是：在安史之乱后藩镇割据、秩序混乱的背景下，只有恢复初唐时期强大的军事实力，才能重新巩固朝廷的地位；突出高祖、太宗创业的艰难，实际上是规劝当今皇帝发愤图强，以强大的军事压力迫使藩镇归附朝廷，构建上下尊卑的政

---

① 柳宗元：《柳宗元集》卷一："高昌，地在京师西四千八百里，唐武德二年，麹文泰嗣立为王。贞观四年，文泰入朝。久之，与西突厥通，遂疏朝贡之礼。十三年，命吏部尚书侯君集为交河道大总管，率薛万钧等击之。十四年，文泰死，子智盛立。王师进逼其都，智盛乃降，以其地为西州。"吴按：可能因为侯君集后来谋反被诛，故将灭高昌的功绩加在忠心耿耿的李靖头上。

治新秩序。所以，这组雅歌富有很强的现实精神。

柳宗元还在《贞符序》中提出"仁为贞符"的观点，反对以"祥瑞为符"的虚妄，他说："受命不于天，于其人；休符不于祥，于其仁。惟人之仁，匪祥于天；匪祥于天，兹为贞符哉！"①意为取天下者须得民心，而欲得民心，就要施行仁政，行仁政就要消除战争，让人民休养生息，宽刑减罚，轻徭薄赋，要做到"凡其所欲，不谒而获；凡其所恶，不祈而息。四夷稽服，不作兵革，不竭货力"。在序中，宗元赞颂了高祖以来十圣的功德业绩，说"孝仁平宽，惟祖之则。泽久而逾深，仁增而益高。人之戴唐，永永无穷"。这毫不掩饰的虔诚颂圣情感，虽然有一点庸俗可笑，但这确实是宗元祈求朝廷宽宥的急切心情的表露。

这种心态在《平淮夷雅并序》中表现更为明显。元和十二年十月，李愬雪夜奇袭蔡州，擒获匪首吴元济，盘踞长达五十年之久的淮西藩镇这颗毒瘤终于被彻底拔去，既给朝野上下巨大的鼓舞，又给河北诸藩以巨大的震动，他们纷纷上表献地归附朝廷，呈现出安史之乱以来最盛大的中兴局面。这是一件具有重大历史意义和现实意义的大事，以这一重大事件为中心出现了很多歌功颂德的作品，其中最负盛名的是韩愈的《平淮西碑》和柳宗元的《平淮夷雅》，对韩碑的研究成果非常丰富，而对柳雅的研究则相对薄弱。主要原因是韩愈乃事件的亲历者参与者，从朝廷决策到具体的军事行动，再到受诏撰写碑文，韩愈都坚定地站在最前沿的位置，他的生命历程处于最辉煌的时期，精神更是处于最亢奋的状态，因而撰写碑文及颂诗达到了他所说的"气盛言宜"的佳境，整个看来这是一篇表达韩愈政治见解和深远史识的巨制，也是大气磅礴、墨气淋漓的"鸣国家之盛"的鸿文，运用诗经中的"颂"体，且融合了古文的苍劲朴茂，显得浑宏劲健、气象万千。而柳宗元尽管当时任柳州刺史，也算是一方大员，但是他还未能摆脱"负罪窜伏"的沉重心理。虽然也说"圣恩宽宥，命守遐壤，怀印曳绂，有社有人"，但是"违尚书笺奏十有四年"的喟叹中透露出渴

---

① 柳宗元：《柳宗元集》，中华书局1979年版，第34-35页。

望返回朝廷的意愿，也表达了长期远贬的难言之痛。他真诚地歌颂皇帝的"天造神断，克清大憝"，致使万方毕臣，认为这"太平之功，中兴之德，推较千古，无所与让"，而自己尽管"有方刚之力"，却"不得备戎行，致死命"，已经非常遗憾了，现今天下太平，"思报国恩，独惟文章"。陈述自己的心情之后，柳宗元在这篇《献平淮夷雅表》①中说：

> 伏见周宣王时称中兴，其道彰大，于后罕及。然徵于诗大、小雅，其选徒出狩，则《车攻》《吉日》；命官分土，则《嵩高》《韩奕》《烝人》；南北征伐，则《六月》《采芑》；平淮夷，则《江汉》《常武》。铿锵炳耀，荡人耳目。故宣王之形容与其辅佐，由今望之，若神人然。此无他，以《雅》故也。

这段话可以考见柳宗元对雅诗的态度，他认为雅诗歌颂的是周宣王的中兴气象，因为其道彰大，所以后代很少达到当时的境界，其内容包括"选徒出狩""命官分土""南征北战"三大方面，尤其对平淮夷的《江汉》《常武》所描述的"铿锵炳耀"的盛大军威及其君臣之间朝野上下团结一心的中兴气象非常景慕，因此他对宪宗元和年间削平藩镇的赫赫功勋是发自内心的欢欣鼓舞，但他对"克翦淮右，而《大雅》不作"的现实情况，则感到"不胜愤懑"，又因为"朝多文臣，不敢尽专数事，谨撰《平淮夷雅》二篇，虽不及尹吉甫、召穆公等，庶施诸后代，有以佐唐之光明"。行文真实曲尽心迹，这里最值得注意的有两点：一是柳宗元特别关注平淮西的军事成就方面，明确运用大雅体制，这与永州期间撰写铙歌有一脉相连的继承性，至于像周宣王中兴的"选徒出狩""命官分土"等其他方面则由于自己在野的身份不便制作；二是虔诚歌颂当今皇上的武功，表现对皇帝诚惶诚恐的心态，实际上是想通过献雅祈求皇帝的谅解。遗憾的是柳宗元的一腔忠悃眷恋并未得到皇帝的垂青，以致宗元不久后便寂寞地星陨南州。

柳宗元祈求朝廷谅解的撰雅本意，还可以找到其他证据。他还向裴度

---

① 柳宗元：《柳宗元集》，中华书局1979年版，第1页。

和李愬两位建立奇勋的重臣献启，以求提携推介。《上裴晋公献唐雅诗启》①说："相公天授皇家，圣贤克合，谋协一德，以致太平。入有申、甫、魏、邴之勤，出兼方、召、辛、赵之事。东取淮右，北服恒阳，略不代出，功无与让。故天下文士，皆愿秉笔牍，勤思虑，以赞述洪烈，阐扬大勋。宗元虽败辱斥逐，守在蛮裔，犹欲振发枯槁，决疏潢汙，罄效蚩鄙，少佐毫发。"一方面以庄重典雅的文笔对裴度的战功和政绩加以赞颂，将他比作辅佐周宣王中兴的名将贤臣方叔、召虎等，说文士都愿意赞述他的丰功伟绩；另一方面柳宗元特别强调自己的贬斥逐臣身份，躬身卑辞地说愿意追随裴度，并渴望得到裴度的提拔，使自己能够脱离污浊的政治泥淖，有所作为。遗憾的是没有资料显示裴度有任何善意的表示，致使柳宗元的愿望落空。

《上襄阳李愬仆射献唐雅诗启》②说：

> 昔周宣中兴，得贤臣召虎，师出江、汉，以平淮夷。故其诗曰："江汉之浒，王命召虎。"其卒章曰："于周受命，自召祖命。"以明虎者召公之孙，克承其先也。今天子中兴，而得阁下，亦出江、汉，以平淮夷，克承于西平王（按：指李愬的父亲李晟），其事正类。然而未有嗣《大雅》之说，以布天下，以施后代，岂圣唐之文雅，独后于周室哉？宗元身虽陷败，而其论著往往不为世屈，意者殆不可自薄自匿以坠斯时，苟有补万分之一，虽死不憾。

这篇书启语气与上面那篇显然有所不同，主要是将周宣王中兴得力于召虎平定淮夷与宪宗元和中兴也得力于李愬平定淮夷进行类比，还依据召虎乃召公之孙，与李愬乃李晟之子，皆能承继家统、成为中兴王朝的重臣的情事相类，进行颂美。然后欲与周臣媲美，献诗敬颂李愬的意思非常明白，最后宗元祈求李愬能够帮助他脱离陷败的境地，使他能够为朝廷尽微薄之力，与上裴度书启那种战战兢兢的心态不同，此启平和雅顺，还带有一点

---

① 柳宗元：《柳宗元集》，中华书局1979年版，第915页。
② 柳宗元：《柳宗元集》，中华书局1979年版，第917页。

对自己文采才华的自信。但是，也没有材料显示李愬收到柳宗元的诗、启之后曾为柳宗元疏通关隘。因而也只能算是又一次没有结果的干谒，足见当时柳宗元所处的困境之艰难，这些努力的落空无疑会给他带来无形的压力，致使他只能在无人理解、无人援手的忧郁中匆匆告别人寰①。尽管柳宗元没有一展他的政治抱负，然而，作品均在，历史的烟尘迷雾岂能掩盖这些珍珠美玉温润明洁的光辉！韩愈《柳子厚墓志铭》说："然子厚斥不久，穷不极，虽有出于人，其文学辞章，必不能自力以致必传于后如今，无疑也。虽使子厚得所愿，为将相于一时；以彼易此，孰得孰失，必有能辨之者。"②可谓柳宗元的真知音，得此评价，宗元可以安息于九泉之下。

三、柳宗元唐雅的艺术特点

唐人对雅诗一直爱好并进行多方面的创作实践。初唐卢照邻《乐府杂诗序》③说："洋洋盈耳，岂徒悬鲁之音？郁郁文哉，非复从周之说。故可论诸典故，被以笙镛。"又说"俾夫舞雩周道，知小雅之欢娱。击壤尧年，识太平之歌咏云尔。"强调乐府歌诗有典重庄严、文采纷披的特点，又有颂美太平盛世的作用。这篇诗序的价值除了记录当年群官创作乐府雅诗颂美朝廷的历史情境之外，还可以说明初唐时期宫廷诗人对乐府雅诗的态度。此后，陈子昂强调"风雅""兴寄"，只是为了反对六朝以来"艳薄斯极"的文风，才举起复古的大旗，其实陈子昂意欲恢复的是诗经汉魏的诗学传统，他本人的创作

---

① 吴按：柳宗元从贬官永州起，就不断干谒，从来没有放弃脱离泥淖的希望，《柳宗元集》第二册所收大量书启，累计他求援的人有：裴度、李愬、李夷简、武元衡、权德舆、赵宗儒、崔同、严绶、李吉甫、裴行立、郑细、杨凭、李中丞等，但这些人均未能切荐援引，足见当时朝廷对柳宗元忌恨之深。如《上门下李夷简相公陈情启》中说："闻有行三涂之艰，而坠千仞之下者，仰望于道，号以求出。过之者日千百人，皆去而不顾。就令哀而顾之者，不过攀木俯首，深嚬太息，良久而去耳，其卒无可奈何。然其人犹望而不止也。"以形象生动的情境描写自己所处的艰难困境，其渴望援救的心情异常悲苦，令人动容。

② 韩愈：《韩昌黎文集注释》（下），阎琦校注，三秦出版社2004年版，第250页。

③ 董诰：《全唐文·卷一百六十六》，中华书局1982年版，第1693页。

则没有真正的雅诗。进入盛唐时代，李白慨叹："大雅久不作，吾衰竟谁陈?"①接着叙述了从诗经以来的诗歌发展历程，表现他追求"大雅""正声"的理念，但是考察他的创作，尤其是大量乐府创作并未见雅体诗歌，"大雅"是他对"正声"的一种理想状态，体现的也是一种复古精神，并非恢复大雅的体制。杜甫的"别裁伪体亲风雅"，其"风雅"也是一种精神境界，因为杜甫没有雅体诗创作。到了中唐时期，萧颖士、李华、独孤及、权德舆、元稹、白居易等人，再度掀起风雅比兴的创作高潮，元、白等人主要致力于干预生活、讽喻现实的新乐府创作，而萧颖士等人则从改变浇漓世风和改造颓靡士风的角度进行创作，有意识地写作雅诗体制的作品，虽然这些作品显得古朴苍劲，但由于过度的模仿而干涩，没有光泽，并未能达到形象生动感人至深的境界。吴相洲先生《论盛中唐诗人风雅观念的转变》一文，概括了"风雅观念"的内涵并详细考察了风雅观念从盛唐时代到中唐时期的转变过程，认为"风雅"有"颂美为主，反对哀怨；强调比兴寄托，讲求风骨；强调文质彬彬，反对绮丽雕琢，但也讲究声律词采"等三方面内容，并经历了从盛唐的"好谈王霸大略，反对哀怨"到中唐的回归儒家思想体系的变化，强调比兴寄托、肯定哀怨文学、主张"不平则鸣"。②该文宏通淹博，但主要思考的是风雅观念的理论建构，没有涉及具体的创作体制方面，因而本篇所论柳宗元的唐雅正好可以从一个侧面补充中唐人风雅观念的具体内涵。

柳宗元的唐雅属于颂诗，他关注的是整个社会政治秩序的建构问题，因而不属于针对具体政治社会弊端或民生艰难等进行讽谏的乐府歌诗，这是采取大雅形式，通过颂美来关注现实的雅歌。其艺术特点也很明显，主要表现在以下几个方面。

(一) 高古庄严，气象雍容

雅，既是一种音乐形式，也是一种诗歌体裁，更是一种理想的人格风

---

① 李白：《李白集校注·卷二》，瞿蜕园、朱金城校注，上海古籍出版社1980年版，第91页。

② 吴相洲：《唐诗十三论》，学苑出版社2002年版，第176-197页。

范，还是一种肃穆端庄、典雅厚重的精神境界。柳宗元的唐雅创作如前所论，既有宏观上构建政治新秩序的"礼乐"方面的用意，又有通过向皇帝、重臣敬献颂美歌诗以期得到朝廷谅解的目的，抛开这些因素，单纯从诗歌艺术的角度看，这些歌诗具有高古庄严、气象雍容的风格特点，不但在柳宗元的作品中比较特出，而且在整个唐代的雅诗中也算得上比较出色的作品。如《铙歌·晋阳武》：

> 晋阳武，奋义威。炀之渝，德焉归。氓毕屠，绥者谁。皇烈烈，专天机。号以仁，扬其旗。日之升，九土晞。斥田圻，流洪辉。有其二，翼余隋。斫枭骜，连熊螭。枯以肉，勍者赢。后土荡，玄穹弥。合之育，莽然施。惟德辅，庆无期。

这首诗颂美大唐"以仁兴武"的"义威"，归结到《尚书·蔡仲之命》所说的"皇天无亲，惟德是辅"的唐德。既描写晋阳义师烈烈威风，高扬仁义大旗，锄强扶弱，摧枯拉朽般的荡灭隋末的污秽，又描写大唐勇敢开拓郊甸以流洪光于宇内的精神，像初升的红日照耀九州，恩泽布施于亿万兆民。全诗给人以刚健质朴、雄浑开阔、正大光明、庄重严整的感受，那赫赫的军威中贯注的是一股浩荡充沛的仁义精神，与《贞符》中表达的"仁为贞符"的观点一致，这种比武力更强大的"仁义"力量是柳宗元雅诗的内核。又如《东蛮》：

> 东蛮有谢氏，冠带理海中。自言我异世，虽圣莫能通。
> 王卒如飞翰，鹏骞骇群龙。轰然自天坠，乃信神武功。
> 系虏君臣人，累累来自东。无思不服从，唐业如山崇。
> 百辟拜稽首，咸愿图形容。如周王会书，永永传无穷。
> 睢盱万状乖，咿嗢九译重。广轮抚四海，浩浩知皇风。
> 歌诗铙鼓间，以壮我元戎。

这首诗一方面以恢弘的笔墨描写唐军像鲸鹏展翅，飞翰凌空，轰然天降，威服曾经夜郎自大、不知天高地厚的东蛮谢氏；另一方面描写"百辟拜稽首，咸愿图形容""睢盱万状乖，咿嗢九译重"万国朝拜大唐的景象，以歌颂大唐"广轮抚四海"的浩浩皇风；最后以无比欢欣鼓舞的激情高唱"歌诗铙鼓闲，以壮我元戎"。全诗浑沦无际，如飞云翔空，似鲸鹏越海，气度非凡，洋溢着雍熙和乐、万方阗奏的气氛。

再如《平淮夷雅·皇武》："皇耆其武，于潚于淮。既巾乃车，环蔡具来。狡众昏嚣，甚毒于醒。狂奔叫呶，以干大刑。""淮夷既平，震是朔南。宜庙宜郊，以告德音。归牛休马，丰稼于野。我武惟皇，永保无疆。"这两段一写淮西顽逆狂妄叫嚣，干犯我大唐皇威，这是裴度奉皇帝命令统师征讨的原因；一写淮夷剿灭之后举国震动，郊庙告颂，风调雨顺的中兴景象，对比中突显大唐中兴的恢宏气象。《平淮夷雅·方城》："方城临临，王卒峛之。匪徼匪兢，皇有正命。皇命于愬，往舒余仁。蹈彼艰顽，柔惠是驯。""蔡人歌矣，蔡风和矣。孰颖蔡初，胡甄尔居。式慕以康，为愿有馀。是究是咨，皇德既舒。"一写李愬奉命讨伐蔡州，目的是剪灭顽寇并舒仁于蔡人，一写平定淮西之后，蔡人欢歌和乐的景象，表现出"皇德既舒"的雍穆气象。陈知柔《休斋诗话》赞柳宗元的唐雅"甚似古人语""尤得古诗体"[1]，所举诗句都有一种端庄肃穆的特点。郎瑛《七修类稿·卷二·十九》说："四言古诗，如《舜典》之歌，已其始矣。今但以《三百篇》而下论之，汉有韦孟一篇，虽如诸《（文）选》，其辞多怨悱，而无优柔不迫之意。若晋渊明《停云》、茂先《励志》等作，当为最古者也。后惟子厚《皇雅》章其庶几乎！故子西曰：'退之不能作也。'盖此意摹拟太深，未免蹈袭《风雅》，多涉理趣，又似铭赞文体。世道日降，文句难古，苟非辞意浑融，性情流出，安能至哉！"[2]指出柳宗元雅歌"辞意浑融，性情流出"洵为确论，能概括柳宗元雅诗创作的成就。

前人论柳诗，常常"骚""雅"并提，或者与司马迁发愤著书相联系。如贺裳《载酒园诗话》说："大历以还，诗多崇尚自然，柳子厚始一振厉，篇琢句锤，起颓靡而荡秽浊，出入《骚》《雅》，无一字轻率。其初

① 王国安：《柳宗元诗笺释》，上海古籍出版社1993年版，第441页。

② 王国安：《柳宗元诗笺释》，上海古籍出版社1993年版，第441页。

多务谿刻，故神峻而味冽，既亦渐近温醇。"①姚莹《后湘诗集论诗绝句》也说："史洁骚幽并有神，柳州高咏绝嶙峋。吴兴却选《淮西雅》，不及平生五字真。"②确实如此，柳宗元绝大部分作品，像山水诗、山水游记、寓言、《天说》等哲学论文及很多书启碑铭墓志等，都有抒忧娱悲、不平则鸣的特征，具有司马迁《史记》的峻洁和屈原《离骚》的幽怨，但是他的唐雅尽管也流淌自他痛苦的心灵深处，呈现出来的却是"春容大雅"气象，如《奔鲸沛》："奔鲸沛，荡海垠。吐霓翳日，腥浮云。帝怒下顾，哀垫昏。授以神柄，推元臣。手援天矛，截修鳞。披攘蒙霿，开海门。地平水静，浮天根。羲和显耀，乘清氛。赫炎溥畅，融大钧。"全诗境界开阔，气象雄浑，伟丽壮观，给人以天容海色的澄清印象，又如钧天音乐在清风朗畅中轰鸣，就像那美丽晶莹的珍珠，人们见到的是它的纯净雅致的美，却忘记了它来自痛苦的孕育。

（二）崭削峭拔，骨力劲健

柳宗元的唐雅也如他其余诗歌一样，具有崭削峭拔、骨力劲健的特点。首先表现在柳宗元擅长描写动态形象，如《泾水黄》：

> 泾水黄，陇野茫。负太白，腾天狼。
>
> 有鸟鸷立，羽翼张。钩喙决前，钜趯傍。
>
> 怒飞饥啸，翾不可当。老雄死，子复良。
>
> 巢岐饮渭，肆翱翔。顿地纮，提天纲。
>
> 列缺掉帜，招摇耀铓。鬼神来助，梦嘉祥。
>
> 脑涂原野，魄飞扬。星辰复，恢一方。

这首诗描写太宗消灭陇西悍将薛仁杲的战绩。薛氏父子盘踞陇西，谋取长安，对刚刚建立的大唐形成巨大威胁，唐军与占有地利的薛仁杲作战异常艰难，柳宗元为了突出太宗的威武，特地与陇西地形的苍茫雄浑相切合，

---

① 贺裳：《载酒园诗话又编》，上海古籍出版社1983年版，第345页。
② 王国安：《柳宗元诗笺释》，上海古籍出版社1983年版，第468页。

所以运用刚劲健举的动词与形容词来描写，如用"负""腾""鸷立""钩喙决前，钜趯傍""怒飞饥啸，肆翾翔"等写薛氏父子的凶恶彪悍，不可一世，而用"顿""提""列缺掉帜，招摇耀铓"等来写唐军气势雄壮，最终让薛仁杲"脑涂原野，魄飞扬"，这是两强相遇的殊死搏斗，由于唐军更加勇武又据仁义且有神助，所以取得了廓清陇西使星辰再辉的战功。全诗雄浑的意境完全靠动态描写建构。故孙月峰《评点柳柳州集》评曰"特险劲有锋"①，陆梦龙《韩退之柳子厚集选》也评曰"古峭"②，是抓住了柳宗元诗歌特点的。孙氏评《苞枿》说"工峭中稍存古调"，评《铁山碎》说"气劲"，评《吐谷浑》说"拗拙"，评《东蛮》说"冲然绝尘"，等等，均为知言。柳宗元诗歌的崭削峭拔还体现在意境逼窄与恢宏的对立统一中。如《江雪》"千山鸟飞绝，万径人踪灭"的宏大恢廓、荒寒死寂境界，与渔翁坚毅执著、独钓寒江的精神形成冲突，构造出清峻峭拔的意境。如《苞枿》一诗前面写萧铣像茂盛的余枿盘根错节于荆、衡、巴、巫之间，导致"缉绥艰难"的窘迫，意境显得艰涩逼窄；突然，"圣人作，神武用"，"浩浩海裔，不威而同"，"澶漫万里，宣唐风。蛮夷九译，咸来从"，这是多么阔大雄伟的境界！前后的对比中，显出整体上的峭拔刚劲。再如《铁山碎》前面描写突厥占据辽阔的大漠，"连穹庐，背北海，专坤隅"，显出积云漫天、阴衢峥嵘的严峻氛围，接着写李靖奉命夺其雄图，"破定襄，降魁渠，穷竟窟宅"的巨大胜利，最后写"百蛮破胆，边氓苏。威武辉耀，明鬼区"的恢宏壮阔，通过强硬与刚劲的较量，显出特有的雄浑劲健的骨力。

（三）精于锤炼，形象生动

柳诗的峭拔骨力与他精于锤炼密切相关。柳宗元继承了杜甫"语不惊人死不休"的精神，对诗歌语言的锤炼堪称绝诣。如《平淮夷雅·皇武》中描写吴元济的悖逆凶顽和不自量力时用了"锋猬斧螳"四字，说吴元济

---

① 王国安：《柳宗元诗笺释》，上海古籍出版社1983年版，第409页。
② 王国安：《柳宗元诗笺释》，上海古籍出版社1983年版，第409页。

乃跳梁小丑，像刺猬那样身有毛刺如锋，像螳螂举起如斧子一样的双臂进行抵抗。孙月峰认为"语太浓，犹是《文选》家数"，因为陈琳《为袁绍檄豫州》中有"欲以螳螂之斧，御隆车之隧"之句，故孙氏不太喜欢这样凝练典故并加以改造的词句，实际上这样高度浓缩又形象生动的句子正是柳宗元的独特创新。又如《方城》中的"衔勇韬力"，孙月峰评曰："衔韬字亦涉雕斫，然犹近古，胜前'锋猬斧螳'。"孙氏所说的"雕斫"实际上就是一种使诗歌语言更加凝练集中、更加富于表现力的锤炼功夫，在柳宗元诗中很常见。如：

> 怒飞饥啸，巢岐饮渭。列缺掉帜，招摇耀芒。
>
> ——《泾水黄》
>
> 吐霓翳日，赫炎溥畅。披攘蒙雾，地平水静。
>
> ——《奔鲸沛》

前一例中，前两句写薛仁杲的狂妄叫嚣和举兵进据关中，一个词写其乖张彪悍，一个词写其蚕食鲸吞，非常形象；后两句描写唐军舞动旗帜如闪电，挥舞兵器如星耀，非常生动。后一例中，一个词写辅公祏将江淮地区弄得乌烟瘴气，一个词写凉风劲吹，热浪消尽，人心舒畅；后两个词写唐军扫除妖氛雾气之后，呈现出土地平旷水面宁静的景象，都凝练浓缩，刻画细腻，隽永有味。

再如"鹏骞骇群龙""睢盱万状乖""唐业如山崇"（《东蛮》），"龙旂翻海浪，驷骑驰坤隅"（《高昌》），"登高望还师，竞野如春华""洋洋西海水，威命穷天涯"（《吐谷浑》），等等，无不精绝凝练，富于表现力。这些都是柳宗元将汉赋、骈文的技巧融入雅诗的结果，也是他的雅诗庄重深邃、古奥奇崛超越魏晋雅诗而直逼诗经大雅的新成就。

尽管柳宗元为补铙歌有曲无词的缺憾而创作的雅歌，最终没有得到朝廷的采录，也未能因颂美君臣的元和中兴功绩而使他摆脱远贬南荒的困境，但是他的创作还是对后代有很大的影响，像南宋姜夔就模仿他创作了

《圣宋铙歌吹曲十四首》①。

综上所述，我们认为柳宗元创作铙歌、平淮夷雅等雅诗歌曲，不仅具有补苴罅漏的意义，有重新构建礼乐秩序的价值，还有脱自己于政治泥淖的干谒意图，因而具有很强的现实意义。其诗是柳宗元在痛苦的心境下创作的"鸣国家之盛"作品，具有春容醇厚的大雅气象，也是体现他"高壮广厚，词正理备""丽则清越"创作理想的佳作，艺术上锤炼精工，骨力坚劲，生动形象，意境雄浑，取得了超越魏晋而比肩《大雅》的成就。

（原载《文学遗产》2014年第3期）

---

① 夏承焘：《姜白石词编年笺校·外编》"庆元五年（1199），……臣闻铙歌者，汉乐也。殿前谓之鼓吹，军中谓之骑吹。其曲有朱鹭等二十二篇，由汉逮隋，承用不替，虽名数不同，而乐纪罔坠，各以咏歌祖宗功业。唐亡铙部，有宗元作十二篇，亦弃弗录。"夏承焘：《姜白石词编年笺校·外编》，上海古籍出版社1998年版，第107页。

论李贺的奉礼郎经历与其诗歌中的音乐描写

李贺的诗歌创作最重要的部分就是乐府歌诗，以至他全部作品都被称为"歌诗"。历代对李贺乐府诗的研究大都关注其中所寄托的讽喻意义和奇诡峭丽的艺术特点等方面，但鲜有人从音乐和乐器的角度来审视李贺乐府诗的艺术特点，也未见将李贺乐府诗的特点与李贺任职奉礼郎联系起来，本篇不揣浅陋，试从李贺任奉礼郎这一视角，考察太庙、山陵的祭祀音乐氛围如何对李贺产生实际的影响，并探讨李贺乐府歌诗中运用乐器、音乐的描写与其乐府诗艺术意境的内在联系，求教于通家。

一、李贺的乐府观念与任职"奉礼郎"的关系

现存的材料中，没有关于李贺表述乐府观念的文字，但我们知道，作家的创作都是特定文学观念主导下自觉的创造活动，绝对不存在没有文学观念的作家。李贺当然也不例外，他为什么那样醉心于古乐府的创作呢？我认为应该结合李贺的人生经历来考察。李贺短暂的寿命没有可能像李白、杜甫、韩愈、白居易等人那样获得丰富的人生体验，他一生最重要的经历恐怕就是在长安任过奉礼郎一职，时间从元和六年秋冬之际至元和八年春天，前后跨三年之久，而且是他诗歌天才几近发挥到最充分的二十一至二十四岁阶段。所以应该把目光投射到李贺这一段重要的经历上来。但很遗憾，历代（含当代）学者都认为这是一个卑微的官职，对李贺造成的只有负面影响，

既让他感到屈辱压抑产生心理失衡，又使他贫困潦倒导致身体患病加剧，最后让他变成"畸形儿"。毋庸讳言，奉礼郎对具有"唐王诸孙"高贵身份的李贺来说，并非他理想的职位，但升迁官职有一定的程序，若积以时日，循资迁转，也不是没有晋升的可能。再换一个思路，李贺整天生活在繁琐无聊的职事里，沉浸在庄重肃穆不能言笑的祭祀活动中，天天都要与乐器、音乐打交道，难道就不会对他的诗歌产生一些正面影响吗？

奉礼郎，是太常寺的属官。太常寺最高长官是正三品的太常卿，"掌邦国礼乐、郊庙、社稷之事，以八署分而理之：一曰郊社，二曰太庙，三曰诸陵，四曰太乐，五曰鼓吹，六曰太医，七曰太卜，八曰廪牺"①。除后面三项外，前五项都与祭祀相关，而祭祀又离不开音乐。太常寺是唐代重要机关，官员设置有："少卿二人，正四品；太常丞二人，从五品上；太常主簿二人，从七品上；录事二人，从九品下；府十二人，史二十三人。博士四人，从七品上；谒者十人，赞引二十人。太祝六人，正九品上，祝史六人，奉礼（郎）二人，从九品上。赞者十六人。协律郎二人，正八品上；亭长八人，掌固十二人，太庙斋郎，京、都各一百三十人。太庙门仆，京、都各三十人。"②在规模较为庞大的供职人员中，奉礼郎确实算一个卑微的职务，只负责"掌朝会祭祀君臣之版位。凡樽罍之制，十有四，祭则陈之。祭器之位，簠簋为前，篹铏次之，笾豆为后。大凡祭祀朝会，在位者拜跪之节，皆赞导之，赞者承传焉。又设牲牓之位，以成省牲之仪。凡春秋二仲，公卿巡陵，则主其威仪鼓吹之节而相礼焉"③。职务较为琐碎且繁忙，几乎一年四季都有祭祀太庙、巡祀山陵或郊祀的工作，其中难得的闲暇时间还要修整乐器、培训乐工、校正乐谱、排练演奏等。

两《唐书》李贺传记及《唐才子传》等书，都认为李贺曾担任"协律郎"。吴企明先生已在《唐才子传校笺》④一书中作了较为清晰的辨正。我认

---

① 刘昫等：《旧唐书·职官志三》，中华书局1975年版，第1872-1874页。

② 吴按：长安太常寺合计有290人上班，规模也不算小，如果加上洛阳的人员配置，则多达450人。

③ 刘昫等：《旧唐书·职官志三》，中华书局1975年版，第1872-1874页。

④ 傅璇琮：《唐才子传校笺》（第二册），中华书局1989年版，第282-294页。

为虽然李贺不大可能由正八品的协律郎升为从九品的奉礼郎，但应当注意这一错误中隐含的重要信息：因李贺精通音乐和乐理，又擅长撰写歌诗，故有这样的错讹。从另一个角度看，奉礼郎与协律郎有重要的联系，即都应该精通音乐。《旧唐书·职官志》：协律郎"掌和六吕六律，辨四时之气，八风五音之节。凡太乐，则监试之，为之课限。若大祭祀飨宴奏于廷，则升堂执麾以为之节制，举麾工鼓柷而后乐作，偃麾戛敔而后止。"①主要是制定乐律，在祭祀或宴享时主持音乐的开始演奏和终止，相当于现代乐队的指挥。从情理上看，奉礼郎与协律郎在同一地点太庙供职，只是各自分管的工作内容不同，都是为皇帝及其诸王、贵戚、大臣们祭祀时提供服务。不同之处，协律郎还有在皇宫大殿主持演奏的机会②，而奉礼郎则只能在太庙和山陵。这两个职务都与太乐署关系密切。《旧唐书·职官志三》：

> 太乐署，令一人，从七品下，丞一人（从八品下），府三人，乐正八人（从九品下），典事八人，掌固八人，文武二舞郎一百四十人。太乐令调合钟律，以供邦国之祭祀享宴。丞为之贰。凡天子宫悬钟磬，凡三十六簴③。凡大宴会，则设十部伎。凡大祭祀、朝会用乐，辨其曲度

① 刘昫等：《旧唐书·职官志三》，中华书局1975年版，第1874页。

② 刘昫等："宴享陈《清乐》《西凉乐》。架对列于左右厢，设舞筵于其间。旧皇后庭但设丝管，大业尚侈，始置钟磬，犹不设镈钟，以镈磬代。武太后称制，用钟，因而莫革。乐县（悬），庭庙以五彩杂饰，轩县以朱，五郊则各从其方色。每先奏乐三日，太乐令宿设县于庭，其日率工人入居其次。协律郎举麾，乐作，仆麾，乐止。文舞退，武舞进。若常享会，先一日具坐、立部乐名封上，请听奏御注而下。及会，先奏坐部伎，次奏立部伎，次奏蹀马，次奏《散乐》而毕矣。"刘昫等：《旧唐书·音乐志二》，中华书局1975年版，第1081页。

③ 刘昫等："镈钟十二，编钟十二，编磬十二，共为三十六架。东方西方，磬簴起北，钟簴次之。南方北方，磬簴起西，钟簴次之。镈钟在编钟之间，各依辰位。四隅建鼓，左柷又敔。又设巢、笙、笛、箫、篪、埙，系于编钟之下。偶歌琴、瑟、筝、筑，系于编磬之下。其在殿廷前，则加鼓吹十二案，于建鼓之外，羽葆之鼓、大鼓、金镎、歌箫、笳置于其上。又设登歌钟、节鼓、瑟、琴、筝、笳于堂上，笙、和、箫、篪于堂下。太子之廷，陈轩悬，去其南面镈钟、编钟、编磬各三，凡九簴，设于辰、丑、申之位。三建鼓亦如之。凡宫悬之作，则奏文武舞。"刘昫等：《旧唐书·音乐志二》，中华书局1975年版，第1080—1081页。

章服，而分始终之次。有事于太庙，每室酌献各用舞。（事具《音乐志》）凡祀昊天上帝及五方大明、夜明之乐，皆六成，祭皇地祇神州社稷之乐，皆八成，享宗庙之乐，皆九成。其余祭祀，三成而已（五音有成数，观其数而用之）。凡习乐，立师以教。每岁考其师之课业，为上中下三等，申礼部，十年大较之，量优劣而黜陟焉。凡乐人及音声人应教习，皆着簿籍，考其名数，分番上下。①

太乐署是音乐机构，其提供的音乐演奏既有太庙音乐，也有朝享宴会音乐。李贺在行奉礼郎职责的时候，对音乐乐器的摆放应当也是熟悉的，并有可能对各种乐器演奏的技法也较为熟悉，对每一种乐器奏出的乐音也当有深刻的理解。李贺职务中还有一项是在山陵祭祀时负责"主其威仪鼓吹之节而相礼焉"，即对仪仗队和鼓吹音乐有倡导责任。这样，李贺的职责还与鼓吹署有关联。《旧唐书·职官志三》：

鼓吹署，令一人（从七品下），丞三人（从八品下），府三人，史六人。乐正四人（从九品下），典事四人，掌固四人。鼓吹令掌鼓吹施用调习之节，以备卤簿之仪。丞为之贰。凡大驾行幸，卤簿则分前后二部以统之。法驾则三分减一，小驾则减大驾之半。皇太后、皇后出，则如小驾之例。皇太子鼓吹，亦有前后二部。亲王已下各有差。凡大驾行幸，有夜警辰严之制（大驾夜警十二部，晨严三通。太子诸王公卿已下，警严有差）。凡合朔之变，则率工人设五鼓于太社。大傩，则率鼓角以助侲子唱之。②

由于要引导诸王、贵戚巡陵，故李贺职责还应当与诸陵署有关系，《旧唐书·职官志》："诸陵署，令一人（从五品上），录事一人，府二人，史四人，主衣四人，主辇四人，主药四人，典事三人，掌固二人。陵户、乾、桥、昭四百人，献、定、恭三百人。陵令掌先帝山陵，率户守卫之。

---

① 刘昫等：《旧唐书·职官志三》，中华书局1975年版，第1874-1875页。
② 刘昫等：《旧唐书·职官志三》，中华书局1975年版，第1875页。

丞为之贰。凡朔望、元正、冬至，皆修享于诸陵。凡功臣密戚陪葬者听之，以文武分为左右列。诸太子陵令各一人（从八品下），丞一人（从九品下）。"①祭祀除了太庙祭祖和山陵祭祀之外，还有意义较为特殊的祭祀天地四方神祇和山川河岳之神，因此奉礼郎工作还与两京郊社署有关系，《旧唐书·职官志》："两京郊社署，令各一人（从七品下），丞一人（从八品上），府二人，史四人，典事三人，掌固五人，门仆八人，斋郎一百一十人。郊社令掌五郊社稷明堂之位，祠祀祈祷之礼。丞为之贰。凡大祭祀，则设神座于坛上而别其位，立燎坛而先积柴。凡有合朔之变，则置五兵于太社，以朱丝萦之以俟变，过时而罢之。"②

由上引文献可以看出，虽然是一个小小的奉礼郎，职责所系却是很重大的，且与诸陵、太庙、太乐、郊社等，都有千丝万缕的联系。李贺有将近三年的时间一直生活在音乐演奏、祭祀典礼的环境中，这不可能不对他的诗歌产生重要影响。

过去的研究者对李贺担任奉礼郎一职，多从屈辱低贱的角度论述对李贺的负面影响，这一职位对年仅二十一岁的李贺来说，获得也是很不容易的，既要经过一定的考试，又要有门荫的庇护，还据说与韩愈的推荐有关③，而且任职时间长达三年之久，何况从太常寺的官员设置来看，李贺并非是仆役一类的最低贱者，毕竟还是带有品衔的正式朝廷官员，我认为应该换一种眼光重新打量李贺担任此职的意义，对出身帝王贵胄的李贺来说，此职固然使他深感屈辱，但从对李贺诗歌创作来说，至少意义有三：第一，繁冗杂沓、单调乏味、庸俗拘束的生活必然使他身心俱疲，并带来生理和心理上的压抑，从而唤醒了他诗歌创作的冲动，欲借此发泄忧郁，摆脱此种压力；第二，长期浸润在太庙或山陵的祭祀音乐环境中，晨钟暮

① 刘昫等：《旧唐书·职官志三》，中华书局1975年版，第1874页。

② 刘昫等：《旧唐书·职官志三》，中华书局1975年版，第1874页。

③ 陈允吉先生在《李贺——诗歌天才与病态畸形儿的结合》一文中说："元和六年（811）春，他（李贺）应朝廷的征召，离家去长安担任奉礼郎一职。此项任命可能是照顾门荫，这一年恰好韩愈入京为行尚书职方员外郎，李贺之得官疑与其之荐引有关。"陈允吉：《佛教与中国文学论稿》，上海古籍出版社2010年版，第457页。

鼓，笙簧竽瑟，对他理解并精通音乐都会有好处，也对他诗歌运用乐器和乐音的描写产生实际的影响；第三，长期参加在装饰考究、古色古香的太庙或壮丽宏伟、雍穆寂静的陵寝中举行的祭祀活动，与皇帝、王公贵戚们打交道，沉湎于香烟缠绕、庄严肃穆的祭祀跪拜的氛围中，对李贺诗歌描写幽灵鬼怪肯定有深刻的影响，更是激发他驰骋想象于幽冥世界的现实基础。从某种意义上讲，李贺任职奉礼郎一职，不仅是他的乐府观念形成的基础，更为他创作乐府诗选择方向提供了可能。或者，换句话说，如果李贺不担任此职，则他的诗歌也许不会呈现出现在的这种阴森诡谲的面貌。

二、李贺乐府歌诗中的音乐描写

李贺乐府歌诗突出的一个特点就是写到很多的乐器及音乐，甚至整首诗都是描写音乐，如《李凭箜篌引》《听颖师弹琴歌》等①。这就是说，乐器奏出的各种曲调或某种乐器的特殊乐音对诗歌的意境会产生重要影响，不妨说，这些乐器、乐音也是构成诗歌艺术意境的重要元素。

李贺乐府歌诗所引用乐器，如表1：

表1　李贺乐府歌诗所用乐器一览表

乐器	篇名	例句	乐器特点
箜篌	《箜篌引》《李凭箜篌引》	李凭中国弹箜篌	箜篌，汉武帝使乐人侯调所作，以祠太一。或云侯辉所作，其声坎坎应节，谓之坎侯，声讹为箜篌。或谓师延靡靡乐，非也。旧说亦依琴制，今按其形，似瑟而小，七弦，用拨弹之，如琵琶。竖箜篌，如胡乐也，汉灵帝好之。体曲而长，二十有二（当为"三"）弦，竖抱于怀，用两手齐奏，俗谓之擘箜篌。凤首箜篌，有项如轸。

① 吴按：《李凭箜篌引》是乐府诗，郭茂倩《乐府诗集》漏收，这样的例子还有很多。

乐器	篇名	例句	乐器特点
琴	《咏怀二首·一》《追和柳恽》《帝子歌》《仙人》《听颖师弹琴歌》《有所思》	弹琴看文君 玉轸蜀桐虚 湘神弹琴迎帝子 弹琴石壁上 古琴大轸长八尺 琴心与妾肠	琴，伏羲所造。琴，禁也，夏至之音，阴气初动，禁物之淫心。五弦以备五声，武王加之为七弦。琴有十二柱，如琵琶。击琴，柳恽所造。恽尝为文咏，思有所属，摇笔误中琴弦，因为此乐。以管承弦，又以片竹约而束之，使弦急而声亮，举竹击之，以为节曲。
瑟	《黄头郎》《上云乐》《莫愁曲》《许公子郑姬歌》	玉瑟调青门 五十琴瑟海上闻 罗床倚瑶瑟 清弦五十为君弹	瑟，昔者大帝使素女鼓五十弦瑟，悲不能自止，破之为二十五弦。大帝，太昊也。
笙	《天上谣》《秦王饮酒》《秦宫诗》《恼公》	王子吹笙鹅管长 洞庭雨脚来吹笙 帐底吹笙香雾浓 吹笙翻旧引	匏，瓠也。女娲氏造。列管于匏上，内簧其中，《尔雅》谓之巢。大者曰竽，小者曰和。竽，煦也，立春之音，煦生万物也。竽管三十六，宫管在左。和管十三，宫管居中。今之竽、笙，并以木代匏而漆之，无复音矣。荆、梁之南，尚存古制。[1]
筝	《公莫舞歌》《洛姝真珠》	长刀直立割鸣筝 红弦袅云咽深思	筝，本秦声也。相传云蒙恬所造，非也。制与瑟同而弦少。京房造五音准，如瑟，十三弦，此乃筝也。杂乐筝并十有二弦，他乐皆十有三弦。轧筝，以竹片润其端而轧之。
筚篥	《申胡子觱篥歌》	含嚼芦（即筚篥）中声	筚篥，本名悲篥，出于胡中，其声悲。亦云：胡人吹之以惊中国马云。[2]

---

[1] 徐莉莉、詹鄞鑫：笙即芦笙，用葫芦插上参差不齐的细竹管做成，管中嵌有簧（金属薄片），气流通过即振动发音。据《说文》等文献所记，笙长四尺，十三簧（每管一簧）。曾侯乙墓出土五件笙，竹管已散乱，从笙斗（匏身）洞眼可知有十二管、十四管、十八管三种。匏面绘有文饰。据推测，可能其中有一管无簧，供吹气用。如果不错，那么十四管的笙即所谓"十三簧"。三十六管的笙又叫"竽"，长沙马王堆汉墓出土有完整的竽。大笙叫"巢"，小笙叫"和"。旧说大笙声高，"巢"有高的意思；小笙应和，所以叫"和"。徐莉莉、詹鄞鑫：《尔雅：文词的渊海》，上海古籍出版社1997年版，第127页。

[2] 马端临：《文献通考·卷一百三十七》："陈氏《乐书》曰：'筚篥，一名悲篥，一名箛管，羌、胡、龟兹之乐也。以竹为管，以芦为首。状类胡箛而九窍。所法者角音而甚悲篥，胡人吹之以惊中国马焉。后世乐家者流，以其旋宫转器以应律管，因谱其音为众器之首，至今鼓吹教坊用之以为头管。然其大者九窍，以筚篥名之；小者六窍，以风管名之。六窍者犹不失乎中声，而九窍者其先盖与太平管同矣。'"

续表

乐器	篇名	例句	乐器特点
笛	《昌谷北园新笋》《平城下》《龙夜吟》《将进酒》《相劝酒》	笛管新篁拔玉青 青帐吹短笛 高楼一夜吹横竹 吹龙笛 管愔愔	笛,汉武帝工丘仲所造也。其元出于羌中。修尺有咫。长笛、短笛之间,谓之中管。
箫	《荣华乐》《难忘曲》《兰香神女庙》《苦篁调啸引》	洪崖箫声绕天来 箫声吹日色 吹箫饮酒醉 二十三管咸相随	箫,舜所造也。《尔雅》谓之茭。大曰管,二十三管,修尺四寸。
琵琶	《秦王饮酒》《冯小怜》《春怀引》《恼公》	金槽琵琶夜怅怅 请上琵琶弦 捍拨装金打仙凤 琵琶道吉凶	琵琶,四弦,汉乐也。初,琴长城之役,有弦鼗而鼓之者。及汉武帝嫁宗女于乌孙,乃裁筝、筑为马上乐,以慰其乡国之思。推而远之曰琵,引而近之曰琶,言其便于事也。[1]
鼓	《雁门太守行》《黄家洞》《官街鼓》《神弦曲》《上之回》《将进酒》	霜重鼓寒声不起 黑幡三点铜鼓鸣 玉炉炭火香咚咚 鼓逢逢 击鼍鼓	鼓,动也,冬至之音,万物皆含阳气而动。雷鼓八面以祀天,灵鼓六面以祀地,路鼓四面以祀鬼神。[2]

[1] 今《清乐》奏琵琶,俗谓之"秦汉子",圆体修颈而小,疑是弦鼗之遗制。其他皆充上锐下,曲项,形制稍大,疑是汉制。兼似两制者,谓之"秦汉",盖谓通用秦、汉之法。五弦琵琶,稍小,盖北国所出,《风俗通》云:以手琵琶之,因为名。案,旧琵琶皆以木拨之,太宗贞观中始有手弹之法,今所谓搊琵琶者是也。(《旧唐书·音乐志二》)

[2] 夏后加之以足,谓之足鼓;殷人贯之以柱,谓之楹鼓;周人悬之,谓之悬鼓;后世从殷制建之,谓之建鼓。晋鼓六尺六寸,金奏则鼓之。旁有鼓谓之应鼓,以和大鼓。小鼓有柄曰鼗,摇之以和鼓,大曰鼗鼓。腰鼓,大者瓦,小者木,皆广首而纤腹,本胡鼓也。石遵好之,与横笛不去左右。齐鼓,如漆桶,大一头,设齐于鼓面如麝脐,故曰齐鼓。檐鼓,如小瓮,先冒以革而漆之。羯鼓,正如漆桶,两手俱击,以其出羯中,亦谓之两杖鼓。都昙鼓,似腰鼓而小,以槌击之。毛员鼓,似都昙鼓而稍大。答腊鼓,制广羯鼓而短,以指拍之,其声甚震,俗谓之揩鼓。鸡娄鼓,正圆,两手所击之处,平可数寸。正鼓、和鼓者,一以正,一以和,皆腰鼓也。节鼓,状如博局,中间圆孔,适容其鼓,击之节乐也。(《旧唐书·音乐志二》)

乐器	篇名	例句	乐器特点
角	《雁门太守行》《贵主征行乐》《塞下曲》	角声满天秋色里 女垣素月角呷呷 胡角引北风	西戎有吹金者,铜角是也。长二尺,形如牛角。
钟	《梁台古意》	撞钟饮酒行射天	钟,皇帝之工垂所造。钟,种也,立秋之音,万物种成也。大曰镈,镈亦大钟也,《尔雅》谓之镛。小而编之曰编钟,中曰剽,小曰栈。

除了表格中所引用的乐器,据《旧唐书·音乐志·二》的记载,李贺熟悉的乐器尚有:管①、篪②、柷③、敔④、筑⑤、埙⑥、缶⑦、錞于⑧、磬⑨、铙⑩、

---

① 管,三孔曰钥,春分之音,万物振跃而动也。(《旧唐书·音乐志二》)

② 篪,吹孔有觜如酸枣。横笛,小篪也。汉灵帝胡笛,五胡乱华,石遵玩之不绝音。《宋书》云:有胡篪出于胡吹,则谓此。梁胡吹歌曰:"快马不须鞭,反插杨柳枝。下马吹横笛,愁杀路旁儿。"此歌辞元出北国。之横笛皆去觜,其嘉觜者谓之义觜笛。

③ 柷,众也。立夏之音,万物众皆成也。方面各二尺余,旁开圆孔,内于手中,击之以举乐。(《旧唐书·音乐志二》)

④ 敔,如伏虎,背皆有鬣二十七,碎竹一击其首而逆刮之,以止乐也。(《旧唐书·音乐志二》)

⑤ 筑,如筝,细颈,以竹击之,如击琴。《清乐》筝,用骨爪长寸余以代指。(《旧唐书·音乐志二》)

⑥ 埙,嘘也,立秋之音,万物将嘘黄也。埏土为之,如鹅卵,凡六孔,锐上丰下。

⑦ 缶,如足盆,古西戎之乐,秦俗应而用之。其形似覆盆,以四杖击之。秦、赵会于渑池,秦王击缶而歌。八缶,唐永泰初司马缘进广平乐,盖八缶具黄钟一均声。(《旧唐书·音乐志二》)

⑧ 錞于,古乐器,青铜制造,形如圆筒,上大下小,顶上多虎形钮,可悬挂,以物击之而鸣,常与鼓配合,用于战争中指挥进退。盛行于东周至汉代。(《旧唐书·音乐志二》)

⑨ 磬,叔所造也。磬,劲也,立冬之音,万物皆坚劲。《书》云,"泗滨浮磬",言泗滨石可为磬;今磬石皆出华原,非泗滨也。登歌磬,以玉为之,《尔雅》谓之乔。(《旧唐书·音乐志二》)

⑩ 铙,木舌,摇之以和鼓。(《旧唐书·音乐志二》)

拍板①、方响②、舂牍③、铜钹④、钲⑤、铜鼓⑥等，因为金、石、丝、竹、匏、土、革、木，谓之八音，击而成乐，又八音之属，协于八节。古人认为乐器是礼器，其创制皆应和四时的节律，如说"竽（笙），煦也，立春之音，煦生万物也"，"管，三孔曰龠，春分之音，万物振跃而动也"，"柷，众也。立夏之音，万物众皆成也"，"琴，禁也，夏至之音，阴气初动，禁物之淫心"，"埙，曛也，立秋之音，万物将曛黄也"，"钟，种也，立秋之音，万物种成也"，"鼓，动也，冬至之音，万物皆含阳气而动"，等等。也就是说，从乐理乐律上讲：笙吹出的乐音可以象征春天煦日普照、万物复苏的景象；管发出的声音可以象征春分时节万物生机勃勃的景象；柷发出的乐音象征立夏时节万物饱满即将成熟的气象；琴则象征夏至时候，阴气将起时要有所禁止的意义；埙与钟象征立秋季节万物种子成熟一片金黄的景象；鼓发出的隆隆之音则象征冬至严寒时刻万物随阳气而动的生气。乐器与乐音含有深厚的文化意蕴，这就是古人对乐器与音乐的理解。

正因为乐器与音乐具有重要的意义，所以诗人们喜欢将乐器与乐音写入诗中，以增强诗歌的艺术性。这种做法从先秦时代便开始了，《诗经》中就有大量写到乐器，如"窈窕淑女，琴瑟友之"的琴、瑟（《关雎》），"窈窕淑女，钟鼓乐之"的钟、鼓（《关雎》），"百堵皆兴，鼛鼓弗胜"的鼛（即大鼓）（《绵》），"击鼓其镗，踊跃用兵"的鼓（《击鼓》），"左手执龠，右手秉翟"的龠（《简兮》），等等。《诗经》描写乐器只能算是萌芽阶段，

①拍板，长阔如手，厚寸余，以韦连之，击以代抃。（《旧唐书·音乐志二》）

②方响，以铁为之，修八寸，广二寸，圆上方下。架如磬而不设业，依于架上以代钟磬。人间所用才三四寸。（《旧唐书·音乐志二》）

③舂牍，虚中而筩，无底，举以顿地如舂杵，亦谓之顿相。相，助也，以节乐也。或谓梁孝王筑睢阳城，击鼓为下杵之节。《睢阳操》用舂牍，后世因之。（《旧唐书·音乐志二》）

④铜钹，亦谓之铜盘，出西南及南蛮。其圆数寸，隐起若浮沤，贯之以韦皮，相击以和乐也。南蛮国大者圆数尺。（《旧唐书·音乐志二》）

⑤钲，如大铜迭，悬而击之，节鼓。（《旧唐书·音乐志二》）

⑥铜鼓，铸铜为之，虚其一面，覆而击其上。南夷扶南、天竺类皆如此。岭南豪家则有之，大者广丈余。（《旧唐书·音乐志二》）

因为往往只提乐器名称，并未对乐音进行形象的描绘，还未能使乐器融入整篇诗歌的艺术意境之中。到了秦汉时期，更多的乐器被引入诗中，如"十五弹箜篌，十六诵诗书"的箜篌（《焦仲卿妻》），"弹筝奋逸响，新声妙入神"的筝（《今日良宴会》），"丝竹厉清声，慷慨有余哀"（旧题《苏子卿诗》其二）里同时提到弦乐器和管乐器等。相比于先秦时期，不仅乐器种类有所增多，如东传的箜篌等都在诗中出现，而且乐音进入了诗歌的意境。到三国时期的"我有嘉宾，鼓瑟吹笙"（《短歌行》），两晋时期的"南邻击钟磬，北里吹笙竽"（《咏史》其四），南北朝时期的"箫鼓流汉思，旌甲被胡霜"（《代出自蓟北门行》）等，乐府诗、拟乐府及歌行体等不同的诗歌都描写乐器与乐音，为唐代诗歌的发展提供了范式。唐人诗歌非常钟情乐器与音乐的描写，如"借问吹箫向紫烟，曾经学舞度芳年"（卢照邻《长安古意》），"独坐幽篁里，弹琴复长啸"（王维《竹里馆》），"羌笛何须怨杨柳，春风不度玉门关"（王之涣《凉州词》），"谁家玉笛暗飞声，散入春风满洛城"（李白《春夜洛城闻笛》），"拟金伐鼓下榆关，旌旆逶迤碣石间"（高适《燕歌行》），"中军置酒饮归客，胡琴琵琶与羌笛"（岑参《白雪歌送武判官归京》），"箫鼓哀吟感鬼神，宾从杂沓实要津"（杜甫《丽人行》）、"湘瑟飔飔弦，越宾呜咽歌"（孟郊《泛黄河》）等，甚至还出现了白居易《琵琶行》、元稹《琵琶歌》、韩愈《听颖师弹琴》等全篇描写乐器演奏及音乐效果的诗篇。这说明，舞乐文化在唐代取得了辉煌成就，另一方面也说明诗人们喜爱音乐或者与乐人具有深厚的情谊。在唐代，大部分诗人都在诗中描写过乐器及音乐，但没有人运用得像李贺那样奇特。李贺由于任奉礼郎，有三年时间生活在太庙音乐环境之中，故能在乐音中尽情发挥光怪陆离的想象，营造幽丽奇诡的意境，有时放任自己的思绪完全听从音乐的引导，任凭自己的诗歌激发出狰狞的欢乐或凄冷的悲伤，跳跃性很大，颇有西方意识流特色，甚至给人以艺术拼图般凌乱的美感，反映出诗人的独特个性和心理。主要表现在以下几方面：

1.描摹乐器的形象。

李贺乐府歌诗除了在篇名中标明所用乐器之外，还直接描写乐器的形象，使之构成诗歌的一个意象。如："吴丝蜀桐张高秋，空山凝云颓不流，李凭中国弹箜篌。"（《李凭箜篌引》）描写制造箜篌的精良材料，突出乐器的精美绝伦，为下面描写箜篌妙音奠定基础。又如"谁裁太平管？列点排星空"（《申胡子觱篥歌》），描写筚篥，用太空的星点来比喻筚篥芦管上的一排孔洞，形象生动而壮美。有人认为"太平管"与"筚篥"是两种乐器，非。根据李贺的诗歌题目可知，申胡子演奏的太平管就是筚篥，筚篥是胡人所用的管乐器，有九个孔，发出的乐音悲篥，使人惊异，连马听了也会受惊。因此，王琦作注时说："言谁为此制者，裁竹为管，而钻列空窍于其上如星点。然其器若无甚奇异，乃吹之作声，其劲能贯乎风而音高能入乎云而响彻青冥如此。此真芦管之声，移赠箫笛，便觉太猛烈矣。"[①]还有"古琴大轸长八尺，峄阳老树非桐孙"（《听颖师弹琴歌》），描写大琴的体制和木质的精良，为琴声的美妙作了衬垫。李贺的乐府歌诗中还运用大量的金、玉等词来装饰一些乐器，构成一种带有标志性的意象，尤其是一些想象中的古代女性或神仙，都喜欢某种乐器，形成一种独特韵味。

2.以乐器描写人物形象。

李贺虽然出身高贵，但由于家道衰落，终身沉沦下僚，尤其因避家讳而不能参加进士考试，这件意外之事不仅熄灭了他仕进的希望，使他心灰意冷，还对他的身心打击非常大。后来虽因门荫被朝廷征召任命为奉礼郎，但奉礼郎的职务卑贱，又使他对"风雪值斋坛，墨组贯铜绶"（《赠陈商》）的斋庙生活深感屈辱，因而觉得自己是"壮年抱羁恨，梦泣生白头"（《崇义里滞雨》）。他身体瘦弱多病却偏偏酷嗜耽于幻想，只能依靠天才的想象来慰藉真实生活的艰辛与贫乏。虽然李贺可能没有体验过爱情婚姻的温馨与幸福，但他的歌诗却塑造了大量古代女性和神仙形象，曲折地表达了他内心的渴望与追求。值得注意的是，这些女性形象往往与某种乐器联系在一起，共同构成一种高雅的气质。

---

① 王琦：《汇解李长吉歌诗》，上海人民出版社1977年版，第112–113页。

如"弹琴看文君，春风吹鬓影"（《咏怀》），有人认为这是李贺用司马相如与卓文君的典故来描写他与新婚妻子生活中的美好场景，其实没有必要拘泥于此，也可以看作李贺通过想象弹琴的相如看着美丽的文君那春风般美丽的脸庞，来刻画自己心中的女神形象，表达对婚姻的向往与渴慕。又如"兰风桂露洒幽翠，红弦袅云咽深思"（《洛姝真珠》），这是描写洛阳的一位名叫"真珠"的歌妓，她像仙姬女神从天而降，在高楼一边孤独地对月吟唱，一边敲悬珰玉佩打着节拍，当兰风飘香、玉露清冷之际，她抚筝而弹，红弦（即"筝"，因唐代张祜《筝诗》有"夜风生碧柱，春水咽红弦"的诗句）鸣筝，乐声袅袅，高低抑扬，使云彩为之凝聚不流，以寄托她幽怨的深思。这是一位孤寂高雅、冰清玉洁的女子，李贺揣摩她的心理，正是对她给予无限的同情。这样的女子在李贺诗中还很多，如"罗床倚瑶瑟，残月倾帘钩"（《莫愁曲》）的古代美女莫愁，她在锦绣温馨的罗床上倚着她心爱的宝瑟，弹着相思之曲，而帘外的一轮残月正将那浅淡的清辉肆意倾泻在玉钩上，何等凄清孤寂的画面！还有像"蟾蜍碾玉挂明弓，捍拨装金打仙凤。宝枕垂云选春梦，钿合碧寒龙脑冻"（《春怀引》）中的这位美女，住在芳溪密影的花洞，柳荫如浓密的烟雾，四周都是重重迭迭的花树，环境虽优雅芳洁，但是主人公却只能面对弯弓似的明月，用装饰华丽的琵琶弹奏着"仙凤"的歌曲，来寄托内心的孤苦与落寞。李贺希望她能够在宝枕上"选"个美梦来慰藉碧寒现实的凄凉况味，表达了对美人遭际的深切同情。当然，李贺的乐府歌诗中刻画更多的还是虚幻神秘的仙女形象，如："秦妃卷帘北窗晓，窗前植桐青凤小。王子吹笙鹅管长，呼龙耕烟种瑶草。粉霞红绶藕丝裙，青洲步拾兰苕春。"（《天上谣》），"秦妃"就是秦穆公之女弄玉，与王子乔学吹笙骑凤凰飞升成仙，诗歌展现令人迷醉的仙境，也是李贺幻想的美好境界，曲折地弥补了他在人间生活中所缺失的东西。再如"女巫浇酒云满空，玉炉炭火香咚咚。海神山鬼来座中，纸钱窸窣鸣旋风。相思木帖金舞鸾，攒蛾一喋重一弹。呼星召鬼歆杯盘，山魅食时人森寒"（《神弦》），这是一首请神娱神的乐府诗，能充分体现出李贺对祭祀仪式的熟悉和驰思鬼神世界的想象力，女巫浇酒祭奠之后，一边念唱有词，一边做着请神的动作。这首诗中女巫与众神，真幻交织，颇有祭祀的现场感，是李贺歌诗中最具特色的作品。此类歌诗尚有《神弦曲》，其中刻画"画弦素管声浅繁，花裙绰缀步秋尘"的女神形象，最后说"百年老鸮成木魅，笑声碧火巢中起"，加上诗中还有"青狸哭血寒狐死"等阴森淋漓的画面，使整首诗显得非常诡怪恐怖。这些正是李贺歌诗迥异于李白的地方，究其根由，当是李贺长期供职于太庙和山陵，沉浸于祭祀氛围中造成的。

李贺的想象力除了驰骋于神仙鬼怪的世界，还喜欢伸进古代的历史环境中，他的乐府歌诗刻画了很多历史人物。如《秦王饮酒》中写道："龙头泻酒邀酒星，金槽琵琶夜枨枨，洞庭雨脚来吹笙。酒酣喝月使倒行……花楼玉凤声娇狞，海绡红文香浅清，黄鹅跌舞千年觥。仙人烛树蜡烟轻，清琴醉眼泪泓泓。"这首诗只借用一个秦王（即秦始皇）的名字，而事迹全是李贺想当然的向壁虚构，也许其中包含了对当时某位君王的嘲讽，但没有必要坐实。我们看到诗中展现的是一种变态的享乐观念，尽管主导诗中人物行动的是饮酒和歌舞，但使诗中人物情绪起伏的分明是音乐，琵琶的哀婉与笙管的狂放及清琴的悲伤，引导了全诗的节奏，也暗示了诗歌的主旨。如果说《秦王饮酒》还是无中生有的话，那么《秦宫诗并序》则是建立在史书基础上的"历史真实"，秦宫是东汉末期权臣梁冀的家奴，由于会察言观色、办事干练，又姿容俊俏、善解人意，深得梁冀信任，而梁冀的妻子孙寿更喜爱秦宫的貌美与温顺，竟与之私通，这样秦宫周旋于梁冀与孙寿之间，享尽了荣华富贵，成为一个"一生花底活"的人，过着醉生梦死、肮脏龌龊的生活，诗歌剪翠偎红，以"越罗衫袂迎春风，玉刻麒麟腰带红。楼头曲宴仙人语，帐底吹笙香雾浓"来刻画这位"得宠内舍，以娇名大噪于人"的家奴形象，真是入木三分。李贺在序中还说"予抚旧而作长辞，辞以冯子都之事相为对望"，说明这是有所托寓的新题乐府诗，具有强烈的现实批评指向。此外，李贺也在诗中刻画现实中的人物，如"卷发胡儿眼睛绿，高楼一夜吹横竹"（《龙夜吟》）就刻画一个西域胡人形象，前一句写生画形，描写他卷曲的头发和碧绿的眼睛，给人印象新奇的感觉，后一句描态，他在高楼上整夜地吹着横笛，通过悠扬远神的笛声，写出了这位热爱音乐的胡人飘逸的神韵。这也是李贺新乐府诗中较有特色的篇章。由此可见，乐器及其弹奏的乐曲成为李贺刻画人物形象的重要手段。

3.以音乐来烘托诗歌意境。

音乐作为一种只可意会难以言传的特殊形象，本身就具有"虚幻"的特点，当它作为一种意象熔铸成诗歌的艺术意境时，往往会成为一种气氛烘托的重要元素。李贺无疑是中唐时代描写音乐的高手，这与他曾经担任奉礼郎职务有深刻的联系。如《雁门太守行》一开篇就渲染危急的环境氛围："黑云压城城欲摧，甲光向日金鳞开。"让人感到敌兵压境、围城将破的严峻。接下来以"角声满天秋色里，塞上燕脂凝夜紫"进一步渲染边塞战前的紧张气氛，先用"角声满天"来夸张。角，也叫画角，是来自羌胡的乐器，其乐声，悠长、高亢而凄凉，其作用与竽篥相似，也可以用来惊马。据《通典·乐一》记载："蚩尤氏率魑魅与黄帝战于涿鹿，帝乃命吹角为龙吟以御之。"这里的角声可能是敌我双方都在吹奏，从这凄凉、悲酸的角声可以想象边塞的紧张局势，然后再用"秋色"和胭脂凝夜的紫色来进行渲染，给人凝重、悲凉、哽咽的感受。当战争进行到最艰苦的阶段，我军重整旗鼓想对敌人发动掩袭时，李贺写道："半卷红旗临易水，霜重鼓寒声不起。"战鼓本是激励士兵进攻的乐器，可是在这霜花浓重的深夜，彻骨的寒冷竟然使鼓声低沉不响，这一重渲染更见战斗的悲壮惨烈。这首乐府名作，其结尾"报君黄金台上意，提携玉龙为君死"的誓死报国精神具有鼓舞人心的作用，而对战斗的描写都是运用侧面烘托，战争过程的惨烈也是通过多层次的画面渲染完成的，其中角声与鼓声是非常重要的因素，由此可见李贺运用乐器及乐音烘托诗歌意境的高超技巧。又如描写官军在进剿黄洞蛮失败后任意杀死百姓邀功的《黄家洞》这首极具现实批判性的新乐府诗中，这样描写黄洞寨苗家士兵："雀步蹙沙声促促，四尺角弓青石镞。黑幡三点铜鼓鸣，高作猿啼摇箭箙。彩巾缠踍幅半斜，溪头簇队映葛花。"李贺根据传闻展开想象：那些士兵在沙地上像鸟雀一样行走发出促促的声响，他们背着四尺长的强劲角弓，箭头都是用青石磨成，锋利无比，战斗前黑旗摇晃三下，铜鼓雷鸣，士兵们像猿猴一样跳跃高喊，摇晃着身上的箭袋，他们一律用彩布斜裹小腿，在溪头簇列成队，和身边的葛花一起倒映水中，成为独特的景象。显然李贺是以欣赏的眼光来描写苗兵，不仅突出他们怪异的动作、服饰和武器，而且还写出了苗兵的勇敢，正面描写苗兵的目的是反衬官军的无能。其中，写到黄洞蛮的重要军乐器——铜鼓，王琦注释说："铜鼓鸣，状蛮人聚众之异，《隋书》：诸蛮并铸铜为大鼓。初成，悬于庭中，置酒以招同类。……俗好相杀，多构仇怨，欲以相攻则鸣此鼓，到者如云。有鼓者为都老，群情推服。"[1]这种铜鼓既是权力的象征，也是士兵啸聚或进攻的号令，作为一种特异的乐器，其鸣声就不仅仅是一种乐音，而且具有标志性意义，对烘托全诗的意境具有无可替代的作用。再如表现鸿门宴会上剑拔弩张、杀气腾腾情景的拟乐府诗《公莫舞歌》："方花古础排九楹，刺豹淋血盛银罍。华筵鼓吹无桐竹，长刀直立割鸣筝。横楣粗锦生红纬，日炙锦嫣王未醉。腰下三看宝玦光，项庄掉箾栏前起。"描写鸿门宴会上，项庄舞剑意在沛公和项伯常以身翼庇沛公的场景，只要读过《史记》的人，都会印象深刻，李贺别出心裁，极力渲染九楹大柱和方花古础的巨大空间和银杯中盛满淋漓豹血的恐怖画面，然后写丰盛奢豪的宴会上，没有鼓吹音乐的琴瑟，也没有笙箫，只有林立的刀枪剑戟，门楣上挂着粗糙的红色锦缎，像太阳一样血红的帘子映着项王红醉的面庞。整个是一派血红阴森、恐怖骇人的画面，艺术地再现了鸿门宴的血腥气味。其中的"桐竹""鸣筝"两种乐器，从虚处传出紧张危急的氛围。

还有下面的这首《将进酒》：

　　琉璃钟，琥珀浓，小槽酒滴真珠红。烹龙炮凤玉脂泣，罗屏绣幕围香风。

　　吹龙笛，击鼍鼓。皓齿歌，细腰舞。况是青春日将暮，桃花乱落

---

[1] 王琦：《汇解李长吉歌诗》，上海人民出版社1977年版，第119页。

如红雨。

　　劝君终日酩酊醉，酒不到刘伶坟上土。

　　《将进酒》是汉鼓吹铙歌十八曲之一，古词说："将进酒，乘大白。"大略以饮酒放歌为言。李白的将进酒继承鲍照抒发人生悲慨的传统，借饮酒放歌抒写怀才不遇的"万古愁"，李贺没有在李白的寓意寄托上再创新意，而是转而将目光投向宴会场景本身的描摹上，琉璃酒杯盛满琥珀色的"珍珠红"美酒，烹龙炮凤在罗幕围住的空间到处香气飘拂，吹奏龙笛，敲击鼍鼓，明眸皓齿发清歌，细腰美女翩翩舞，这是何等令人心醉的歌舞场面！有人依据诗中"青春日暮"和"桃花乱落"等词，断定这是李贺元和十一年南游江南时所作[①]，我认为没有这样坐实的必要，因为李贺写的是乐府诗，他喜欢在诗中想象江南景象，不一定是纪实性的描写。陈允吉先生认为"此篇的精粹卓荦之处，在于能够超越对欢宴的主观享乐，从而清醒地感悟生命理念的颤栗"[②]。罗宗强先生则认为此诗"这一片珠光宝气，笼罩的是'坟'。从青春的欢乐开始，而走向悲怆"[③]。都是很有见地的，我则认为此诗最突出的地方是对音乐的描写有力地烘托了酒宴的氛围，是李贺歌诗受南朝乐府影响的证据。还有像"晓声隆隆催转日，暮声隆隆呼月出。汉城黄柳映新帘，柏陵飞燕埋香骨。磓发千年日长白，孝武秦王听不得。从君翠发芦花色，独共南山守中国。几回天上葬神仙，漏声相将无断绝"（《官街鼓》），"嘈嘈弦吹匝天开，洪崖箫声绕天来"（《荣华乐》），"玉瑟调青门，石云湿黄葛"（《黄头郎》），"撞钟饮酒行射

　　① 吴企明：《李长吉歌诗编年笺注》（下册），认为"当在元和十一年春作"。中华书局2012年版，第670页。朱自清先生《李贺年谱》创李贺南游江南之说，后孙望先生赞同此说，只是将南游时间提前到入洛阳举进士之前，吴企明先生则认为南游在元和十一年春。而陈允吉先生认为李贺没有江南之行，因此对这首诗不编年，我赞同此说。参见吴企明《李长吉歌诗编年笺注》中集评部分，《孙望选集》（南京师范大学出版社2002年版），陈允吉、吴海勇《李贺诗选评》（上海古籍出版社2011年版）。

　　② 陈允吉、吴海勇：《李贺诗选评》，上海古籍出版社2011年版，第41页。

　　③ 罗宗强：《中唐文学思想》，载《罗宗强文学思想论集》，汕头大学出版社1999年版，第207页。

天，金虎蹙裘喷血斑"（《梁台古意》），"洞庭明月一千里，凉风雁啼天在水。九节菖蒲石上死，湘神弹琴迎帝子。山头老桂吹古香，雌龙怨吟寒水光"（《帝子歌》），等等，都有通过音乐场面来烘托诗歌意境的描写。这些钟鼓、琴瑟、笙箫的乐音既是诗中的意象，也是烘托意境的手段，体现出李贺擅长运用乐器及音乐熔铸诗歌艺术意境的特色。

4.全篇描写音乐演奏。

李贺歌诗与乐器及音乐有十分重要的内在联系，不仅体现在他所从事的九类乐府曲调的歌诗创作，本身就与音乐难以分开，清商曲辞、琴曲歌词、相和歌辞和杂歌谣辞等门类，从创制开始就规定了不同的演奏乐器，歌词为了适应乐曲的需要，当然必须符合乐器的乐音特点，至少乐曲的节奏会影响诗歌的语言形式，而且体现在李贺的歌诗还有全诗描写演奏乐器或音乐效果的篇章，而这些歌诗都创作于他任奉礼郎期间，由此可见正是奉礼郎的微官使李贺歌诗具有音乐性，或者说，李贺的职务使他对音乐的演奏及欣赏提高到一个更高的层次。

如《申胡子觱篥歌并序》：

> 申胡子，朔客之苍头也。朔客李氏亦世家子，得祀江夏王庙，当年践履失序，遂奉官北部。自称学长调短调，久未知名。今年四月，吾与对舍于长安崇义里，遂将衣质酒，命予合饮。气热杯阑，因谓吾曰："李长吉，尔徒能长调，不能作五字歌诗，直强回笔端，与陶、谢诗势相远几里！"吾对后，请撰《申胡子觱篥歌》，以五字断句。歌成，左右人合噪相唱。朔客大喜，擎觞起立，命花娘出幕，徘徊拜客。吾问所宜，称善平弄，于是以弊辞配声，与予为寿。

> 颜热感君酒，含嚼芦中声。花娘篸绥妥，休睡芙蓉屏。
> 谁截太平管，列点排空星。直贯开花风，天上驱云行。
> 今夕岁华落，令人惜平生。心事如波涛，中坐时时惊。
> 朔客骑白马，剑弝悬兰缨。俊健如生猱，肯拾蓬中萤。

　　先来看诗序，这是李贺最重要的一篇诗序，不仅可以看出他的古文修养，看出当时长调短调流行的情况，及李贺歌诗创作主要擅长长调的特色，而且可以了解李贺根据筚篥曲调创作歌诗的真实背景，以及朔客用平声缓歌（平弄）在筚篥乐声伴奏下演唱此诗的情景。这是一则关于中唐时代音乐与乐府歌诗关系的珍贵史料。再来看诗歌，开篇点题，在酒酣耳热的时候，突然传来吹奏芦管（即筚篥）的乐声，乐声悠长温婉、清亮高亢，使朔客的爱妾花娘深宵立听不睡，通过侧面烘托写乐声的感人至深。忽然插入对乐器本身形象的描写，写出乐器的飘逸之美，然后展开想象，写乐声时而像春风般温暖让花朵绽放，时而像长风出谷驱赶天上的云群，真可谓着处生春又响遏行云。接着陡然转跌入人生的感慨：今昔忽然感到岁华流逝之悲，人生百味纠结于心中，像波涛翻滚，以致乐声使座中客人感到无端的惊悚。最后描写朔客文武兼备的形象和企盼知音的心愿，于是一首优美动听、感慨深沉的筚篥妙音在余音袅袅中结束。这首歌诗颇能体现出李贺以乐器描写形象和以想象描写音乐的艺术手腕。如果说这首音乐诗的想象还算平实古朴的话，那么下面这首《听颖师弹琴歌》则逐渐表现出李贺善七言长调歌诗的本色，即想象非常别出心裁。诗中写道："别浦云归桂花渚，蜀国弦中双凤语。芙蓉叶落秋鸾离，越王夜起游天姥。暗佩清臣敲水玉，渡海蛾眉牵白鹿。谁看挟剑赴长桥，谁看浸发题春竹。竺僧前立当吾门，梵宫真相眉棱尊。古琴大轸长八尺，峄阳老树非桐孙。凉馆闻弦惊病客，药囊暂别龙须席。请歌直请卿相歌，奉礼官卑复何益。"从诗的结句可以看出这是李贺任奉礼郎期间的作品。颖师是中唐著名的琴僧，好游于士大夫之门，韩愈曾有赠诗。据陈本礼《协律钩玄·卷四》："琴各有派，如蜀派、中州派则下指刚劲，江南常熟则和缓雅正，刚柔得宜，惟浙派最劣，竟似弹琵琶矣。凡曲各有声调，惟在下指用意，如洞天箕山羽化，则宜缥缈；樵歌沧江雉朝飞，则宜苍老；梦蝶碧天，则宜幽细；汉宫佩兰，则宜静远；渔歌欸乃醉渔，则宜酣畅；凤翔涂山关雎，则宜庄雅。他若耕歌、牧歌、潇湘、捣衣、山居吟等，调各不同，音亦各异。昌黎诗止就其一曲而言，长吉则总括各曲之音，而一一为之形容，故能于昌黎外另标一帜，而各臻其妙。"①李贺此诗前八句都是用听声类型的画面场景来表现颖师所弹琴声的各种音乐境界，与韩愈《听颖师弹琴》同属一途，以两句一组分别描写琴音的"闲适""哀怨""清亮""刚劲""舒和"等各种境界。而当李贺对音乐境界的想象变得诡怪森然的时候，就完全呈现出他最本色的一面，如《李凭箜篌引》：

> 吴丝蜀桐张高秋，空白凝云颓不流。
> 江娥啼竹素女愁，李凭中国弹箜篌。
> 昆山玉碎凤凰叫，芙蓉泣露香兰笑。
> 十二门前融冷光，二十三丝动紫皇。
> 女娲炼石补天处，石破天惊逗秋雨。
> 梦入坤山教神妪，老鱼跳波瘦蛟舞。
> 吴质不眠倚桂树，露脚斜飞湿寒兔。

这无疑是体现李贺音乐诗最高成就的杰作，除了他惯用的描写乐器本身之外，此诗将"听声类型"的写法发挥到了极致。方世举《李长吉诗集》批注说："白香山'江上琵琶'，韩退之'颖师琴'，李长吉'李凭箜篌'，皆摹写声音之至文。韩足以惊天，李足以泣鬼，白足以移人。"②这首诗以奇幻的超现实世界表现诡谲的人生悲情，用幻象来安慰自己苦涩的心灵，既不像韩诗那样突出主观情绪的激烈冲荡和起伏变化，也不像白诗那样着重描写弹奏过程和场面气氛，甚至将弹奏者的情态、技巧等一切因素皆省略，只着重刻画一个与现实现世界完全不同的想象的神幻世界，更注重音乐声调的感染力和穿透神仙世界的力量。此诗纯粹想象的神奇意象和画面，包含着一个个与音乐有关的神奇传说，只要细细品味，就能感受到诗歌意境的虚幻缥缈、神秘莫测。但这些表现音乐效果的视觉形象与音乐形象之间的距离很大，不像白诗那样贴切，有亲切感，而是表现出一种鬼域般的神话世界，可谓"惊天地，泣鬼神"。李贺诗歌喜欢运用丰富华

---

① 吴企明：《李长吉歌诗编年笺注》，中华书局2012年版，第340页。
② 李贺：《李长吉诗集》，方扶南批注，上海人民出版社1977年版，第496页。

丽的辞藻来装饰，显得含蓄蕴藉、凄艳壮丽；又讲究动词锤炼，既整饬凝重，又显刻意雕琢之美。在用韵方面，采用四次变韵，由开口韵（秋、流、愁、篌）变为闭口韵（处、雨、妪、舞、树、兔），最终给人一种清虚寂寞中的抑郁难伸之感，可称为中唐时代描写音乐的奇葩，代表了李贺歌诗最高的艺术成就。

综上所述，我们认为，研究李贺的乐府歌诗，除了要研究其乐府歌诗题目所属的乐府曲调的类别之外，还需要特别注意诗歌所描写的乐器及音乐形象①，由于李贺本身精通音乐和乐理，又有近三年时间生活沉浸于太庙和山陵的祭祀音乐环境中，在人生坎坷不偶、压抑悲愤和多病衰弱的多重折磨下，使他喜欢对幽冥鬼神境界生发奇思妙想，营造出一个充斥牛鬼蛇神与神仙美女的诡怪森然境界，而音乐在铸造这种艺术境界的过程中起到了非常独特的作用。

（原载《国学研究》第四十卷）

---

① 吴按：王运熙先生认为"清商新声和相和旧曲中间的承递关系，除掉表现在歌词的节解方面以外，乐器的类同，也应当注意"，较敏锐地发现乐器对乐府诗的重要作用。参见王运熙文集《乐府诗述论·吴声西曲的渊源》，上海古籍出版社2012年版，第35页。

李商隐近体诗运用虚词的艺术成就

李商隐诗歌研究，截至目前，从生平事迹考订，到作品整理校注和思想艺术成就探讨，已取得许多重大的甚至是带有总结性的成果。在唐代作家研究中是进展得最为深入的大诗人之一。同时，前人的成果，也给后人把研究向新的和薄弱环节推进，提供了基础和可能。如李商隐诗歌中虚词运用的成就，前人虽有过很高的评价和许多精到的点评，但深入全面的探讨至今尚未见到，可算是义山诗歌研究中一个有待开发的课题。本篇即打算在吸收前人研究成果和对李商隐近体诗歌进行考察的基础上，探讨一下虚词的表情功能及其在义山诗中所表现的情感形态，并进而讨论虚词与义山近体诗主体风格、美学追求之间的关系。

（一）虚词的表情功能与李商隐近体诗中的虚词

虚词，古代称"虚字"，是指名词动词形容词之外，本身并不具有独立意义而必须依附于其他词才能有其意味的词。①古人重辞章之学，对实

---

① 古代所说的"虚字"，大体等于现代语言学里的"虚词"。吕叔湘《开明文言读本》里说："虚字范围较广，不但是代词，介词，连词，语助词，还包括好些个副词；换句话说，除了名词，动词，形容词。"但在《语法修辞讲话》中又说："代词、副词、连接词、语气词的意义比较空灵些，可以称为'虚词'，和以前所谓'虚字'的范围大致相同。"关于实词和虚词的严格分类标准，目前学术界的现代汉语研究并没有形成一致的意见。如对副词的划分，就有如下的分歧：王力认为副词是半实词；郭绍虞认为副词介于虚实之间；谭全把副词划入虚词；吕叔湘、朱德熙认为副词是虚词；陈望道、石安石却认为副词是实词。（参见王松茂：《汉语语法研究参考资料》，中国社会科学出版社1983年版，第126–128页）至于哪些词属于副词，学者们的意见也分歧很大。本篇无意从语法学角度研究虚词，而主要讨论虚词在义山近体诗中表达曲折细微情感方面的作用，因此采取比较宽泛的标准，采用传统的"副词属于虚词"的观点。

词和虚词的表达功能有深刻的认识。《论语》曰："出辞气，斯远鄙倍矣。"提出了"辞气"问题，虽然孔子指的仅是君子的一种神态要求，而清代的刘大櫆在《论文偶记》中分析说："上古文字初开，实字多，虚字少。典谟训诰，何等简奥，然文法自是未备。至孔子时，虚字皆备，作者神态毕出。"刘氏所论，是从文法要求的角度，指出了虚字与作者神态之间的关系，初步涉及虚词的表情功能。清代蒋兆兰说：

> 词之为文，气局较小，篇不过百许字。然论用笔，直与古文一例。中间转接，叠用虚字，须一气贯注，无虚字处，或用潜气内转法。蒙尝谓作一词，能布置完密，骨节灵通，无纤毫语病，斯可谓通得虚字也。[①]

蒋氏所论虽也不离文法的圈子，但所指出的"中间转接""骨节灵通"等，已触及虚词用法、作用的更细微处。虚词研究，清代出现了许多里程碑式的著作，《助字辨略》就是具有开山意义的一部，其序云：

> 构文之道，不过实字虚字两端，实字其体骨，而虚词其性情也。盖文以代言，取肖神理，抗坠之际，轩轾异情，虚字一乖，判于燕越……且夫一字之失，一句为之蹉跎；一句之误，通篇为之梗塞，讨论可阙如乎！

刘淇的著作虽然是专门研究古文中的虚字（助字），但他提出的虚词"表性情"说，却道出了虚词的本质方面。他论述"虚字备而古今之情畅"对认识诗歌（尤其是近体诗）语言中的虚词作用有重要帮助。诗之于文，只不过体裁不同而已，而在"通于性灵"这一本质方面是一致的。从总体上看，古代诗歌的语言以实词为主，意象的构成与意境的表达任务，主要靠实词来完成，客观世界丰富的声音色彩、千姿百态的形状乃至变化无端的心理活动，当然用实词来表达。如"云里帝城双凤阙，雨中春树万人家"

---

① 蒋氏语，转引自蔡嵩云笺《乐府指迷》的注文，蔡注亦未注明出处。蔡著由人民文学出版社1963年出版。

（王维），"沧海月明珠有泪，蓝田日暖玉生烟"（李商隐），"肠胃绕万象，精神驱五兵"（韩愈），"鸡声茅店月，人迹板桥霜"（温庭筠），等等。然而，语言在描述这些现象世界时，还必须同时说明事物的方位、时间、状态，揭示它们之间的因果关系，以清理出时空、事理的逻辑秩序，这时，诗歌就需要虚词的连接、斡旋、控驭、照应，来表达更加委婉曲折的意蕴，乃至延伸虚泛渺远的意境，使诗歌具有虚处传神的独特风味。如"江山有巴蜀，栋宇自齐梁"（杜甫），"初生欲缺虚惆怅，未必圆时即有情"（李商隐），"岂有文章惊海内，漫劳车马驻江干"（杜甫），"无端更渡桑干水，却望并州是故乡"（贾岛），等等。由于虚词的使用，使诗句中充满了抑扬抗坠、回旋荡漾的情感之流。借助虚词的作用，语言就更清晰而且传神，有了虚词的插入，诗歌就能传递细微的感受，凭着虚词的铺垫，语气才能流动和舒缓。

如果说，实词是一块块裁剪好的质地精良、色彩艳丽的布，那么虚词就是连缀这些布的线条，是衔接点缀的纽扣或装饰，在构成一件精美的服饰时，作用同样是不能低估的。有时候，针脚的细密与否，纽扣、装饰钉结的样式入时与否，往往成为评价一件衣服是否精良的重要标准。虚词，作为古代诗歌语言有机构成部件之一，虽然它本身并不具有意义，但它一旦与实词结合，就会成为"完密的针线"和"美丽的纽扣"，使诗歌语言在抑扬顿挫的声调节奏中，产生风神摇曳的审美效应，乃至形成诗歌独特的艺术风貌。李商隐的近体诗，历来被认为是具有缠绵宕往之致的，这与他在诗中大量而巧妙地运用虚词不无关系。最能代表他诗歌主体风格的是近体律绝，而他的绝大部分诗歌中均有虚词的镶嵌。据粗略统计，其全部近体诗歌中，虚词的用例超过1200句，占他全部诗歌总句数（5772句）的五分之一强。下面表1是来自《全唐诗索引·李商隐卷》义山诗中经常使用频度较大的前23个虚词的情况：

表1 李商隐诗歌高频虚词统计表

虚词	不	未	更	与	应	已	莫	当	从	可	因
次数	387	123	114	90	76	76	74	73	70	65	51
频率	1.017 53%	0.32 34%	0.299 73%	0.236 63%	0.199 82%	0.199 82%	0.194 56%	0.191 93%	0.184 05%	0.170 90%	0.134 09%

虚词	方	岂	只	惟	正	休	非	又	亦	自	须	竟
次数	50	48	48	48	46	41	39	36	34	26	22	20
频率	0.131 46%	0.126 20%	0.126 20%	0.126 20%	0.120 94%	0.120 78%	0.102 54%	0.094 65%	0.089 39%	0.058 42%	0.017 95%	0.049 95%

其中有些词，如"更"，在"归来展转到五更""五更疏欲断"等句中作名词用；再如"已"，在"姮娥捣药无时已"中用作动词，等等。除掉这种情况，纯虚词的使用数目约1200句。其次，如"任""等""奈""似""如""料""况""尽""将""偏""若""甚"等，均有一定数量的用例。有些虚词如"之""矣"等，一般只用于古体诗中，在律诗中，仅见于"求之流辈岂易得，行矣关山方独吟"等极少数的律句，不占有足以显示特色的优势。这充分说明，李商隐诗中（主要是近体诗）的虚词分量很重。当然，义山诗中也有一些虚词运用是平庸的，如《自桂林奉使江陵途中感怀寄献尚书》排中，大量使用虚词"纵然……何以""虽……岂""既……仍""须……莫""若……于"等，夸赞幕主的平庸诗意与形式的平庸倒是相合，但给人的感觉是累赘与繁复。再如"未曾容獭祭，只是纵猪都"（《异俗二首》），"何处更求回龙驭？此中兼有上天梯"（《玉山》），"大去便应欺粟颗，小来兼可隐针锋"（《题僧壁》），"未免被她褒女笑，只教天子暂蒙尘"（《华清宫》），"昨日紫姑神去也"（《昨日》），等等，这些诗句由于情感格调不高，又大量使用虚词，正有纪昀批评的"纯为滑调"之弊，但能代表义山主体风格的大量诗歌中，虚词却能很好地配合深沉绵邈的情感表达。可以说，虚词的成功运用，是形成其诗歌深情婉曲特征的重要因素之一。诗歌要靠一些虚词的咏叹来传达独特的心理体验，单凭实词是不可能全面而完整地展现诗人心里委婉而细腻的情感世界的。李商隐是一个努力开掘心灵世界的诗人，他的近体诗继承了

李贺"师心"的创作方法，对心灵世界的丰富层次，它的变化的复杂奥妙，它的清晰的和不清晰的难以言说的领域，做了前所未有的细腻的传神的展示。

（二）虚词与其所表现的情感形态

李商隐的诗中，虚词大都不是孤单独立的形态存在，而是成双成对，甚至是密集在一起，构成强大的感情潮流，使他的诗形成"一唱三弄，余音袅袅"的特点，翁方纲曰："微婉顿挫，使人荡气回肠者，李义山也。……七律则远含杜陵，五律、七绝之妙则更探乐府，晚唐……唯有玉溪耳。"①

李商隐的近体诗继承了杜律的优长，杜律以沉郁顿挫、气象雄浑、法律森严取胜，而义山在学杜融杜时，又有自己的特色，以偏于幽美细约的形象，跟无形无质的心理意绪浑融结合，达到一种更新层次的浑化境界。这种浑化境界主要是由李诗中心灵化的意象造成的，然其中虚词的功能也不可低估。从虚词表情的功能角度看，可以比较清晰地感受到虚词在李诗中表达了情感潮水的顿宕停蓄、穿透延伸、突然逆转、回旋荡漾的各种复杂形态。

1.虚词表达情感的顿宕停蓄。

李商隐诗歌语言的一个显著特色是曲折含蓄，唱叹有神，如：

①黄叶仍风雨，青楼自管弦。

——《风雨》

②雪岭未归天外使，松州犹驻殿前军。

——《杜工部蜀中离席》

③春蚕到死丝方尽，蜡烛成灰泪始干。

——《无题》

---

① 翁方纲：《石洲诗话》，转引自《唐诗汇评》。

①句写风雨中的黄叶仍然在凄凉地忍受着煎熬，而豪门歌楼中的管弦还在兀自吹奏。一边是自身的落寞悲凉，一边却是别人的宴舞笙歌，而偏偏又亲眼所见，亲耳所闻，两种并列的反向情感，置于同一架心理天平的两端，以己度人，以人衬己。外情内化，内情外溢，显出抑郁的情状。②句"未"与"犹"对举，不仅使情绪有了时间感，而且有了立体感，令人感到当时西川战局的形势仍相当严峻，并能在诗句的顿挫语调中感受到诗人深沉的忧虑。③句是古今称颂的名联。"方""始"这是两个表开始的时间副词，在诗句中却是双双夹于两个表示生命终点的词"死""尽"和"灰"、"干"之中，便给人以戛然而止之感，然而这又不是真正的停止，而实际上却潜藏着更大的能量。言外之意却是"永不尽"和"誓不干"的强大感情内蕴，两个副词极能贮蓄能量，表达出诗人执著坚贞、至死不渝乃至死而不已的殉情精神。

有时候，义山以虚词押韵，炼字比较独特，如咏牡丹的名联："玉盘迸泪伤心数，锦瑟惊弦破梦频。"前句写牡丹花盘上沾满雨水，如迸泪伤心哭泣，后句写急雨打花，似锦瑟惊梦，均将花拟人，把牡丹遭风雨摧残，先期零落的悲惨境遇写出来了，而在末尾各置一虚词"数"（shuò屡次，频度副词）、"频"，两副词虽均表频度，强调打击伤害的加重，但却有强烈的停顿感，类似乐谱上的休止符，产生了"此时无声胜有声"的审美效果。

有时，义山在一联诗中密集用虚词镶嵌，而上下句之间又往往开合呼应。如：

④恍惚无倪明又暗，低迷不已断还连。

——《七月二十八日夜与王郑二秀才听雨后梦作》①

---

① 关于此诗体裁有争议，《辑评》墨批认为"律诗而无对偶，古诗而叶今调，此格仅见。"是将此诗看成律诗的。何焯却说："诗是七古而声调合律，仅见此篇。"是将此诗看成古诗。钱锺书《谈艺录》也认为此诗是排律。刘学锴、余恕诚：《李商隐诗歌集解》（第三册），中华书局1988年版，第1066页。从李集来看，似无七排之作，但因这两句诗极好，又对得工整，故引录。

⑤空归腐败犹难复，更困腥臊岂易招。

——《楚宫》

⑥重吟细把真无奈，已落犹开未放愁。

——《即日》

④句"又""不""还"三个虚词将梦境的忽明忽暗、若断若连的状态，描述出来了，而且从情感到节奏均极显顿宕的风神。⑤句"空""犹""更""岂"四个虚词开合呼应，实际上只讲了一个意思，即屈原沉江之后，他的尸体困于水类，已经腐败，无法为其招魂了，但加入这些虚词之后，语调就显出起伏变化，吟诵之际，应着诗的节拍，自然产生一种曲折婉转的韵味。⑥句正如《贯华堂选批唐才子诗》所解释的那样：

"重吟细把"，妙！已不必吟，而又"重吟"；已不必把，而又"细把"：此无奈，乃所谓"真无奈"也。"已落犹开"又妙！亲见"已落"，何止万片；更报"犹开"，岂能数朵？此愁故将如何可放也！前解写一春已尽，后解写一日又尽也。

此解对义山诗中的复杂感情体会是深刻的，"真""已""犹""未"几个虚词层层盘旋，使诗情显出回翔婉转之态。

2.虚词表达情感的穿透延伸。

情感在义山诗中犹如一条时间的溪流，具有强大的穿透和延伸能力。如：

⑦刘郎已恨蓬山远，更隔蓬山一万重。

——《无题》

⑧三年已制思乡泪，更入新年恐不禁。

——《写意》

⑦句"已恨"是情感的过去形态，表示虽历尽坎坷、追求不息，但伊人总是天各一方，生命之舟总是永远无法穿过时间的湖水；"更隔"则见未来

的更加艰难，与伊人相依相偎的希望更加渺茫，唯有一腔思念之情能穿过时间的隧道，沟通过去与未来。⑧句"已制"是强抑思乡之泪，是硬折使曲，吞噎苦咽，"更入"则体现禁不住的激情，使思乡之泪终将如火山一般地喷发，两个虚词与实词配合表现出情感强大的穿透力。

"已"与"更"是义山近体诗中常见的一种组合，在诗中能将过去、现在、未来的一维时间之轴延伸开来，让情感的流水沿着时间的脚步，从过去跨过现在，一直奔向未来的无穷。"已""更"也与其他虚词结合，如："贾生年少虚垂涕，王粲春来更远游"，"虚"与"更"结合；"几人曾预南薰曲，终古苍梧哭翠华"，"曾"表过去（即"已"），"终古"则延伸向未来，亘古不变的情链遂得以贯通；"幽泪欲干残菊露，余香犹入败荷风"，"欲干"是（已欲干），写过去的岁月，因追求而近于幻灭，"犹入"则见对未来的执着，明知是"败荷风"一样的绝望，却仍要坚持幻灭中的追求；"薄宦梗犹泛，故园芜已平"，则是倒置的时间轴，回射向往昔，写自己四处漂泊、无家可归的凄凉感受，读后令人寂然凄然。

有时义山还喜用"正"来表示向将来的延伸情况。"正"在义山诗中出现40次，比较典型的如：

⑨秋霖腹疾俱难遣，万里西风夜正长。
——《王十二兄与畏之员外相访见招小饮时予以悼亡日近不去因寄》

何焯说："'西风'加'万里'，'夜长'加'正'字，皆极写鳏鳏不寐之情。"甚确，"俱"与"正"结合，前者写自己目前的苦况，爱妻亡后形单影只，内心伤痛还未弥合，身上的"腹疾"又至，偏偏还逢秋雨霏霏、连月不开的时节，真是"屋漏又逢连绵雨，船破偏遇打头风"，祸不单行，见出一派凄凉惨淡光景；"正"字写出了"长夜漫漫何时旦"的煎熬难堪的心理感受，也见未来的迷茫无着，生死难卜。可以说，一个"正"字将诗情延伸到非常渺远的境界中去了。此外，如"不取花芳正结时""灵风正满碧桃枝""绕树无依月正高""如线如丝正牵恨"等，均展现出一派占满现在而正漫向未来的延伸态势。

3.虚词表现情感的突然逆转。

情感的突然逆转所造成的极大反差，能引起心灵的极大震撼。如：

⑩素心虽未易，此举太无名。

——《有感二首》

⑩句中"虽"宕开一笔，肯定了李训、郑注诛宦官的"素心"有积极意义，而"太"则表现强烈的不满，因为事败一塌糊涂，不可收拾，致使许多大臣无辜被杀，损失和影响太大了。一个"太"字，语气陡然变得强烈，其中既见遗憾，更见出诗人的历史使命感。再如：

⑪纵使有花兼有月，可堪无酒又无人。

——《春日寄怀》

⑫风波不信菱枝弱，月露谁教桂叶香。

——《无题》

⑬但须鹓鷟巢阿阁，岂假鸱枭在泮林。

——《隋师东》

⑭巧啭岂能无本意，良辰未必有佳期。

——《流莺》

⑪句"纵使""可堪"这对关联词构成转折关系。上写有花有月的良辰美景，正是舒心畅神的大好时光，下面突然转入"无酒无人"的孤独寂寞中来。⑫句谓已如柔弱的菱枝，偏遭风波摧残；又如芬芳内蕴的桂叶，却无月露滋润使之飘香。"不信"是明知而故意如此，见"风波"的横暴；"谁教"是本可如此而竟不如此，见"月露"的无情，两句虽有意象并列之感，但由于措词婉转因而意极沉痛，两句联写，增加了情感的强度。⑬句前写应该让"鹓鷟"（凤凰）般的贤人处在朝廷，岂能让那些"鸱枭"（猫头鹰）一样的小人充斥在皇帝的身边。"岂假"是"怎能让"的意思，表强烈的反诘，感情反折力度很大。值得一提的是，这一联在整首诗中也起

转折作用，方东树曰："前四句将正义说定，五、六（即此两句）空中掉转，收换笔绕补余意。""空中掉转"不仅为结构，更见感情的起伏。⑭句是名作《流莺》中的颔联。作者以流莺自喻，上写流莺歌喉婉转动听，本来是有所寄寓的，"岂能"表强烈反诘，但答案不说出，言外就是无人理解的痛苦，下句虽遇良辰却未必有美好的期遇。"未必"转折妙，把流莺不能自主、遇合无望的心理表现出来了，该诗结句"曾苦伤春不忍听，凤城何处有花枝"几成绝望的哀鸣。纪昀指出此诗"绝妙挥运"是对的，正见此诗曲折之妙；但纪氏又说此诗"声响觉靡"，这是不妥的，此诗正因为婉曲抒慨，才显出一种顿挫中蕴沉郁的风格。《李商隐诗歌集解》指出"'未必'，倍觉含思宛转"，正指出此诗艺术上的言情之长。

此外，像"曾是寂寥金烬暗，断无消息石榴红"、"不学汉臣栽苜蓿，空教楚客咏江蓠"等诗句均通过极强烈的反向对比，表达吞噫难伸的情感逆转情状。

4.虚词表达情感的回合荡漾

情感是一种无形无质的情绪，可以单向延伸，也可以突然逆转，而有时则又像风吹皱的一池春水，能够回环荡漾，泛向遥远的边际。如：

⑮永忆江湖归白发，欲回天地入扁舟。

——《安定城楼》

"永忆"是长忆，是常想归老江湖之意，"欲回"却是意欲干成一番大事业然后再归隐，两个副词揭示想归不能归、欲进无法进的情感矛盾状态，正好构成一个回合的情感圆圈，将自己包裹在这圆圈之中。实际上是义山终生沉沦却又不甘心沉沦的心灵写照。

再如《梓潼望长卿山至巴西复怀谯秀》：

梓潼不见马相如，更欲南行问酒垆。
行到巴西觅谯秀，巴西唯是有寒芜。

此诗的主旨是写"不遇"之叹。首句写梓潼已看不见司马相如的遗迹了，一种失望的情绪由"不见"一词中弥漫开来，但情感还是不能自已，因此"更欲南行问酒垆"，但"更行"的结果是怎样的呢？第三句作了交代，再次不遇，只好再到巴西寻找谯秀的踪迹，可是巴西更惨，却只有一片寒寂的平芜。何焯曰："相如有监门之荐，谯秀有元子之表，而今不可得矣。"又说："都会既空，岩壑亦寂，穷老失路，朋友阔绝，求一似人者以解寂寞而不可得，真欲下阮途之泣也。"①他确实体会了此诗的深意，"唯"与"不"前后呼应，既是结构上的回应，更是情感上的回合，其间虽有情感的起伏延伸，但到头来终归一片虚无，人生不遇之叹便将整首诗的意境包裹起来，形成一片迷茫的失落的怅惘的氛围。

虚词表达此种情感状态的代表作，当推那首有名的绝句《巴山夜雨》：

> 君问归期未有期，巴山夜雨涨秋池。
>
> 何当共剪西窗烛，却话巴山夜雨时。

洪迈在《唐人万首绝句评选》中评此诗有"婉转缠绵，荡漾生姿"之妙。确实，此诗语浅情深，曲折含蓄，回环往复，极富风调美。然而评者往往注意的只是"巴山夜雨""西窗剪烛"两重意象回环往复的作用，实际上，此诗形成情感回旋荡漾的另一不可忽视的因素是几个虚词在起作用。"何当"是站在夜雨涨秋池的现时巴山向未来的时空发出一声向往的探询，既是自问，也是安慰远方朋友的询问，一下子将情感之波泛向时间的未来境界。接着一个"却"转回，空际转身，再次打破时空的栅栏，站在未来的虚拟的"共剪西窗烛"的情境，品味今夜的"犁犁云树"之思。这两个虚词像现在和未来之间的两面镜子，将"巴山夜雨"与"西窗剪烛"的两重意象来回反射，造成一重又一重的映叠回环，而情感就在这回环中不断荡漾、加深、泛开、漫衍，造成一圈圈扩展的同心圆，将整首诗衔连包裹在一起，构成一个"水精如意玉连环"。因为虚词的回合映衬，诗境

---

① 刘学锴、余恕诚：《李商隐诗歌集解》（第三册），中华书局1988年版，第1128页，《李义山诗集辑评》引。

发生了微妙的变化，使阴冷凄暗的秋夜并不成为隔绝无望的深渊，而是在凄寂幽冷中闪现出温煦的希望的光圈，从而使诗中感伤的情绪美化，并在淡化忧伤的情境中，排解感伤寂寞的诗心。①

（三）虚词与义山近体诗主体风格、美学追求之间的关系

历来评论李商隐诗歌的艺术风格常用两个非常有概括性的词语：哀感顽艳和深情绵邈。如果说前者重在评价李诗的情感特质为艳丽的色彩装饰起来的哀伤，偏重于内容方面的话，那么后者则重在评价其情感抒发的缠绵而宕往的方式，偏重形式方面。形式本是积淀了内容的"有意味的形式"，因此研究李商隐诗歌的艺术形式，也是进入李商隐表现的心灵世界的有效途径。诗歌是语言的艺术，而形成诗歌的语言除了构成意象的实词之外，能表达情感的虚词也是另一个重要方面。在诗歌里，实词的变化只意味着人们所接触的世界的变化，而虚词的变化则意味着人们思维的变化，因此要客观地描述现象世界，当然可以不用虚词，但若要表现"我"的主观世界，则没有虚词是寸步难行的。我们可以说，李商隐诗歌（尤其是近体诗）以华赡的词藻包裹着凄丽的哀伤构成的"凄艳浑融"的艺术主体风格，与虚词表达缠绵情感的作用是分不开的，虚词的表情功能与"深情绵渺"之间有微妙的通连。

李商隐诗歌的这种独特风格与他"潜气内转"的创作心理特征是适应的。李商隐的悲剧性的身世，决定了他情感内涵的悲剧性，而在情感的作茧自缚之中，他的性格决定了他在抒发情感时，采取吞吐抑郁的方式。他情郁于中，一定要发之于外，他只好沉浸在诗歌的创作中，将这种情感迂回曲折地升华出来，以打破自我封闭的情感系统，排解内心的寂寞，化解内心的悲伤，取得心态上的暂时平衡，这种感情模式就这样固定下来，在为这种情感模式寻找形式的过程中，李商隐运用各种有效形式，其中重要

---

① 刘学锴：《义山七绝三题》，《文学遗产》2000年第2期。

一种是充分利用虚词的表情功能与其他各种形式相结合，达到内容与形式的完美统一。

在美学趣味上，义山致力于追求婉约美。贺裳曾在《载酒园诗语》中说："义山之诗，妙于纤细。"缪钺先生更一针见血地指出："义山之诗，已有极近于词者，如《灯》……取资微物，诗中所用之意象辞采，皆极细美，篇末尤为婉约幽怨。此作虽为诗体，而论其意境及作法，则极近于词。……盖中国诗发展之趋势，至晚唐之时，应产生一种细美幽约之作，故李义山以诗表现之，温庭筠则以词表现之。体裁虽异，意味相同，盖有不知其然而然者。"①缪先生指出义山诗在晚唐出现的必然性，义山的身世及个性与时代的氛围相融合，加上文学发展的自身因素，必然会形成义山式的对婉约美的艺术追求，而表达这种阴柔型的美必然要运用"曲而细，幽而远"的言情方式，而虚词正好在这方面发挥了它的功能，所以义山喜用虚词当也是有"不知其然而然者"的必然性。

（原载《东方丛刊》2004年第3期）

---

① 缪钺：《诗词散论·论李义山诗》，陕西师范大学出版社2008年版，第28页。

虚词所表现的情感与心态

李商隐是一个性格内向而缠绵的诗人。面对苍茫的历史，混乱的现实，无常的人生，他都充满了深沉的感慨，而这一切经过他敏感纤细的诗心，咀嚼，品味，酝酿，过滤，流出来的就是细约幽美缠绵悱恻的充满感伤情调和悲剧意味的诗篇。在将这种情感内容表达出来的过程中，李商隐除采用传统的比兴象征等艺术手段之外，在语言上还采用了一种独特的言情方式：虚词传情。刘大櫆曾说："虚词详备，作者神态毕出。"神态虽为表面上能看得见的东西，而情感则是神态里面的丰富内蕴。义山诗中的虚词，能让人通过神态品味到其情感的"内蕴"。可以说用虚词来帮助表达诗人独有的悲剧性、讽刺性情感与心态，是义山近体诗虚词艺术的重要特征。

（一）虚词表达悲剧性的情感与心态

李商隐生当晚唐季世，他一生的大部分时间都笼罩在命运悲剧的氛围中。时代氛围总体上的"江河日下，日落黄昏"固不必说，单就他自己的家世和生平际遇来看，更带有悲剧色彩。他累辈子孤，到他那一代已是家道衰落，一蹶不振。他幼年随父漂泊江浙，十岁时父亲去世，家道更陷入艰难困境；十六岁就"以古文出诸公间"的他一踏入科举仕途就屡遭挫折，三试进士两试吏部才及第释褐；方入秘书省旋即又调弘农尉；就婚王氏虽得到爱情的欢乐却招致好友令狐绹的猜忌和怨恨，因此不得不依人作幕，四处漂泊。加上党争的牵累和爱妻的早逝，使他的身心受到多方面的沉重打击。总之，他从仕途到事业，从社会到家庭，从肉体到心灵均承受着悲剧的重压，致使他在正该有所作为的人生盛年，却永远含着"虚抱凌云万丈才，一生襟抱未曾开"（崔珏《哭李商隐》）的遗恨，离开了人世。"普遍性的时代影响与义山个人特殊的境遇、性格、气质的结合，使他成为晚唐抒写人生悲慨最具代表性的诗人"，他的诗中"贯注着一种深刻的悲剧意识，一种身处衰世者对人生命运深沉的忧伤与哀感"①。如他在大和九年所写的《夕阳楼》就充满了这样的哀感：

> 花明柳暗绕天愁，上尽重城更上楼。
> 欲问孤鸿向何处，不知身世自悠悠。

首句写花明柳暗的美景中愁情绕天罩地，这实际上是心境愁绪纷纭无法排解的象征，因此"上尽重城"还要"更上楼"，一个"更"字将欲打破这愁情绕缚的努力写出来了，但结果怎样呢？只见：夕阳西下，孤鸿飞鸣，无所栖身，一片迷茫。正如谢枋得所说："'欲问''不知'四字无限精神。"②诗人借孤鸿自喻，映照自己，在"不知"中满含了孤子无依的伤怀感慨和身世悠悠的凄婉哀叹。

这样的身世决定了他总是四处漂泊："不堪岁暮相逢地，我欲西征君又东。"（《赠赵协律晳》）"谢墅庾村相吊后，自今歧路更西东。"（《彭阳公薨后赠杜二十七胜李十七潘二君并与愚同出故尚书安平公门下》）"东西南北皆垂泪，却是杨朱真本师。"（《别智玄法师》）飞蓬自远、歧路东西、穷途痛哭的漂泊通过虚词"不堪""更"、"皆"、"却"的强调、渲染，心境更见悲凉彻骨。而人生旅途中，义山的感受又是"古人常叹知己少，况我沦贱艰虞多"（《安平公诗》），因此抒写人生缺乏知己、不遇知音的悲慨就成为常调："不学汉臣栽苜蓿，空教楚客咏江蓠"（《九日》），"巧啭岂能无本意，良辰未必有佳期"（《流莺》）。"不学""空

---

① 刘学锴：《李商隐诗歌研究》，安徽大学出版社1998年版，第56页。
② 刘学锴、余恕诚：《李商隐诗歌集解》（第一册），中华书局1988年版，第78页，谢枋得《叠山诗话》引。

教"抒写知己疏离不肯援手的苦楚;"岂能""未必"则深寓不被知音或没有知音理解因而不遇佳期的悲痛。更有甚者,如《钧天》所云:"伶伦吹裂孤生竹,却为知音不得闻。"正因为是知音,却反而听不到上帝钧天的最美妙音乐,还要遭到排抑打击,这是何等的人生哀痛!

与不遇知音相伴而生的是仕途进取无望的悲哀。如《安定城楼》云:"贾生年少虚垂涕,王粲春来更远游。""虚"与"更"结合,抒写因言不见采而空自垂涕,不得不远行游幕依人的辛酸。如《乱石》云:"不须并碍东西路,哭杀厨头阮步兵。""不须""并"等虚词与"哭杀"相配合,写出了诗人在仕途四处碰壁、愤极痛极的声声血泪。再如《春日寄怀》云:"欲逐风波千万里,未知何路到龙津。"通过"欲逐""未知"抒发仕进无路、汲引无门的沉重悲慨。这些虚词将诗人身处悲剧性境遇下的悲闷心情表现得深刻精警。

正是人生的变幻莫测、不能自主的悲剧命运意识支配着他,使他对人生的许多方面都怀着很深的悲慨。如聚散离合方面,虽然义山自己曾说"人生何处不离群",但当他用特有的悲剧心态去感受时,却写出了这样惊心动魄的诗句:"人世死前唯有别,春风争拟惜长条。"(《离亭赋得折杨柳二首》)人生在世除了死就只有离别是最悲痛的了,春风啊,怎能吝惜长条而不让人攀折?("争拟",《集解》解释为"怎能",是表语气的虚词)甚至有时连与人毫不相干的花草也在他特有的悲剧眼光中,充满了悲慨:"浮生本来多聚散,红蕖何事亦离披。"(《七月二十九日崇让宅宴作》)"本来""何事""亦"等词,表面上看是写故作旷达的自解和对红蕖离披凋败的嗔怪,实际上是"以我观物,物皆著我之色彩"①,通过这样一种特殊的移情方式,将自己遇合不偶、无所成就、落寞飘蓬的身世际遇与深情悼亡融为一体,抒写他"悠扬归梦唯灯见,濩落生涯独酒知"的命运悲慨。如果说人世际遇的离合悲欢,自古而然,那么凡人向往的神仙境界,该没有离别的痛苦吧?可是,在义山诗中,即使是神仙,也还是不能逃脱别离的悲伤,《赠白道者》云:

---

① 王国维:《人间词话》,齐鲁书社1986年版,第36页。

> 壶中若是有天地，又向壶中伤别离。

可见"伤离伤别"的悲剧意绪充满了他的整个心灵。

与伤离伤别相关的是更加深沉的"伤春"意绪。《曲江》说："天荒地变心虽折，若比伤春意未多。"面对天荒地变的历史巨变，诗人心虽痛苦，但"伤春"意绪与之相比，还要深广得多，这是一种虚泛的无迹无踪的意绪，弥漫在诗人的心灵宇宙间，即使死后到了地下，这种意绪还是不能断绝："莫惊五胜埋香骨，地下伤春亦白头。"因此，对义山整个一生来说，真可以用"年华无一事，只是自伤春"（《清河》）来概括，通过"只是"一词透出了义山因年华已逝而一事无成，触目伤怀意绪的无奈性和弥漫性。

如果说事业的追求最终总是付之无端而弥漫的伤春意绪的话，那么对爱情的追求则因为重重的间阻更近于幻灭的悲哀。如《无题》诸诗中有下列诗句：

> ①曾是寂寥金烬暗，断无消息石榴红。
> ②如何雪月交光夜，更在瑶台十二层。
> ③刘郎已恨蓬山远，更隔蓬山一万重。
> ④春心莫共花争发，一寸相思一寸灰。

①句"曾是"写在残烛光中，寂寞地守候，度过了许多默默期待的长夜，正见相思的深沉与执着；"断无"则写出了消息断绝，见榴花鲜红而感青春已逝的无限怅惘与绝望的心情，强烈的对比中，深含难以言说的悲叹。②句写雪月交光的夜晚，而苦恋追求的爱情女神却反而在"瑶台十二层"的虚渺之中，"如何""更"结合，将期待爱情可望而不可即的心灵痛苦表达出来了。③句用"已""更"的常见组合，将爱情间阻的距离推向无穷阔远，揭示出执着追求一种无望爱情者的悲剧命运，因为那美好的爱情始终只是一个可望而不可即的心灵的幻影。④句用"莫"警示自己，不要让"春心"与"春花"争发，因为最终的命运只能是相思成灰，毫无希望。写出了默默吞噎爱情悲剧的苦果，承受相爱却不能相依的悲剧重压的深重慨叹和因追求而导致幻灭的悲哀。

　　有时义山对人生的许多情事，往往透过一层深刻体认到一般人不易感悟到的人生悲剧底蕴。如："初生欲缺虚惆怅，未必圆时即有情。"（《月》）"未必圆时胜蚌蛤，一生长共月亏盈。"（《城外》）一般人总是希望月圆，因而在它初生或将缺时每感惆怅，而义山透过一层，用"未必"来强烈否定，揭示出命运的不可揣测和希望的彻底虚幻。

　　在更多的情况下，义山将悲剧的情感寓寄于一系列的物象之中，如《回中牡丹为雨所败二首》写道："浪笑榴花不及春，先期零落更愁人。"通过"浪……更"的层递关系，推设比较，将诗人遭受挫折后对自身悲剧命运的伤感淋漓尽致地表达出来。再如"如何肯到清秋节，已带斜阳又带蝉"的柳树，虽然春日百般婀娜风流，但奈何会到秋天，便在斜阳与暮蝉的映照中，落得如此萧条衰飒的悲惨结局。"为谁成早秀，不待作年芳"的梅花；"芳心向春尽，所得是沾衣"的落花；"他日未开今日谢，嘉时长短是参差"的樱花；"回头问残照，残照更空虚"的槿花，等等，无一不是诗人悲剧命运的象征和人生悲剧命运感慨的载体，而在抒写这种深沉的悲剧性情感的过程中，虚词点缀呼应，或帮助发出深长喟叹，或推进一层，反面见意，或彻底否定，揭示虚幻，或故作旷达，婉转抒慨，极尽变化之能事，很好地与实词配合，将深藏心里的悲剧性底蕴透露了出来。

　　义山诗中透露的与这种悲剧性情调相应的特殊心态是对人生的迷惘感、空幻感。这主要可以从他常用虚词"无端"①看出来。如《潭州》云：

---

　　① "无端"一词，在义山诗中出现六次。先秦时期，"无端"由"无"（没有）与"端"意义相加而成，应属词组，后来意义引申为"无缘无故，没来由地"，虚化为一个词。义山诗中的"无端"意义很虚泛，一般是用来揭示一种心灵的迷惘情感状态，类似于"惘然"。但与"惘然"不同，"无端"具有副词的基本特征，义山诗中的"无端"只充当状语，如"无端（有）五十弦"，"无端丽"，"无端怨别离"等，并且不能再受副词修饰，如不能说"很无端""不无端""已无端"等，不像"已惘然"那样（"惘然"能受副词修饰，是形容词）。因此，本篇将"无端"视为虚词中的副词。其虚化的方式大致与"无论"相似，"无论"在晋以前是"不必说"的意思，是一个实词组合的短语，后来逐渐虚化为表条件的虚词。"无端"一词，在张谊生的《现代汉语副词研究》一书中归类为表状态的描摹性副词，"认为这类词主要表示与相关行为有关的时、地、数、序以及呈现的状态。"（张谊生：《现代汉语副词研究》，上海学林出版社2000年版，第27页）

> 潭州官舍暮楼空，今古无端入望中。

薄暮登楼，本为排解寂寞无聊的情绪，但"无端所见，皆增悲色"，反而加重了心里沉重的失落感，并牵惹出一种缠络古今的混沌迷茫的意绪。这种对人事景物与人生命运迷惘不解的情绪在义山诗中是经常流露的。如他因听到锦瑟弹奏的清怨凄凉的音调而触及身世华年之悲，产生人生空幻惘然之感，进而埋怨起来："锦瑟无端五十弦，一弦一柱思华年。"甚至看见秋蝶也说："秋蝶无端丽，寒花更不香。"（《属疾》）秋蝶似乎没来由的美丽，也让他产生这种迷惘感，并联想到自己"多情真命薄，容易即回肠"的悲剧境遇，这是因为他身上有病，又遭悼亡之痛，因此目睹秋蝶寒花而触绪纷来，一种莫名的惆怅和羁孤之悲就无缘无故地笼罩了他的整个心灵。再如写人生变幻莫测，身不由己，屡次改变归隐日期的离别之悲是"云鬓无端怨别离，十年移易住山期。"（《别智玄法师》）写事与愿违的婚姻是"无端嫁得金龟婿，辜负香衾误早朝。"（《为有》）托青春于富贵，反为富贵所误，这人生真是迷惘难料，在对人生的迷惘不解情结中似乎又融入了一种带有哲理的意味。

更有甚者，义山还通过虚词来表现他的心灵不能承受更沉重的悲剧重压。如《代越公房妓嘲徐公主》云："啼笑俱不敢，几欲是吞声。"诗人借昌乐公主自寓，那种不敢哭也不能笑，只得吞声饮恨的人生，其中包含了多么深重的充满血泪的命不由己的悲哀！再如《写意》云："三年已制思乡泪，更入新年恐不禁。"思乡有泪，强为克制已三年之久，若继续羁留下去，恐再也无法禁受了。"已""更""恐"等虚词表现出诗人黯然神伤的精神状态，透过这种情态更可体味到其中包蕴着更深的羁滞迟暮之痛，世路崎岖之慨，时世阴霾之悲。心灵在承受这样的悲剧重压时，还显出一种悲壮的崇高美，情味独绝。有时，义山又将这种沉重的悲感融入一种更加浑括虚泛的意绪之中，如《无题》中说："刘郎已恨蓬山远，更隔蓬山一万重。""蓬山"是追求的目标，是希望的所在。而在现实境遇中，"蓬山"本来就已很遥远了，是可望而不可即的一个幻影，是心灵天际的一点绿色慰藉，但岂知命运还要作弄，更添加万水千山的阻隔，加深打击的程度，遂使心灵在承受着无望乃至绝望的悲剧重压中，沉入一种飘忽而不知所之的迷茫境地。再如《乐游原》云：

> 夕阳无限好，只是近黄昏。

"只是"发出一声心灵的无奈的叹息，将纷至沓来的万感悲凉融入夕阳黄昏的苍茫暮色，人生迟暮之感，命运幻灭之悲及对美好事物消逝的无限哀挽遂水乳交融在一片凄艳迷惘的意绪之中。

　　值得指出的是，义山诗尽管通过虚词（当然主要还是靠实词）来表达他悲剧性的情感与心态，但并不完全使人感到消沉和绝望，而更多的则是在沉重的悲剧氛围中透出一股执着与坚韧的精神力量。尽管是"已悲节物同寒雁"似的衰飒，却要喊出"忍委芳心与暮蝉"的不甘沉沦的心声；即使是"人间桑海朝朝变"的迷离莫测，却仍然抱着"莫遣佳期更后期"的时不我待的进取和追求；就算是因追求而陷入"幽泪欲干残菊露"式的幻灭，却仍然要"余香犹入败荷风"一般的坚持幻灭中的追求；明明是相思追求的无望深渊，却仍然要坚持到"春蚕到死丝方尽，蜡炬成灰泪始干"的生命尽头；虽然是"身无彩凤双飞翼"的咫尺天涯般难堪的阻隔，但仍然无限珍重"心有灵犀一点通"的心灵契合的温馨；因而"一寸相思一寸灰"的结果不是心如冷却的死灰，而是导致新一轮的春心萌发和更强烈的追求；就是"夕阳无限好，只是近黄昏"的悲剧性诗情中也依然贯注着珍惜时光、珍重人生、追求至美的坚贞不渝的精神。这是因为义山在艺术上虽着意追求一种感伤的美，但他的诗作"大都以伤感、哀挽的形式肯定生活中的美，从而引起人们对它的珍惜流连；很少表现出对生活的阴暗绝望和厌弃逃避，相反地倒往往在缠绵悱恻中透露出对生活的执着，因此能在感伤中给人以诗意的滋润"[1]。

---

　　① 刘学锴：《李商隐诗歌研究》，安徽大学出版社1998年版，第93页。

（二）虚词表达讽刺性情感与心态

李商隐生活的晚唐时代，自"甘露之变"后，政治更加腐败，社会更加黑暗。朝廷内部宦官专权，党派纷争，相互倾轧，人心惟危；朝廷外部，藩镇割据，四夷挑衅。而在这样的历史非常时期，统治者却不思进取，只一味苟安，而且荒淫昏顽，大唐帝国陷入了空前的危机。这一切在一些正直而富于历史责任感的士人心中，既产生极端的失望情绪，又滋生出欲补天缺的愿望，因此，他们观古知今，在历史与现实的对照中抒发感慨，引出鉴戒与教训，企图让统治者灵魂警醒，以达到中兴王朝的目的，所以咏史诗创作趋向繁荣。李商隐正是大量创作咏史诗的大家，他以独特的表现手法、构思技巧写出的咏史诗既有很强的现实针对性又深寓讽慨，富于情韵。沈德潜说"义山近体，襞绩重重，长于讽喻"（《说诗晬语》），指出其诗具有讽喻性情感的特点，而他所讽刺的对象直接指向最高统治者。在抒发这种情感时，他往往运用虚词来冷嘲热讽，使其诗神采飞越，婉转隽永。如《寿安公主出降》中说："昔忧迷帝力，今分送王姬。"一个"分"（言本分当然）字，以沉痛之笔，画出朝廷喜出望外，竭力趋奉，以"送王姬"来求苟安的卑怯心理。这是对藩镇的态度，如此苟且换来的则是君臣昏天黑地的淫乐，如《陈后宫》中说："从臣皆半醉，天子正无愁。"通过咏史的方式，用"皆""正"来揭示君臣醉生梦死、无愁淫乐的精神状态。由淫乐而企求长生，这是君王昏愦贪婪心理的自然延伸，因此，义山用大量咏史诗来揭露嘲讽君王既贪美色又慕游仙的丑恶嘴脸。如《瑶池》：

> 瑶池阿母绮窗开，黄竹歌声动地哀。
> 八骏日行三万里，穆王何事不重来？

这首诗以西王母瑶池设宴招待周穆王的传说为题材，结句用"何事不"的诘问语气讽刺皇帝求仙、耽于荒游的愚昧与昏顽。虚词构成轻盈的调侃，实为辛辣的针砭，而诗意也更显婉曲悠长，正如纪昀所说："以诘问之词吞吐出之，故尽而不尽。"（《玉溪生诗说》）用调侃语气来讽刺的例子很多，如《马嵬》中用"如何……不及"讽刺唐玄宗连妻子也保不住的可怜与可悲；《隋宫》中用"若……岂"来讽刺隋炀帝昏顽荒淫的本质和执迷不悟的个性；《南朝》中用"谁言……不及"来嘲讽南朝君主荒淫相继、变本加厉；《华岳下题西王母庙》中用"莫……犹自"来讽刺既贪美色又希长生者所得必然是情缘仙缘终归虚无的命运，等等，均在讽刺中深含警戒色荒之旨。

有时在对色荒的讽叹中还深寓历史的教训，如《齐宫词》：

> 永寿兵来夜不扃，金莲无复印中庭。
> 梁台歌管三更罢，犹自风摇九子铃。

诗中三个副词极见用意。"不扃"写其国不设防的荒政，"无复"即"不再，不能再"之意，写国未亡时的荒淫与奢靡，昔时的享乐顿成今朝的覆灭，结句"犹自"照应"无复"，写梁台新主旧戏重演，淫乐相继，无视历史教训，深寓重蹈覆辙之慨。"犹自"中既有强烈而带延伸性的讽叹情绪，又让人领悟到"秦人不暇自哀而后人哀之，后人哀之而不鉴之，亦使后人而复哀后人也"（杜牧《阿房宫赋》）的历史悲剧逻辑的必然性。诗句因为虚词的运用而显得情韵超逸，传神空际。

有时候，义山在咏史诗中融入自己人生的某种悲剧性体验，表面上虽咏历史人物事件而实际上深寓既讽叹现实又感叹人生的复杂意蕴。如《贾生》：

> 宣室求贤访逐臣，贾生才调更无伦。
> 可怜夜半虚前席，不问苍生问鬼神。

诗咏汉文帝召见贾谊并"前席"问鬼之事。仿佛是求贤若渴，但不料却是"不问苍生问鬼神"，其视人才如同巫祝。"不问"中含义丰富，既见重贤的虚假，更是对人才的践踏，同时借贾生的"虚遇"慨叹自己的"不遇"。《集解》说:"明讽汉文之访才以鬼,实暗刺时主之不能识贤,不恤苍生而诣事鬼神。慨贾生实亦自伤。"①再如《汉宫词》"侍臣最有相如渴,不赐金茎露一杯"的"不赐"中既有对帝王昏庸的讽刺,更寓有志士得不到恩遇的深刻埋怨;《钧天》"伶伦吹裂孤生竹,却为知音不得闻"的"却"字极见用意,既有对"因梦到青冥"的庸才阻塞贤才仕进之路的深刻嘲讽,更寓含贤才正因为"知音""怀才"反而不达的悲愤,揭示出封建社会贤才不遇悲剧的一个本质方面。

有些咏史诗则通过虚词在深刻讽慨所咏对象的同时,亦对其悲剧性的命运寄予深挚的同情。如《梦泽》:

> 梦泽悲风动白茅,楚王葬尽满城娇。
> 未知歌舞能多少,虚减宫厨为细腰。

这首诗利用"楚王好细腰,宫中多饿死"的典实抒发某种人生感慨,虚词运用颇见特色。《集解》说:"'葬尽'与'未知''虚减'前后呼应,讽刺入骨,亦悲凉入骨。"这些虚词与实词配合,既深刻讽慨趋时邀宠者不惜自戕的愚昧行为和心理,也冷峻悲悯他们缺乏独立人格价值最终成为无辜牺牲品的悲剧命运。此外像《宫妓》"不须看尽鱼龙戏,终遣君王怒偃师"中用"不须"敬告弄巧取悦者不必太得意,用"终"来揭示其最后必落得个"弄巧成拙,祸及自身"的悲剧下场;《宫辞》中"莫向尊前奏《花落》,凉风只在殿西头"的"莫"是善意地奉劝恃宠者不要太得意,因为即将失宠的命运"只"近在咫尺。这些诗句均于讽叹中寓寄着人性的关怀,堪称"含泪的嘲讽"。

从总体上来看,义山诗中无论抒写对人生命运的悲剧性情感还是讽刺性情感,其心态整体上都带有强烈否定色彩的倾向。如果联系当时的社会现实和义山特殊的不幸遭遇则更能看出这一点。他在现实生活中四处碰壁后,身感自己如流莺一般到处漂荡;像早秀的梅花,却在百花盛开的春天

---

① 刘学锴、余恕诚:《李商隐诗歌集解》(第四册),中华书局1988年版,第1520页。

凋谢；像落日苍茫中的孤鸿，身世悠悠，悲凉无限；像悲鸣无助的蝉，四周总只有冷酷的一树浓碧。总之，在义山眼中，许多事都是"但愿不如所料，却每每恰如所料起来"（鲁迅《祝福》），人生不过是一场大梦，一切都迷离惝恍，整个乾坤都是颠倒的，都是否定性的。这大概是义山诗中多否定的心理基础。①

[原载《安徽师范大学学报》（人文社会科学版）2002年2期]

---

① 李商隐诗中否定副词"不"用例387句，如果加上表达否定意义的"非""未""莫"等例句，总数达500句之多，占其全部虚词例句的近一半，应该说这是相当典型的。

李商隐近体诗运用虚词的艺术手法

　　虚词，就是那些意义不实在、用在句子里以表示实字（词）之间各种关系或表示种种语气的字词。诗歌主要靠实词来描写抒情，构成意象、营造意境。但由于虚词的形成和发展经历了漫长而复杂的虚化过程，并始终与人的各种语气相关连，因而能传达人们复杂而丰富的情感意绪。清代袁仁林说："凡书文发语、助语等字，皆属口吻。口吻者，神情声气也。当其言事言理，事理实处，自有本字写之；其随本字而运以长短、疾徐、死活、轻重之声，此无从以实字见也，则有虚字托之，而其声如闻，其意自见。故虚字者，所以传其声，声传而情见焉。"①因此，诗人们在选择虚词时，表现出各自的特点，形成不同的风格特征。李商隐的近体诗，虚词不仅用得多，而且用得好。通过考察虚词的运用既可透视他悲剧性的哀婉落寞的心态，也可以揣测他丰富复杂而缠绵凄丽的情感。他的近体诗在达到浑融抒慨的境界过程中，因虚词的成功运用，形成一些颇具特色的表现方法，主要有以下几个方面。

（一）推进一层

　　义山咏柳七绝："柳映江潭底有情，望中频遣客心惊。巴雷隐隐千山外，更作章台走马声。"姜炳璋评曰："言旅况难堪也。巴山重叠，柳映江潭，客

---

　　① 袁仁林：《虚字说》，解惠全注，中华书局1989年版，第128页。

心伤矣。而雷声隐隐，更作从前走马章台之声，不益难堪耶？义山绝句，多用推进一层法。"[1] "推进一层"是义山近体诗尤其是七绝的重要艺术手法，义山在使用这种手法时，往往喜欢用虚词"更"，像上列姜氏所解的《柳》，其意境的推进当与第四句所用的"更"有关系，我们不妨再举一些例证：

①更无人处帘垂地，欲拂尘时簟竟床。

——《王十二兄与畏之员外相访见招小饮时余以悼亡日近不去因寄》

②岂有蛟龙愁失水，更无鹰隼与高秋。

——《重有感》

③宣室求贤访逐臣，贾生才调更无伦。

——《贾生》

三句均是"更"与"无"的组合，表示除此外，再也没有他人（物）比（它、他）强的意思。①句写爱妻已逝，室内空无一人，只有窗帘在垂挂着，那张她曾经睡过的床上则是满簟灰尘，本来情境就够寂寞伤怀了，加了一个"更"，就加强了这种令人窒息的寂寞感，也更能突出诗人内心悼亡的痛楚。②句语气比较激烈愤慨，上句反喝，下句为了在语气上与之相应，加一"更"字，则上下两句遂如"南山与秋色，气势两相高"，使诗句显得更健举，更神完力足。③句"更无伦"强调贾生的才华无人能比，是最杰出的，但与他的"虚遇"相比，这"更无伦"的才华，却成了极为反向的铺垫，诗句用"更"将情感扬起，是为下文的陡跌作势的，扬得越高，抑得也就越低，使诗歌有一种深沉的悲怆感。

有时候，用"更"则不仅仅是增加高度，提高强度而已，而是为了推进某种情境、氛围或情感。如：

④人闲始遥夜，地迥更清砧。

——《摇落》

---

[1] 姜炳璋：《选玉溪生诗补说》，南开大学出版社1985年版，第49页。

⑤空归腐败犹难复，更困腥臊岂易招。

——《楚宫》

⑥飞来烟渚烟方合，过尽南楼树更深。

——《宿晋昌亭闻惊禽》

⑦地宽楼已迥，人更迥于楼。

——《即日》

⑧如何雪交光夜，更在瑶台十二层？

——《无题》

⑨刘郎已恨蓬山远，更隔蓬山一万重。

——《无题》

④句通过"摇落"之景写"羁留念远"之情，上句写因思念而不寐，才觉得夜是如此的漫长，由时间的漫长又想到家乡迥隔万里，推进到空间的关山难越，而此时更添传来的捣衣的"清砧"之声，是谁家又在为远方的游子准备寒衣了吧，这一声声击破空寂夜空的砧声，一声声敲在诗人的心上，他再也抑制不住了，泪下沾衣，"不减欲分襟"时的离别光景。诗里着一"更"字，意境便深邃起来。⑤句上写尸体腐败不能再生，下写水类的困扰纠缠，而魂魄更不易招回，写出想象中的屈子在屈死之后，从肉体到灵魂的双重折磨，语意上后者较前者更进一层。⑥句写自己在羁绪鳏鳏之夜，见到受惊的飞禽，想象它飞来时和飞去后的情境。"方""更"两词用"翻进一层"法，将惊禽飞远后的一片静谧和寂寞推进了一层，思绪仿佛随禽去而去，树影也觉得更暗更深了，渲染出一种凝重的氛围。⑦句用类似电影远镜头的方法，一层一层将情境推向遥远，茫茫大地上，楼阁本来已非常迥远了，而人则更加渺远，虽写即目所见，其实也反过来从远人的视角看自己，也是同样的遥远和渺小，在此情境中，家乡远隔、孤独漂泊之情不就滋生了吗？⑧句与⑦句相似，只不过一个平视，一为仰视，那雪月交光辉映的夜晚，诗人向往、追求的目标却在瑶台十二层之巅，着一"更"字，那种高不可及的空间感，顿时变为无限高远的心理距离，绝望

的情绪弥漫而生。⑨句又与⑧句同旨，不过距离为想象中的情境，"更"把阻隔的无望之苦推向无穷渺远，实际上是将现实的有限距离推向心理上的无限空间，着一"更"字而"境界遂深"。

有时候，一首完整的诗，靠"更"来推进意境。如《北齐》：

> 巧笑知堪敌万机，倾城最在著戎衣。
>
> 晋阳已陷休回顾，更请君王杀一围。

这是义山七绝中咏史的名作。据《北齐书》载："周师取平阳，帝猎于三堆，晋州告急，帝将还，淑妃请更杀一围，帝从其言。及帝至晋州，城已没矣。"此诗就是咏此事的，这一对荒淫的帝妃，竟然为了享乐置国事于不顾。首句写北齐后主的心理，在他看来，爱妃的"巧笑"甚于国家的"万机"；次句以"最"强调淑妃的最倾城动人之处是戎衣狩猎。最后两句将他们只顾逸乐而不顾国之将亡的荒唐推向了一种执迷不悟的极致。诗用"已""休""最""更"几个虚词相呼相应，顿宕曲折，又推向更深远的意境。再如《花下醉》：

> 寻芳不觉醉流霞，倚树沉眠日已斜。
>
> 客散酒醒深夜后，更持红烛赏残花。

此诗写惜花之情、爱花之心。前两句写因赏花不觉喝醉，并在花树下睡到日落西山之时，三四句忽柳暗花明，转出新境，"更持"一个"更"字，便将爱花、惜花的心理推向高潮，一种高雅纯洁的人生意趣被推向了更高的层次。

总之，义山诗以"推进一层"为重要特色，其诗的悲剧气味往往回荡在弥漫的虚无渺茫的氛围之中，而虚词"更"（当然还有其他虚词）在推进这种情感的虚化、泛化的过程中确实起了推波助澜的作用。

（二）运实入虚

赵臣瑗在分析《隋宫》（紫泉宫殿锁烟霞）的末联时说："末运实于

虚，一半讥弹，一半嘲笑。阿瑔真何以自解于叔宝耶？"①此诗的末两句是"地下若逢陈后主，岂宜重问后庭花？"诗人全凭想象，以虚构的情节来辛辣地嘲讽荒淫覆国之君，着力刻画讽刺对象的性格，揭示其灵魂。赵氏所说的"运实于虚"大概是指这个方面。其实义山的诗歌，尤其是其今体诗已经比较自觉地运用了近乎现代文学创作中的典型化的艺术虚构手法，尤以咏史诗最为突出。这也成为他的诗千百年来既为人们所赏识，也为人们讥弹的原因之一。虚词在义山诗中，在义山使用这种手法时所起的作用概括起来大致有两个方面。

1.以虚写实。

艺术是以塑造形象、表达情感为目的的，怎样使所刻画的形象栩栩如生，所传达的情感富于神韵并有味外之味，一直是诗人们致力追求的审美目标。义山诗在处理实与虚的关系时，有许多成功的范例。如：

①新滩莫悟游人意，更作风檐夜雨声。

——《二月二日》

②已闻珮响知腰细，更便弦声觉指纤。

——《楚宫》

《二月二日》是诗人晚年漂泊西川的一首七律，前六句均极写春日的欣欣向荣景象，洋溢着欢乐的气氛，结尾的这两句却来了个情感的逆转，"莫悟"是责怪"新滩"的潺潺流水，因为它一往东流，似音乐潺湲，欢快跳荡，反而牵出了自己的无穷愁意：逝川之叹，流年之悲，思家之苦，仕途之困，纷至沓来。哪有心思与春光共醉与流水同歌呢？故说"莫悟"我心。这正好反映出诗人心境的悲凉、情绪的抑郁。纪昀认为"'莫悟'是诗有别趣，非关理也"②，意会颇深，其实"新滩"流水声在欢乐的人听来也许是一曲淙淙

---

① 刘学锴、余恕诚：《李商隐诗歌集解》（第三册），中华书局1988年版，第1398页。

② 刘学锴、余恕诚：《李商隐诗歌集解》（第三册），中华书局1988年版，第1205页。

的欢歌，而在义山听来，却如"风檐夜雨声"，凄凉而落寞。两个虚词"莫""更"相互呼应，相反相成，把诗情诗境从现实的流水乐音中推进一层到心灵的虚泛的情感空间。②句写"隔"在重帘后的月姊形象，人虽未露面，却神态毕现，极为传神，仿佛呼之欲出。其妙处在于因"隔"而生痴想，从玉佩柔和纤细的叮当声中，推知她必定是窈窕的"细腰"美人；从辨听那圆润缠绵的弦音，想象到她的妙手一定是如玉笋之纤纤，因而美人娴静温柔、靓丽雅洁的形象自然印现在读者的脑海中。"已闻""更辨"还活现出诗人痴迷地仔细谛听、屏息地心辨琢磨的情状和甜柔细腻、翻腾不息的心理活动，带着追忆，满怀希望，渴求着见面的心跳仿佛触手可及，而这一切均因为她的美。这在形式上出之于"虚虚实实"（何焯语），而实际上是在想象的作用下"以虚写实"，而虚中的"实"却比本来的"真实"更美，更富远神，义山诗的深曲幽渺也由此而生。

2.化实为虚。

义山近体诗，化实为虚时，往往喜用虚词来传达空泛的意绪或从虚处传神。如《泪》：

> 永巷长年怨绮罗，离亭终日思风波。
> 湘江竹上痕无限，岘首碑前洒几多。
> 人去紫台秋入塞，兵残楚帐夜闻歌。
> 朝来灞水桥边问，未抵青袍送玉珂。

全诗仅结句"未抵"一词为虚词。前六句均为用典，写了宫女之泪，离人之泪，哭夫之泪，怀古之泪，悲叹命运、兵败运穷之泪。正如赵臣瑗所说："送终、悲穷、叹遇尽于次矣。"写得很实，给人以堆垛之感，但结句一转，一笔兜住，用"未抵"一笔扫空，让那六句中的"实"泪全处于宾衬的位置，说它们都比不上青袍寒士强颜欢笑、忍气吞声送别玉珂贵人，因感人生抑塞只能流往心里的那种凄绝悲怆的泪。这一虚词至为关键，它不仅是绾结全诗的"美丽纽扣"，而且盘活了整个诗境，使诗的内容化实为虚，并通过对比，让那并未写出的悲怆之泪（虚）获得了真实的意蕴，比已写出的各种泪（实）更令人回味无穷。

义山诗"化实为虚"有时喜用"应"字，以自己的心理去推知所写对象的心理，如"梁台初建应惆怅，不得萧公作骑兵"（《读任彦昇碑》），"应"推断任昉当时的心理活动，将命运弄人之悲表达出来了；如"晓镜但愁云鬓改，夜吟应觉月光寒"（《无题》），"应"将恋人因思念而夜吟，顿觉月光如心境一样寒冷的虚泛意绪写出来了。再如《嫦娥》：

> 云母屏风烛影深，长河渐落晓星沉。
> 嫦娥应悔偷灵药，碧海青天夜夜心。

前两句描写环境，从空间（烛影深）写到时间（河落星沉），着一"渐"字，有了时间的流动感，已经将嫦娥彻夜不眠的寂寞苦况写出来了，第三句来一个"应"字，并绾结末句，遂使诗的意境深化，并将人生的某种感慨泛化、意绪化了。那"夜夜心"就是一种永恒的"寂寞心"，实际上融合了义山来自生活多方面的人生体验，成为一种很虚的蕴含无尽的普遍意绪。再如有名的五绝《乐游原》：

> 向晚意不适，驱车登古原。
> 夕阳无限好，只是近黄昏。

这首诗的意蕴发端在首句"意不适"，已暗伏了情感的某种落寞形态，次句较平，只写排遣这种"不适"的方式是驱车游览，第三句以"无限"振起，赞美夕阳西下、霞光满天的美景，末句以"只是"轻轻掉转，遂生无穷感慨。尽管如纪昀所说的"百感茫茫，一时交集，谓之悲身世可，谓之忧时事亦可"的感受或许主要来自"近黄昏"的这一具体意象，然而，若没有"无限""只是"两个虚词的先扬后抑，或许这种复杂的心境是难以产生的。因此，"只是"一词在此诗中的作用是化景物为虚泛的意绪，如喷泉的开口，苍茫阔大的哀感就从这小口中袅袅升起，至少在推进这种情感质变的过程中，起了实词无法替代的作用。

古代诗歌创作过程中如何处理虚实是一个重要问题。清代袁仁林《虚字说》中《虚字总说》篇认为："较字之虚实，实重而虚轻，主本在实也；论辞之畅达，虚多而实少，运实必虚也。千言万语，止此数个虚字，出入参伍于其间，而运用无穷。此无他，语虽百出，而在我之声气，则止此数者可约而尽也。"[1]袁氏的主要着重点是讲求修辞和鉴赏语言，他的观点与刘淇《助字辨略》中提出的"实字其体骨，虚字其性情"[2]基本相同，表现出在康熙时期，古人对虚字的作用达成了共识。袁氏颇具创造性的对诗歌有重要借鉴意义的"托精神而传语气""主本在实""运实必虚"等观点，对认识诗歌创作的虚实有重要启迪。我认为"以虚写实"和"化实为虚"是一个问题的两个方面，诗人在化实为虚时，也是以虚写实，是虚实相生的。如前所举"已闻""更辨"联何尝不是"化虚为实"；《嫦娥》也实际上是"以虚写实"。据统计李商隐全部诗歌虚词用例约有1200句，其中否定副词"不"用例多达340句，若加上"未""弗""非""莫"等，就有400多句。[3]否定带有很强的主观色彩，与他对肯定的怀疑，对前途失去自信有关，更与他用悲剧性的眼光看待世界，用绝望的心态体验人生有关。实际上，不能达到、不能实现的东西，正是他欲达到、欲实现的东西。这种从反面来表现正面的方式，也是"以虚写实"；"推进一层"所论的，更是将实景推入泛化的虚境。

问题的关键是怎样才能最完美地表现出对象并达到形神兼备。我们还是以"已闻""更辨"联为例，与古诗中其他描写美人的名句加以对比说明。汉乐府《陌上桑》中写罗敷的美貌，先写她的服饰，但终不能动人，倒是后面写到的"耕者忘其犁，锄者忘其锄，归来相怨怒，但坐观罗敷"的效果描写更能惹人意会、神往罗敷的美。由于是古诗，形象虽美，但语言稍显平直，没有抑扬顿挫的声情韵味。再看白居易《长恨歌》写杨贵妃的名联：

① 袁仁林：《虚字说》，解惠全注，中华书局1989年版，第130页。
② 刘淇：《助字辨略》，中华书局1954年版，第2页。
③ 陈抗、林沧：《全唐诗索引李商隐卷》，中华书局1992年版。

> 回眸一笑百媚生，六宫粉黛无颜色。

深得乐府笔意，六宫佳人本来就美，但在贵妃回眸一笑的陪衬下都黯然失色，可见杨妃的千娇百媚、荡人心魄。诗句带着六朝金粉、皇宫丽色，人物娇艳动人、神采宛然，取得了很高的艺术成就，但是贵妃的美终究要靠"回眸一笑"来显示，味道不够隽永。义山诗则不同，美人不出现，只写爱慕者的听觉、心理活动，并在想象的境界中突现她的美，以可以感受到的"腰细""指纤"加以提示，便觉得神韵无限，而且诗句中用虚词映衬，虚虚实实，吟诵起来，声调的抑扬抗坠与诗情诗境相配合，可以说达到了刻画传神与言情达意完美结合的境界。

总之，在处理"虚""实"的关系时，义山诗能同时顾及"以虚写实"和"化实为虚"两个方面，并在吟诵的节律上注意调和节奏，恰当使用虚词盘旋照应，达到了艺术上的神味兼胜的境界。

（三）虚词驭典

藻饰用典是李商隐诗歌的重要艺术特征之一。他用典擅长对典故的内涵加以增殖改造，往往不用原典的事理，而着眼于原典所传达的或所喻示的情思韵味，而在使事用典的技巧上，有一个突出特点是使用虚词的"斡旋控驭"。如"贾生年少虚垂涕，王粲春来更远游"，两句用西汉贾谊及东汉王粲典故，贾生不遇，故说"虚"；王粲离乡背井远依刘表，故曰"更"，托古人寓慨自己，借古人酒杯浇自己心中块垒，把诗人去国怀乡、忧时伤世、郁郁不得志的情感暗透出来。"虚"，白白地，徒然的意思，极显沉痛愤郁，"更"，紧承"虚"而来，见政治失意之余再加上远幕事人，情绪更觉难堪。典故中的历史人物或神话人物成了义山感情表达的载体，甚至与义山融合而一。

在用典的方式中，最常见的是运用想象和虚构，将典故改造、裁剪、集中、引申，形成形象生动又含蓄隽永的审美特征。如《南朝》：

> 地险悠悠天险长，金陵王气应瑶光。

休夸此地分天下，只得徐妃半面妆。

诗咏南朝事，实嘲讽只有半壁江山之悲，而使事灵变，妙语解颐，于尖刻的讽刺中寓深刻思想。徐妃典出《南史》："徐妃讳诏佩，无容质，不见礼。（梁元）帝二三年一入房。妃以帝眇一目，每知帝将至，必为半面妆以俟。帝见则大怒而出。"典故的故实近乎笑话，而义山借割下来，以"休""只得"两个虚词反喝见意，指出自夸拥有半壁江山者，不过得"半面妆"的孤家寡人而已。但诗意似不尽于此，如果联系晚唐君主，于藩镇割据、疆土日蹙情势下，多但求苟安不思进取的情况，感讽现实的意旨不是很明显吗？典故与现实之间，通过虚词的控驭，便生出无限意趣，觉得婉转有味。再如《隋宫》：

> 紫泉宫殿锁烟霞，欲取芜城作帝家。
>
> 玉玺不缘归日角，锦帆应是到天涯。
>
> 于今腐草无萤火，终古垂杨有暮鸦。
>
> 地下若逢陈后主，岂宜重问后庭花？

此诗最大特点是"不重铺排故实，罗列史事，而是运用典型化的艺术手段，深入揭示讽刺对象的本质和灵魂"[1]。而达到这一目的的手段之一便是虚词驭典。首联"欲"字，极见炀帝享乐欲望的永无止境，挈生下文诗意。颔联、尾联的虚词"不缘""应是""若""岂"，最有神味。用虚拟的推想，在史事的基础上进行艺术想象，从已然推想未然，从生前预拟死后，深刻揭示炀帝贪婪昏顽、至死不悟的本性。腹联"于今""终古"两个表时间的副词，构成一条永恒的时间通道，让深沉的盛衰之感在饱含历史沧桑的物象（腐草、萤火）和图景（垂杨、暮鸦）之间回翔荡漾。情感的顿挫延伸、回旋荡漾都得益于虚词的巧妙运用。方东树说："纯以虚词

---

① 刘学锴、余恕诚：《李商隐诗选》，人民文学出版社1986年版，第242页。

作用，活极妙极，可谓绝作。"①其眼力相当精到。再如《马嵬》：

> 海外徒闻更九州，他生未卜此生休。
> 空闻虎旅鸣宵柝，无复鸡人报晓筹。
> 此日六军同驻马，当时七夕笑牵牛。
> 如何四纪为天子，不及卢家有莫愁。

这首咏史诗深稳健丽，讽叹有味，虚词也极见用意。首联"徒""更""未"已见海外仙山之说是一片虚无，今生为夫妇尚且不保，更何论来世，起笔不凡，健挺。次联"空""无复"渲染了现实的悲凉结局；三联"此日""当时"用逆挽法，有天上人间之感，天上的牛女还有一年一夕的相会，而地上的玄宗夫妇则已生离死别了。尾联"如何""不及"反笔见意，虚实呼应，将唐玄宗这位君临天下近五十年的一代雄主与平民卢氏进行对比，嘲笑揶揄皇帝反不及平民尚能保护妻子的可悲。虚词使典故活起来了，再加上"六军"与"七夕"、"驻马"与"牵牛"的巧对，使诗意显得跳宕轻盈，诗味也婉曲而隽永。

虚词驭典的例子非常丰富，如"徒令上将挥神笔，终见降王走传车。管乐有才真不忝，关张无命欲何如"之叹诸葛亮的生平之愿落空引出命不逢时之恨；"将来为报奸雄辈，莫向金牛访旧踪"之严正警告心怀割据者莫重寻历史的覆辙；"不须看尽鱼龙戏，终遣君王怒偃师"之讽刺弄巧者终将弄巧成拙；"莫向尊前奏《花落》，凉风只在殿西头"之讽刺得宠者不必太得意，因为主宰其命运的帝王会随时将你打入冷宫；"未知歌舞能多少，虚减宫厨为细腰"讽叹为邀上宠而不惜戕害自己者的愚昧与可悲；还有像"梁台歌管三更罢，犹自风摇九子铃"之以微物寓慨，深悲荒淫者无视历史教训，重寻覆辙的历史悲剧，等等，举不胜举，诗句中的虚词无不有唱叹婉转，虚处生意，传神空际之妙。

虚词驭典的最高形式便是控驭诗的整个意境。先由虚词生成一个无边

---

① 刘学锴、余恕诚：《李商隐诗歌集解》（第三册），中华书局1988年版，第1400页。

无际的情感宇宙，再让歧义四射的意象，在这个宇宙中幻化成朦胧的情思，产生出表面上看五彩缤纷，实质上又无迹无踪，但读起来却令人玩索不尽的艺术境界。最有代表性的当推千古诗谜《锦瑟》：

> 锦瑟无端五十弦，一弦一柱思华年。
>
> 庄生晓梦迷蝴蝶，望帝春心托杜鹃。
>
> 沧海月明珠有泪，蓝田日暖玉生烟。
>
> 此情可待成追忆，只是当时已惘然。

此诗素称难解，歧说如林。中间四句是四个典故构成的可以沟通多方情感的意象，其中无一个虚词，然首尾两联中的几个虚词却不可忽视。首句的"无端"是一个副词，王锳《诗词曲语词例释》说："没由来地，平白无故。"与末句的形容词"惘然"呼应，开篇即将迷茫的情绪笼罩成一个混沌的情感空间。尾联的"可待""当时""已"等虚词则构成回环时空，并暗示情感曲折、伸展、透射、簸扬、盘旋的线索。"可待"是向未来的延伸，站在"当年"的时空向现在乃至现在的未来透射；"当时"本身就是回视过去的时间，"已"则是站在"当时"的时空再向前追溯。因此这些虚词就已经构成了双重双向时轴，将整个诗的意境控驭起来。

中四句正如吴言生解释的那样，充满了禅学的意味："锦瑟华年是时间的空，庄生梦蝶是四大的空，望帝鹃啼是身世的空，沧海遗珠是抱负的空，蓝玉生烟是理想的空，当时已惘然、追忆更难堪的'此情'是情感的空。……然而正是在这空中，幻出锦瑟华年的一系列色相。见色生情，传神入色，因色悟空，又因空生色，陷入难以自拔的深渊。"[1]这些由华丽词藻典饰的意象，变成朦胧的渺远无迹的永恒空幻世界，然而无论怎样的"空幻"，最终还是脱离不了"无端"设下的情感空间。由此看来，首尾两联虽虚却实，中间两联似实却虚，虚实变化，奇妙无穷。如果除掉这些虚词，此诗将无法产生这种奇异的审美效果。

---

[1] 吴言生：《李商隐诗歌的佛学意趣》，《文学遗产》1999年第3期。

（四）虚词与反诘、曲喻

1.虚词与反诘。

反诘，也称"反喝"，是义山近体诗常用的句式，因为常用语气副词"岂""如何"等，有助于表达强烈的感情色彩，因此形成义山近体诗的句法特色之一。这种句法多用于结尾，因为诗的结穴处要求有余味，若用反诘作结，则答案寓于言外，不言而言，能产生较强烈的韵味，收言尽而意不尽的效果；也常用于开头和中间，位置较为灵活。一般用于开头的反喝而起，有振起全篇的作用；用于中间则是为了制造波澜。用于开头的如：

①神仙有分岂关情？八马虚追落日行。

——《华岳下题西王母庙》

②春物岂相干？人生只强欢。

——《北楼》

③人生何处不离群？世路干戈惜暂分。

——《杜工部蜀中离席》

④别地萧条极，如何更独来？

——《寄裴衡》

①句起笔反喝，力言神仙的虚妄，为全诗讽刺求仙定下基调；②句"岂"与"只"，反诘又作答见意，将栖留他乡，抑塞难伸、强颜欢笑的苦恼通过强烈的反问表达出来了，一种悲凉的辛酸笼罩了全诗；③句写人生斯世，何处不感离群之苦，况遭战乱，干戈满地，又是孤独远行，怎能不默然伤神？正如何焯分析说："起用反喝，使曲折顿挫，杜诗笔势也。"④句稍不同于前三句，先亮出"萧条"的难堪，再自问反诘，言外是思念之情不能自已的悲伤。从这些例句来看，用于开头的反诘主要是为了起情感的涵盖笼罩作用，是为了孳生下意，奠定全诗的感情基调。从读者角度看，起笔反喝，能引起心理的震动，产生阅读兴趣。

用于中间的，如：

⑤人岂无端别？猿应有意哀。

——《晋昌晚归马上赠》

⑥堪叹故君成杜宇，可能先主是真龙？

——《井络》

⑦谁言琼树朝朝见？不及金莲步步来。

——《南朝》

⑧人生岂得轻离别？天意何曾忌崄巇

——《荆门西下》

⑤句人与猿对举，"岂"与"应"相呼，"无端"对"有意"，以"别""哀"写出主旨，"岂"的作用明显是为了制造起伏，使下句"应"跌得更加有力；⑥句"可能"一词，《李商隐诗歌集解》释为"岂能"，甚确，这里用反问的语气，否定了刘备，指出他不可能是"真龙"天子，因为他无法一统中国，反诘之后又含这样的寓意：连刘备这样的英雄都不能成大气候，何况这些眼下的小小鼠辈呢？"堪叹"是跌，"可能"又振起反喝，极见曲折；⑦句"谁言"与"不及"，也是以反语转折，正如陆昆曾所说："句法最为跌宕，殆有加焉之意。"另外，像长律五排《自桂林奉使江陵途中感怀寄献尚书》中间有四联间隔地用反诘句式，如"纵然膺使命，何以奉徽音？""投刺虽伤晚，酬恩岂在今？""东道违宁久？西园望不禁。""逸翰应藏法，高辞肯浪吟？"累累用反诘句式，力避行文平直的用意是十分明显的，在阅读中确实有起伏顿挫之感。⑧句写人生在世，岂能轻视离别，老天的意思，何尝禁忌艰险崎岖而不处处设置呢！先果后因，倒置以显顿挫之致，而且两句皆用反诘，句子显得拗折有力，感慨深沉。

用于句尾的例子最多，举几个典型的如下：

⑨如何匡国分，不与凤心期？

——《幽居冬暮》

⑩曾苦伤春不忍听，凤城何处有花枝？

——《流莺》

⑪天涯地角同荣谢，岂要移根上苑栽？

——《临发崇让宅紫薇》

⑫岂到白头长只尔？嵩阳松雪有心期。

——《七月二十九日崇让宅宴作》

⑨句以"如何"与"不"呼应，以反诘作结，将匡国无望、命运不济、抱负成虚之悲，以质问出之，有天问的遗意，表示了对人生、对命运、对天意的强烈谴责，令人感受到"一叫千回首，天高不为闻"的愤闷。⑩句"何处"表面上是表示一个不定所指的疑问词，但在这里却是强烈的反诘，从诗中我们已经感受到了这流莺尽管巧啭百折，度陌临流，但无人理睬，在这繁花似锦的凤城，它竟无枝可依！不遇的悲愤因反诘而被渲染得更强烈。⑪句讲紫薇花不管是在天涯海角，都免不了要凋谢，何必一定要栽在上苑里呢？这一句似自慰，实际上是对自己不能在京城立足，不得不流寓边幕，不能留待"上苑"的遭遇表示愤怒，是强烈的反语，一种被遗弃的痛楚溢于言表。⑫句也是表面上故作旷达，而实际上寓寄了无奈的悲痛。因为结穴处一般是诗的情感高潮处，所以义山表达强烈情感的诗，在结尾一联喜用反诘，来将情绪推到激越之巅，引起人们心理上的强烈而持久的震撼，像"三百年间同晓梦，钟山何处有龙盘？"反复吟诵，每到"何处"时，总会感到诗人在总结历史教训时是面对历史发出警动人心的呐喊，你不能不被诗人的强烈的历史使命感所打动，并陷入相同的沉思之中。

2.虚词与曲喻。

最早论义山诗喜用"曲喻"修辞手法的钱锺书，他在《谈艺录》中说：

> 至诗人修辞，奇情幻想，则雪山比象，不妨生长尾牙，满月同面，尽可妆成眉目英国玄学诗派之曲喻多属此体。要以玉溪为最擅此。著墨无多，神韵特远。如《天涯》曰："莺啼如有泪，为湿最高花。"认真啼

字，双关出泪湿也。《病中游曲江》曰："相如未是真消渴，犹放沱江过锦城。"坐实渴字，双关出沱江水竭也。《春光》曰："几时心绪浑无事，得及游丝百尺长？"执著绪字，双关出百尺长丝也。①

钱先生所论的是有关诗的内容方面，就他所举的三例来看，《天涯》一诗用"定定""又""如""最"四个虚词，"定定"是强调情感，犹"死死地"之意，"又"渲染气氛，"最"点明是春末残花，而"如"就至关重要，正是它绾合本体和喻体，才使诗句曲折见意的。《夜中游曲江》一诗，"未""真"是表示主观判断，以反面见意，"犹"就同前一首诗中的"如"，既起绾合作用又加强了语气。《春光》中"几时""得及"两个虚词构成反诘句式，语气中充满了自遣式的调侃，其实是心乱愁绪如丝的情状。曲喻并非要有虚词才能构成，如李贺诗句"银浦流云学水声""羲和敲日玻璃声""劫灰飞尽古今平"等就是全用实词构成的著名例子，但义山师法李贺，继承中有所创新，在李贺式的浓艳绮丽中，多用虚词来盘旋照应，有一种唱叹婉转的韵味。虚词在曲喻中的作用是帮助绾合比体和喻体，同时在语气、句式、结构等方面共同渗入诗境以表达曲折的情韵。

总之，义山虚词用法之妙，几乎渗透到每一种表达手法之中，凡是在曲折顿宕、婉转见意的地方，均有虚词的身影。虚词的成功运用，使义山诗具有诗史上独特的地位。

（原载《中国诗学》2009年3月）

---

① 钱锺书：《谈艺录》，中华书局1984年版，第51页。又见周振甫《诗词例话》第245页所引，与《谈艺录》稍有出入。

绮窗凄梦：词中之商隐

——论义山诗对梦窗词的影响

李商隐的诗歌以哀感顽艳、深情绵邈为主要特色，对后世诗歌尤其唐宋婉约词产生了深远影响，词人们将李商隐的创作方法移植到词的创作中，取得了巨大的成功。最能体现义山诗歌伤感主义创作传统的代表词人，也许要算南宋末期的吴文英。《四库全书提要》中说："词家之有吴文英，犹诗家之有李商隐。"关于义山诗与梦窗词的相似之处，吴功正曾指出："晚唐李商隐的审美心理体现了中国古代文学、美学心灵史的一个重要变迁，心态尖新细窄，更善于体验、回味、咀嚼日常生活现象和日常的情绪体验。吴文英对通常的节日思归之情，体察得如此细腻、尖新，如此动情，设身处地，双向感应，这种心态才是典型的词人心态，这也才是梦窗词'犹之玉溪生之诗'的最本质的涵义。"①可以说，义山诗不只是在字面、心态上，而且在借绮艳题材抒写人生感慨，在比兴寄托、追求伤感美，在时空交错的章法结构等方面，都对吴文英的词有一种穿透性浸染，而吴文英词也最能体现义山诗的精髓，他将义山独创的抒写心灵的艺术手法发扬光大。吴文英，字君特，号梦窗，晚年号觉翁。其词在当时就很有名，他的友人尹焕说："求词于吾宋，前有清真，后有梦窗。此非焕之言也，四海之公言也。"②到晚清更是大放异彩。周济曾编选《宋四家词

①吴功正：《古今名作鉴赏集粹》，北京出版社1989年版，第114页。
②黄升：《中兴以来绝妙词选》，引尹焕《梦窗词叙》语。中华书局1958年四部丛刊影印本。

选》,倡"问涂碧山,历梦窗、稼轩,以还清真之浑化"①之说,对梦窗词推崇备致。其后,王鹏运、朱孝臧等词人将梦窗词推尊为最高典范。本篇以解剖个案的方式,探讨李义山诗与吴文英词艺术上的相通之处,并概括梦窗词在继承中呈现的新特色。

(一)萧条异代,锦心相通

李商隐与吴文英,虽一处晚唐,一在南宋末期,时间相隔近四百年之久,但他们所处的时代环境气氛和个人的身世遭遇及两人的情感气质等方面却惊人地相似。李商隐所处的晚唐,经文宗大和九年(835)的"甘露之变"后,国势更加衰败。朝廷内部,宦官把持朝政,掌握着皇帝废立的大权,与宦官相表里的是庸懦当道,党派纷争,相互倾轧,人心惟危,政治上一片黑暗;朝廷之外,藩镇割据,赋税不入,政府因财政困乏,兵力孱弱,既无力剿叛,亦无法安边,只有苟且偷安。这样的历史环境和社会气氛,不可能给那些正直而不免脆弱的知识分子以政治上的前途和事业上的出路,一片衰世颓风弥漫在大唐帝国的上空,并渗透到社会生活的方方面面,甚至人们的心灵深处。李商隐就生活在这样的时代。他的个人身世遭遇则更见悲惨。他累世孤子,家世带有悲剧色彩。幼年丧父,生计艰难;青年时代即依人幕府,初踏仕途就遭坎坷,试博学宏词而遭中书长者之黜,好容易进入秘书省又旋调尉弘农。一生十寄戎幕,将自己的精力几乎付予为人作嫁的书山文役,而自身也如浮萍四处漂泊。加上受到令狐绹的猜忌,又不得不背着"忘恩负义""放利偷合"的恶名在牛李两党的夹缝中求生。在39岁的盛年,再遭丧妻之痛,晚年心虽向佛,境遇却更加凄凉,只活到47岁就郁抑而死。可以说,他一生大部分时间都笼罩在悲剧的氛围中。

吴文英的身世际遇较义山来说更见凄凉。首先是正史上没有他的传记,甚至连野史笔记上都没有明确记载他的生卒之年。人们只能根据他现存的词作推测他大约生活在1200—1260年左右,而上限和下限均有浮动余

---

① 周济:《宋四家词选·序论》,古典文学出版社1958年版,第2页。

地。有关他生平的可资考证的材料更是十分奇缺，足见他生前空享词名，实不为人所重视。他生活的年代正处于南宋走向灭亡的末期。南宋小朝廷自渡江以来，偏安于东南一隅，国势十分局促，无论从地理上还是国力上，都无法与大唐时代甚至北宋时期相提并论。吴文英出生前后，文坛上的辛弃疾等大词人，以及陆游、范成大、杨万里、尤袤等中兴四大诗人均相继谢世，紧承国家中兴之梦破灭后，接踵而至的文坛也趋于沉寂。吴文英中年时期，政治更加腐败，朝廷大权都握于主和派手中，进入了史弥远、贾似道相继专权的黑暗时代，外有强敌压境，内有权臣误国，从上到下耽安享乐。吴文英没有像李商隐那样，走科举之路，而是落拓困顿，布衣终生。但因为禀怀绝世之才，与达官贵人有过较广泛的交往，因此一生寄身于幕府，作为僚幕清客，其怀才不遇之悲不亚于商隐。在爱情生活方面，据现存资料未见有关吴文英家庭、婚姻方面的记载，甚至他到底姓吴还是姓翁，学术界至今还没有定论。①人们只从他的词作中推测他在苏州、杭州与两个姬人有过长期的刻骨铭心的爱恋，但都以悲剧而告终，他的晚年，也在寂寞凄凉中不知所终。

时世与身世方面，李商隐和吴文英可谓"萧条异代不同时"，而在个人禀性气质方面，两人又堪称"异代同心"。他们均禀绝世之姿，都具有敏锐纤细、内向而缠绵、多愁而善感的性格气质，虽对历史和现实均不乏清醒的认识，却深感不能旋转乾坤，使他们对人生的悲剧有丰富而深刻细腻的感受。李商隐在失意怨怅之余，沉潜到自己的内心情感世界，品味咀嚼人生的苦难和命运的沦落，并将这深沉的人生感慨通过细约幽美的形象吞吐流出，形成他沉博绝丽的诗篇；而吴文英在看不到生活的希望，甚至看不到前途有一星亮光情况下，沉潜到词的创作中去追求自己的梦想。抒写他心灵的词正如他的名字一样，是一扇绮丽的窗子，透过窗户不仅可以窥见他落魄困顿的一生际遇，更可感受他灵魂深处的万感悲伤。实际上这绮窗展现的是一个又一个凄厉的幻梦，而梦醒后的无路可走，则更见悲凉

---

① 参见《宋代文学史》，南京师范大学钟陵撰写的《吴文英》章节。人民文学出版社1996年版。

彻骨。因此，李商隐的诗歌和吴文英的词在最本质的抒写人生感慨上是一脉相通的。

（二）意象衰飒，境界凄凉

李商隐和吴文英的悲剧性身世，使他们习惯用悲剧的眼光来看待事物，以绝望的心态来体验人生，感受生活，因此在创作的艺术追求上都致力于一种衰败凋残的美。李商隐在诗中喜咏枯荷落花、寒蝉孤鸿、夕阳黄昏、冷灰残烛、秋池黄叶等带有衰飒迟暮的事物。其中"夕阳黄昏"就是最有代表性的。如：

　　　回头问残照，残照更空虚。

　　　　　　　　　　　　　——《槿花·二》

　　　不惊春物少，始觉夕阳多。

　　　　　　　　　　　　　——《西溪》

　　　参差连曲陌，迢递送斜晖。

　　　　　　　　　　　　　——《落花》

　　　如何肯到清秋日，已带斜阳又带蝉。

　　　　　　　　　　　　　——《柳》

　　　含烟惹雾每依依，万绪千条拂落晖。

　　　　　　　　　　——《离亭赋得折杨柳之二》

　　　强下西楼去，西楼依暮霞。

　　　　　　　　　　　　　——《闲游》

这些诗句中的"残阳"意象，有的作为咏物的背景，有的成为失落情绪的寄托，有的作为命运沦落的象征，都一律染上了伤悼迟暮的悲感。最有名的还有那首《登乐游原》：

　　　向晚意不适，驱车登古原。

夕阳无限好，只是近黄昏。

李商隐因心绪不佳，驱车登临古原，然而所见的是夕阳西下、晚霞满天的景象，但他在欣赏这绝美的景象时，在他心中却是"迟暮之感，沉沦之痛，触绪纷来，悲凉无限"，"百感茫茫，一时交集，谓之伤时伤世可，谓之悲身世亦可"。

再如，咏败荷残菊：

秋阴不散霜飞晚，留得枯荷听雨声。

——《宿骆氏亭寄怀崔雍崔衮》

幽泪欲干残菊露，余香犹入败荷风。

——《过伊仆射旧宅》

咏先期零落的牡丹：

玉盘迸泪伤心数，锦瑟惊弦破梦频。（《回中牡丹为雨所败·二》）

咏悲鸣无助的蝉：

五更疏欲断，一树碧无情。

——《蝉》

咏前途未卜的孤鸿：

欲问孤鸿向何处，不知身世自悠悠。

——《夕阳楼》

还有，在他笔下，早秀而遭严霜摧折的梅花，"援少""风多""失路入烟村"的杏花，"荣落在朝昏"的槿花，"自明无月夜，强笑欲风天"的李花，飘荡飞转而无枝可栖的流莺，等等，无一不是他悲剧命运的象征和人生悲剧命运感慨的载体。因此"在古代诗史上，李商隐可以说是表现迟暮衰飒之慨最集中的诗人，也是表现迟暮衰飒之美最成功的诗人"①。李商隐诗中竭力表现的这种美学追求，对吴文英的词产生了深刻的影响。吴文英词中这类的意象也相当普遍，它们密集在一起，构成一座"七宝楼台"，而情调上比义山诗显得更加低沉和哀伤。先看梦窗词的"斜阳"意象。有写人在斜阳中的："但醉上吴台，残阳草色归思赊"（《忆旧游》）"暝堤空，轻把斜阳，总还鸥鹭。"（《莺啼序》）"东风紧送斜阳下，晚酒醒余。"（《高阳台》）"伫久河桥欲去，斜阳泪满。"（《三姝媚》）有写花、树、鸟在斜阳中的："对沧江斜日，花飞人远。"（《瑞鹤仙》）"斜阳红隐霜树。"（《霜叶飞》）"水涵空，阑干高处，送乱鸦斜日落渔汀。"（《八声甘州》）"趁残鸦，飞过苍茫。故人楼上，凭谁指与、芳草斜阳。"（《夜合花》）。从总体上看，吴词中的"斜阳"意象不像义山诗中的"斜阳"多表现出一种静态，而大多呈现一种动态，"斜阳"既作为一种景物或背景，也作为迟暮衰飒的象征，而更多的则是表现词人在斜阳中情事，或赏花，或送客，或思家，或抒发惆怅之情。其中更寓含了对国势衰颓、人生飘零沦落的悲哀。面对残山剩水的衰微国势，词人在芳草斜阳的情境中，深刻感到"后不如今今非昔"的历史命运无法抗拒，因而只好"怀此恨，寄残醉"了。

　　与"斜阳"相配合，梦窗词中"残、断、凄、冷、寒、零"等凝重、悲凉、肃杀的字面，更是大量密集，使其词境变得凄厉而悲凉入骨。这样的句子俯拾即是，如："断烟离绪，……夜冷残蛩语。"（《霜叶飞》）"凄断。流红千浪，缺月孤楼，总难留燕。……寄残云剩雨蓬莱，也应梦见。"（《瑞鹤山》）"昨夜冷中庭，月下相认。睡浓更苦凄风紧。……临砌影，寒香乱。冻梅藏韵。"（《花犯》）"记年时，旧宿凄凉，暮烟秋雨野桥寒。"（《霜花腴》）"溪雨急，举花狂，趁残鸦，飞过苍茫。"（《夜合花》）"半飘零，庭上黄昏，月冷阑干。……细雨归鸿，孤山无限春寒。"（《高阳台》）"生怕哀蝉，暗惊秋被红衰，啼珠零露"。（《过秦

---

　　① 刘学锴：《李商隐诗歌研究》，安徽大学出版社1998年版，第60页。

楼》)"把残山剩水万倾,暗熏冷麝凄苦。……剪碎惜秋心,更肠断。珠尘鲜路。"(《古香慢》)"千古兴亡旧恨,半丘残日孤云。……回首苍波故苑,落梅烟雨黄昏。"(《木兰花慢》)等等,举不胜举,这些破败难收的意象组合在一起,则更见零落的难堪,简直万物皆为悲伤而设,物物皆著伤感的色彩。吴词中表现的境界比义山诗中所表达的境界更伤残、绝望,这正是南宋末期社会现实的写照,更是词人悲伤凄凉心绪的真切流露。可以说在借绮艳抒概这一点上,吴词深得义山诗的精髓,而情绪则更加落漠悲惋。也正是这种深沉的感慨,使吴文英词具有深厚的思想内容,而不仅仅是一座绚丽的"七宝楼台"。陈廷焯说:"梦窗之妙,在超逸中见沉郁。""超逸处则仙骨珊珊,洗脱凡俗;幽索处则孤怀耿耿,别缔古欢。"(《白雨斋词话》)戈载也说:"梦窗词以绵丽为尚,运意深远,用笔幽邃。"(《宋七家词选序》)况周颐《蕙风词话》更说:(梦窗)芬菲铿丽之作,中间隽句艳字,莫不有沉挚之思,灏瀚之气,挟之以流转。令人玩索不能尽,则其中之所存者厚。"他们所说的"沉郁""幽邃""沉挚之思""厚"等当指词中的深沉的感慨和骨重神寒的凄凉情感。

(三)借梦抒慨,怅惘迷茫

义山一生的遭遇,有如一场幻梦,扑朔迷离。仕途上蹭蹬无望,使他"欲回天地"之志成虚,爱情上苦恋追求,即使"春蚕到死"一样执着,到头来终是蓬山万里,相思成灰;亲交密友,或零落而死或反目成仇;相濡以沫的爱妻,又在盛年撒手而逝。人生的迷惘失落幻灭之感,经常萦绕心头,因而"梦"就成为这种感慨最适合的形式。义山诗中"梦"共出现81次。[①]如:"归梦不宜秋","远书归梦两悠悠","明朝惊破还乡梦","悠扬归梦惟灯见","映帘梦断无残语","重衾幽梦他年断","一春梦雨常飘瓦","阊阖门多梦自迷","怜我秋斋梦蝴蝶","庄生晓梦迷蝴蝶","可要五更惊晓梦","锦瑟惊弦破梦频","神女生涯原是梦","三百年间同晓

---

① 数字见《唐诗索引》李商隐卷,中华书局1990版。

梦"等，或以梦象征美好的抱负与追求，或以梦象喻变幻莫测的身世，其中都渗透着人生的迷惘幻灭之悲。总的说来，"低迷不已断还连"的梦境是义山一生境遇的变形反映，但身在梦中时只有孤灯陪伴，醒来回味却只得"未背寒灯枕手眠"，这双醒眼怎么也看不透这梦的幻境，因而产生一种失落的迷惘感。因追求而幻灭，却要坚持幻灭中的追求，但最终还是跌入了"无端"而来的四大皆空的虚幻。

义山诗的这种梦幻迷惘的情调对吴文英有深刻浸染，梦窗词中出现的梦更加迷离、变幻、缤纷。当然这里所说的是深受义山的影响，而并不排斥梦窗同时还受其他善写梦境的诗人或词人的影响，只是因为义山的诗在情调方面的影响更明显一点罢了。据陶尔夫《南宋词史》一书中的统计，梦窗词中共出现"梦"171次[1]，远甚于义山诗。梦窗词善于通过梦境或幻境来反映他内心的情绪和审美体验。他的词如一扇扇绮丽的心灵之窗，闪现的是变化难测的一个个凄凉难圆的梦。他的向往和追求，追忆与悔恨，叹息与悲伤，均通过这梦幻的窗口透射出来。

这里有"醉梦""清梦"："醉梦孤云晓色，笙歌一派秋空。"（《风入松》）"清梦重游天上，古香吹下云头。"（《西江月》）"三十六矶重到，清梦冷云南北。"（《惜红衣》）

这里有"幽梦"："算南北幽梦，频绕钟残。"（《江南好》）"湘佩寒，幽梦小窗春足。"（《蕙兰引》）

还有"新梦、旧梦"："明朝新梦付啼鸦，歌阑月未斜。"（《醉桃园》）"旧梦西湖，老扁舟身世。"（《拜星月慢》）

"春梦、秋梦"："心事孤山春梦在，到思量，犹断诗魂。"（《极相思》）"春梦笙歌里。"（《点绛唇》）"伴鸳鸯秋梦，酒醒斜月轻帐。"（《法曲献仙音》）"阿香秋梦起娇啼。"（《烛影摇红》）

在吴文英的记忆屏幕上还交替出现"晓梦""午梦""倦梦""残梦"、"冷梦""孤梦""寒梦""飞梦""别梦"等，姿态万千。

---

[1] 陶尔夫、刘敬圻：《南宋词史》，黑龙江人民出版社1992年版。

梦的种类更是多姿多彩，梦的形态与运作过程则更加变幻莫测。其中有"梦远""梦香""梦影""梦回""梦断""梦轻""梦云""梦雨""梦影""梦醒"；还有"香衾梦""归家梦""长安梦""新岁梦""桃花梦""花蝶梦""五更梦""双头梦"……于是"梦"便无限扩散开来，弥漫在梦窗词所构筑的情感世界的宇宙时空中。

他在词中还经常把"梦"与"窗"两个字联系起来。除王国维举出的"映梦窗，凌乱碧"（《秋思》）外，还有"湘佩寒，幽梦小窗春足。"（《蕙兰芳引》）"为语梦窗憔悴。"（《荔枝香近》）"燕子重来，明朝传梦西窗。"（《高阳台》）"临水窗，和醉重寻幽梦。"（《松入风》）另外，还有同一首词中出现这两个字，关系紧密，但距离较远者，如"梦销香断……寒雨灯窗。"（《宴清都》）"败窗风咽……梦里隔花时见。"（《法曲献仙音》）"半窗灯景，几叶芭蕉，客梦床头。"（《诉衷情》）"孤梦到，海上玑宫，已冷深窗户。"（《喜迁莺》）"乡梦窄，水天宽，小窗愁黛淡秋山。"（《鹧鸪天》）。

综观吴词和李诗写"梦"的诗和词，我们可以得到这样的认识：二者相同的是，都通过"梦"的意象来表达他们对人生迷幻难测的深刻感受，展示他们因对自身、社会的悲剧命运不能把握而陷入惘然迷雾的心理状态。不同之处，不妨以两人生命中最重要的恋爱悲剧为例。李商隐早年曾修道，晚年又虔诚向佛，加上他生平的爱情经历，没有一个具体的固定对象，大致分析起来，有从"上清沦落"的仙女（女冠）、柳枝式的"小家碧玉"，有"吴王苑内花"般的贵家姬妾，等等，而义山与她们的恋情，只是一种精神上的依托恋慕，或许其中含有人生多方面类似的感慨，而实际上是"南国妖姬，丛台妙妓，虽有涉于篇什，实不接于风流"（《上河东公启》），因此很少与这些女子发生"温柔便入深乡"式的刻骨铭心的情爱，倒是对相恋而不能相偎的间隔之苦有深刻体会，"红楼隔雨相望冷"，"隔坐送钩春酒暖"，"身无彩凤双飞翼"，"更隔蓬山一万重"等，尽管对恋爱对象是"海枯石烂""天荒地变"都忠诚不二，但很少"金石为开"，而最终还是不能与在"瑶台十二层"的爱情女神相近相亲，连灵魂也就不得不"化作幽光入西海"了，只得幻入心灵的"庄生梦蝶"式的彻悟之中。可以说，李商隐通过诗歌将其心灵对爱情的渴望和不能实现的悲剧性感受，在这些梦幻一般的对象上，找到了载体，或者说这些与义山一样执着多情的女子的爱情悲剧，通过义山的心灵品味，酝酿，而以义山诗（多为无题或准无题诗）的形式被表达出来，从而在人类情感的表达过程中找到了一种合适的形式。而吴文英词对梦幻般的爱情描写与义山有相通之处，亦有明显不同。梦窗一生，其爱情悲剧也是构成他个人命运悲剧的一个重要方面，也是他刻意挖掘并着力表现的主要内容。但他的爱恋对象不像义山那样宽泛，真诚与执着如同义山，而对象却比较集中在苏、杭二姬身上。梦窗词今存340余首，写爱情的约占一半，而"集中怀人诸作，其时夏秋，其地苏州者，殆皆忆苏州遣妾；其时春，其地杭州者，则悼杭州亡妾"[①]。因此，吴词虽在描写爱情时极力埋没意绪，但具体情事的大致轮廓还是较清楚的，而且吴文英与姬人的深恋也与义山纯精神之恋也有不同，实与姬人有过"渔灯分影春江宿"的怀香握玉的经历，所以虽以梦幻般的笔调来写爱情，但仍然在迷幻中有清晰的情影，因而他对恋情的无端中断，佳梦破灭，自己和逝者处在两个世界不能重温旧梦的悲感就比义山更强烈。吴文英词给人最深的印象是在词中多描写爱情之梦破灭之后的真切感受，他的词多由现实幻入梦境，再拖回现实的凄怆之中。如他自创的长调《莺啼序》描写他十载西湖的恋情，其中有"溯红渐，招入仙溪"、"长波妒盼，遥山羞黛，渔灯分影春江宿"的美好记忆，也有"春宽梦窄"的无奈和"临分败壁题诗，泪墨惨淡尘土"的生离死别，而在"瘗玉埋香"之后，词人还不得不于检点遗物时，面对"单鸟凤迷归，破鸾庸舞"的梦破后的凄凉，以至因"蓝霞辽海"的阻隔，词人所能做的便只有在千里江南的无限无望飘泊中，以怨曲为长逝者招魂了。他在另一首小令《醉桃源·元日》中，更借"新岁梦"，写"去年情"，进而写到"残宵酒半醒"之后，自己将像孤鸿一般，在人生的"长亭短亭"之间飞鸣，去继

---

① 夏承焘：《吴梦窗系年》，《夏承焘集》（第一册），浙江古籍出版社1997年版，第467页。

续寂寞的余程。这种对前途的绝望了然于心,却又不可逃避要去面对,才是人生的最深重的悲哀。鲁迅曾说:"人生最大的悲哀莫过于梦醒了无路可走。"而吴文英的词正是揭示了了人生的这种悲哀。他不能像义山那样因追求的无望而遁入"四大皆空"的虚幻,以佛的超脱慰藉苦难的心灵,而必须面对美梦破灭后的无限凄凉,他的时代、他的人生没有可能为他和他的爱情安排一个圆满的结局,甚至连梦都只能是残碎的片段,而且借酒销愁沉醉梦醒之后的感觉更是"皎皎万虑醒还新",既不能超脱,亦不甘沉沦,于是只得带着无路可走的悲闷,心灵一半怀着对往昔抹不去的眷恋,另一半则承载着对未来摆不脱的悲惘,寂寞地走完孤独人生。吴文英晚年自号"觉翁"或许暗示他梦醒后的这种深刻感受。

(四)抒情结构,同臻妙境

研究吴文英词的人,几乎都同时注目于吴词的艺术特色,而研究梦窗词的艺术技巧,又一般只注意他对周邦彦的继承,即所谓"梦窗深得清真之妙。"清真词抒情结构中"今—昔""她—我""彼地—此地"之间的回环模式,对梦窗词的影响是无庸置疑的实事,但正如杨铁夫所说:"清真用笔钩勒清楚,不如梦窗纵横穿插,在若断若续或隐或见之间。"①如果我们把目光投向义山诗对梦窗词发生的影响,则似乎更能说明问题。义山诗主要可分为咏史、咏物、无题几大类,其对梦窗词的影响,并非一对一的关系。正如刘学锴先生所说:"后代词家向前代诗人学习时,一般都是把他的整个创作作为对象,在涵泳体味中受到潜移默化的影响,而不大可能像对待类书那样专门撷取其辞藻字面;这种汲取或借鉴,固然要适合词在成熟以后形成的特殊体性风格,但并不只局限于那些词化特征。……更深刻而内在的影响倒恰恰是其创作的特殊的诗的素质。"②前面已分析了借艳情抒写人生感慨的两者相通的本质方面,而与此相表里的创作方法上的继

---

① 杨铁夫:《清真词选笺释序》。转引自《中华大典·宋辽金元文学分典·四》,江苏古籍出版社1999年版,第735页。

② 刘学锴:《李商隐诗歌研究》,安徽大学出版社1998年版,第104页。

承，则是梦窗词吸取了义山诗（尤以长吉体艳诗和无题诗最显著）的抒情结构，下面以具体的例子来说明这一点。

先看《燕台四首》对《莺啼序》的启示。义山《燕台四首》组诗，从题材上来看是抒写了一个悲剧性的爱情故事，这样的题材，在白居易、元稹等人手里，很可能被敷演成《长恨歌》《连昌宫词》那样的叙事长篇，而义山却别出心裁，将它主观化，抒情化，以四季相思为线索构造全诗，通过主人公的回忆思念怨叹来表现内心深处那种热烈缠绵、执着痴顽而又迷幻历乱的幽忆怨断的情绪，叙事的成份被消融到几乎不见痕迹，只是在主人公的思忆中偶尔闪现若干难以连缀的片断。因为义山在抒情时极力埋没意绪，情事又扑朔迷离，给人雾里观花之感。因此，后代在接受此组诗时产生了较多的歧解，但"他的难解不在于寄意之深也主要不在于语句的晦涩，而在于纯粹写情，不稍言事，而抒情本身又有很大跳跃的缘故。整个来说，它的内容、情调、风格、语言以至意境已经接近词"（《李商隐诗选》）。吴文英的词显然接受了这种抒情模式，他的代表作《莺啼序》以他的血泪写他一生中最真挚难忘而结局悲惨的爱情故事，题材与《燕台诗》类似，即使恋爱对象比较确定，但吴词仍像义山诗一样，云遮雾藏，不肯让他的恋人露出庐山真面目，而恋情过程，更只是藏头露尾的吐出一点点消息。全词以抒情为经，穿插回忆中的片段为纬，共分四片。首片从自己的伤春落漠情怀写起，在双燕归来的点醒下，荡舟西湖，而情思繁乱化作飞絮。二片回忆。只着重选取印象深刻的片断，即由侍儿传信，逐香车到了意中人居住的仙溪，在那儿渡过一段神魂颠倒、忘记朝暮的时光。三片又折回写自己现在的水乡寄旅的处境，随即又写到恋人已"瘗玉埋香"，再度转入回忆，写与恋人最后相处的依恋和生离死别。四片写检点遗物，悼念招魂，伤心自身飘泊千里江南的痛苦。从总体上看，吴词虽有朦胧迷幻的特点，时空且常常交错，但并非义山诗那样的"无迹可寻"，还是有脉络可寻的，尽管藏头缩尾，但还不至于像义山诗那样令人难以猜测，以致产生冯浩、张采田等多家臆断之词。这是梦窗在继承义山的基础上的改进。梦窗词虽迷幻，却比较单纯，清朗，在朦胧中有清晰的线索，在若断若续之间可寻到它的端倪。

义山诗多以写心灵景观为主,抒情主人公的情绪总是迷惘难测的,因此其诗的结构多呈一种混沌的心灵场结构。如千古诗谜《锦瑟》可作为代表。这首诗首句即定下了"无端"(平白无故,没由来地)的情感空间,并接着点明情感主线是"思华年",末联回应首联,指出"此情"在当时就是一种混沌的"惘然"形态,而现在的"追忆"当然就更加难以捉摸了。而中间四句则是可以产生多种联想的含有典故的意象群,大体上看来都是带悲剧性的空幻境界,与首尾的情绪是合拍的。正如吴言生所说:"锦瑟年华是时间的空,庄生梦蝶是四大的空,望帝鹃啼是身世的空,沧海遗珠是抱负的空,蓝玉生烟是理想的空,当时已惘然,追忆更难堪的此情,是情感的空。……然而正是这空中,幻出锦瑟华年的一系列色相。见色生情,传神入色,因色悟空,又因空生色,陷入难以自拔的深渊。"[①]因此,其结构图可示意如下:

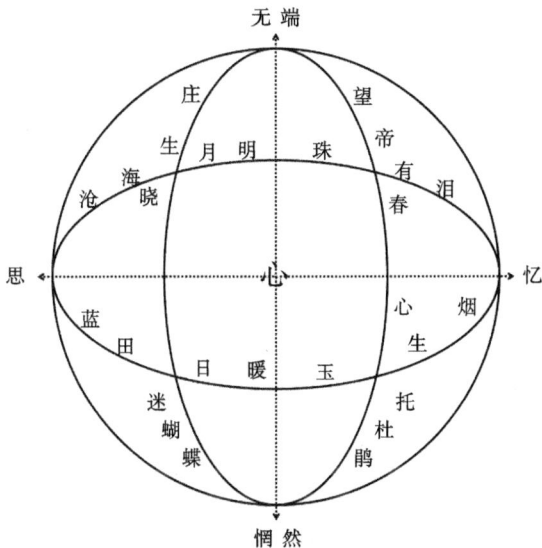

吴文英的词也学习借鉴这种情绪结构,但有所变化,既前后回应、包裹,也可以伸展成线状结构。如吴文英的登临怀古之作《八声甘州》(渺

---

① 吴言生:《李商隐诗歌的佛学意趣》,《文学遗产》1999年第3期。

空烟四远）就是首尾空幻情思包裹形结构。写景与历史背景及景物引起的想象结合成为一个空蒙奇幻的境界，正如周汝昌先生所说："全篇以一'幻'字为眼目，而借吴越争霸的往事，写其满眼兴亡，一腔悲慨之感。……全篇由此字生发，笔如波谲云诡，令人莫测其神思；复如游龙天骄，以常情俗致而绳其文采者，瞠目而称怪矣。"①之所以产生这样的感受，主要是此词的包裹型抒情结构所致。

再如梦窗写怀归的词《澡兰香·淮安重午》，一开篇平空描写玉人装束、睡态。第六句兜揽住，并拓出"为当时"书写榴裙的动情回忆。下片由己及人，设身处地，再回到主体的望月思乡，内在勾连十分紧密。因此陈洵大加赞赏，称此词结构"击首则尾应，击尾则首应，击中间则首尾皆应，阵势之奇变极矣。"②梦窗词的这种犹如"蛇"形的线状结构实质上与义山诗的球状结构在本质上是相通的，只不过梦窗词卷起是圆，展开成为线罢了。应该指出这样的结构是梦词中重要的结构，如《莺啼序》可以算作这种结构的典型，图示如下：

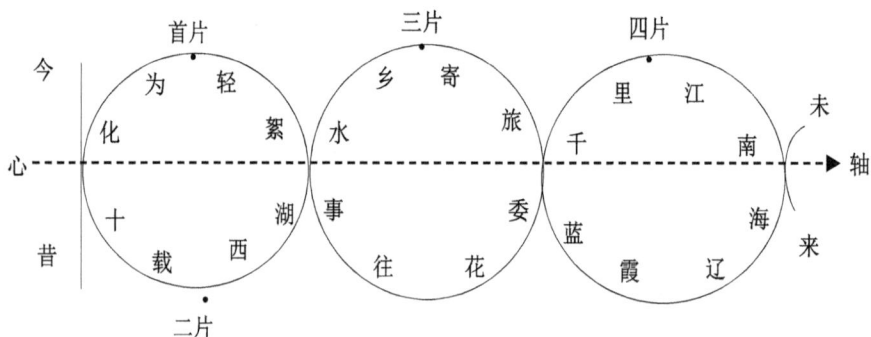

首片的"化为轻絮"实为笼罩性的象喻，结尾面对"蓝霞辽海""望极天涯"的招魂，实际上是回应开头，情怀的空幻落寞之感形成一个包裹的球状，而按照作者重游的旅历展开，就又成一交叉线状结构。可以说梦窗词在结构上为适应那种迷惘之情的表达，在义山诗结构的基础上又有新

---

① 《唐宋词鉴赏辞典》（下册），上海辞书出版社1990年版。

② 陈洵：《海绡说词》（转引自《中华大典·四·吴文英》），江苏古籍出版社1999年版。

的发展。

义山诗还有用"推进一层"法展示的以情为中心的涟漪状同心圆状结构。如"刘郎已恨蓬山远，更隔蓬山一万重"、"如何雪月交光夜，更在瑶台十二层"、"回头问残照，残照更空虚"等，都可以体味到诗情向外扩散，一直泛向渺远的境界。这样的结构在梦窗词中也经常出现。如《醉桃源·元日》：

> 五更枥马静无声，邻鸡犹怕惊。日华平晓弄春明。暮寒愁黡生。新岁梦，去年情。残宵酒半醒。春风不定落梅轻，断鸿长短亭。

全词均写从元旦前夜一直到新岁的心理感受，细腻而绵长。由静夜写到天明，再折向元旦之夜，再伸向残宵酒醒，结尾因断鸿之声，想象出它在长亭短亭之间寻找"何枝可依"的悲鸣情景，以虚景写情，将词境推向渺远之境，而这情境又会引发词人对身世的联想，自己历尽旅食之苦，茕茕孑立，形影相吊，不正像那失群的孤雁一样，经年流徙，无所依托吗？这种情绪显然与义山诗如出一辙，只不过义山诗借助虚词表达，而吴文英词借助情境推动罢了。

再如，义山诗中还有像《夜雨寄北》那样借助重言与虚词的作用，使情感来回反射的结构，反射的结果是后一重"巴山夜雨"意象起到了扩大诗的意境作用，而整首诗也因此成为一个"水晶如意玉连环"（何焯评语）。吴文英也善用这种映射的抒情结构。如《齐天乐·与冯去非登西陵》（三千年事残鸦外），全词写与冯深居白天登禹陵而夜晚剪烛回味白天之景，推想明春将又是一幅怎样的"画旗喧戏鼓"的景象，而这一切又都包含在"雾朝烟暮"的时空变幻和"宇宙永恒"的意念之中。过片"寂寥西窗久坐，故人悭会遇，同剪灯语"显然运用义山的《夜雨寄北》的抒情结构，但梦窗作了一些改变，未出现两重"巴山夜雨"，而是上片藏景，到下片才在剪烛寂坐中回味出白天所见的"积藓残碑，零圭断壁，重拂人间尘土"的情景。这样虚实照应，"上下映带，有天梯石栈之妙"①这个过片在构成全词"通体离合变幻"②的过程中显然是非常关键的，吴文英词在继承义山映射结构的优点时，又增加了环状及线状的笔法，因此结构比义山诗更为复杂。

对于上述分析的梦窗词结构，有的学者认为近似于西方意识流的表现手法，这主要表现在两个方面："一是按意识的流程把写景、叙事与内心的活动三者交错起来，二是通过自由联想使现在、过去（有时还加上未来）相互渗透。"③

（五）沉博绝丽，幽邃绵密

论梦窗词者，几乎无一例外地注意了其"雕缋满眼"的特点，以致招来张炎"七宝楼台"之讥，实际上，梦窗词用典博丽，是"幽邃而绵密"，而"非若瑚镂蠡绣，毫无生气"，"在隽句艳字之间，莫不有沉挚之思，灏瀚之气，挟之以流转。"（况周颐《蕙风词话》）这显然是从外观到神髓都学义山之故。义山诗藻饰华丽，用典博洽，为其特征之一，而义山用典善使事而不为事所使，对史实或典故作适当的改造。像他的咏史诗就运用"七实三虚"之法，既咏史，又运典抒慨，别具风神。义山咏史时，对史材的处理，善用现实触入历史的手法，如《筹笔驿》开头写道："猿鸟犹疑畏简书，风云长为护储胥"，即从"猿鸟"与"储胥"入笔，用"犹疑""长为"两个表主观判断的词幻入历史长河中去，以见当年的主帅诸葛亮治军之严。有时则由现实某物突然触入主观的幻境，伸向历史深处，或从历史的深处拉回到现实中，以微物寄慨是义山惯用笔法，如《齐宫词》后两句"梁台歌管三更罢，犹自风摇九子铃"，以"九子玲"摇荡三百年如故，以话兴亡，含有不尽的历史感慨。只有这微物能穿透时间的

---

① 沈义父：《乐府指迷笺释·序》，蔡嵩云笺释，人民文学出版社1981年版。

② 陈洵：《海绡说词》。转引自《中华大典·宋辽金元文学分典·四》，江苏古籍出版社1999年版。

③ 陶尔夫：《南宋词史》，黑龙江人民出版社1992年版，第372页。

迷雾，具有现实性，而诗人所有的感慨也全寓寄于其中，无须多说了。再如《隋宫》（紫泉宫殿锁烟霞）全诗是咏史，也是想象虚拟，历史真实与艺术真实相互辉映，别具神韵。咏史时运用虚构也是吴文英词的特点。如他的名作《八声甘州》（渺空烟四远），上片以"幻"字领起，由"苍崖云树"之景触入历史，从历史回顾中唤起的想象丰富真切，几近幻觉，复与登临所见的山容水态打成一片，混茫莫辨。夫差、西施的故事，跨越千年，宛如就在身边，酸风射眼，流水张腻；残脂剩馥，使香径花"腥"，身边落叶声声，一似馆娃宫的响屧廊上的木屐回声。词中箭径的西风流水和树间的落叶秋声，是目击耳闻的实物，而"酸""腻""腥"以及"时靸双鸳响"之类的感觉，却是作者主观的幻觉成份，以幻为真，词人身心都进入了由怀古而起的幻境。这种笔法，既打破了时空界限，把历史拉到了眼前，又将实地见闻的客观印象强化为主观感受，带有强烈的情绪色彩。下片写到夫差、范蠡一醉一醒，从正面切入，相互照应，深含感慨。"问苍波无语"以下，笔锋一转，从"故国神游"跌回苍凉的现实，结句"秋与云平"，既说秋高，秋色无边，境界辽阔，又与开头的"渺空烟四远"回合呼应，裹成一个浑融的球状，不但超越了时间，也超越了历史和现实。这是吴文英对李商隐的继承，而吴词又不完全像李诗，将主观议论表现出来，而是在写现实感受中，运用"一字寓褒贬"的春秋笔法，在景物描写中流露出来，如用"腻""腥"等字来表达词人登临时的感受，也表现出对历史的评价与思索。总的说来，无论从质量还是数量来看，吴文英的咏史词均比不上义山的咏史诗。面对苍茫的历史，李商隐如一位满怀深慨的哲人，总在总结历史的经验教训，以图来弥补现实的破缝；而吴文英则为意态萧闲的隐士，总在追寻历史与现实相通的灵幻悲感。李诗多少充满了对现实的关怀，在衰败中思考着进取，而吴词则是借咏史来慨叹现实的衰败，陷入无望的空幻和迷茫。

义山的部分咏物词喜堆叠典故，像《泪》《牡丹》之类，表面看与所咏之物无干，但只要深入典实之中，则能品出真味。如《牡丹》：

> 锦帏初卷卫夫人，绣被犹堆越鄂君。
>
> 垂手乱翻雕玉佩，折腰争舞郁金裙。
>
> 石家蜡烛何曾剪，荀令香炉可待熏？
>
> 我是梦中传彩笔，欲书花叶寄朝云。

前六句咏牡丹的色态芳香，均借富贵家艳色比拟或以富家故实作衬。首联谓牡丹如锦帏初卷的卫夫人，明艳照人；如绣被拥裹的越姬，丰姿娇艳。颔联以贵家舞姬起舞时佩饰翻动、长裙飘扬的轻盈姿态，形容春风吹拂下牡丹枝叶摇曳的动人情态。腹联以"石家蜡烛""荀令香炉"反托牡丹的光艳与浓香；末联遥寄情思。正如纪昀所说："八句八事，却一气鼓荡，不见用事之迹，绝大神力。……神完力足，岂复以纤靡繁碎为病哉。"（《李商隐诗歌集解》汇评引）

梦窗咏物词也学义山的堆典之法，呈现密丽富艳而情思深渺的特色。如《宴清都》：

> 绣幄鸳鸯柱。红情密，腻云低护秦树。芳根鹣倚，花梢钿含，锦屏人炉。东风睡足交枝，正梦枕、瑶钗燕股。障滟蜡、满照欢丛，嫠蟾冷落羞度。人间万感幽单，华清惯浴，春盎风露。连鬟并暖，同心共结，向承恩处。凭谁为歌《长恨》？暗殿锁，秋灯夜语。叙旧期，不负春盟，红朝翠暮。

词咏连理海棠，作风与义山咏牡丹相似，首先是吴词设色秾丽，气氛浓郁，词中运用重重叠叠的绮词丽字，以浓重笔墨极写两株连理海棠的姿色娇艳，有"绣幄""腻云""芳根""锦屏""交枝""瑶钗""滟蜡""欢丛""春盎""红朝翠暮"等，这些涂饰色泽、烘托气氛的造语，正与海棠的美艳绝伦相表里，示人以严妆之美。其次是运用各种比喻来表现海棠的姿色及连理的特征，"绣幄"喻叶，"鸳鸯柱"喻并生的枝干，"情密"喻花茂，"鹣倚""钿合""瑶钗燕股"喻连理之状，"连鬟同心"喻树两相连接。再次是用典丰富。"东风睡足交枝，满照欢丛"化用苏轼咏海棠的名句"只恐夜深花睡去，故烧高烛照红妆"，也用《太真外传》所记唐明皇状杨贵妃醉态为"海棠睡未足"的故实。下片则"只运化一篇《长恨歌》"（陈绚《海绡说词》），以白居易诗的李杨爱情来写两株海棠，既撮取白诗词语，又撮取典实的情境，同时还暗寓自己身世的悲剧性遭遇。"华清惯浴"以下，至"红朝翠暮"，引用的是白诗语汇，隐括的是长恨风情，而写出来的词，却大类义山的无题诗一般朦胧，不像白诗虽情感缠绵却单纯明晰。原因在于吴词的用典过程中作了改造，只取典故的某一方面，而声东击西，以虚带实地寄托了其他内容，使其词"貌观之雕缋满眼"，实则"神力独运，飞沉起伏，实处皆空"，"运笔用意，奇幻空灵，离合反正，精力弥满。"（戈载语）此词中，忽而咏海棠，忽而写人事，忽而人间，忽而正写，忽而反写；忽而烘托欢情，忽而叙说幽恨，这样使词中的丽词、比喻、诗句、典故均随词思、词笔的跳动变幻而"一一飞舞，如万花为春"（况周颐《蕙风词话》）。梦窗词中像《过茶楼》（藻国凄迷）的咏芙蓉；《高阳台》（宫粉雕痕）的咏落梅；《西江月》（枝袅一痕雪在）的咏晚梅等都是驱遣故实，"实有灵气行乎其间"（戈载语）而不仅徒为"七宝楼台"炫人眼目的优秀作品。

义山诗的虚实处理颇有艺术性。如《锦瑟》所显示的那样，是典型的虚实相生的化境，以至有人以为义山是借以表述其创作方法的。[1]其首联与尾联用虚词，但所提示的情感却非常实在，"无端"也罢，"惘然"也罢，虽情来无端，思去无迹，但一开始就奠定了情感活动的空间和迷惘的情调，而"思""追忆"则暗示了情感穿透延伸回翔荡漾的线索。中间四典，词藻华丽，看起来句句为实，实际上却歧义多解，含义非常虚泛，能引起多方的联想，使人感慨万端，但无论怎样的空幻，还是不能脱离首尾两联设定的基本范围。吴文英词在处理虚与实的关系时，深得义山之妙。如《点绛唇》：

卷尽愁云，素娥临夜新梳洗。暗尘不起，酥润凌波地。辇路重

---

[1] 钱锺书：《管锥编》（第三册），中华书局1986年版，第1184页。

来，仿佛灯前事。情如水。小楼熏被，春梦笙歌里。

南宋临安灯市，在每年元宵节以前就已极其热闹，但此词写"试灯夜初晴"却似乎难以见到那热闹情景。实际上是极善藏景，以虚写实的。上片写尽"初晴"情景，却不写试灯盛况，谓之藏事于景，从虚处着笔，为下片抒概作铺垫。下片凝重、深蓄，意境三倒四转，回环吞吐，极富涵融与拗怒之妙。"重来""仿佛"二语虚处写实；"情如水"使旧游的情与境俱达高潮。结片跌入梦境，而虚幻中正是灯节夜笙歌繁华热闹的场面，更衬托出重来京城重温旧梦的落寞与凄凉。上片以实写虚，下片化虚为实，实与虚交相叠映，极显内容上与结构上的起伏跌宕、顿挫曲折之妙。再如《玉楼春》（茸茸狸帽遮梅额）的写京市舞女，亦用此法，结拍的"犹梦婆娑趁斜拍"，化虚为实，既写小舞女的舞姿之妙，补上片未尽之意，又托出她的身世遭遇，同时映射自己的身世之感，一笔双写，极富韵味。朱孝臧说，梦窗词"沉邃缜密，脉络井井，缒幽抉潜，开径自行"。杨铁夫也说："梦窗词纵横穿插，在若断若续或隐或见之间"。确实道出了梦窗在密丽表象下具有潜流意脉的艺术特点。

（六）创作心理，潜气内转

人们论梦窗词，已注意到梦窗创作的心理特征。吴梅在蔡嵩云《乐府指迷笺释·序》中提出"潜气内转"说。何谓"潜气"？就是人的内心深处日积月累而形成的潜意识，它具有深微幽隐而非表达出来不可的情感力量。这种"潜气"内转修炼之后，或通过"裂竹之声"喷薄而出，倾泄一腔压抑情怀，呈现豪放旷达言穷意尽的表征，或通过即物托兴，于特殊景物中显示一般的情意，从有限中显示无限，从现在回转到过去，并旋转向未来的无穷，形成含融婉转余韵无尽的特征。梦窗在进行创作时，可供其选择的典范有自义山诗影响及花间派影响下，经柳永到清真、姜夔的婉约一派词风，也有自苏轼以来，到辛弃疾而集大成的豪放词派，因时代中兴无望，国势衰颓，所以吴文英放弃了后者而选取婉约作为自己创作的方向。梦窗词尽管"潜渊腾天",但抒发的情感却是吞吐回环,呈郁抑难伸之态,如《贺新郎·陪履斋先生沧浪看梅》,主旨是怀念抗金名将韩世忠因而感及时事,却借沧浪亭看梅而发。词人身处衰世,深感黄昏落日的世忧,面对强敌压境、国家殆危的形势,又深感自己无力回天,只好在追怀往昔而悲叹时事之中,得出"后不如今今非昔"的结论。而词人将这深沉的感慨只托付于"两无言、坐对沧浪水"的沉默中,这无言的沉默,这清澈而悠悠转着涟漪的沧浪水中,实融注了词人满腔的心绪。这种吞咽难伸的悲愤,只是借景托出,极见沉郁婉转之态。

梦窗词在抒情中表现的此种沉潜婉转的心理特质,正与义山诗所流露出的"潜气内转"特征一脉相承。义山诗的艺术特征,同诗人的审美心理和情感运动模式相一致的。即是诗人将感情气势潜藏于心中,使其只在体内回荡往复,抑其喷薄直泻,因而吐言为诗便形成一种不直不露、清丽细腻、亦阴亦柔的风格特征。从情感运动模式来看,它统一在张力方向趋下、强度低微、速率迟缓这样一个内倾、阴柔的审美场内;这种心理定势决定了诗人的心态与外界环境时常显得不协调、不和谐和不平衡,使他的气质变得抑郁,并形成一种反思内省的个性。对于一切苦痛,自伤自责、封闭不外运,因而在情感上便常常抑制自己而无法排解,使各种哀伤怨乱的感情沉积于胸。但情郁于中,必然要发之于外,他只好沉浸在诗歌的创作中,将这种感情迂回曲折地升华出来,打破这种自我封闭的感情系统,以获取心态上的暂时平衡。"潜气内转"这种情感运动模式就这样地产生并固定下来。

人们对义山诗及梦窗词的研究,得出完全相同的结论,这是学术上的巧合还是二者本来就有必然的联系?我想,梦窗词外观上的密丽与义山诗的秾艳特征是很容易辨识的,梦窗词喜用义山诗的字面、词意,这也是学界一致公认的,但很少有人对梦窗深层次里表现出的"潜气内转"特征对李商隐的继承与发展作过细的研究。因为当一个朝代在其上升阶段时,游艺于文学的人(主要指诗人词人),受着盛世向上、崇尚建功立业时代氛围的影响,一般都表现出壮大、高昂的情调,作品呈现出清朗、响亮、明丽的特征，而处于衰世的诗（词）人则不同，他们深感盛世的不再，功业的无望，人世的衰败，身世的飘零，因而只得剪翠偎红，借助比兴、象征手法、沉浸到心灵的世界中去，在艺术的灵境中，呕心沥血，抒发内心的痛苦哀怨，祈得情感上的平衡，以慰藉寂寞的心灵。自屈原在国运风雨飘摇和自身受打击的双重外压下创造心灵情感抒发的模式以来，以后每逢衰世，这种以丽词写哀心的传统总会得到深刻认同，并被发扬光大。如果说晚唐李商隐算作一次重大推进，创造了诗歌中（主要是近体诗）的凄艳浑融的艺术境界的话，那么南宋末期的吴文英，则是继承义山诗的基础上，再向前推进一步，创造了词中"绮窗凄梦"式的新境界。这看似诗歌史上的异代重复，实则是对传统的螺旋式的继承与发扬，从骚体到近体到词，诗体在变革，而内在的情感运动模式则一脉相承，而艺术手法则因不断吸取新的因素而不断更新，推进了艺术的向前发展。

（原载《学术月刊》2004年第3期）

韩愈诗歌奇险意象的艺术特征

历代对韩诗的评论多着眼于"奇险"。唐人主要描述阅读韩诗的体验与感受，如王建诗云："咏伤松桂青山瘦，取尽珠玑碧海愁。序述异篇经总核，鞭驱险句物先投。"（《寄上韩愈侍郎》）指出其穷搜词汇鞭驱险句的特点。李翱称其诗"开合怪骇，驱涛涌云"（《祭吏部侍郎文》）。皇甫湜赞叹"凌纸怪发，鲸铿春丽，惊耀天下"（《韩文公墓铭》）。司空图则惊异于韩诗的"驱驾气势，物状奇怪"，说"不得不鼓舞而徇其呼吸也"（《题柳柳州集后》）。均着眼于韩诗的怪异意象和雄健风格。宋人的品味与发现更为细致，如修欧阳修欣赏韩诗的"用韵因难见巧，愈险愈奇"（《六一诗话》），秦观发现韩诗"极命草木，比物属事，骇耳目，变心意"（《论韩愈》），张戒则说韩诗"能擒能纵，颠倒崛奇，无施不可"（《岁寒堂诗话》）。甚至连朱熹也说韩诗"奇险处极奇险"（《朱子语类·卷139》）。明人论诗主盛唐，对韩诗无甚发明。对韩诗的研究，清人最为淹博，涉及韩诗的各个方面，而且有贬有褒，大体上由清初到晚清经历了一个从否定到推崇的过程。如清初王夫之认为"韩退之以险韵、奇字、古句、方言矜其饤饾之巧，巧诚巧矣，而于心情兴会一无所涉"（《薑斋诗话·卷二》），根据"兴会"的标准进行了全盘否定。而清中叶的《唐宋诗醇》则说："其壮浪纵恣，摆去拘束，诚不减于李（白）。其浑涵汪茫，千汇万状，诚不减于杜（甫）。而风骨峻嶒，腕力矫变，得李、杜之神而不袭其貌，则又拔奇于二子之外，而自成一家。"可谓称誉备至。晚清方东树更说："韩公诗，文体多，而造境造言，精神兀傲，气韵沉酣，笔势驰骤，波澜老成，意象旷达，句字奇警，独步千古，与元气侔。"（《昭昧詹言》）简直推为最高典范。关于韩愈创造奇险的原因，吴乔指出"（韩愈）既欲自立，势不得不行其心之所喜奇崛之路"之后（《围炉诗话·卷三》），赵翼更从诗史发展角度，提出觑定杜甫奇险处恢扩拓衍辟山开道之说（《瓯北诗话·卷三》）。近代陈衍推重宋诗，大力誉扬韩诗并认为韩诗诗境是"纷红骇绿"，接近于"境界"说诗了（《石遗室诗话·卷二三》）。总之，诸家或认为韩诗语词、句法、用韵奇险，或指其诗歌艺术风格、境界奇险。这"奇险"遂成为韩诗的独特标志，诗史上遂有开"奇险派"的"韩昌黎体"。但奇险的具体内涵并未被真切展示描绘出来，本篇即打算从意象角度，探讨韩诗"奇险意象"的艺术特征，并进而揭示这种审美趣味的诗史意义。

一、韩诗意象的分类

"意象"是中国古典文学批评中微观诗学的重要术语，一般指诗歌内容在词语方面的实际构成，即"通过一定的组合关系，表达某种特定意念而让读者得之言外的语言形象"[①]。诗歌意象具有历史渊源性、多义性和历史发展性等艺术特征，并非诗中任意一个词语都可称为意象。韩愈的诗最让人难解的地方是运用了大量的非意象性词语，这些词一般都怪僻生涩，不借助字书韵书无法认读，更不谈理解了，但从宽泛的意义理解，这些字词由于本身也有意义，有特别指称的内容，也是人们表现世界的语言符号，因此也可称之为"意象"，只是与一般意义上的传统意象相比，它们还没有被诗化，大多没有历史继承性，即使有语源，也是来自较生僻的古代典籍，不具备唐诗中大部分熟习意象（如柳、雁）的文化内涵，有些则是为了押韵而搜罗出来仅作一次性的使用，因此不容易引起审美的联

---

① 陈植锷：《诗歌意象论》，中国社会科学出版社1990年版，第13页。

想，倒反而如眼中之沙，水中之悬浮物，让人的审美品味产生"咯噔"一下的不适，有时候满纸都是这些字词，则让人产生怪异晦涩的感觉。但这是一种新的诗歌语言风格，它对阅读者提出了新的要求，与传统的审美方式产生了隔离，要能产生回应与共鸣，则必须具备渊博的学识。这是崇尚传统温柔敦厚含蓄蕴藉者否定排斥韩诗的原因，也是喜好韩诗者（如欧阳修、梅尧臣、苏轼、黄庭坚）均为大学者的原因。换一种眼光，用特别的审美情绪来体味韩诗、认识韩诗会有不同的艺术感受，它或许不能如明月清风白云山泉般给你甜甜的浸润，却能让你享受到雷霆震怒般的刺激，它以光怪陆离、惊恐骇惧的力的美将你引向崇高。应当承认，它也是一种美，阳刚的美。

对韩诗进行意象分析，最理想的状况是将全部韩诗中运用的意象按自然、社会、人文等分类统计，再考察每类意象的特征，但这样做会显得非常琐碎。据《全唐诗索引·韩愈卷》的数据库统计，韩诗共有8300余句，运用汉字4444个。虽然还不足韩愈时代字书数量的一半[1]，但由于许多汉字被组织进诗中仅用一次，这些字大多是生僻字，约有1160个，另外复现率低（只用10次以下）的汉字共3347个，占整个韩诗所用字数的75%，复现率较高（10次以上）的单字只有1097个。[2]因此我想以具体诗篇为例对韩诗意象进行统计。当然为了说明问题，也有必要对某些特别重要的意象进行全面考察并与韩愈前后的大诗人进行适当的比较。

例如，"终南山"是唐诗中一个重要的地理意象，由于处于首都西南，因此沉淀了深厚的文化内涵，常见于诗人篇什，但多短章咏其概貌，主要作为诗中的背景。如王维的《终南山》："白云回望合，青霭入看无。分野中峰变，阴晴众壑殊。"描写气象较阔大，但限于概貌。祖咏《终南望余雪》："终南阴岭秀，积雪浮云端。林表明霁色，城中增暮寒。"则更

---

[1] 唐代颜真卿《韵海镜源》三百六十卷，已佚。韩愈当见过此书。另李阳冰曾刊定东汉许慎的《说文》，即现在的《说文解字》，收字9353个，重文1163个。韩愈应当熟悉这些字书。参见刘叶秋：《中国字典史略》，中华书局2004年版，第93-95页。

[2] 陈抗、林沧：《全唐诗索引·韩愈卷》，中华书局1992年版。

只见一种氛围。只有韩愈的《南山诗》才详细勾勒、刻画全景。全诗主要意象构成如下表：

表1　韩愈《南山诗》意象分类表①

	时间意象	自然意象	动、植物，器具意象	人类活动意象	文化意象
南山	晴明 春阳 夏炎 秋霜 冬行 明昏 天晦 清霁	空间范围： 宇宙、群山、际海 山峰： 崇丘、岭陆、巉岩、岩峦、冢顶、众雏、 水： 昆明湖、其湫、积甃、清沤、微澜、波涛、 气候景物： 横云、云气、新曦、峻途、长冰、杉篁、雷电、冰雪、阴霰、	（惊）雏、马（骤）、（曝）鳖、（寝）兽、（藏）龙、（搏）鹫、鱼（闯）萍、辐（辏）、船（游）、（抽）笋、灶（灸）、锄（耨）、（熺）焰、（馈）馏、柴（槱）、盆罂、剑戟、墙垣、库厩、（莹）琇、花（披）萼、屋（摧）霤	帝王、贲育 友朋、仇雠 婚媾、战阵 介胄、搜狩 峨冠、舞袖、 颈脰、泪目、 褰衣、临案食 游九原、 朝贱幼	山经、地志、诗歌、绘画、德运、丁戊、乾坤、篆籀、剥、姤、龟（坼）兆、卦（分）繇、坟墓、椁柩

其中“时间意象”指示一年四季，标示描写顺序，展开全诗清晰的逻辑结构。“自然意象”是重点，每个意象都有大量的辅助性描写意象。如“崇丘”的“戢戢相凑”；“数岫”如飘浮的“浓绿修眉”；“岩峦”的“犨萃”似“含酎”；“云气”在“歊歔”争“结构”。对主要山峰和积水则集中大量意象刻画。如“太白峰”，就用“间篷”“藩都”“分宅”“逍遥”“诋讦”“搜漱”“烧日”“腾糅”等描写其嵯峨高耸、走向绵延、具有作为南北气候分界线等特征。对“昆明湖”则描写其“清沤”中“倒侧（峰影）”的联绵，“微澜”中动荡如“猱狖”跳跃的奇观；对“（炭谷）湫”的描写更见细腻，既写湫水如“凝湛”的碧渊，深处潜藏“阴兽”，浅处“鱼虾”可掇，又写湫边的“林柯脱叶”，鸟儿在“弯环飞救”，还写山峰环抱如“达枿”的“复凑”。这些辅助性意象多具有动态性，显示出大自然的万象生机。“文化意象”中有用卦象描摹山的形状，体现了韩诗

① 表中括号内为意象附着的动词或形容词，这些词没法与意象分开。

取象穷形尽相的特点。"人类活动"方面的意象主要着眼于人与人之间的关系。如用"友朋"写山峰的并立;"仇雠"写两峰的对怒;"婚媾"写亲密的依恋;"战阵""搜狩"写群峰的驰突奔走;"帝王尊"写一峰独尊众峰围侍的情景。"动植物器具"方面,动物固不待言,就是每一样植物和器具也不安心静待,而是展现出千姿百态的动作来。在韩愈的视野里,天地万象均为"大南山"而设,形成一个具有生生不息神韵的活的世界,而不是一个死寂的无生气的堆垒。这些意象被织进巨大的比喻群落中,每个意象都有动态词组接。据统计,全诗共用175个动态词语,既有单列(绝大多数)(如:撑、褰、陷、窥、睨、攒等),也有双音词(如:经觑、提挈、飘簸、邂逅、埋覆等),还有三连动词(如:施诅咒),这许多动词,且不说他们自身丰富的含义,就整体而言,它们构成南山的一个巨大动作,即奔涌勃发的生命力量。总之,诗人用51个或(如)开头,组建了中国诗史上最大的比喻句群,描写南山的千姿百态,实际上是展示韩愈目睹心想的胸中南山的雄姿,体现了诗人心灵的雄博,没有囊括四海、包揽宇宙的胸襟,没有渊博的学识,没有浩荡的气概,很难有这样的艺术表达。因此,这里用意象群展示的实际上是以南山为代表的"宇宙的心胸"和"心中的宇宙"。

据统计,韩诗中总共运用"山"意象150次,其中泛称101次,特称49次。这些"山",除北方的"南山""华山""太山"外,着力刻画的主要有"衡山""岣嵝山""九疑山"等南方的山。与大量描写山水的王维、孟浩然、李白、杜甫相比,王维多写终南山和辋川别墅的山,孟浩然多写故乡襄阳及浙东的山,李白主要写蜀中及长江中下游一带(如峨眉山、巫山、庐山、皖山、敬亭山等)和浙东(如天姥山)之山,杜甫则主要写北方及四川的山(如秦岭、泰山、岷山、崆峒、巫山、蜀山等)。韩诗对南方山水的表现正可补上述诗人的不足,而他描写这些山岳峰峦时,多用刚笔刻画,有的则所谓"卷波澜入小诗"。如"火维地荒足妖怪,天假神柄专其雄"的衡山,"洞庭连天九疑高"的九疑山,"旗穿晓日云霞杂,山倚秋空剑戟明"的女几山,"日出潼关四扇开"的华山,"倚岩睨天浪,引袖拂天星"的恒山，"四面星辰著地明、散烧烟火宿天兵"的西界（山）等。

再看韩诗中的"水"意象。"洞庭湖"在古代诗歌中一直是壮伟的形象，如《楚辞》中的"洞庭波兮木叶下"，孟浩然的"气蒸云梦泽，波撼岳阳城"，杜甫的"吴楚东南坼，乾坤日夜浮"等，无不气象宏放，雄浑壮丽。但都是概貌描写，不及韩诗刻画的细腻逼真。他的名作《岳阳楼别窦司直》运用《海赋》《江赋》之法，铸形镂象，这样描写洞庭湖的全貌：

洞庭湖：

> 南汇群崖水，北注何奔放。自古澄不清，环混无归向。
> 炎风日搜搅，幽怪多冗长。轩然大波起，宇宙隘而妨。

波　浪：

> 巍峨拔嵩华，腾踔较健壮。声音一何宏，轰辒车万辆。
> 犹疑帝轩辕，张乐就空旷。蛟螭露笋虡，缟练吹组帐。
> 鬼神非人世，节奏颇跌踢。阳施见夸丽，阴闭感悽怆。

巴陵胜状：

> 星河尽涵泳，俯仰迷下上。余澜怒不已，喧聒鸣瓮盎。
> 明登岳阳楼，辉焕朝日亮。飞廉戢其威，惊波忽荡漾。

程学恂认为："宇宙间既有此境，不可无此诗也。"[1]章法也正如沈德潜《唐诗别裁集》所言："前两段阳开阴阖，入窦司直后，见忠直被谤，而以追思南渡数语挽转前半，笔力矫然。"（同上）韩诗中的洞庭湖，吞纳宇宙，环混奔放，冲波叠浪，腾踔健壮，蛟螭鬼神，阳施阴闭，江豚出戏，惊波荡漾的壮阔景象，实际上是他内心"炎风搜搅"而形成"轩然大波"的外射，心境动荡不宁，幽怀悲愤难抑，所以运用的意象非常险怪。

---

① 钱仲联：《韩昌黎诗系年集释》（上）327页所引录。下引资料凡出此书者用夹注。上海古籍出版社1984年版。

其实洞庭湖的景物只是在韩愈的眼中才这样怪异，在他所赠的窦庠和诗中，却是这样一幅景象："月车才碾浪，日御已翻溟。落照金成柱，余霜翠拥屏。夜光疑汉曲，寒韵辨湘灵。山晚云常碧，湖春草遍青。"显然在窦庠眼中，洞庭湖并非动荡奔突，惊骇恐怖，而是日月经天，空阔无限，云碧草青，清丽优美。值得注意的是和韩诗的刘禹锡也因为贬官，心理郁怒难平[①]，刘诗中有这样的句子："雪波西山来，隐若长城起。……炎蒸动泉源，积潦搜山趾。……戕风忽震荡，惊浪迷津涘。怒激鼓铿訇，蹙成山岧峣。鹍鹏疑变化，罔象何恢诡。嘘吸写楼台，腾骧露鬐尾。景移群动息，波静繁音弭。明月出中央，青天绝纤岸。素光淡无际，绿静如平砥。空影渡鹓鸿，秋声思芦苇。……"尽管刘诗运用的意象群与韩诗有相似之处，且规模更大，但刘诗中还是具有许多常见的传统意象（如鹍鹏、腾骧、秋声等），而韩诗无论从句法还是意象都与传统相异，完全是心灵的对应物，不类世间景。

另一首《八月十五夜赠张功曹》中也写到"洞庭湖"："洞庭连天九疑高，蛟龙出没猩鼯号。"也是惊惧恐怖的景象，接着便是阳山的恶劣："十生九死到官所，幽居默默如藏逃。下床畏蛇食畏药，海气湿蛰熏腥臊。"《永贞行》中描写更为具体："湖波连天日相腾，蛮俗生梗瘴疠蒸。江氛岭祲昏若凝，一蛇两头未见曾？怪鸟鸣唤令人憎，蛊虫群飞夜扑灯。雄虺毒蜇堕股肱，食中置药肝心崩。"不仅写出了南方的贬居环境恶劣，更写出了心理上的恐惧。这种恐惧在《泷吏》中通"泷江"的"险恶不可状"又更进了一步："恶溪瘴毒聚，雷电常汹汹。鳄鱼大于船，牙眼怖杀侬。州南数十里，有海无天地。飓风有时作，掀簸其差事。"凄苦的心境与意象的恐怖形成了典型的异质同构。

即使是一些小江河，由于贬谪的心境影响，意象也格外恢骇郁怒。如《贞女峡》：

[①] 何焯：《义门读书记》："……或者窦庠语次，深明刘柳之不然，劝其因唱和以两释疑猜，而刘亦忍诉以自明。"韩认为自己贬官阳山是刘柳泄秘之故。

> 江盘峡束春湍豪，雷风战斗鱼龙逃。
>
> 悬流轰轰射水府，一泻百里翻云涛。
>
> 漂船摆石万瓦裂，咫尺性命轻鸿毛。

诗中描写江水盘旋，峡山如束，急流如雷风搏击，使鱼龙逃遁，巨浪飘船摆石，如万瓦崩裂，人的性命则如鸿毛轻微。诗中密集的水意象与动态意象的组合，显示出惊心动魄的艺术效果。

据统计，韩诗中所运用的"水"意象主要的如下表：

表2　韩愈诗歌"水"意象统计表

名称	复现次数	名称	复现次数	名称	复现次数
水	156	湘	18	渠	7
江	78	涛	17	潦	5
海	61	源	16	湫	3
波	52	沟	12	沼	3
池	51	泽	11	浦	3
河	29	潮	10	濑	2
浪	25	涯	10	汀	2
溪	19	渚	8	漪	2
泉	19	井	8	洋	1
湖	18	泷	7	淖	1

表中复现率最高的为"水"，多为泛称意象，其次为"江海波池河"，再次为"湖湘浪涛潮"等。在水意象系列中，李白诗中成功的典型意象有"黄河""长江""（庐山）瀑布"等壮伟形象；杜甫则有"长江（三峡）、锦江、曲江、洞庭湖"等雄丽意象，偏重在两大河流域的水系，而韩诗中的水意象系列最见特色的是南方的凶恶大水，多波涛汹涌的奇观。这固然与诗人生平经历有关，也与诗人的审美喜尚相关。这里不妨以李白、韩愈诗中"瀑布"意象作一比较。

李诗：　　海风吹不断，江月照还空。

——《庐山瀑布·其一》

飞流直下三千尺，疑是银河落九天。

——《庐山瀑布·其二》

韩诗：　　是时新晴天井溢，谁把长剑倚太行？

冲风吹破落天外，飞雨白日洒洛阳。

——《卢郎中云夫寄示送盘谷子诗两章以和之》

是时雨初霁，悬瀑垂天绅。

——《送惠师》

泉绅拖修白，石剑攒高青。

——《答张彻》

"瀑布"是传统的诗歌意象，从上引李诗来看，多以自然意象比喻或摹写瀑布，突出瀑布的神韵，实际上是借此表现诗人奔放飘逸的神采；而韩诗设喻多以人文意象，用倚天长剑比喻瀑布的色光亮丽，带有一股逼人的寒意，用天绅长带比喻瀑布的形态质地，带有一种庄严厚重的味道，其被风吹破虽洒向天外，但最终还是落回人间的洛阳。如果说李白诗中的瀑布多着意于自然山水的仙境描绘，那么韩愈诗中的瀑布则多见出人间的意味。洪亮吉说："李青莲诗佳处在不著纸，……昌黎之诗，佳处在'字向纸上皆轩昂'。"[1]正可见二人在意象创造方面的不同成就。

在风云雨雪等自然现象中，杜甫、李商隐均善于写"雨"。杜集中"雨"诗有50多首，而且刻画了各种类型的"雨"意象。如"细雨鱼儿出，微风燕子斜"的小雨；"白帝城下雨翻盆"的猛雨；"好雨知时节""润物细无声"的春雨；"雨中百草秋烂死"的秋雨；"一旬半雷雨，泥泞相牵攀"的苦雨；"莽莽天涯雨"的淫雨；既有"床头屋漏无干处，雨脚如麻未断绝"的辛酸泪落的雨，也有"风含翠篠娟娟净，雨浥红蕖冉冉香"的诗情画意的雨，等等。这是因为

---

[1] 见洪亮吉《北江诗话》。转引自钱仲联：《韩昌黎诗系年集释》附录，上海古籍出版社1984年版，第1346页。

杜甫一生悲酸愁苦，雨也如影随形，故他以雨写他的人生体验，既有济世情怀，更有深沉忧思。而李商隐半生幕府漂零，沦落不偶，孤独阻隔，故多在寂寞的夜静雨境，细细品味自己的遭际，因此多写晚雨、细雨、微雨，而且特别注重雨境的阻隔。如"君问归期未有期，巴山夜雨涨秋池"，"红楼隔雨相望冷，珠箔飘灯独自归"，"飒飒东南细雨来"，"一春梦雨常飘瓦，尽日灵风不满旗"，"沧江白石樵鱼路，日暮归来雨满衣"等。这是因为义山性格内向，对雨意象的选择与表现多着眼于内心的情感体验。虽然韩诗中"雨"意象也出现55次，也有一些佳句，如"细雨浮烟作彩笼"，"长安雨洗新秋出"，"廉纤晚雨不能晴"，"天街小雨润如酥"等，均是晚年心境稍宁静时的小景致，不足以表现其艺术个性。倒是对"雪"的描绘最显特色。这恐怕由于一方面雪诗可以充分发挥他"涵泳经史，烹割子集"的语言优长，另一方面则由于韩愈咏雪多"不平之鸣"，发掘其象征意义，而这恰恰与他的人生遭际尝蒙冤受屈形成某种共鸣。故他的十几首雪诗均用古丽的语言，用赋法铺叙。如："坳中初盖底，垤处遂成堆。慢有先居后，轻多去却回。度前铺瓦陇，奔发积墙隈。……片片匀如剪，纷纷碎若捼。……当窗恒凛凛，出户即皑皑。……随车翻缟带，逐马散银杯。万屋漫汗合，千株照耀开。松篁遭挫抑，粪壤获饶培。……"（《咏雪赠张籍》）"妒舞时舞袖，欺梅并压枝。地空迷界限，砌满接高卑。浩荡乾坤满，霏微物象移。……阵势鱼丽远，书文鸟篆奇。……"（《喜雪赠张籍》）"崩腾相排列，龙凤交横飞。波涛何飘扬，天风吹旟旗。白帝盛羽卫，鬖影振裳衣。白霓先启涂，从以万玉妃。"（《辛卯年雪》）诸诗咏"雪"，所用描写意象均贴合诗情诗境，成为后世咏物"白战体"的先声。程学恂曰："公诸咏物诗，每以神不以象，多有欧苏不能到处。"（《集释》）"以神"指咏物诗中有诗人的主观性情，情感倾向鲜明，这是韩诗的本色，但说"不以象"则欠妥，从上引诗句来看，韩诗是注重意象选择的，他不喜用平庸俗烂的陈词(老化的意象)，而喜欢搜掘经史子集中的新词，虽然古奥生硬，但仍富于艺术表现力。诸诗相当于用排律写成的《雪赋》。

动物意象方面，众所周知，李白诗中多出现"大鹏"，杜甫笔下多描写"凤凰""麒麟"等壮丽但现实中并不存在的主观物象，而韩诗中出现最多的却是"龙"或"蛟（龙）螭"一类的意象。"龙"在韩诗中出现61次，多作为象征性意象，如"龙疲虎困割川原"，"蛟龙出没猩鼯号"，"赤龙拔须血淋漓"，"直割乖龙左耳来"，"古鼎跃水龙腾梭"，"东野化为龙"等。"龙"意象又常与"鱼"相关，如"雷风战斗鱼龙逃"，"入海观龙鱼"，"龙鱼冷蛰苦"等。这些龙鱼一点也没有传说中的那样神奇怪变，倒是仿佛现实中的动物一样，可困可疲可苦，甚至可以被拔须割耳。而描写的真"鱼"则又可畏可怜。如"鳄鱼大于船"，"蒲鱼尾如蛇"，"寒鱼下清伊"，"有如鱼中钩"，"大鱼岂肯居沮洳"等。最典型的篇章算《叉鱼招张功曹》。先写夜晚捕鱼的景观：

> 叉鱼春岸阔，此兴在中宵。大炬然如昼，长船缚似桥。
> 深窥沙可数，近捞水无摇。

再写叉鱼的场面：

> 刃下那能脱，波间或自跳。中鳞怜锦碎，当目讶珠销。
> 迷火逃翻近，惊人去暂遥。竞多心转细，得隽语时嚣。
> 潭蟹知存寡，舷平觉获饶。

接着写死鱼的情状：

> 交头疑凑饵，骈首类同条。濡沫情虽密，登门志已辽。
> 盈车欺故事，饲犬验今朝。血浪凝犹沸，腥风远更飘。
> 盖江烟幂幂，回棹影寥寥。獭去愁无食，龙移惧见烧。
> 如棠名既误，钓渭日徒消。

最后写感慨：

> 文客惊先赋，篙工喜尽谣。脍成思我友，观乐忆吾僚。
> 自可捐忧累，何须强问鸮。

与杜甫的《观打鱼》相比，韩诗充满了血腥味，在对叉死的鱼形象描写中，运用了丰富的比拟和典故，且组织在一连串的动态之中，虽然句式工整对仗，但诗意却流畅，意象的描写中充满了诗人的同情和对弱者生命不得自由的哀叹，不徒是"脍成""观乐"的消遣。①

下面是韩诗中显示的"季节""天气""时间"等意象与李白、孟浩然、杜甫、柳宗元、李商隐的对照表：

表3 "季节""天气""时间"等意象对照表②

数字 作家 类别		韩愈	孟浩然	李白	杜甫	柳宗元	李商隐
春		106	44	176	374	25	134
秋		73	20	239	342	28	73
夏		14	3	3	28	3	12
冬		20	3	5	44	1	4
风		165	24	176	495	44	149
云		88	47	242	284	27	137
雨		55	17	22	246	19	73
雪		59	17	71	115	9	61
晴		21	9	16	36	5	10
阴		17	1	3	5	3	7
早晨	总计	150	32	102	128	34	69
	晨	28	5	6	49	12	11
	朝	83	13	66	40	2	16
	晓	23	11	25	28	12	31
	曙	3	2	3	9	3	7
	旦	13	1	2	2	5	4

① 吴振华：《韩诗中的鱼意象及钓鱼诗的文化内涵》，《周口师院学报》2003年第3期。
② 孟浩然、李白、杜甫、柳宗元、李商隐等人的数字参考了陈植锷《诗歌意象论》一书中的统计。

数字类别		韩愈	孟浩然	李白	杜甫	柳宗元	李商隐
晚上	总计	107	84	83	217	32	88
	暮	40	18	31	98	13	32
	晚	38	17	31	79	7	24
	夕	21	48	21	31	12	19
	黄昏	8	1	0	9	0	13
白天	总计	22	11	16	28	4	7
	昼	18	8	15	18	1	5
	午	4	3	1	10	3	2
黑夜	总计	96	24	84	209	26	134
	夜	80	20	77	189	26	125
	宵	16	4	7	20	0	9

从上面表格中的统计数据看，韩愈的诗歌创作总体上与李白、杜甫等大诗人处于一种基本相同的趋势中，即创作的时间意象多重视春秋，气候多注重"风云雨雪"，时间段上多重视早晚。这是因为创作物感说的规律在起作用，诗人创作必定因物兴感，不平则鸣，遭遇坎坷则抒忧娱悲，春秋两季前者阴雨霏霏，后者悲风怒号，再加上日暮途穷，夜深人静之时，特别宜于创造一种抒写失意文人的哀怨悲愁气氛。这也看出，韩诗作为"舒忧娱悲"的产品，决非他所谓的"余事"和"以文为戏"，而是有意刻镂铸象的心灵硕果。韩诗的创造性就是在整体的趋向一致中表现出意象的独造性。

二、奇险意象的艺术特征

一部韩诗，浑涵汪茫，千汇万状，鱼龙百怪，变化不可端倪。其意象纷纭错杂，瑰丽宏博，生新廉悍，姿态横生，从总体上看，具有以下七大艺术特征。

(一) 意象创造的主观化

黑格尔《美学》中说："在艺术里，感性的东西是经过心灵化了，而心灵的东西也借感性化而显现出来。"又说"艺术可以说是要把每一个形象的看得见的外表上的每一点都化成眼睛或灵魂的住所，使它把心灵显现出来。"[①]这里所谓的"心灵化"即"主观化"；"感性化"也就是形象化。形象对心灵的显现也就是意象的创造具有主观象喻性。韩诗崛起于中唐，承继李、杜创作的主观化趋势而来，在意象的主观象喻方面更加突出。如作于元和十一年的《调张籍》就是一个典型的例证。韩愈针对当时"抑李扬杜"的论调，特标李、杜并尊。诗曰："李杜文章在，光焰万丈长。不知群儿愚，那用故谤伤？蚍蜉撼大树，可笑不自量。"这六句用了两个夸张性的比喻，以万丈光焰喻李杜诗歌标炳千秋的美，用蚍蜉撼树喻谤伤者的可笑与不自量力，情感鲜明，对照奇警。接下来写对李杜的崇拜："伊我生其后，举颈遥相望。夜梦多见之，昼思反微茫。徒观斧凿痕，不瞩治水航。""举颈""夜梦""昼思"的动态意象表现对李、杜人格与诗歌的追慕，但只能看到他们经营后留下的痕迹（诗作），却看不见他们辟山开道时的艺术创造。用"（大禹）治水航"来比喻李、杜为唐诗开疆辟境的艺术功绩，取喻新奇。接下来运用想象与神话传说的结合，写李、杜创造时的气魄与力量："想当施手时，巨刃磨天扬。垠崖划崩豁，乾坤摆雷硠。"这四句以恢宏的想象，用大禹治水来喻李杜作诗。大禹治水导航的浩大工程和巨大气魄，在诗中神奇而有声有色地表现出来，这个比喻用来描写李、杜作诗时的气象宏伟，力量万钧，磅礴豪迈，动地惊天，是乾坤的丽景奇观。这种纯主观化的创作方式，显然来自李、杜又超越了李、杜。更为恢奇的是，这种超常的描写却纳入了一种"调"侃戏谑的构架之中，仿佛是以文为戏，其实是文人的狡猾，以戏笔表现严肃的思考，

---

① 黑格尔：《美学》（第一卷），朱光潜译，商务印书馆1979年版，第49、198页。

表达了一种新的审美理想。新奇的表现形式还体现在词语的运用上没有陈言俗字，是一种新的生硬而妥帖的形象化语言。接下来写李、杜的人生遭遇和作品流传情况，也是用喻象，且涉及天帝神化世界，表面上戏谑荒诞，其实有真知灼见："惟此两夫子，家居率荒凉。帝欲长吟哦，故遣起且僵。翦翎送笼中，使看百鸟翔。"把李、杜的生平遭际说成是上帝的安排，上帝为了让李、杜吟出动人的诗章，故意把他们选拔出来，又让其沉沦下僚，并送进笼子剪去羽毛，让他们只能观看百鸟的飞翔。这样的比喻虽荒虚怪诞，但一细想，与李、杜"生前寂寞"的遭际也非常贴合。尽管遭际不偶，但作品却放射华彩："平生千万篇，金薤垂琳琅。仙官敕六丁，雷电下取将。流落在人间，太山一毫芒。"用"金薤"字体写于"琳琅"美玉之上来比喻李、杜诗的华贵，因此招来了天帝的喜爱，派雷神电使来取走，致使流传在人间的只有一少部分。这更是惊骇耸众的奇喻。最后写自己对李、杜的追慕并希望张籍与自己同道："我愿生两翼，捕逐出八荒。精神忽交通，百怪入我肠。刺手拔鲸牙，举瓢酌天浆。腾身跨汗漫，不著织女襄。顾语地上友，经营无太忙。乞君飞霞佩，与我高颉颃。"这个结尾更具有浪漫色彩，神幻飘逸。因与李、杜精神交通，而"百怪入肠"，可见求奇求怪是在李、杜启发下诗人自觉的艺术追求。"刺手"两句则写为追求奇险而不避艰难，气魄宏伟，刻画了自己的勇武巨人形象，他腾身于翰浩的宇宙，不靠织女的云车，肆意遨游。因此奉劝地上的朋友不要蝇营苟苟，并送给他飞霞的佩带做双翅，跟自己一道高飞远举。全诗如一片梦呓幻语，神采飘忽，却奇丽万端，借助各种比喻，神话传说，描写出自己的审美理想，而严肃的主旨也就在这种幻境中沉甸甸地坦现在读者的眼前，让你在戏谑中得到沉思的乐趣。韩诗意象的主观象喻性得到最充分的体现。

再如作于同年的《奉酬卢给事云夫四兄曲江荷花行见寄并呈钱七兄阁老张十八助教》："曲江千倾秋波净，平铺红云盖明镜。大明宫中给事归，走马来看立不正。遗我明珠九十六，寒光映骨睡骊目。"前六句写卢云夫创作赠诗的事，首先用红云喻荷花，明镜喻秋波，写曲江荷花的美丽。卢云夫为美景所迷，作诗相送。再用比喻来写卢诗如骊龙项下的明珠"寒光映骨"具有奇警的魅力。接下来写自己官闲时游曲江的体验与卢诗的美前后照应："我今官闲得婆娑，问言何处芙蓉多？撑舟昆明度云锦，脚敲两舷叫吴歌。太白山高三百里，负雪崔嵬插花里。玉山前却不复来，曲江汀滢水平杯。"这却是卢诗不曾描述的奇幻与现实交织的神奇世界。韩诗写水中的太白山"负雪插花"的倒影之美，以达游览之趣：一叶小舟荡漾在云锦铺张的碧波里，诗人以脚敲船，大唱吴歌，意态萧闲，神情飞越，忽然看到直耸云霄的太白山负雪插在千顷荷花丛里，山景与花光、白雪与碧波交相辉映，而眼前分明又是曲江清滢澄澈的湖水。这首诗可以与杜甫《美陂行》对读，杜诗的妙处在于描写了一个想象的水下世界的奇观，而韩诗分明写的是人间仙境，倒影的奇幻世界是一种独特的美，后代如鲁迅《好的故事》也是写此境界。最后进一步展开联想，以上界真人与下界散仙的对比来表达自嘲式的情绪："我时相思不觉一回首，天门九扇相当开。上界仙人足官府，岂如散仙鞭笞鸾凤终日相追陪。"借仙道意象来抒发自己的现实感慨。韩诗不仅意象独特，意境奇险，而且句法灵活，令人称叹。主观化的倾向非常鲜明，即使是平凡的题材，他也能写出不平凡的气象和境界。

韩诗意象的主观化还表现在有些意象具有多重含义。如《记梦》：

夜梦神官与我言，罗缕道妙角与根。
挈携陬维口澜翻，百二十刻须臾间。
我听其言未云足，舍我先度横山腹。
我徒三人共追之，一人前度安不危。
我亦平行蹑乔亢虚亢，神完骨蹻脚不掉。
侧身上视溪谷盲，杖撞玉版声彭觥。
神官见我开颜笑，前对一人壮非少。
石坛坡陀坐可卧，我手承颜肘挂座。
隆楼杰阁磊嵬高，天风飘飘吹我过。
壮非少者哦七言，六言常语一字难。

> 我以指撮白玉丹，行且咀嚼行诘盘。
>
> 口前截断第二句，绰虐顾我颜不欢。
>
> 乃知仙人未贤圣，护短凭愚邀我敬。
>
> 我能屈曲自世间，安能从汝巢神山。

此诗令人想起李白的《梦游天姥吟留别》。李白的梦境清晰，梦中物象壮伟，仙人降临的场面盛大宏丽，日月同照，金碧辉煌，显然有在朝廷所见所历为蓝本，但诗人活动的细节不清楚，仙人与诗人的关系不明显，仙人也只是纷纷然乘云车自得其乐而已。而韩诗着重自己与仙人的活动过程描述，且将自己步行太虚的心境也描写出来，仙人的世俗情态逼真，乃至要"护短凭愚邀我敬"。同为仙境，李白实向往之，而韩愈则洞察仙境的虚伪决意不肯"巢神山"。"梦"意象到底有何寓意？方世举、陈沆等人均认为有讽刺权贵的含义，而刘熙载却说："太白诗多有羡于神仙者，或以喻超世之志，或以喻死而不忘，俱不可知。若昌黎云'安能从汝巢神山'，此固鄙夷不屑之意，然亦何必非寓言耶？"①似主张无寓意。

最引起象征意义争议的是《双鸟诗》。此诗句法平易，大得民歌体味，但创造的"双鸟"意象却历代不得其解。这双鸟来自海外，一"落城市"，一"集岩幽"，三千年不得相伴鸣，但只要它们开口不停鸣叫，则百鸟卷舌，雷神鬼怪都惧怕，以至日月不转，宇宙大法混乱。后来，天公将二鸟各捉一处囚禁，而二鸟却"朝食千头龙，暮食千头牛；朝饮河生尘，暮饮海绝流"，积蓄能量准备三千年后再"更起鸣相酬"。这满含坎坷却气魄盖世的奇伟双鸟到底何指？柳开说"喻释老"二教；张表臣引苏轼《李太白赞》认为指李、杜；葛立方则认为指"（韩愈）自己和孟郊"。陈沆《诗比兴笺》也引《送孟东野序》印证葛说，并认为"皆所谓怪怪奇奇"。（《集释》页839）总之莫衷一是。这首诗语句平易却意象怪异难解，含义丰富，能指多端，既可能含有韩愈生平的道统意识，似乎又含有生平的遭际酸辛，还有不平则鸣的激烈情绪。而意象的主观化、象喻化则是其典型特征，在主观化的

---

① 刘熙载：《艺概·诗概》，江苏古籍出版社2001年版，第103页。

过程中又夹着怪怪奇奇的夸饰，显示出意象的恢奇诡异。

　　陈沆《诗比兴笺》一书中共指出韩诗有58首具有比兴象征意义，如《海水》《三星行》《病鸱》及前引诸雪诗、感春、秋怀诗、琴操、咏物诗等。①虽然他的笺释常常不免有主观臆断、穿凿附会的弊端，但这种接受史现象却正好说明韩诗具有主观象喻多义化的特征，不能一味以"雄直"来评韩诗，韩诗中的比兴象征值得重视。

　　（二）意象选择的怪异化

　　韩愈紧承李杜创作的主观化倾向而恢宏拓展，正如吴乔所指出"既欲自立，势不得不行其心之所喜奇崛之路"，在意象选择方面有两点最值得注意：一是多关注奇怪之物，二是即使平常意象在表达时搜求的喻象也非常诡异。这与他"少小尚奇伟"及"自己珍视者必非常物"的审美观相连。前者如上面论及的恶溪、瘴毒、蛟螭、飞蛊、毒蛇、猩鼯等都是唐诗意象中的新类，具有险怪的特征。再如《初南食贻元十八协律》：

　　　　鲎实如惠文，骨眼相负行。蚝相粘为山，百十各自生。
　　　　蒲鱼尾如蛇，口眼不相营。蛤即是虾蟆，同实浪异名。
　　　　章举马甲柱，斗以怪自呈。其余数十种，莫不可叹惊。
　　　　我来御魑魅，自宜味南烹。调以咸与酸，笔以椒与橙。
　　　　腥臊始发越，咀吞面汗骍。惟蛇旧所识，实惮口眼狞。
　　　　开笼听其云，郁屈尚不平。卖尔非我罪，不屠岂非情。
　　　　不祈灵珠报，幸无嫌怨并。聊歌以记之，又以告同行。

这些鱼类的名字可能有些仅见于古代字书和方志（如《岭表异录》等），此前仅作为博物之用，即所谓"多识草木虫鱼之名"，只有韩愈把它们写

---

　　①陈沆：《诗比兴笺》卷四，咸丰五年刊本。【吴按】该书卷三、卷四为唐诗，共选陈子昂（43首）、张九龄（23首）、储光羲（5首）、王昌龄（1首）、高适（1首）、李白（57首）、杜甫（43首）、韦应物（17首）、韩愈（58首）、李贺（20首）、李商隐（1首）等11人。其中韩愈最多，但大部分名作均未入选，可见"比兴说"有很大的偏颇。

入诗中，并刻画它们狰狞、怪异的特征，尤其特别突出"蛇"的形象与心理。在《答柳柳州食虾蟆》中更刻画了"虾蟆"的丑恶形象："虽然两股长，其奈脊皱炮。跳掷虽云高，意不离泞淖。鸣声相呼和，无理只取闹。""蛙（声）"本来是古代诗歌中富有诗意的形象，但韩诗中专门发掘"蛙"的不美一面，可能寓有谐谑意味，故程学恂说："此所感独深，盖所以惊子厚者，不仅在食物也。"（《集释》）还有如《石鼎联句》刻画了"石鼎"的奇怪形象："龙头缩菌蠢，豕腹涨彭亨。……秋瓜未落蒂，冻芋强抽萌。……旁有双耳穿，上为孤髻撑。……形模妇女笑，度量儿童轻。……时于蚯蚓窍，微作苍蝇鸣。……"（引诗为轩辕弥明联）其中"龙头缩菌""豕腹涨彭"，未落蒂的"秋瓜"，抽芽的"冻芋"都非常形象，使石鼎的形象鲜明突出，为唐诗的意象宝库增添了新类，但它到底象征什么也给后世留下了永远猜测的话题。意象表达的动态化成为一贯（下有专论），书卷语汇也很多，形成藻饰典重特征。

后者例子更丰富多彩，下面择其典型者论述。如《游青龙寺赠崔大补阙》中刻画"柿叶""柿子"的形象，搜罗的象喻就非常古怪。

柿叶：

> 友生招我佛寺行，正值万株红叶满。
> 光华闪壁见鬼神，赫赫炎官张火伞。
> 魂翻眼倒忘处所，赤气冲融无间断。

柿子：

> 然云烧树大实骈，金乌下啄赪虬卵。
> 有如流传上古时，九轮照烛乾坤旱。

接下来衬托四样红树：

> 桃源迷路竟茫茫，枣下悲歌徒纂纂。
> 前年岭隅乡思发，踯躅成山开不算。

> 去岁羁帆湘少阴，霜枫千里随归伴。

这首诗最成功的地方就是刻画了柿叶、柿子的形象，以"火伞""赪虬卵""赤气冲融""九轮照烛"等神话意象来作比喻，并以粉红如霞的桃树，"朱实离离"的红枣树，万山红遍的踯躅（映山红），"层林尽染"的千里霜枫四样红树相映衬。意象本身很平常，但经过比喻的润色，遂显得怪异神奇。这首诗正如沈曾植所说："从柿叶生出波澜，烘染满目，竟是《陆浑山火》缩本。吾尝论诗人兴象，与画家景物感触相通，密宗神秘于中唐，吴、卢画皆依为蓝本。读昌黎、昌谷诗，皆当以此意会之。"（《集释》）这是非常有见地的，指出韩诗意象的渊源及设色技巧与密宗影响的绘画有关，中唐文化艺术的繁荣，为韩诗增添营养，成为韩诗意象融合的有机成分，是必然现象。观韩诗有关寺庙中鬼神形象的描写，即知韩诗受到地狱变相骇怖图画的深刻濡染。

《和虞部卢四（汀）酬钱七（徽）赤藤杖歌》也是这方面的代表作。中心意象是"赤藤杖"。诗歌运用七古歌行体，先叙此杖的来历，滇王赠送时的郑重态度如画：

> 赤藤为杖世未窥，台郎始携自滇池。
> 滇王扫宫避使者，跪进拜再语温咿。

再写赤藤杖的形象：

> 共传滇神出水献，赤龙拔须血淋漓。
> 又云曦和操火鞭，暝到西极睡所遗。

最后写赤藤杖赤光闪烁的神奇功效：

> 归来捧赠同舍子，浮光照手欲把疑。
> 空堂昼眠倚牖户，飞电著壁搜蛟螭。

由于诗中用"赤龙拔须""曦和火鞭""飞电著壁"等神话传奇般的意象设

喻，遂使一支"赤藤杖"奇崛瑰丽，珍异无伦。

再如《郑群赠簟》是这样描写"黄琉璃"般的八尺竹簟："呼奴扫地铺未了，光彩照耀惊童儿。青蝇侧翅蚤虱避，肃肃疑有清飚吹。"反用《抱朴子》"蚤虱攻君，卧不获安"的故实，夸饰此簟的光滑清凉，青蝇站不住只好侧翅掠过，蚤虱无处躲藏也只好逃离。意谓有了此簟可安稳睡觉。最后竟然"倒身甘寝百疾愈，却愿天日恒炎曦。"赵翼论此诗时说："因竹簟可爱，转愿天不退暑而长卧也。不免过火，然思力所至，宁过毋不及，所谓矢在弦上，不得不发也。"程学恂则说："韩派屏弃常熟，翻新见奇，往往有过情语，然必过情乃发，得其情者也。"（《集释》）我认为不仅"屏弃常熟，翻新见奇"体现了韩诗意象选择方面的成就，而且韩诗体物时总是将物的来历、用途纳入自己的具体生活情境，见出诗人的情趣，意象贴近生活，组合趋于叙事化是更可注意的方面。

此外如《陆浑山火》中"天跳地踔顛乾坤"的烈烈山火，《送无本师归范阳》中描写贾岛"蛟龙弄角牙，造次欲手揽。众鬼囚大幽，下觑袭玄窨"的诗胆，《赠张籍》中描写"脑脂遮眼卧壮士"的白内障眼病等，都是这方面较典型的作品。

（三）意象描写的动态化

舒芜先生曾指出韩诗的一个突出特点是：他继承并发展了杜甫镂刻铺张的笔法，形成"奇险狠重"的艺术境界，也就是"用又狠又重的艺术力量，征服那些通常认为可怕可憎的形象，以及其他种种完全不美的形象，而创造出某种'反美'的美，'不美'的美。"[1]这实际上是对赵翼辟山开道求奇险之说和刘熙载"以丑为美"说的融合与概括。其实舒先生所指出的就是韩诗奇险意象描写的动态化。打开韩集，展现在你视野里的是纷至沓来的光怪诡变的奇险意象，而这些意象几乎没有静止的，从自然界的物象到神话想象的物象到诗人的内心世界都处于奔突冲撞的躁郁状态。前举

---

[1] 舒芜：《论韩愈诗》，《中国社会科学》1982年第5期。

《南山诗》中动词多达170余个，这些动词描写意象群并将它们组合起来，有的与意象达到不可分离的程度。韩愈尤其好用具有迅猛力量的动词，如"撞、擘、搅、崩、射、堕、舂、斩、斫、刳、镵、刺、排……"等：

（1）东野不回头，有如寸莛撞巨钟。（《醉留东野》）

（2）盘镵擘粒投泥滓。（《赠侯喜》）

（3）悬流轰轰射水府，一泻百里翻云涛。（《贞女峡》）

（4）怒水忽中裂，千寻堕幽泉。（《送灵师》）

（5）遂陵大江极东陬，洪涛舂天禹穴幽。（《刘生》）

（6）枭惊堕梁蛇走窦，一矢斩颈群雏枯。（《射训狐》）

（7）火透波穿不计春，根如头血干如身。（《题木居士二首》）

（8）湖波连天日相腾，蛮俗生梗瘴疠蒸。（《永贞行》）

（9）头轻目朗肌骨健，古剑新斫磨尘埃。（《忆昨行和张十一》）

（10）险语破鬼胆，高词媲皇坟。（《醉赠张秘书》）

（11）杉篁咤蒲苏，杲耀攒介胄。（《南山诗》）

（12）肠胃绕万象，精神驱五兵。（《城南联句》）

（13）横空盘硬语，妥帖力排奡。（《荐士》）

（14）洶洶洞庭莽翠微，九疑镵天荒是非。（《送区弘南归》）

（15）臣有一寸刃，可刳凶蟆肠。（《月蚀诗效玉川子作》）

（16）崩腾相排拶，龙凤交横飞。（《辛卯年雪》）

（17）若使乘酣骋雄怪，造化可以当镌劖。（《酬司门卢四兄云夫院长望秋作》）

（18）风蝉碎锦缬，绿池披菡萏。（《送无本师归范阳》）

（19）烦君自入华阳洞，直割乖龙左耳来。（《答道士寄树鸡》）

（20）艳姬蹋筵舞，清眸刺剑戟。（《感春三首之二》）

（21）垠崖划崩豁，乾坤摆雷硠。（《调张籍》）

（22）云横秦岭家何在，雪拥蓝关马不前。（《左迁至蓝关示侄孙湘》）

（23）摆落遗高论，雕镌出小诗。（《奉和仆射裴相公感恩言志》）

真是俯拾即是，举不胜举。

下面举一些完整的诗篇加以论述。如《听颖师弹琴》刻画"琴声"的音乐形象，运用通感的描述性动态喻象，是韩集中有名的音乐诗。"昵昵儿女语，恩怨相尔汝"写琴声的细碎温柔，微夹半嗔半喜之音；"划然变轩昂，勇士赴敌场"状琴声突然高昂，情急调变，气势豪迈如勇士开赴战场；"浮云柳絮无根蒂，天地阔远随飞扬"写琴声舒缓，音域宽阔，境界飘忽而渺远；"喧啾百鸟群，忽见孤凤凰"写琴声急促欢快如百鸟朝凤，并见一彩凤翩翩飞翔；"跻攀分寸不可上，失势一落千丈强"写凤鸣尖脆清亮，盘旋而上，达到最高音域后，突然滑入低音区，形成琴声的飞瀑，一落千丈，巨大的落差造成心理上的巨大震撼。将琴声的境界，纷繁的音色、音域变化，借可感可联想的视觉、动觉意象表现出来，取得了很高的艺术成就，与白居易的《琵琶行》、李贺的《李凭箜篌引》并称中唐三大绝诣的音乐诗。正如方世举所说："白香山江上琵琶，韩退之颖师琴，李长吉李凭箜篌，皆摹写声音之至文。韩足以惊天，李足以泣鬼，白足以移人。"①韩诗的"惊天"正是由于意象的动态化而形成雄直劲健的气势，具有震荡人心的艺术力量。

再如《苦寒》，写贞元十九年的隆冬酷寒景象，实际上也写出了诗人忠而遭贬时心理超重的感受。诗中写道：

> 隆冬夺春序，颛顼固不廉。太昊驰维纲，畏避但守谦。
> 遂令黄泉下，萌牙天勾尖。草木不复抽，百味失苦甜。
> 凶飚搅宇宙，铓刀甚割砭。日月虽云尊，不能活乌蟾。
> 羲和送日出，恇怯频窥觇。炎帝持祝融，呵嘘不相炎。

这是一个多么可怕的阴阳失序的世界，连天神"颛顼""太昊""羲和""炎帝""祝融"都怯惧，"凶飚"的淫威，不仅萌牙夭折，就连日乌月蟾也不能活命。在这样的氛围里人和动物遭遇竟是这样的：

---

① 方世举：《李长吉诗集批注》，转引自吴战垒：《唐诗三百首续编》，安徽文艺出版社1990年版，第113页。

　　肌肤生鳞甲，衣被如刀镰。气寒鼻莫嗅，血冻指不拈。

　　浊醪沸入喉，口角如衔箝。将持匕箸食，触指如排签。

　　侵炉不觉暖，炽炭屡已添。探汤无所益，何况纩与缣。

　　虎豹僵穴中，蛟螭死幽潜。荧惑丧缠次，六龙冰脱髯。

　　芒硝大包内，生类恐尽歼。啾啾窗间雀，不知已微纤。

　　举头仰天鸣，所愿晷刻淹。不如弹射死，却得亲炰燖。

　　…………

这简直是一个冰寒惨酷的人间地狱，不仅虎豹蛟螭死尽，就连"荧惑"也走不动，"六龙"冻脱了须髯，更为极端的是窗间麻雀因寒冷难耐而宁愿被射死去"亲炰燖"。《唐宋诗醇》中说此诗"锐思劖刻，字带刀锋"很切当，也有人认为此诗"谓隆寒夺春序而肆其寒，犹权臣之用事；太昊之畏避，则犹当国者畏权臣，取充位而已"（《集释》155页引韩醇语），具有讽刺象征意义。我认为此诗的价值在于以赋体写出了苦寒的世界中人与动物的生理极限和心理感受，搜象造语险怪，夸饰离奇，艺术上达到一个极端的境地。与盛唐时代的岑参描写边塞的那种富有诗意的奇寒不同，韩诗中怪奇的意象没有活气，窘缩一团，其诗境中刺骨的冷意，读之令人透骨生寒。

　　在写阳山遭际的诗中，意象更为险恶，其动态感也就更加奇异。如《赴江陵途中寄赠》：

　　地远触途异，吏民似猿猴。生狞多忿恨，辞舌纷嘲啁。

　　白日屋檐下，双鸣斗鹠鹠。有蛇类两首，有蛊群飞游。

　　穷冬或摇扇，盛夏或重裘。飓风最可畏，訇哮簸陵丘。

　　雷霆助光怪，气象难比侔。疠疫忽潜遘，十家无一瘳。

　　猜嫌动置毒，对案辄怀愁。

此段写任阳山令时的生活窘况与心理体验。这里风物与中原迥异，气候寒暑时常倒置，人民犹如野兽，语言嘲啁不通，白天触目是鹠鹠恶鸟、两头的怪蛇，晚上则见群蛊飞游，有时飓风咆哮，雷霆震怒，还有疠疫流行，死人无数，其更甚者，稍有嫌猜就有人于饭中投毒。这真是非人居住的恶劣环境。我们考察韩愈在阳山两年，是有政绩的，史称"有爱于民，民生子多以其姓字之"，今日阳山更是一个美丽的地方，则知此诗中的描写，属于主观化的夸饰，无非借以渲染阳山的地处僻远，环境差，自己忠而遭贬，心境凄苦，这是韩诗在意象选择方面，着意搜掘、刻镂表现生活中不美的方面借以惊骇耸听的表现方式，虽有现实生活感受的基础，但由于意象过于主观化、动态化，已上升到一种艺术的层次，创造了一种有异于传统的含蓄远韵的激荡震恐的力的美，一种心理难以持衡的郁怒境界。这里有一种新的审美情趣。

即使像《元和圣德诗》"质峭似秦碑，华润似《文选》"那样的颂圣诗，也具有惊骇残忍的动态场景。如诛刘辟一节："辟穷见窘，无地自处。俯视大江，不见洲渚。遂自颠倒，若杵投臼。取之江中，枷脰械手。妇女累累，啼哭拜叩。来献阙下，以告庙社。周示城市，咸使观睹。解脱挛索，夹以砧斧。婉婉弱子，赤立伛偻。牵头曳足，先断腰膂。次及其徒，体骇撑拄。末乃取辟，骇汗如泻。挥刀纷纭，争刌脍脯。"这是表现颂扬皇帝削藩诛叛之作，但屠戮叛臣妇婴的场面情景及人物心理刻画如此之细实属罕见。这是韩诗长篇讲究叙事章法的例子，意象的动态化、衔接的叙事化是吸取赋和散文的因素形成的新特征。

此外如《陆浑山火》《石鼓歌》《青龙寺赠崔大补阙》《岳阳楼别窦司直》等大量作品中，意象描写都有赋化的充满雕镂斩刻的动态化特征。

（四）意象组合的密集化

赋化因素对韩诗影响的另外一个非常突出特征是意象组合的密集化。吴沆《环溪诗话·卷中》说："韩诗之妙，在用叠句。如'黄帝绿幕朱户闭'是一句能叠三物；如'洗妆拭面著冠帔，白咽红颊长眉青'是两句叠六物。惟其叠多，故事实而语健。又诸诗如《石鼓歌》最工，而叠语亦多……每句之中少则两物，多者三物乃至四物，几乎皆是一律。惟其叠语，故句健，是以为好诗也。"①

吴沆所说的"叠语"大体上指韩诗句法中描写型意象聚集一句或一联，并认为"几乎皆是一律"，这是韩诗意象排列组合密集的典型特征。如《石鼓歌》，这是一首最有名的文物诗，先描写石鼓制作的原始情况，展现了一幅周宣王中兴的历史画面：

> 周纲陵迟四海沸（二物），宣王愤起挥天戈。（二物）。
>
> 大开明堂受朝贺（二物），诸侯剑珮鸣相磨。（三物）
>
> 搜于岐阳骋雄俊（二物），万里禽兽皆遮罗。（二物）
>
> 镌功勒成告万世（二物），凿石作鼓隳嵯峨。（三物）
>
> 从臣才艺咸第一（二物），拣选撰刻留山阿。（三物）
>
> 雨淋日炙野火燎（三物），鬼物守护烦撝呵。（二物）

接着写石鼓文字的奇形怪状：

> 辞严义密读难晓（三物），字体不类隶与科（三物）。
>
> 年深岂免有缺画（二物），快剑斫断生蛟鼍（三物）。
>
> 鸾翔凤翥众仙下（三物），珊瑚碧树交枝柯（三物）。
>
> 金绳铁索锁钮壮（三物），古鼎跃水龙腾梭（四物）。

最后写古籍不载的原因及建议将石鼓收藏太庙和自己的感慨。综观全诗，虽然评述涉及的人和物众多，但以自己的经历为线索，意象展开富于动态性，衔接具有叙事性，密集的描写型意象都辐辏于"石鼓"这一中心，非常鲜明突出。

再如《谒衡岳庙遂宿岳寺题门楼》，此诗被誉为韩愈叙景抒怀的杰作，"意境词句俱奇创"（《昭昧詹言》）。总体上看，此诗是叙议结合的"文体"诗，其意象较为独特，围绕衡山的中心意象，用了"火维地荒""妖怪""神柄""喷云泄雾""突兀撑青空""紫盖连天接天柱""石廪腾掷

① 转引自《中华大典·文学典·隋唐五代文学分册》，江苏古籍出版社 1999 年版，第 572 页。

堆祝融""松柏灵宫""粉墙丹柱""鬼物图画""脯酒""神意""杯珓"
"星月掩映云朣胧""猿鸣钟动""杲杲寒日"等一系列意象来烘染陪衬，
既写出了衡山清秋季节"阴气晦昧无清风"的时候，云遮雾罩森然神秘的
特色，又写出了忽然之间云扫天净，众峰耸立晴空的奇观，并组合一系列
有关神灵鬼怪的意象，渲染岳庙令人"森然魄动"的氛围，借以表现自己
"王侯将相望久绝"不信神灵能护佑的无神论思想。最后以"猿鸣钟动不
知曙，杲杲寒日生于东"的壮阔来写自己心地的坦然与宁静。从诗句来
看，密集的意象以静物居多，且有三四物堆叠一句的（如"紫盖""粉
墙"两联），但几乎没有一个意象不处于动态，甚至出现了"睢盱侦伺能
鞠躬"这样的动作意象群。这与韩诗主气追求贯通的力之美有关。

衡山的神秘色彩还显示在《岣嵝山》的"神禹碑"意象中："字青石
赤形摹奇，科斗拳身薤倒披，鸾飘凤泊拏虎螭。"这是石碑上的字迹，色
泽鲜明，形状龙飞凤泊，虎踞螭缠，形状怪异。碑的藏地是"事严迹秘鬼
莫窥"，只有一个道人偶然碰到过，但我来时却"千搜万索何处有"，只见
"森森绿树猿猱悲"。用神幻莫测的意象群来表现岣嵝山的神秘，写自己对
神秘文物的强烈兴趣。在诗人说来是表现"好古的诚意"，从艺术来看，
却成功地运用怪异意象刻画了岣嵝山的特征，这在以前的山景诗中较难
看到。

意象密集化最典型极端的例子应该算《陆浑山火一首和皇甫湜用其
韵》，如这样描写"山火"：

> 黄甫补官古贲浑，时当玄冬泽乾源。山狂谷很相吐吞，风怒不休
> 何轩轩，摆磨出火以自燔。有声夜中惊莫原，天跳地踔颠乾坤。赫赫
> 上照穷崖垠，截然高周烧四垣。神焦鬼烂无逃门，三光驰骋不复暾。
> 虎熊麋猪逮猴猿，水龙鼍龟鱼与鼋，鸦鸱雕鹰雉鹄鹍，焚剥煨爊孰
> 飞奔。

这是最奇诡的篇章，写一场因风自发的山火，气势强盛，燃烧猛烈，以至

乾坤颠倒，飞禽走兽，水中游灵均无处逃生，连鬼神也烧得焦头烂额。最显眼的是一句中列出六种走兽、五种鱼类和七种飞禽，塞得满满的，密实不透风，再继以四种烹饪方法，将动物们的灭顶之灾写得惊骇惨烈。接下来的诗更怪异，描写想象中的神幻世界：火神（祝融）操纵火势在歌舞酒乐，他形象威武，面孔绛赤，牙如锯齿，大嚼豪饮，身边是"彤幢绛旃紫纛旓"的簇拥场面。面对火神的肆虐，水神则命"雷公擘山海水翻"，但无济于事，反而弄得他"齿牙爵齼舌齶反，电光砰碑赪目目爱"，只得"缩身潜喘拳肩跟"，败下阵来。水神又命黑螭侦察火势，结果却被"焚其元"，伤了脑袋。最终只得向上帝诉冤。上帝却只说了一番安慰的话，竟以水火婚媾调和了事。这种写法可能受"黄帝擒蚩尤"一类神话的影响，在后世的《西游记》《封神榜》等神魔小说中还常见斗法的描写，则韩诗对小说又有了启示意义。韩愈这类逞雄施博、钻奥烛幽的诗作有何意义呢？诗中指出"皇甫作诗止眠昏"，只是为了解困，而他的和诗则是"要余和增怪又烦，虽欲悔舌不可扪"。诗人也知道这样"以文为戏"不妥，但箭在弦上，不得不发。这首诗历来作为韩诗奇险意象的代表作被论者提到，颇能体现韩诗意象"主观化""怪异化""动态化"等方面的特征，但在艺术上除了刻画形象用赋法还有可称道之外，这种走艺术极端、意象组合太密集的做法却适得其反。尽管后代才力雄富的诗人还在竭力模仿这样的作品（如苏轼有《云龙山火》），但艺术上没有成功之作，其中的艺术经验教训值得总结。

意象组合的密集化本是杜甫晚年律诗的典型特征。吴沆在《环溪诗话》中说："杜诗妙处人罕以能知。凡人作诗，一句只说得一件物事，多说得两件。杜诗一句能说得三件、四件、五件物事。常人用诗，一句只说得一里内，杜诗一句能说数百里，能说两军州，能说满天下。此其所为妙。且如'重露成涓滴，稀星乍有无'，也是好句，然露与星只是一事。如'孤城返照红将敛，近市浮烟翠且重'，亦是好句，然有孤城，也有返照，即是两件事。又如'鼍吼风奔浪，鱼跳水映沙'，有鼍也，风也，浪也，即是一句说三件事。如'绝壁过云开锦绣，疏松夹水奏笙簧'，即是一句说了四件事。至如'旌旗日暖龙蛇动，宫殿风微燕雀高'，即是一句说了五件事。惟其实，是以健。"吴氏总结的杜甫诗句健的特征就在于密集意象的组合，不过杜诗的健句多集于律诗中间的写景联，像"艰难苦恨繁霜鬓"之类的尾联并不多。而韩诗的创造性在于将这种句法成功地运用于古体诗，并从写景向叙事、议论拓展。艺术上的贡献当然是主要的，但最后走到搜罗生僻怪字堆积成句，如《城南联句》《秋雨联句》《斗鸡联句》等诗那样的深奥晦涩，则不能辞其咎。

（五）意象衔接的叙事化

韩诗不仅具有意象组合密集化的特征，而且意象衔接的技巧也很高明，尤其他的五、七古诗具有一气流走、轻快舒畅的优点。如果说密集堆垛是赋化因素的影响，那么流畅贯通则是吸取散文章法的创新。关于韩诗语言的散文化问题可以从虚词的介入与叙事化趋势两方面讨论。前者详见拙文《论韩诗的虚词运用及其对后代诗歌的影响》（载《韩愈研究论文集》第四辑），现专论后者。

如果我们仔细考察韩愈的全部诗作，则会有一个非常深刻的印象，就是全部韩诗都是他心路历程的形象记录，他的纪游、抒怀、赠别、咏物之作，无不与他自己平生的经历、遭遇相关。而几乎每首诗都有一个叙事的框架，在这个框架下进行意象的选择与组合。如前举《南山诗》中对南山景物的描写就是三次攀登南山的经历记录。第一次未能畅游是因为"拘官计日月"，第二次则因为贬赴阳山，途遇大风雪，心境压抑危苦；第三次因为返回朝廷，又遇上清秋雨霁天晴，因此目睹南山的千姿万态。这样三次经历、遭遇便与众多景物勾连对照起来，使诗歌情感波澜起伏，不显冗长沉闷。《游青龙寺赠崔大补阙》中描绘眼前万株红叶的奇观也是与自己岭南之贬和量移江陵的经历相映照。《元和圣德诗》此诗虽颂武功，而意却在宪宗初期的政坛，包括贬斥二王，所以诗中历叙流奸诛叛，最后功成告庙。再如《谒衡岳》有一个游历寺庙并投宿的叙事架构，《峋嵝山》有一条寻找禹碑的叙事主线。此外如《苦寒》《咏雪赠张籍》《辛卯年雪》

《调张籍》《郑群赠簟》等诗均有叙事线索。这是韩愈"以文为诗"的一个重要方面。散文与诗应该是同源的，但后来因用途不同而分道发展。散文重实用朝口语化方向发展，诗歌吟咏性情向韵文方向演进。在语言方面，诗追求节奏整齐，音韵和谐，而散文则多只用自然语序，诗的语言实际上是对散文语序改造、整炼调节的结果。诗讲究平仄有序交替，形成抑扬顿挫的声韵之美，而散文主要依靠关联词（多为虚词）运用逻辑推理直抒胸臆。诗歌必须摆脱抽象的语法关系和逻辑结构，使诗歌的意象空间具有弹性与张力，追求无序化、陌生化。韩诗最重要的艺术特点是意象组合方式上加进了叙事章法，因而破坏了六朝到初盛唐建立并发展趋向成熟的均衡对称的意象并置式的组合模式，形成了以文法连贯意象的新路子。如《石鼓歌》先叙周宣王的中兴业迹，由于王纲陵迟，故宣王发愤振作，开明堂受朝贺，接着搜石镌功作鼓，从臣撰文刻石，后来虽雨淋日灸火烧却神奇地保存下来。实际上"石鼓"承载了一段跨越数千年的时空历程，在叙事中通过一幅幅画面揭示出石鼓的价值和意义。诗中还写到古籍不载的原因，也构架了一条时间的隧道：

> 陋儒编诗不收入，二雅褊迫无委蛇。
> 孔子西行不到秦，掎摭星宿遗羲娥。
> 嗟余好古生苦晚，对此涕泪双滂沱。

从上古编诗孔子遗漏一直沿续到自己的收集。表现了承继儒家文化使命的文化精神。最后叙写自己多年为保存石鼓的建议与努力，从诗人涕泪涟涟的恳切中不难体会他对王朝事业中兴的期待。总之，这首诗无论从全篇，还是每一段，甚至如"嗟余好古生苦晚""快剑斫断生蛟鼍"这样的单句，都有时间延续、动作相继的叙事因素。因此，意象衔接的叙事化是韩诗的重要特征。

下面再举一首更典型的历代诗传诵的代表作《山石》作更细的分析。诗曰：

山石荦确行径微，黄昏到寺蝙蝠飞。

升堂坐阶新雨足，芭蕉叶大栀子肥。

僧言古壁佛画好，以火照来所见稀。

铺床拂席置羹饭，粗粝亦足饱我饥。

夜深静卧百虫绝，清月出岭光入扉。

天明独去无道路，出入高下穷烟霏。

山红涧碧纷烂漫，时见松枥皆十围。

当流赤足踏涧石，水声激激风吹衣。

人生如此自可乐，岂必局束为人靰。

嗟哉吾党二三子，安得至老不更归。

方东树说："不事雕琢，自见精彩，许多层事，只起四言了之。虽是顺序，却一句一样境界，如展画图，触目通层在眼，何等笔力！五六句又一画，十句又一画，'天明'六句共一幅早行图画，收入议。从昨日追叙，夹叙夹写，情景如见，句法高古。只是一篇游记，而叙写简妙，犹是古文手笔。"（《集释》）这段分析非常精妙，是深入细品韩诗的行家语。从全诗来看，如果去掉议论，那么意象构成如下：

表4　韩愈《山石》意象构成

时间	黄昏	夜深	天明
景物	山石、行径、古寺、蝙蝠、新雨、芭蕉、栀子	百虫、清月、山岭、月光、窗扉	烟霏、山红涧碧、松枥、激流、涧石、山风
情事	升堂、坐阶、观画、置饭、铺床、拂席	静卧	独去、出入、当、踏、吹

诗中"山石""微径""蝙蝠""新雨""芭蕉""栀子"等意象按照"黄昏到寺"而"升堂坐阶"的行路顺序组接，并叙及"观画""置饭""铺床拂席"等情事；接着写夜深静卧的所见所闻；"百虫""清月""山岭""窗扉"；最后写天明独去时的景物，"烟霏""松枥""山红涧碧""激流""涧石""山风"等，依次织入诗人"出入高下穷烟霏""当流赤足踏

涧石"的情事之中。这种依次组接意象的方法，与王维《终南山》那样将时间历程空间化融入画法的技巧相反，是将空间景物时间化，这样的"以文为诗"，形成气脉连贯一气流走的特征。①虽然韩诗没有像王维那样着意追求画意，但在具体细部描述中也没有完全抛弃画面的形象与色彩，如果说王维诗是一种偏于静态的写意画，那么韩诗就是一幅描绘动态的连环画，更具有真切的情味，更见诗人的性情。因此，程学恂说："李杜《登太山》《梦游天姥》《望岱》《西岳》等篇，皆浑言之，不尽游山之趣也。"（《集释》150页引）这里的"浑言之"即概貌描写，"不尽游山之趣"即由于不运用或不全用记游的文法之故。我们从王、李、杜等人的"浑言"到韩愈的"俱言"，可以看出唐诗意象描写由抽象概括到具体细致的发展过程，也可以看出由诗到"文"的意象组合艺术的演变轨迹。如果排除"含蓄蕴藉""远神韵味"一类的传统诗学观念，那么应该看到韩愈的这类诗取得了很高的艺术成就，后代如欧苏等人的竭力模仿决不是没有原因的。正如何焯所说："直书即目，无意求工，而文自至。一变谢家模范之迹，如画家有荆关也。"（《集释》）指出韩诗开创别开生面的一代新规范的诗史意义，确为不刊之论。

（六）意象取材的生活化

欧阳修《六一诗论》中曾说："退之笔力，无施不可，而尝以文章为末事，故其诗曰'多情怀酒伴，余事作诗人'也。然其资谈笑，助谐谑，叙人情，状物态，一寓于诗，而曲尽其妙。"②赵翼《瓯北诗话·卷三》在论述韩诗奇险特征之后，接着说："其实昌黎自有本色，仍在文从字顺中，自然雄厚博大，不可提摸，不专以奇险见长。恐昌黎亦不自知，后人平心读之自见。若徒以奇险求昌黎，转失之矣。"③欧氏指出韩诗具有取材

---

① 除时间线索之外，此诗中的"新雨"实际上是另一条暗线，由于新雨，才有"芭蕉叶大栀子肥"，才有"清月出岭"，才有"烟霏"，甚至"激流"也由于雨足。

② 何文焕：《历代诗话》（上），中华书局1984年版，第272页。

③ 赵翼：《瓯北诗话》，《清诗话续编》，上海古籍出版社1983年版，第1164页。

范围广泛和曲尽其妙的特色,赵氏则指出韩诗的本色是"文从字顺"的平易。这种论点似乎与印象中奇险的韩诗相悖,其实这是韩诗挺立于中唐,大变唐诗的另一个重要方面,我们称之为"意象取材的生活化。"

先来看一首韩愈晚年的咏物小诗《咏灯花》:

> 今日知何夕?花燃锦帐中。
>
> 自能当雪暖,那肯待春红。
>
> 黄裹排金粟,钗头缀玉虫。
>
> 更烦将喜事,来报主人公。

这首诗极见韩诗体物的精细,灯之火光内黄外赤,花在其中,恰是"黄裹排金粟";灯芯如钗,花在其首,确实是"钗头缀玉虫。"但意义决不仅止于此,诗中富有文化气息和民俗习语。《西京杂记》中有"目瞤得酒食,灯花得钱财"的民间习语。韩诗尾联用之,从中感受到诗人细心体物时宁静的心境和富于世俗化的生活情趣,反映出严肃威凛大儒性格的另一面。这种对平凡事物,日常生活的关注,一直是韩诗表现的重要内容,体现韩诗意象取材的生活化特征(尽管平易,还是不脱奇险新异的倾向)。这显然来自杜甫晚年细致用情于身边琐屑小物的传统,但韩诗表现的视野比杜诗更开阔,诗人尤其关注生活中一些常人忽视的似乎不具有诗意的事物。如《落齿》:"叉牙妨食物,颠倒怯漱水。终焉舍我落,意与崩山比。……人言齿之落,寿命理难悖。我言生有涯,长短俱死尔。人言齿之豁,左右惊谛视,我言庄周云,木雁各有喜。语讹默固好,嚼废软还美。"生活中落齿这样的小事也能成为议论人生祸福大事的诗料,其中含有诗人幽默的人生智慧,这种不美的意象在韩愈的笔下翻出了全新的意义。意象组织也是运用叙议结合的结构。

再如《孟东野失子》,是韩愈用物理推天命来安慰友人失子的诗,诗中云:"有子与无子,祸福未可原。鱼子满母腹,一一欲谁怜?细腰不自乳,举族长孤鳏。鸱枭啄母脑,母死子始翻。蝮蛇生子时,坼裂肠与肝。

好子虽云好，未还思与勤。恶子不可说，鸱枭蝮蛇然。"列举自然界的物象，说鱼产子多，但没有谁怜其母，而蜂不乳子，无雌雄之分，只好举族孤鳏；猫头鹰要吃母后才飞走，蝮蛇产子时裂腹伤肝。因此劝孟郊"有子且勿喜，无子固勿叹"。取材是生活化，设喻所用的动物意象虽有奇险处但也是常识，对比惊警，具有齐物的思想，以开豁友人的心胸来宽解老年失子的痛苦情怀。全篇虽大段议论，但意象还是奇警动人的。

教子成人是更典型的日常生活内容，作为人父的韩愈是怎样做的呢？《符读书城南》曰：

> 木之就规矩，在梓匠轮舆。人之能为人，由腹有诗书。
> 两家各生子，提孩巧相如。少长聚嬉戏，不殊同队鱼。
> 年至十二三，头角稍相疏。二十渐乖张，清沟映汙渠。
> 三十骨骼成，乃一龙一猪。飞黄腾踏去，不能顾蟾蜍。
> 一为马前卒，鞭背生虫蛆。一为公与相，潭潭府中居。
> 问之何因由，学与不学尔！……

这是极为宋儒诋诟的一首诗，认为韩愈公然用功名富贵利禄引诱儿子读书，是庸人的表现，但如果我们抛开成见，将韩愈看成一个现实中真实的人，则见到一个朴实坦诚，谆谆善诱的父亲形象，这在现实生活中是能产生广泛共鸣的。故黄震说："亦人情诱小儿读书之常，愈于后世之伪饰者。"（《集释》1011页）诗中没有做作，用生动的例证，鲜明的对比，形象的比喻说明道理，体现意象的生活化特征，句式上偶用"在梓匠轮舆""乃一龙一猪"的破格，在整齐中见参着，流畅中见拗折峭硬。

韩诗善谑。如《嘲鼾睡二首》，极力搜求象喻刻划打鼾的特征。
其一：

> 顽飚吹肥脂，坑谷相蒐磊。雄哮作咽绝，每发壮益倍。……
> 马牛惊不食，百鬼聚相待。铁佛闻皱眉，石人战摇腿。……
> 幽寻虱搜耳，猛作涛海翻。……

其二：

> 吾尝闻其声，深虑五脏损。黄河弄喷瀑，梗涩连拙鲩。
> 南帝初奋槌，凿窍泄混沌。迥然忽长引，万丈不可忖。
> 谓言绝于斯，继出方滚滚。幽幽寸喉中，草木森苯尊。
> 盗贼虽狡狯，亡魂敢窥阚。……

虽为游戏之作，但文词奥博，笔力峭硬，造语新奇，可以看出韩愈善于在平凡的生活中穷搜恢怪意象，竭尽夸饰，表现"以丑为美"的艺术动力。后来文人欧阳修、梅尧臣、苏轼、黄庭坚等好戏谑打趣，无不从韩愈这里来。

再如《和侯协律咏笋》这样描写"竹笋"："成行齐婢仆，环立比儿孙。""得时方张王，挟势欲腾骞。""纵横公占地，罗列暗连根。""外恨包藏密，中仍节目繁。"均用人事来比附，咏笋即咏人，"笋"的成群、成势、肆恣、覆盖、包藏等均有人的品格，构成讽刺邪恶的内涵，全没有晋人欣赏的"不可一日无此君"的高风亮节、逸兴雅韵。在追求新异的意象选择中，显示出韩诗没喻取材也具有生活化的倾向。

此外，韩诗中还有大量谑友、戏赠、斗趣之作，也有叙写与家人，友人一起钓鱼、划船、游览之作（如《赠侯喜》《南溪始泛三首》），也有与友人斗韵角力炫博的联句之作（韩集中有联句诗十五首），还有像《赛神》《游城南十六首》《晚雨》这样写闲情趣逸致的小诗。表现的生活面非常富于文人化，而这又往往与奇险是结合在一起的。莫砺锋先生在《论韩诗的平易化倾向》一文中得出这样一个结论："韩诗有奇险雄鸷与平易质朴两种倾向，这两者之间不是互相对立的关系，而是有所联系，有所统摄的。韩愈本人认为诗歌艺术应该由险怪归于平淡，他的创作实际上也大致体现出这种变化轨迹。"①韩愈诗歌意象的生活化特征对宋诗题材向日常生活倾斜具有重要的启示意义。

---

① 莫砺锋：《论韩诗的平易化倾向》，载荣新江主编：《唐研究》（第三卷），北京大学出版社1997年版，第93-118页。

（七）意象语源的典籍化

韩愈是中唐的重要散文家和诗人，他遍览儒家典籍，对古代的奇字尤有兴趣，在作诗时常常借用文法、文意，"约六经之旨成文"，因此他的诗歌又具有典型的文人化特征，讲究意象语源的典籍化，被黄庭坚作为"无一字无来历"的典范。这方面的著作曾有李详的《韩诗证选》，他将韩诗中的语典与《文选》一一比对，探讨韩诗的意象渊源，很有创见。但韩诗决不只来自《文选》，如韩愈《陆浑山火》诗中就含有大量的古典文化成份，内容句法全来自经传。刘石龄曾说："公诗根柢全在经传。如《易·说卦》：'离为火'，'其于人也，为大腹'，故于炎官热属，以颓胸埕腹拟诸其形容，非臆说也。又'彤幢''紫蘽''日毂''霞车''虹靷''豹''鞭''电光''赪目'等字，亦从'为日，为电''为甲胄，为兵戈'句化出，造语极奇，必有依据，以理考索，无不可解者。"（《集释》697页引）他指出此诗意象语源本于易经旨意不为无见，但意象的经营组合则是韩愈的独创。此外如《南山诗》《荐士》《石鼓歌》《桃源图》《送无本师归范阳》《石鼎联句》等诗都有意象语源典籍化特征。

最宏富浩瀚的例子可能数《城南联句》，此诗长达1500余字，诗中奇僻代称词太多，不胜枚举，仅钱仲联先生的《集释》收列历代注释及他的补注共有278条之多，这些词语多摘自古典文献或重新组合翻新，形成典重深奥的特征。清儒读书渊博，往往能在对韩诗的笺释中找到奇妙的乐趣，这既是对读书的挑战，也是对读书人的挑战，韩诗的书卷气比杜诗更浓厚，因而使他获得"学者诗人"的称号。朱彝尊认为这首诗"一味排空生造，不无牵张凑泊之失，然僻搜巧炼，惊人句层出不竭，非学富五车，才几八斗，安能至此？"方世举则认为此诗"如韩信将兵，多多益善，非其才大，安能如此。诗云：'肠胃绕万象，精神驱五兵'。又云'纵横杂谣俗，琐屑咸罗穿'，可移评比诗。"（《集释》523-524页引）仅从押韵的韵脚看，严虞惇指出："诗中用狩、趫、绗、澄、娭、硎、姤、纮、饢、㤗、飂、蟒、蝶、眹十四韵，今韵不载。"（同上）这足以说明韩诗求险走到了极端，招来批评理所当然。故《通雅·释诂》说："（韩诗）钩章棘句，所谓生割髻牙者也。诸诗……皆对《广韵》钞撮，而又颠倒用之，故意髻牙。"[①]赵翼也说："景物繁富，本易填写，则必逐段勾勒清楚，方醒眉目。……层叠铺叙，段落分明，虽更增千百字，亦非难事，何必以多为贵？"（《集释》524页引）指责均有理。这样的诗实际上只具有押韵对仗的形式，因意象庞杂，又多不具有诗意，至多也只能算汉大赋的变体，实于诗史演进无益。

三、奇险意象的审美意义

上面我们比较详细地探讨了韩诗奇险意象的艺术特征，综合看来，主观化是最重要的特征，因为这体现了韩诗继承盛唐李杜创作传统的主流艺术倾向，并贯穿在其他所有特征之中。意象选择的怪异化与他的生活经历遭遇和崇尚奇伟怪异事物的审美倾向相关。如果说意象描述的动态化，组合的密集化是韩诗吸收赋体艺术因素的结果，那么意象衔接的叙事化和取材的生活化则是韩诗融合散文的艺术优长的创新。意象语源的典籍化虽增加了韩诗语言的渊深朴茂与严谨厚重，但在艺术上并没有过多的推进，反而形成一种不良的艰涩与费解。韩诗以这样一种独特的风貌崛起于中唐，形成了一种新的审美取向，其原因是什么呢？它对后代诗歌艺术的发展有何意义呢？或者换句话说，后代诗人（尤以宋人为甚）到底从韩诗中学习些什么呢？

先从韩愈的人生遭遇谈起，韩愈生于安史之乱结束之后的代宗大历三年（768），他两岁时，驰誉诗坛的盛唐一代巨星如王维、李白、高适、岑参、杜甫等均去世，与开天政治盛世一起终结的诗歌盛世的结束。韩愈少年时代即处于战乱的颠沛流亡之中，三岁而孤，依兄嫂就食于岭南，十岁时兄殁南方，靠嫂子将他抚养成人。家境的衰落使韩愈发愤向学，饱读儒

---

① 转引自《中华大典·文学典·隋唐五代文学分典》，江苏古籍出版社2000年版，第582页。

家典籍，遭际的坎坷磨难造就了他奇倔坚强的性格。儒学的精华完善了他忠勇刚直的人格修养，使他敢"忠犯主人之怒，勇夺三军之帅"，并形成了强烈的"道济天下之溺"的继承儒家事业的道统意识，长期的战乱流亡又使他痛恨藩镇割据，期望王朝中兴，恢复到开元盛世。但科举的蹭蹬与仕途上的屡次忠而远贬获得非罪之罪，又使他的理想雄心多与现实困境相冲突，因此形成郁躁悲怒的心态，遂承继司马迁的"发愤著书"说，形成"不平则鸣""舒忧娱悲"的诗学观念。又由于他"少小尚奇伟"，长大读经书，并含英咀华，贯通百家，洞察文学的源流正变，因此形成了"新变求异"的文学创新意识。他曾说："夫百物朝夕所见者，人皆不注视也，及睹其异者，则共观而言之。夫文……用功深者，其收名也远，若皆与世沉浮，不自树立，虽不为当时所怪，亦必无后世之传也。"又说："家中百物其所珍爱者，必非常物"，因此"能者非他，能自树立不因循者是也。"（《答刘正夫书》）正是这种为文尚异的审美观，正是这种"能自树立"欲"传之久远"的强烈信念使他决心开创新的诗（文）风范。关于这一点，清代赵翼看得很清楚，他说："韩昌黎生平，所心摹力追者，惟李、杜二公。顾李、杜之前，未有李杜；故二公才气横恣，各开生面，遂独有千古。至昌黎时，李、杜已在前，纵极力变化，终不能再辟一径。惟少陵奇险处，尚有可推广，故一眼觑定，欲从此辟山开道，自成一家。"（《瓯北诗话·卷三》）赵氏所论较好地解释了韩愈追求奇险的文学史原因，其实这只是部分原因，因为韩愈所处的时代是一个整体上求变的时代。《旧唐书·韩愈传》说："大历贞元之间，文字多尚古学，效扬雄董仲舒之述作，而独孤及梁肃最称渊奥，儒林推重。愈从其徒游，锐意钻仰，欲自振于一代。"大历贞元时期的复古思潮是与士人要求改革社会政治弊端相联系的，亦不妨说是社会文化思潮的一部分。韩愈与梁肃等人又有师徒关系，他应当是在师门的熏陶下自觉选择以恢复古道为己任的。因文的复古而走向诗歌的奇险与复古则是他"欲自振于一代"的艺术创辟。他"造端置辞，要为不袭蹈前人"（《新唐书·韩愈传》）的创作方法，"笔补造化"的创作理念，使他的诗歌以独特的面目呈现在世人面前，让人们"且喜且愕"，并"不得不鼓舞而徇其呼息也。"

从诗歌意象角度看，自陈隋以来一直到初唐百年，诗人们专于风花雪月草木禽鱼组织绘画，以对偶声律相尚，意象平乏，气象窘迫；到盛唐时代，诗人性情声色大开，政治清明，经济发达，文化繁荣，使诗歌声律风骨兼备，气象恢宏，境界壮阔，意象艺术才发展到登峰造极的境地。但"安史之乱"毁灭了一切，也使诗歌的发展遭受巨大的挫折，中唐前期的"大历十才子"诗人群体窃占青山白云，避开血腥的现实，躲在山林古寺，吟咏性情，他们的作品气象内敛，题材狭窄，意象呈现平庸老化熟烂的趋向，形成韩愈批评的"陈言"泛滥现象。而矫正这种平庸软烂的良药只有向古文方面借鉴艺术经验，开辟新的诗歌意象群。韩孟一派诗人和元白一派诗人虽走了不同的语言路子，白派"尚坦易，务言人之所欲言，"而韩派"尚奇警，务言人之所不敢言"（《瓯北诗话·卷四》），但在诗歌题材、诗歌意象的选择方面实有向生活化转移的共同倾向（元白长篇唱和诗也具有求奇求险的特征）。用诗歌表现万花筒般的中唐社会生活和文人的生存状态及生活情趣是中唐诗歌总的艺术特征。关于这一点，叶燮的诗歌源流正变观念中，对韩诗的诗史意义看得最准。他说："唐诗为八代以来一大变。韩愈为唐诗之一大变；其力大，其思雄，崛起特为鼻祖。宋之苏、梅、欧、苏、王、黄皆愈为之发其端，可谓极盛。"①指出韩诗具有唐诗向宋诗转变过渡的桥梁枢纽作用。那么宋人学了韩愈些什么呢？这里简要引录了一些宋代大家学韩的诗篇，见表5：

①叶燮：《原诗·内篇上》，霍松林校注，人民文学出版社1998年版。

表5　宋代诗人学习韩诗简表

韩诗	宋人诗	学习内容
《元和圣德诗》	石介《庆历圣德诗》	体制、语言
《南山诗》 《柳州食虾蟆》	梅尧臣《希深惠书言与师鲁、永叔、 子聪、几道游嵩因诵而韵之》 梅尧臣《食河豚鱼》	记游体、押韵 叙事体、押韵
《赤藤杖歌》 《谒衡岳》	欧阳修《凌溪大石》 欧阳修《庐山高》	穷极物理、句法 押韵、句法、意象险怪
《桃源图》	王安石《桃源行》	押韵、议论精警
《南山诗》 《陆浑山火》 《石鼓歌》 《山石》 《听颖师弹琴》 《郑群赠簟》 《早春呈水部张十八》 《三堂新题二十一咏》	苏轼《百步洪》 苏轼《云龙山火》 苏轼《石鼓歌》 苏轼《游南溪次其韵》 苏轼《水调歌头(昵昵儿女语)》 苏轼《浦传正簟》 苏轼《赠刘景文》 苏轼《岐下诗二十一首》	博喻 比喻、意象密集 用典、奇险 叙事体、押韵 意象、句法 体物工细、叙事体 议论、句法 体制、议论
《咏雪赠张籍》 《嘲鼾睡二首》	黄庭坚《丁卯年雪》 黄庭坚《戏呈孔毅父》	雕镂、白战体 谐趣、体制

　　从上面粗略的统计来看，北宋几位重要的大诗人均有学韩的倾向，尤以欧、苏、梅、黄为甚。通过简单比较可以看出韩诗对宋诗的主要影响在三个方面：(1)意象奇险；(2)句法与叙事体制；(3)押韵。到黄庭坚提出"无一字无来历"之说后，韩诗中的用典与字法又受到江西诗派的重

视。可以这样说，韩诗以他独特的风格与魅力，笼罩了有宋一代，其影响透过元明，一直延续到近代。从清初的朱彝尊，到清末的同光体，再到近代的宋诗派，无不以韩诗为学习的准则。韩诗沾溉数代，为诗史作出了重要贡献。

综上所述，最后结论是："奇险"是韩愈一生的崇尚，形成他求变的内驱力；"奇"成为他性格的一部分，不安凡庸的个性，就是"奇"的表现；意象选择方面超出常规，让他能于烂熟的意象群之处发现新的艺术天地，或在熟烂中化腐朽为神奇；"奇险"促使他追求构思的超越俗套，以文为诗造成新颖之感；"奇险"让他突破规范，自我作古，成为新的规范，因而独立不倚，传之久远；"奇""变"导致诗歌题材、语言的变化，向日常生活倾斜，向散文化陌生化发展，开辟了诗歌发展的一条新径；但"奇"而趋怪趋涩，超过了一定的"度"，形成晦涩难通，失去中正平和之美，这是韩诗给艺术留下的遗憾。

（第一节曾发表于《周口师范学院学报》2008年3期；后两节曾压缩发表于《北京大学学报》2008年第3期）

韩愈诗歌的虚词艺术成就

韩诗向来以雄奇险怪见称于世。在其大盛的贞元、元和之后，即得到许多赞誉①，到两宋基本上奠定了李、杜、韩、白四大家的诗史地位。韩诗研究的高潮出现在宋朝和清朝，这两朝学术文化均非常发达，韩诗的大受推重，一方面说明韩诗中蕴藏的文化内涵深厚，能引起文人的浓厚兴趣；另一方面，为走出唐诗巨大阴影的笼罩，从宋代开始，对诗歌艺术规范的重建和诗歌语言革新的要求，渐成时代趋势，因此后代诗人在探索新途的过程中选择杜甫、韩愈作为诗歌艺术典范当有其历史的必然性。韩诗以其独特面目对后代诗歌产了巨大影响。这原因恐怕不仅因为韩诗本身凝聚了许多传统的因素，而且在于他作了创造性的融会贯通，具有可开宗立派、示人以途的艺术因素。其中韩诗的句法奇险、意象奇特、用韵独具一格，就是后人模仿的重要内容。本篇打算就研究者一向比较忽略的韩诗中虚词运用的情况作一考察，论述韩诗雄直劲健的风貌、拗折奔放的气势、瘦硬妥贴的语言与虚词运

① 张祜：《读韩文公集十韵》说："天纵韩公愈，才为出世英。言前风自正，笔下意先萌。尘土曾无迹，波澜不可名。词高碑益显，疏直事终明。片段随水释，丝毫入镜清。文雕玉玺重，诗织锦梭轻。别得春王旨，深沿大雅情。穷奇开蜀道，诡怪哭秦坑。骥逸终难袭，雕蹲力更生。谁当死后者，别为破规程。"司空图《题柳柳州集后》："韩吏部诗歌数百首，其驱驾气势，若掀雷挟电，撑抉于天地之间，物状奇怪，不得不鼓舞而徇其呼吸也。"按：张祜对韩诗波澜起伏、雄奇诡怪、雕刻凝重、打破规范的特点有明确认识；司空图则对韩诗的美学特征有清晰准确的审美判断。二人能代表唐人对韩诗的赞誉。

用的关系，并进而探讨韩愈"以文为诗"的诗法对后代诗歌的影响。

一、韩诗中的虚词运用状况

韩愈生于唐代宗大历三年（768），卒于穆宗长庆四年（824），享年57岁。其创作紧承李、杜的余绪而恢弘扩张，在诗史上处有独特地位。正如李详《韩诗萃精序》所说："韩公之诗，盖承李、杜而善变者也。公之生也，去太白没时仅六年；少陵之没，公已三岁；而公于李、杜，遗貌取神，不相剽袭，自成一家。"①考其一生诗歌创作，据现有文献看，唐德宗贞元元年（785）韩愈"就食江南"时开始诗歌创作，其时诗人18岁，到57岁去世时，共计有40年的创作历程。其中贞元四年（788）至七年（791）三年时间可能因为参加科举考试，没有诗作流传下来，贞元十二年(796)也没有诗作流传下来，减去这4年，共计有36年。按赵翼"一生自有初中晚"的说法，可以将韩诗创作分为前期（贞元十九年之前）、中期（贞元十九年至元和十三年）、晚期（元和十四年至长庆四年）三个较为显著的阶段。就其创作风格的演变来说，早期作品平正古朴的较多；中期从阳山之贬后，雄奇怪变的特色明显起来，传世的绝大部分名篇都诞生在此期；晚年随着境遇心情的转变，诗歌风格渐趋平缓。韩诗分体分时段统计表如下：

表1　韩愈分体分时段统计表

题材 ＼ 时间 数量	早	中	晚	合计
五古	38	78	39	155
七古	14	38	1	53
五律	4	31	12	47
五排	0	13	3	16
五绝	0	25	0	25
七律	0	13	9	22
七绝	0	54	21	75

① 钱基博：《韩愈志》，商务印书馆1958年版，第145页。

从以上图表我们可以看到：在众多的诗体中，韩愈最青睐五古，共作155首。早期、中期、晚期都写五古，尤以中期为最。次为七绝体，共75首。再次为七古，共53首。从时间阶段性来看，中期各体均达到高峰（其中联句共15首，14首就作于中期），共有诗266首，占现存诗歌总数（408首）的65%强。由此看来，最能代表韩诗主体倾向与风格的是古体诗，尤以五古为最突出。因此，本篇的考察将以古诗为立足点，当然也兼及其他各种诗体。

韩诗的创作情况大体如上，从创作方法上看，韩愈主要是力图打通诗文的界限，将文意、文法、文心移植到诗中，形成"以文为诗"的独特诗法。陈寅恪《论韩愈》中说："退之以文为诗，诚是确论，然此为退之文学上之成功，亦吾国文学史上有趣之公案也。……退之虽不译经偈，但独运其天才，以文为诗，若持较华译佛偈，则退之之诗，词旨声韵无不谐当，既有诗之优美，复具文之流畅，韵散同体，诗文合一，不仅空前，恐亦绝后。"①陈先生是在考察汉译佛经过程中形成"以文为诗"这种传统基础上得出这个结论的。其中"以文为诗"的一个重要因素是"虚词"的运用。什么是"虚词"呢？虚词，古人称为"虚字"，马建忠《马氏文通》说："凡字有事理可解者，曰实字。无解而惟以助实字之情态者，曰虚字。"②这个定义指出了虚词本身并无实在意义，但能帮助实词表达事物的情态。虚词具有依附实词的表情功能。清代陈鳣《简庄集·对策》中说："粤自方策既陈，训诂斯尚，文章结构，虚实相生。实字其形体而虚字其性情也。是以语小则试白公于三岁，尽识之天；语大则说《尧典》数万言，未明粤若。溯文原于《易象》，大都'也'字收声；陈列国之风诗，半属'兮'字断句。盖以文代言，取神必肖。上抗下坠，前轻后轩，实事求是，有所凭依，虚实稍乖，不能条达矣。"③陈文提出的"虚字其性情"

① 钱仲联：《韩昌黎诗系年集释》附录，上海古籍出版社1984年版，第1360-1361页。

② 马建忠：《马氏文通》，商务印书馆1983年版，第19页。

③ 陈鳣，清代学者，著作有《简庄文钞》十八卷。所引《对策》一文转引自范文澜《文心雕龙注》（下册），人民文学出版社1958年版，第586-587页。

道出了虚字（词）功能的本质方面。接着陈文详叙"对策"中用到的语助条例，一共将古代汉语能应用于"对策"的虚字分为"发词""顿词""疑词""急词""缓词""设词""断词""仅词""几词""专词""别词""继词""承词""转词""单词""总词""叹词""余词""极词""或词""原词""复词""信词""拟词""到词""互词""省词""增词""进词""竟词"等三十类。分类虽然很完备，但嫌细碎。其中有些虚词，如"设词"（表假设关系）、"转词"（表转折关系）、"或词"（表选择关系）、"信词"（表让步关系）、"进词"（表递进关系）等几类不仅运用于文章之中，也大量运用于诗中，从而使诗句与古文有微妙的相通。有些诗人运用虚词颇具自己的特色，如李商隐近体诗多表现缠绵宕往的情致，因此大量运用转折、假设、推进、让步等类的虚词或虚词组合；而韩诗尚雄直，多表现劲直之气，因此多用"疑词"（表疑惑）、"发词"（表发语）、"几词"（表几乎的语气）、"增词"（语尾助词）、"竟词"（语尾叹词）等来表达语气、神态、情感，形成了"文"的特征。从韩愈到李商隐，在虚词的使用和选择中，也可以看出传承与创新的关系来。韩诗多用古文句法，运虚词入古诗，是典型的诗文合体，气势与意象兼美，然情致与神韵稍弱；而义山多以虚词入律，调整诗歌的节奏，以咏叹来冲淡峭硬，以婉转来消融拗折，兼具荡漾生姿、传神空际之妙，在缠绵哀丽中有一种邈远的神韵。总的看来，虚词在韩愈、李商隐诗中被大量运用的事实说明，虚词的运用与韩诗的雄奇劲直和李诗的深情绵邈是有重要关系的。①

下面是《全唐诗索引·韩愈卷》②中部分虚词使用的统计数据（见表2）：

---

① 吴振华：《李商隐近体诗歌运用虚词的艺术成就》，《东方丛刊》2004年第三辑。
② 陈抗、林沧：《全唐诗索引·韩愈卷》，中华书局1992年版。下文引的各种数据及相关虚词的例句也摘自该书，不再加注。

表2 《全唐诗索引·韩愈卷》部分虚词使用数据

虚 词	不	无	其	自	之
次 数	734	359	222	216	206
频 度	1.489 2%	0.728 28%	0.450 35%	0.438 18%	0.417 90%
虚 词	可	以	已	未	岂
次 数	198	169	125	118	97
频 度	0.401 67%	0.342 84%	0.253 58%	0.239 38%	0.196 77%
虚 词	若	者	然	于	非
次 数	88	84	83	81	80
频 度	0.178 52%	0.170 40%	0.168 37%	0.164 32%	0.162 29%
虚 词	或	且	而	虽	方
次 数	76	76	76	73	63
频 度	0.154 17%	0.154 17%	0.154 17%	0.148 09%	0.127 80%
虚 词	兮	又	初	更	忽
次 数	63	59	58	53	53
频 度	0.127 80%	0.119 69%	0.117 66%	0.107 51%	0.107 51%
虚 词	嗟	亦	皆	惟	乃
次 数	53	52	49	48	43
频 度	0.107 51%	0.105 48%	0.099 40%	0.097 39%	0.087 23%
虚 词	几	及	即	尚	徒
次 数	42	41	38	38	37
频 度	0.085 20%	0.083 17%	0.077 08%	0.077 08%	0.750 5%
虚 词	尔	故	似	常	纵
次 数	34	34	32	32	31
频 度	0.068 97%	0.068 97%	0.064 91%	0.064 91%	0.062 88%

这里摘录韩诗中使用频率较高的前40个虚词的有关数据。韩诗中使用次数在80次以上的高频单个汉字共有110个，其中虚词18个，约18%。排名第一、二位的是两个否定副词。韩诗文本总数是44 668字（含重复单字），单个汉字（不重复）为4444个。其中虚词约占15%。韩诗总句数为8302句，据粗略统计，含有虚词的句子有2500句左右，约占30%。这说明韩诗中虚词的含量较高，虽然韩诗给人的表面印象是奇僻怪字到处充斥，而且有堆垛密实之嫌①，但看其大量运用虚词，则可以看出他企图打通诗文的努力。他所使用的虚词，绝大部分是古文中运用的虚词，可能是有意识摹拟上古文作诗的缘故。清代方东树《昭昧詹言》说："庄以放旷，屈以穷愁，古今诗人，不出此二大派，进之则为经矣。汉代诸篇，陈思、仲宣，意思沉痛，文法奇纵，字句坚实，皆去经不远。阮公似屈兼似经，渊明似庄兼似道，此皆不得仅以诗人目之。其后惟杜公本《小雅》、屈子之态，集古今之大成，而全浑其迹。韩公后出，原本六经，根本盛大，包孕众多，巍然自开一世界。"②方氏论述韩诗的渊源，较准确地指出韩诗"本六经之旨成文"的特点，很有见地。然韩诗运用虚词，主要是追求古奥的文的效果，不是追求缠绵荡漾的远韵。

二、韩诗运用虚词的艺术特色

刘勰《文心雕龙·章句》中说："诗人以兮字入于句限，楚辞用之，字出句外。寻兮字成句，乃语助余声。舜咏南风，用之久矣；而魏武弗好，岂不以无益文义耶？至于夫惟盖故者，发端之首唱；之而于以者，乃劄句之旧体；乎哉矣也，亦送末之常科。据事似闲，在用实切。巧者回运，弥缝文体，

---

① 韩诗中只用过一次的奇僻字有1160个，只用10次以下的汉字共有3347个，占整个韩诗所用字数（4444）的75%。10次以上的单字只有1097个。可见韩诗中的汉字还是常用字，主要因为如《南山诗》《陆浑山火》等一些奇险大篇中生僻怪字较多，故给人以独特感受，实际上韩诗的绝大部分是较平易的。

② 方东树：《昭昧詹言》卷一，汪绍楹校点本，人民文学出版社1961年版，第5页。

将令数句之外，得一字之助矣。外字难谬，况章句欤？"①刘勰主要是论述虚词对文章语言结构的功用，认为楚辞等诗中的"兮"字，有"语助余声"的作用，实际上这是语气的句外之义的问题。"兮"字的叹声表达了古人称之为"辞气"的内容，即"虚处传神"。虚词在结构上有"弥缝文体"的作用，如果能"回运"巧妙，则可以使几句联系更加紧密。对于虚词，古文和骈文的运用是不同的。骈文运用虚词，弥缝文体，或用作语助；古文运用虚词，正如刘大櫆《论文偶记》所说："上古文字初开，实字多，虚字少。曲谟训诰，何等简奥，然文法要是未备。至孔子之时，虚字详备，作者神态毕出。……文必虚字备而后神态出，何可节损？"②因为古文本于语气，所以用虚字来表现神态；骈文讲究声律，跟语气有距离，所以用虚字主要不在表现神态。实际上诗文一体，在表达人的"性情"这一本质方面是相通的。韩诗喜欢运用汉魏辞赋词汇而运用上古句法，这是值得注意的。概括起来，韩诗运用虚词的艺术特色主要有以下四方面。

（一）"语助余声"：用虚词以增咏叹

运用"兮"字，在《诗经》和楚辞中已常见。如《诗经·陈风·月出》首章："月出皎兮，佼人僚兮，舒窈纠兮，劳心悄兮。"显然因"兮"字之助，三言变成了四言，而且对明月、美人的描写与思念，都寄寓于"兮"字的叹赏之中。"兮"又是楚辞语言的独特标志，屈原《离骚》《九歌》等诗作，其宽阔宏大、奔涌浩瀚的情感潮流，顿宕停蓄、展衍舒缓的咏叹韵味，就很大一部分是通过大量"兮"字的中间提顿与语尾曼声吟哦来表达的。汉代诗歌中还用"兮"与其他叹词相配合，表达复杂的欲言又止的言外之意。如梁鸿的《五噫歌》：

> 陟彼北芒兮，噫！顾瞻帝京兮，噫！宫阙崔巍兮，噫！
> 民之劬劳兮，噫！辽辽未央兮，噫！

① 刘勰：《文心雕龙注》，范文澜注，人民文学出版社1958年版，第570页。
② 刘大櫆：《论文偶记》，人民文学出版社1959年版，第8—9页。

　　据说这首诗是梁鸿过皇都洛阳时所写，他惊叹于帝王的豪靡奢侈，嗟叹人民无尽期的劬劳困苦。其诗中的"兮"与"噫"，前者充满嗟哉之叹，后者则嗟叹中含有讽刺或同情。因此，汉章帝对这首诗很反感，要捉拿梁鸿，可见诗中叹词讽喻力量的强大。韩诗的句法多摹仿诗骚汉魏乐府，在虚词运用方面，较突出的一点就是运用"兮""哉""嗟呼""欤"等叹词来抒慨。如《马厌谷》：

　　马厌谷兮士不厌糠籺；土被文绣兮士无短褐。

　　彼其得志兮不我虞；一朝失志兮其何如？已焉哉！嗟嗟乎鄙夫！

　　这首诗抒发文士怀才不遇的悲愤，寓含对社会不公的慨叹。陈沆《诗比兴笺》认为这是韩愈"用乐府之奇倔，抒《离骚》之幽怨，而皆遗其形貌"[①]。这首诗情绪悲怨愤激，用"马厌谷"与"士不厌糠籺"，"土被文绣"与"士无短褐"，"得志"与"失志"进行强烈对比，值得注意的是"兮"字运用独特，它隔开前三后五，前四后三，前后皆四的不同句型，极显拗峭错综，有利于表现诗人郁怒的骨梗在喉的不平情绪。另外，"兮"与"嗟嗟乎""已焉哉"等叹词组合，形成强大的咏叹语调，在欲言又止中，倾泻了愤闷不平。与梁鸿"五噫"的含蓄相比，韩诗具有直气径达、无所掩饰的特点。

　　这种通过叹词以增咏叹的诗句在韩诗中随处可见，如："人生如此自可乐，岂必局束为人靰！嗟哉吾党二三子，安得至老不更归？"（《山石》）"我来咨嗟涕涟洏。"（《岣嵝山》）"虎有爪兮牛有角，虎可搏兮牛可触。奈何君独抱奇材，手把锄犁饿空谷！"（《赠唐衢》）"玉川先生洛城里，破屋数间而已矣。"（《寄卢仝》）"嗟余好古生苦晚，对此涕泪双滂沱。"（《石鼓歌》）"嗟尔既往宜为惩。"（《永贞行》）"庙堂不肯用干戈，呜呼奈汝母子何？"（《汴州乱二首》）"噫！剑与我俱变化归黄泉。"（《利剑》）等等，真是举不胜举，这些诗句或抒发自己的际遇，或悲叹

　　[①] 转引自钱仲联：《韩昌黎诗系年集释》（上册），上海古籍出版社1984年版，第40页。

他人的不幸，或愤慨现实的不平，总之是心中有郁怒，借虚词的咏叹来大鸣不平，形成"情激调变"的特征。

通篇运用"兮"与其他叹词组合的诗篇较典型的有《河之水三首》《送陆歙州诗》《琴操十首》。其中《琴操》完全仿诗经、古乐府句法，借咏古来浇自己心中的块垒，借古人的文化外衣，来抒发现实的苦闷情怀。风格古奥遒劲，多得益于"兮"等虚词的运用。如："狄之水兮，其色幽幽。""今天之施，其曷为然？""周公归兮，嗟归余辅。""雨之施，物以孳，我何急于彼为？""呜呼！臣罪当诛兮，天王圣明。""父兮儿寒，母兮儿饥。""巫咸上天兮，识者其谁？"朱彝尊评曰："《琴操》微近乐府，大抵涉散文气。昌黎以文为诗，是用独绝。"[①]朱氏评语中"散文气"较准确地概括了这一组诗的语言特征，而散文化的一个重要方面便是"语助余声"的有意识的运用。韩诗成功的地方在于借古文与诗韵的交融，通过拗峭的苍老古朴句法与咏叹婉转的音韵语调，恰当地抒发了自己的怀抱；而不足之处也较明显，有些句子太生硬，缺乏诗应有的节奏感，参差错综过分，招来后世之讥也在情理之中。

（二）"弥缝文体"：用虚词来衔接照应

古文章法讲究起承转合，首尾呼应，以形成前后关联的一个艺术整体。诗歌是一种凝炼的语言艺术，由于字数较少，特别是近体诗有严格的字数限制，因此每一句诗都力求用最经济的词语表达尽量丰富的含义。从总体上看，古代诗歌的语言以实词为主，意象的构成与意境的表达任务，主要靠实词来完成，客观世界丰富的声音色彩、千姿百态的形状乃至变化无端的心理活动，当然要用实词来表达。如韩诗中这些句子："暖风抽宿麦，清雨卷归旗"。（奉和兵部张侍郎》）"蜂蝉碎锦缬，绿池披菡萏。"（《送无本师归范阳》）"山红涧碧纷烂漫"。（《山石》）"红牛缨绂黄金羁"。（《汴泗交流赠张仆射》）"鸾飘凤泊拏龙螭"。（《峋嵝山》）"粉墙

---

① 转引自《韩昌黎诗系年集释》（下册），上海古籍出版社1984年版，第1172页。

丹柱动光彩，鬼物图画填青红。"（《谒衡岳，遂宿岳寺，题门楼》）。然而，语言在描述这些现象世界时，还必须同时说明事物的方位、时间、状态，揭示它们之间的前后延续、因果关系，以清理出时空、事理的逻辑秩序，这时诗歌就需要虚词的连接、斡旋、控驭、照应，以使诗歌成为一件含蕴深邃、关合严密、韵味无穷的艺术品。韩愈诗歌运用古文章法入诗，虚词形成各种复杂的关系。其显著者有如下数种。

1. 用虚词来并列陈述叙事写景。

（1）求观众山小，必上泰山岭。求观众流细，必泛沧溟深。（《孟生诗》）

（2）柳花还漠漠，江燕正飞飞。（《送李六协律归荆南》）

（3）双燕无机还拂掠，游蜂多思正经营。（《戏题牡丹》）

例（1）运用常见的双承对举句式，两个"必"虽表"必须"之意，但构成并列关系；例（2）（3）"还……正"组合，写出了柳与燕、双燕与游蜂的情状，展现了情境，句式并列匀称，对仗工稳。

2. 用虚词来表承接递进。

（4）浮花浪蕊镇长有，才开还落瘴雾中。（《杏花》）

（5）已迓陵歌扇，还来伴舞腰。（《春雪》）

（6）血浪凝犹沸，腥风远更飘。（《叉鱼诗》）

（7）已呼孺人栎鸣瑟，更遣稚子传清杯。（《感春》）

例（4）中"镇"是唐人口语，即"常"之意，"镇长"就是"常常"。这两句诗说浮花浪蕊常常是这样一种景况："才开还落瘴雾中"。"才"与"还"两个虚词，表时间前后紧承，写出了杏花凋零迅速的不幸遭遇，显示了其生命的短促。例（5）描写春雪的飞舞情状，从"已"与"还"的时间推进中，看出了春雪的娇姿丰韵。例（6）"犹"与"更"则将叉鱼的血腥场面中那种残酷的杀戮氛围向四周扩散开来，让人感受到一种持续的沉重。例（7）"已……更"的组合，既表现了"孺人鸣瑟""稚子传杯"的先后承递，又表现了诗人感春伤怀的无奈中故作的极乐无限的"清雅意兴"。

3.用虚词来表现条件、因果关系。

（8）既获则思退，无为久滞淫。（《孟生诗》）

（9）且待献俘囚，终当返耕获。（《晚秋郾城夜会联句》）

（10）明年更发应更好，道人莫忘邻家翁。（《杏花》）

（11）白雪却嫌春色晚，故穿庭树作飞花。（《春雪》）

（12）所以孤屿鸟，与公尽相识。（《镜潭》）

例（8）中"既"与"则"组合，表条件关系，是韩愈劝孟郊功成身退，不要在仕途上蹭蹬留滞；例（9）中"且…终"组合则表现自己的这相同的人生愿望：平贼献俘后，一定归耕田园。例（10）前句是虚拟的条件，两个"更"表现出对明年杏花繁盛景象的憧憬，后一句的"莫忘"是这虚拟条件下的愿望：道人还殷情接待我的来访。例（11）写出了白雪穿庭作飞花的原因是嫌春色姗姗来迟，故她要提前预报春天的气息。两个虚词前后呼应，既刻画白雪的形象和心理，也表现了诗人对春天的呼唤。例（12）则表现了诗人的闲情逸致，因为天天来孤屿游玩，所以人和鸟和谐相处，变成了不用飞避的老朋友，情趣盎然。因为虚词的运用，诗句或变得曲折，或变得劲直。

4.用虚词表现情绪的转折。

（13）陵晨并作新妆面，对客偏含不语情。（《戏题牡丹》）

（14）忽然分散无踪影，惟有鱼儿作队行。（《盆池·三》）

（15）犹堪持改火，未肯但空心。（《枯树》）

（16）侯王将相望久绝，神纵欲福难为功。（《谒衡岳》）

韩诗运用虚词表达拗折逆转是最鲜明的特色，下文有专节论述，此处只略提虚词表达这种句式关系。例（13）中的"偏"表现牡丹含羞不语的情态，娇矜传神；例（14）中"忽然"与"惟有"的巧妙转折，写出了盆池中鱼儿的神采；例（15）"犹堪"与"未肯"两相呼应，写枯树死不甘心的意志，是自己形象的化身；例（16）一个"纵"字把自己的命运坎坷的牢骚和对神灵幽默的嘲讽表现出来，诗意曲折有味。

5.全篇用虚词来衔接照应。

韩诗中的虚词不仅关合前后两句或数句，而是多通篇运用虚词来"弥缝"诗体。如《落齿》：

> 去年落一牙，今年落一齿。
> 俄然落六七，落势殊未已。
> 余存皆动摇，尽落应始止。
> 忆初落一时，但念豁可耻；
> 及至落二三，始忧衰即死。
> 每一将落时，懔懔恒在已。
> 叉牙妨食物，颠倒怯漱水；
> 终焉舍我落，意与崩山比。
> 今来落既熟，见落空相似。
> 余存二十余，次第知落矣。
> 倘常岁落一，自足支两纪。
> 如其落并空，与渐亦同指。
> 人言齿之落，寿命理难恃；
> 我言生有涯，长短俱死尔！
> 人言齿之豁，左右惊谤视；
> 我言庄周云，木雁各有喜。
> 语讹默固好，嚼废软还美。
> 因歌遂成诗，持用诧妻子。

这首诗叙写掉牙齿过程中真切的人生感受：有初落时的羞耻感，有继落不止的恐惧，也有落齿成习后的通脱自达。并由此领悟到人终有一死，生命只不过长短不同而已，因而用蔑视苦难的方式来征服苦难，何况落齿也有可以在人前保持沉默、挑食专选软烂的好处。最后欣然将这种感受写成诗歌，要与妻子共同品味。这首诗叙议结合，夹写细腻曲折的心理感受。36句诗中竟用了32个虚词，这些虚词或表示时间的承递、叙述的转折，或表示假设、推想、或表示嗟叹，或表达通透人生的领悟，既具文的流畅自然又具诗的刚劲雄直之美。

又如《嗟哉董生行》：

> 淮水出桐柏山，东驰遥遥千里不能休。淝水出其侧，不能千里百里入淮流。

> 寿州属县有安丰，唐贞元时县人董生召南隐居行义于其中。刺史不能荐，天子不闻名声。爵禄不及门，门外惟有吏，日来征租更索钱。嗟哉董生，朝出耕，夜归读古人书，尽日不得息，或山于樵，或水于渔。入厨具甘旨，上堂问起居。父母不戚戚，妻子不咨咨。嗟哉董生孝且慈。人不识，惟有天翁知。生祥下瑞无休期；家有狗乳出求食，鸡来哺其儿，啄啄庭中拾虫蚁，哺之不食鸣声悲，傍徨踯躅久不去，以翼来覆待狗归。嗟哉董生，谁将与俦？时之人，夫妻相虐，兄弟为仇，食群之禄而令父母愁。亦独何心？嗟哉董生无与俦！

这可能是韩愈写得最像文的诗。通篇运用散文句法，故意破坏诗歌的语言节奏，摹仿李白《蜀道难》的咏叹语调，用四个"嗟哉"来慨叹董生，或叹惜他的不遇于时，或赞扬他的不慕荣华、自甘寂寞、孝敬父母、爱护妻儿的美德，因为这几个虚词的点缀呼应，使全诗成为一个浑然整体，中间以"或"、"且"、"惟"、"以"、"不"等虚词来表达并列、承进、因果等关系，共同形成流畅起伏的气势。

再如《示儿》《符读书城南》《醉赠张秘书》等都是这方面典型的

作品。

不仅长篇巨制通篇大量用虚词，一些小诗也是如此。如《祖席》（秋字）：

> 淮南悲木落，而我亦伤秋。
> 况与故人别，那堪羁宦愁。
> 荣华今异路，风雨昔同忧。
> 莫以宜春远，江山多胜游。

这是王涯贬官赴袁州时，韩愈在酒席上为他饯行的送别诗。首联点明时节，征引《淮南子》"桑叶落而长年悲"之语，用"而""亦"来说自己也悲秋，是并列对比关系。颔联推进一层，说悲秋之外更加上一层羁旅漂泊之愁，"况"与"哪堪"表让步后的推进。颈联又将"今""昔"对举，补叙自己与友人往昔风雨同忧的情谊，今日朋友贬官、自己的道不行都与"荣华"异路。尾联又转回来，用"莫以"来表示推测的原因，希望能与友人将来共游宜春胜景。一首小诗因虚词前后关锁，虚实照应，有尺幅万里之势。

再如《早春呈水部张十八员外》：

> 天街小雨润如酥，草色遥看近却无。
> 最是一年春好处，绝胜烟柳满皇都。

这首绝句刚健清新，境界开阔，历来被当作韩诗七绝的代表作。首句中的"如"表比喻，写春雨的滋润甘甜，"润如酥"在句法上也很特别，是韩诗七言句第六字用虚词的显例之一，在节奏点上运用虚字，可以起到刚健的效果。第二句中的"却"来了一个大转折，同时也开出一片新奇的境界，有画工不到之妙。既符合初春的实景，更表达了诗人对春天的独特感受。遥看一片蒙蒙绿意，近看却不见踪迹，流露出诗人追寻赞赏春心又大出意外的心绪。第三、四句来了个高亢的议论，表达了自己的审美判断，

"最"、"绝"两个虚词表现出作者对初春之美的极度倾赏。这样一首小诗将写景、抒情、议论有机统一起来，既具有文的曲折顿挫，又有哲理意蕴。

总之，虚词的成功运用，使韩诗具有文的气势和格调，独具一种新的审美境界。

（三）"顿折逆转"：用虚词来表达拗峭排奡的情感

韩愈一生都在积极谋求仕进，致力于王朝中兴，虽然也有功成身退的愿望，但他总是事与愿违，心情一直处于历史文化与严峻现实复杂的矛盾冲突之中，呈现一种急躁郁怒的状态。表现在诗中就是运用奇字险句来表达拗峭排奡的情感，呈现出一种光怪震荡的力的美感。虚词也参与这种情感的表达。方东树《昭昧詹言》在论述韩诗运用虚词的情况时说："好用虚字承递，此宋后时文体，最易软弱。须横空盘硬，中间摆落断剪多少软弱词意，自然高古。此惟杜、韩二公为然。其用虚字，必用之于逆折倒戈，令人莫测。须于《三百篇》用虚字处，加意研揣。"①方氏崇尚雄健高古的文风，古诗极推杜甫、韩愈。此论批评宋后文体运用虚词形成软弱的弊端，其历史真实情况是否如此尚可讨论，然而他指出杜甫、韩愈诗歌（当包括韩文）运用虚词的特点是"逆折倒戈，令人莫测"却非常准确。这在韩愈抒发幽愤情怀的诗中随处可见。如《龊龊》：

> 龊龊当世士，所忧在饥寒，
> 但见贱者悲，不闻贵者叹。
> 大贤事业异，远抱非俗观，
> 报国心皎洁，念时涕汍澜。
> 妖姬坐左右，柔指发哀弹。
> 酒肴虽日陈，感激宁为欢？

---

① 转引自钱仲联：《韩昌黎诗系年集释》（下册），上海古籍出版社1984年版，第1347页。

秋阴欺白日，泥潦不少干。

河堤决东郡，老弱随惊湍。

天意固有属，谁能诘其端！

愿辱太守荐，得充谏诤官。

排云叫阊阖，披腹呈琅玕。

至君岂无术？自进诚独难。

这首诗作于贞元十五年秋韩愈初入张建封幕时，是一首抒发怀抱的诗。首二句指出当世士不忧道而忧贫的怪现象，接着两句用"但见""不闻"对举来表现对这种失常现象的愤慨。接下四句写自己的志向远大，有念时报国的怀抱，然而现实情况却是笙歌宴舞、无所事事。"虽"与"宁"两个虚词振起，表达自己的郁闷心绪。在叙写时光虚掷又遭遇自然灾害、哀怜民生之后，突然对老天指责："天意固有属，谁能诘其端"！随着这种愤激情感的推进，诗人心急如焚，要求自荐去充当谏官，要"排云叫阊阖，披腹呈琅玕。"然而现实是严峻的，并没有人真正理解、赏识、支持诗人，因此，结尾两句来了一个顿折逆转："致君岂无术？自进诚独难！""岂"与"诚"呼应，既写出了诗人倔强的个性，又表现出困窘独穷的无可奈何，将一腔忠愤而抑郁之情表达得淋漓尽致。

再如《汴泗交流赠张仆射》，这首诗前面将主帅张建封率领部众骑马击毬的壮观场面描写得神采飞扬，栩栩如生。他们装束华赡，技艺精湛，雷奔电击，欢声四起，震荡山川。诚然一首赞美的颂歌，可是结尾来了一个突然逆转：

此诚习战非为剧，岂若安坐行良图！

当今忠臣不可得，公马莫走须杀贼！

"诚""非"为让步条件，肯定张击毬的意义，接着"岂若"扫空，转出真意，最后"莫"、"须"表达真诚的愿望，非常诚恳而有力量。

这种例子极多，如"食芹虽云美，献御固已痴。缄封在骨髓，耿耿空自奇。"(《归彭城》)"岂无一樽酒？自酌还自吟。但悲时易失，四时迭相侵。"(《幽怀》)"人间事势岂不见？徒自辛苦终何为!"(《赠侯喜》)"惜哉不得往，岂谓吾无能!"(《秋怀》)等等，无不表现诗人突起郁怒、冲荡逆折的心潮。

韩诗在表达这种顿折逆挽时，喜欢用"岂"这个表反诘的虚词，形成一种句式特色。如《左迁蓝关遇侄孙湘》颔联云：

> 欲为圣明除弊事，肯将衰朽惜残年。

张相《诗词曲语汇释》解"肯"为"岂"，甚确。这一联是韩诗名联，说自己本意是为皇上革除有害的事情[①]，即使惹来弥天大祸，也顾不得这衰朽的残年余生了。这两句通过"欲为"与"肯将"的顿宕逆折，吞吐回环，既申述了自己忠而获罪和非罪远贬的愤慨，具有胆气，又显示了诗人的老而弥坚、刚直不阿的铮铮傲骨。既有气势，又显伟力。

"岂"在韩诗中运用多达97次，且非常有特色，它出现在五言、七言诗句中的位置也很灵活。(1)最多的是在句首，有振起全句为下文作垫衬的作用，如："岂敢尚幽独"，"岂不旦夕念"，"岂惟一身荣"，"岂有欢乐姿，""岂非正直能感通"，"岂如秋霜虽惨别"，"岂料生还得一处"，"岂有酒食开容颜"等。(2)其次是在第三、五字处，有一种先荡开然后波峰突起的艺术效果，如"大鱼岂肯居沮洳"，"纵之余言岂空文"，"孤鸣岂及辰"，"醉死岂辞病"，"茫茫岂是天"，"邓林岂无枝"，"咨余往射岂得已"，"数君非亲岂其朋"，"豪家少年岂知道"等。(3)最奇的是位于第二、四、六字的位置，这种安放虚词在节奏点的句子，将实词与虚词换位，让实词处于附属位置，是韩诗峭硬特征和作者好奇求生的一种表现。用例虽不多，却最有个性。如："子岂知我情"，"夫岂能必然"，"我岂不足软"，"汝岂无朋匹"。"往事悲岂那"，"如此至宝存岂多"。"虞翻十三比岂少"等。这种句法生新拗峭，诗中偶一用之不可厚非，但不可法，大约

---

① 韩愈：《上佛骨表》，当时佞佛之风盛炽，老百姓焚顶烧指，百十为群；解衣散钱，自朝至暮。甚至有断指脔身来供养佛骨的，造成了伤风败俗的恶劣习气。

韩愈也明白这一点，这种用例也仅上面所举几处，与大量正规用例相比，是微不足道的。

（四）"调整节奏"：用虚词生新句法，舒缓节奏

虚词的另一个功能是调整诗歌语言的节奏，从而达到舒缓语气的作用。繁密的意象有时会让读者在应接不暇中受到压迫，喘不过气来，如同繁音复会的摇滚乐让人容易疲累，需要来一点轻松的小夜曲调节一下飞速跳荡的心脏，也像大鱼肥肉的盛宴中间必须间隔上几道清淡的鲜汤，有时，偶尔使用的虚词，也就是为了调整诗的语气和节奏。

韩诗句奇语重，多密实句法。《环溪诗论·卷中》说："韩愈之妙，在用叠句。如'黄帝绿幕朱户间'（《华山女》），是一句能叠三物。如'洗汝拭面著冠帔，白咽红颊长眉青'，是两句叠六物。惟其叠多，故事实而语健。又诸诗，《石鼓歌》最工，而叠语亦多。如'雨淋日炙野火烧，……古鼎跃水龙腾梭'，韵韵皆叠。每句之中少者两物，多者三物乃至四物。几乎是一律。惟其叠语，故句健，是以为好诗也。"①指出韩诗辞严义密、意象密集、厚重堆垛的特征是有见地的，但认为韩诗句健仅仅因为"事实""叠语"则不够全面，并非事物堆叠越多句越健越好，如《陆浑山火》中这样的诗句："虎熊麋猪逮猴猿，水龙鼍龟鱼与黿，鸦鸱雕鹯雉鹄鹍，燀炮煨爊孰飞奔。"一句中多达七物，无丝毫转掉之隙地，实为不美。其实韩诗中更常见的句型是在上下密实句式中添入虚词，使翠色欲流的凝重有一丝冲淡和荡漾，有些句子恰恰因为有个把虚词反而显得更雄健。

一种情况是上句全实，下句有一虚词。如："清风飘飘轻雨洒，偃蹇旗旆卷以舒。"（《丰陵行》）"轩然起大波，宇宙隘而防"。（《岳阳楼别窦司直》）"火维地荒足妖坚，天假神柄专其雄。"（《谒衡岳》）"清寒莹骨肝胆醒，一生思虑由无邪。"（《李花·其二》）

① 转引自《中华大典·文学典·隋唐五代文学分典》，江苏古籍出版社1999年版，第572页。

另一种情况是前句有虚词，后句全实。如："建安能者七，卓荦变风操。"（《荐士》）"精神忽交通，百怪入我肠。"（《调张籍》）"年深岂免有缺画，快剑斫断生蛟鼍"。（《石鼓歌》）"放纵是谁之过欤？效尤戮仆愧前史"。（《寄卢仝》）

这些句子中虚词夹于一大群实词之中，表面上看是万绿丛中一点红，实际上是强烈震荡的摇滚乐中的一个舒缓的音符，使诗歌具有虚实相衬之美。

韩诗运用虚词来调整节奏很有个性的主要在用"且""其""自""之""以"等虚词的例句中。

1. "且"：处于第四、六字位置，形成最有特色的句式

（1）颠蹶退且复。（2）故谴起且僵。（3）嗷嗷鸣雁鸣且飞。（4）引袖拭泪悲且庆。

"且"用于两个动词之间，既有停顿作用，又表动作上的推进，化板滞为活脱。

（5）此府雄且大。（6）土脉膏且粘。（7）颍水清且寂。（8）晖晖簷日暖且鲜。（9）嗟哉董生孝且慈。

"且"用于两个形容词之间，既舒缓了语气，又加强了描写对象的特征。

2. "其"：在第四、六字位置句式较奇特

（1）天乎苟其能。（2）且欲冠其颠。（3）帝舜重其明。（4）巨灵高其捧。（5）天假神柄专其雄。（6）欲以菲薄明其衷。（7）关山远别固其理。（8）我如禁之绝其殠。

这些句中"其"字具有代替和舒缓语气的双重作用，一般来说作代词的意义较轻微，主要是将它放在节奏点上来调整节奏。

3. "自"：可以在第三、五字和第四、六字位置构成多种复杂句式

前者如：

（1）无风自飘簸。（2）文章自娱戏。（3）夜月自相饶。（4）富贵自萦拘。（5）力微当自慎前程。（6）人生如此自可乐。（7）杨花晴后自飞飞。（8）聚鬼征妖自朋扇。

五言句中"自"构成"二一二"对等句式，有一种对称柔和之美；七言句中"自"构成"三一三"或"二二一二"的句式，使后三字变得轻松灵快，句调因而舒缓从容。

后者如：

（1）蟋蟀鸣自恣。（2）飘飖终自异。（3）多感良自尤。（4）嘉名偶自同。（5）乾愁漫解坐自罗。（6）摆磨出火以自燔。（7）长檠八尺空自长。（8）漠漠轻阴晚自开。

"自"处于节奏点上，句式较前面的句法显得生新、矫健，有点拗口，但仍不失为一种富有独特韵味的句型，类似于现代舞欲倒未倒，不倾实斜的非正常步法，有一种打破常规又不离准则之美。

4. "以"、"之"句式

如"千以高山遮，万以远水隔"（《路傍堠》）。两句表示远隔万水千山的意思。本来一句就足以说完，但韩愈好新奇，故意用骈文句法，而且每一句的第二字均为虚词"以"，所以显得别致，能将"千""万""遮""隔"的意思加以强调，在节奏点上运用虚词的提顿，还有运虚入实之妙。句法上改上三下二的句法为"一三一"句式。又如："淮之水舒舒，楚山直丛丛。"（《此日足可惜一首赠张籍》）强幼安《唐子西文录》说："韩退之作古诗，有故避属对者，'淮之水舒舒，楚山直丛丛'是也。"朱彝尊也说："添一'之'字，故避对，乃更古健。"[1]这里所说的"避对"，实际上就是以虚词形成错综句，调整了诗句的节奏，不对实对，显得更新

---

[1] 转引自钱仲联：《韩昌黎诗系年集释》（上册），上海古籍出版社1984年版，第96页。

颖刚健。

类似的例句很多，如"幽怀抒以畅"，"时当冬之孟"，"俗流知者谁"，"念将决焉云"，"今者无端读书史"，"诚既富而贵"等，无不具有一种拗折峭硬之气。

5.还有一种常被评论家论述到的超出常格的虚词用法，颇值得注意

如：

（1）在纺绩耕耘。（2）乃一龙一猪。（3）而无楫与舟。（4）在梓匠轮舆。（5）虽欲悔舌不可扪。（6）落以斧引以墨徽。

运用虚词构成"一四""三四"拗口句型，其破坏节奏感的用意很明显，实际上是"力去陈言"，生新刻画的一种过了"度"的表现，是不可为法的。

6.将虚词置于句尾，押虚词韵更是韩诗的独特之处

如：

（1）树兰盈九畹，栽竹逾万个。（《合江亭寄刺史邹君》）（2）人生诚无几，事往悲岂那。（同上）（3）拘官计日月，欲进不可又。（《南山诗》）（4）隔绝门庭遽，挤排陛阶才。（《咏雪赠张籍》）（5）一喷一醒然，再接再厉乃。（《斗鸡联句》）（6）桐花最晚今已繁，君不强起时难更。（《寒食日出游夜归》）（7）囊空甔倒谁救之？我今一食日还并。（同上）（8）先生受屈未曾语，忽此来告良有以。（《寄卢仝》）（9）江氛岭祲昏若凝，一蛇两头未见曾。（《永贞行》）

这些例句中，将虚词置于末尾做韵脚，并不是为了咏叹以增延哦之意，而是用于类似于休止符的戛然而止，具有拗峭崭绝、生新廉悍的特色。此外，还有像《南山诗》中运用51个"或"字句，构成规模庞大的并列句群，都可以看出韩愈在追求诗歌语言的奇崛变化，这固然说明韩愈有巨大的艺术创造力，能自创新规范，具有开拓艺术新境的胆气才力，但这样的

用例在艺术上的得失也很明显，让人觉得往往奇险得超过了极限。昭示后人的应该是"不可无一，不可有二"的功过参半。

三、韩愈"以文为诗"的影响

韩愈诗歌在北宋大受推崇，"以文为诗"被认为是韩诗主要的艺术手段之一，其中虚词的运用即是其重要内容，其所开门径对后代诗歌（尤以宋诗为甚）有深远影响。然而对"以文为诗"历来褒贬不一。

贬之者如陈师道《后山诗话》云："退之以文为诗，子瞻以诗为词，如教坊雷大使之舞，虽极天下之工，要非本色。"①（程千帆先生认为诗应以"工"为本色，而不必再重什么"本色"。）

宋释惠洪《冷斋夜话》有这样一则记载："沈存中、吕惠卿吉甫、王存正仲、李常公择，治平中，在馆中夜谈诗。存中曰：'退之诗，押韵之文耳。虽健美富赡，然终不是诗'。吉甫曰：'诗正当如是，吾谓诗亦未有如退之者。'正仲是存在中，公择是吉甫。于是四人交相攻，久不决。"②

沈括与吕惠卿对韩诗的认识可谓针锋相对，典型地代表了后代对韩诗的接受过程中的两种态度。沈括拘束于传统诗歌格调纯正、意象优美、韵律和谐的的"本色"，否定韩诗的艺术创新；吕氏则大约注重韩诗的生新雕镂、健美富赡，多神奇变化反传统的创新一面，认为这才是真正的诗歌。

而张戒对韩诗采取了折衷的态度，他在《岁寒堂诗话》中说："韩退之诗，爱憎相半。爱之者以为虽杜子亦不及，不爱者以为退之于诗本无所解。自陈无已（师道）辈，皆有此论。然二家之论皆过矣。以为子美亦不及者固非，以为退之于诗本无所得者，谈何容易耶？退之诗，大抵才气有

---

① 程千帆：《韩愈以文为诗说》一文对这个问题有详细、深刻的论述。见《程千帆诗论选集》，山西人民出版社1990年版，第205-230页。

② 惠洪：《冷斋夜话·卷二》。转引自《中华大典·文学典·隋唐五代文学分册》，江苏古籍出版社1999年版，第570页。

余，故能擒能纵，颠倒崛奇，无施不可。放之则如长江大河，澜翻汹涌，滚滚不穷；收之则藏形匿影，乍出乍没。姿态横生，变怪百出，可喜可愕，可畏可服也。苏黄门子由有云：'唐人诗当推韩、杜，韩诗豪，杜诗雄。然杜之雄，亦可兼韩之豪也。'此论得之。诗文字画，大抵从胸臆中出。子美笃于忠义，深于经术，故其雄而正。李太白喜任侠，喜神仙，故其诗豪而逸。退之文章侍从，故其文有廊庙气。退之诗可与太白敌，然二豪不并立，当屈退之第三。"①张戒的诗学观点较平正，此论一出，基本上确定了杜、李、韩诗史三大家的地位，以后对韩诗的或褒或贬大都不再超出以上三家的意见。

实际上韩诗紧承李杜，他又拓展了杜甫开始的"以文为诗"的艺术领域，对宋诗及宋以后诗有重要影响。李东阳《怀麓堂诗话》说："汉魏以前，诗格简古，世间一切细事长语，皆着不得，其势必久而渐穷。赖杜诗一出，乃稍为开扩，庶几可尽天下的情事。韩一衍之，苏再衍之，于是情与事无不可尽，而其为格亦渐粗矣。然非具宏才博学，逢原而泛应，谁与开后之路哉？"②李东阳论诗推崇盛唐，对韩、苏之下略有贬词，把诗学衰微归结为后学不善于学古，并认为诗格自韩到苏逐渐变粗，这种偏见是不妥的，但他揭示的杜、韩、苏传承路线大致是正确的，但不够全面，其实韩诗对宋代欧阳修、苏轼、黄庭坚、王安石等大家均有重大影响。

近代李详《韩诗萃精序》中说："宋欧阳永叔稍学公诗，而微嫌冗长，无奇警遒丽之语。东坡以豪字概公，虽能造句，而不能纬以事实，如水中著盐，消融无迹。黄鲁直诗，于公师其六七，学杜者二三；举世相承，谓黄学杜，起山谷而问之，果宗杜耶？抑师韩耶？悠悠千载，谁能喻之！十数年来，与郑群苏堪相习。郑君云：'由宋以来诗人，纵不能学杜，未尝不于韩公门庭阅历一番者。'余抚掌以为知言。窃尝论诗，必具酸咸苦辛之旨，济以遒丽典赡之词，始能及远。李、杜之诗善矣，学韩公

---

① 转引自《中华大典·文学典·隋唐五代文学分册》，第570-571页。
② 转引自钱仲联：《韩昌黎诗系年集释》（下册），上海古籍出版社1984年版，第1330页。

诗，于骚、雅、陶、谢，一一具在。"①

我认为，李详之言可谓知韩诗源流之论。欧阳修深受韩愈的影响，可以说他是石介之后大力誉扬韩愈的人，他本人的刚直不阿、不避祸患、忠勇直谏的精神极似韩愈，但他遭贬之后却没有韩愈的因困窘而诉苦乞怜之态，颇见铮铮傲骨。然而欧深知韩亦善变韩，变韩文的雄浑浩瀚、茫无涯涘，而为委曲徐舒、条达疏畅；变韩诗的雄直刚劲而为清丽绵远，其叙情状物、结构照应、工于用韵、长于用气全袭韩诗而更张大之。韩诗通过欧阳修的传扬而大张于宋代，对宋诗的发展有重大影响。这种影响通过欧阳修及其同伴（如苏舜钦、梅尧臣等）的成功实践及其在文坛上的地位，又深深影响苏轼等人，于是波澜壮阔的宋诗遂登上一新的高峰。韩愈创造的"以文为诗"遂成为宋诗成功的标志之一。苏轼更是崇拜韩愈的，观其诗词摹拟韩愈的甚多，他对韩的评价也最高，但苏轼没有韩的偏狭、霸气，而显得更冲融、和雅，因为苏轼并包儒墨，兼通释老，通融庄骚，且精通书画心性之学，所以比韩更显得雍容大器，是宋诗的杰出的集大成者。

王安石也是学韩诗的，夏敬观《唐诗说·说韩愈》甚至说："宋人学退之诗者，以王荆公为最。王逢原长篇亦有其笔。欧阳永叔、梅圣俞亦颇效之。诸公皆有变化，不若荆公之专一也。"②怎样"专一"，夏氏未作细论，而钱锺书却从一个侧面论证了王安石诗深得韩诗之法。《谈艺录·诗用语助》说："荆公五七古善用语助，有以文为诗、浑灏古茂之致，此秘尤得昌黎之传。诗用虚字，……盖周秦之诗骚、汉魏以来杂体歌行，如杨恽《拊击歌》、魏武帝诸乐府、蔡文姬《悲愤诗》、《孔雀东南飞》、沈隐侯《八景咏》，或四言、或五言记事长篇，或七言、或长短句，皆往往使语助以添迤逦之慨。而极其观于射洪之《幽州台歌》、李白《蜀道难》、《战城南》。宋人《杂言》一体，专仿此而不能望其项背也。"③接着钱先生列举

---

① 转引自钱仲联：《韩昌黎诗系年集释》（下册），上海古籍出版社1984年版，第1356–1357页。

② 程千帆：《韩愈以文为诗说》，见《程千帆诗论选集》第214页所引。

③ 钱锺书：《谈艺录》，中华书局1984年版，第69–78页。下文引用均见此文。

韩愈之前60位重要诗人运用虚词的诗句，并说："唐则李杜之前，陈子昂、张九龄使助词较夥。然亦人不数篇，篇不数句，多摇曳以添姿致，非顿勒以增气力。唐以前惟陶渊明通文于诗，稍引厥绪，朴茂流转，别开风格。……唐人则元次山参古文风格，语助无不可用，尤善使'焉'字，'而'字。……昌黎荟萃诸家句法之长，元白五古亦能用虚字，而无昌黎之神通大力，充类至尽，究态极妍。"

为了具体说明韩愈句法对后代诗歌的影响，钱先生通过"而"（我）的用例来论证，为明确起见，现摘钱文如下：

昌黎亦善用"而"字，尤善用"而我"字（吴按：韩诗中用"而我"仅此五例），其秘盖发自刘绘。……昌黎五言如《苦寒》之"而我于此时，恩光何由沾"；《食曲河驿》之"而我抱重罪，子子万里程"；《寄李大夫》之"而我窜逐者，龙钟初得归"；《祖席》之"淮南悲木落，而我亦伤秋"；胥有转巨石、挽狂澜之力。……荆公用"而我"字无不佳。如《寄耿天骘》云："而我方渺然，长波一归艇"；《邀望之过》云："岂鱼有此乐，而我与子无"；《浨亭》云："岂予久忘之，而我欲小停"；《梦黄吉甫》云："岂伊不可怀，而使我心往"；《车载板》云："而我更歌呼，与之相往迁"；《送张拱微》云："嗟人皆行乐，而我方坐愁"。观此诸例，则宗风断可识矣。李雁湖注《奉答永叔》七律云："江东王俦尚友谓予：荆公于退之文，步趋俯仰，升堂入室，而其言如是；岂好学者尝慕其所未至，而厌其所已得耶。"不免回护。且不知荆公诗法，亦若永叔之本于昌黎，忖他人之同学，欲独得其不传，遂如逢蒙挽射羿之弓，康成操入室之戈耳。五代诗家多不能为此等古体，故卢多逊《苦吟》曰："不同《文赋》易，为著者之乎"；直不读次山、昌黎人语矣。

钱先生是通观五言古诗句法，通过"而我"的用例得出一条前后相承接的诗歌链条，大致是由陶渊明到李白，经韩愈过渡到宋代王安石以下，一直沿续到元明清。从钱先生所举诗例可以看出运古文句法入诗歌，将诗文合一，是陶渊明诗歌的重要特点，然陶诗多用"转词"（表转折的虚词）和"承词"（并列递进的虚词），且虚词已由单句扩展到了一联或几联之中，已具有文的曲折、递进、回环之韵了；到李白则更进一步，大量运用虚词，已变成章法了；韩愈则集大成，荟萃各种句法入诗，且波及到全篇，写成了后人所讥的"押韵文"，这有一点过"度"，但确实建立了一种新的可供后人模仿的规范，尽管这规范本身可能有缺陷，但毕竟总是一种新的样式了。将虚词由单句扩展到全篇，是韩愈古诗的特点，不独钱先生所举的五言，七言也是如此，不独善用"而"字，还善用"且""其""自""岂"等虚词（见前文所举例）。韩诗的巨大力量和气魄，与这些虚词的转折、顿挫、矫健有关，而虚词在节奏点上的停顿，在句末的感叹，又为韩诗复杂情感、汪茫情绪的表达增添了婉曲逶迤之慨。

钱先生在《诗用语助》文中也注意到虚词的运用也波及到近体诗的情况，近体诗中律诗的首尾联及绝句的三、四句一般都喜欢运用虚词，接近古体诗的用例，而中间的两联对仗则运用虚词较少，非有愤激之情或缠绵之情一般不用虚词。钱先生又一口气沿宋而下，直到清末，摘录近体诗一联中用虚词的例句几百联。钱先生摘七言联以宋为主，他关注的重点是文言虚词入联情况，欲论证的中心是"以文为诗"的问题，从选例来看，略近于一小小的虚词入律小史，宋人善学善变，而明人专事摹仿，到竟陵派以下，便成为"笔枋"，到清高宗则成为矫揉造作、文理不通，极酸腐的"恶趣"，真所谓宋太祖论"朱雀之门"谓"之乎者也，助得甚事"者，这就是韩愈"以文为诗"末流的弊端，预示着一场新的诗歌革命——白话诗运动要开始了。

关于诗用虚词的发展演变问题，葛兆光先生有一段精彩的议论，他说：从语言上看，在中国诗史上，从古体诗到近体诗，再到白话诗这两次变化是真正的大变局，前一次变局使诗歌与散文彻底划清了界限，从谢灵运以来中国诗歌里越来越多地出现的繁密句法与铿锵音律使得近体诗逐渐成熟，它那种紧凑的句式也使得虚字在密集型的近体诗里日渐消退；后一次变局使诗歌与散文又重新彼此靠扰，其实就是"以文为诗"，其最关键的因素是用不用虚字或多用少用虚字。从杜甫以来的律诗中用散文句法的趋势正好给宋诗开了一个挣脱唐诗笼罩的路子（吴按：这个路子的拓宽定型者是韩愈），也给宋人表现较深较细的思索提供了一个合适的语言形式，让本已渐少的虚字再度成为诗歌"斡旋"、"递进"、"转向"的重要枢纽，使诗歌向日常语言进一步贴近，形成一种既细腻又流畅，既自然又精致的诗歌语言风格，这一风格在后世还启迪了白话诗的开拓者。①

综上所述，以虚词入诗形成的"以文为诗"新规范有成功也有弊端，但并不能以此来轻视韩诗的存在。或许通过对韩诗中虚词运用情况的考察，我们可以对韩诗的文本有更真切的认识，从而为韩诗研究者们能提供一点借鉴。

（原载《文学遗产》2006年第5期）

---

① 葛兆光：《论虚字》，《文学评论》1994年第5期，第77—85页。

韩愈对元好问的影响

　　元好问（1190—1257），字裕之，号遗山，太原秀容（今山西忻县）人，是由金入元的重要诗人。一生经历过贞祐南渡的避乱流亡和崔立之难，并被蒙古军队羁管聊城，金亡后过了二十多年的遗民生活，晚年编《中州集》保存金源一代文献，又筑"野史亭"撰写上百万字的《壬辰杂编》（已佚）。可以说是人生的磨难和国家的兴亡使他在文学方面取得了很高的成就。正如赵翼所说："身阅兴亡浩劫空，两朝文献一衰翁。……国家不幸诗家幸，赋到沧桑句便工。"（《题元遗山集》）他与金初党怀英、中后期的赵秉文并称金源三大家。文学史证明：凡是取得领袖群伦能代表一个朝代文学成就的作家，其创作都是以继承其前面作家的艺术创造为前提的。徐世隆《元遗山集序》中说："大较遗山诗祖李、杜，律切精深，而有豪放迈往之气；文宗欧、韩，正大明达而无奇纤晦涩之语；乐府则清雄顿挫，闲婉浏亮，体制最备；又能用俗为雅，变故作新，得前辈不传之妙。"①徐氏分诗、文、词三类论述，指出元好问创作的渊源与成就，不为无见。但单就诗歌来说，元好问显然不只汲取了李、杜的成就，而且对韩愈、苏轼、黄庭坚等人都有所继承。刘熙载就曾说："金元遗山诗兼李、杜、韩、苏、黄之胜，俨有集大成之意。"（《艺概·卷四》）这就比较全面。对元好问诗歌与李杜、苏黄的关系，学界讨论已经比较充分，而韩愈

---

　　① 《文学大典·宋辽金元卷·元好问》，江苏古籍出版社1999年版，第1193页。下引该书只注页码。

对元好问的影响此前则较多关注文的一方面，因此，本节论述韩诗对元好问的影响。

一、元好问诗学理论中对韩愈诗歌风格的推崇

元好问的诗学思想是非常丰富的，但其中对"雄健高古"的追慕则显然受到韩愈的影响。郝经《遗山先生墓铭》中说："金源有国百有余年，而先生出焉。当德陵之末，独以诗鸣，上薄风雅，中规李杜，粹然一出于正，直配苏、黄氏。天才清赡，邃婉高古，沉郁大和，力出意外，巧绵而不见斧凿，新丽而绝去浮靡，造微而神采灿发。杂弄金璧，糅饰丹素，奇芬异秀，洞荡心魄，看花把酒，歌谣跌宕；挟幽并之气，高视一世。"（《中华大典》）其中"邃婉高古"与"挟幽并之气"有韩诗的影子。潘仁是《元遗山诗集十卷小引》说："其诗文出入汉魏晋唐之间，偲然雄横一国。"（《中华大典》）胡应麟《诗数·杂编·卷六》也说："（其诗）奇崛而绝雕镂，巧绵而谢绮靡。五言沉郁高古。"（《中华大典》）他们所说的"雄横""奇崛""高古"显然是以韩诗作为标准的。元好问的诗歌风格多样，其中韩诗重气势、重笔力，风格豪健跌宕，肯定是元好问取则的途径之一，形成这样的美学追求可能与元好问的出生地及时世相关。赵翼看出了这一点，曾说："（元好问）生长云朔，其天禀本多豪健英杰之气，又值金源亡国，以宗社邱墟之感，发为慷慨悲歌，有不求自工者。此固地为之也，时为之也。"（《瓯北诗话·卷八》）元好问论诗最重"中州万古英雄气"（《论诗绝句三十首·七》）。"中州"即古代的"豫州"，因处九州中间，故称"中州"，泛指黄河中游地区，而河南当为最中心的区域。杜甫、韩愈都是河南人，而韩诗具有"雄桀瑰伟"的艺术风格，当属中州的典范。故元好问推崇韩愈有崇尚"中州英雄气"这一重要因素。在《论诗绝句三十首》中有几首就表达了追慕韩愈的理想。如第十八首：

> 东野穷愁死不休，高天厚地一诗囚。
>
> 江山万古潮阳笔，合在元龙百尺楼。

将孟郊与韩愈对比，认为孟郊好吟咏贫困愁苦，只不过是一个困于诗的囚徒，实在气量狭窄，没有出息，而韩愈则挟天风海雨般的气势，形成一代伟观，其"文章不烦绳削而自合"，与孟郊相比，应该置之"元龙（三国名士陈登）百尺楼"上。可谓推崇备至。为了强化韩诗的雄杰阳刚之美，第二十四首又说：

> 有情芍药含春泪，无力蔷薇卧晚枝。
>
> 拈出退之山石句，始知渠是女郎诗。

元好问在《中州集·王中立传》中引他老师王中立的话说："秦少游（观）春雨诗云：'有情芍药含春泪，无力蔷薇卧晚枝'，此诗非不工，若以退之'芭蕉叶大栀子肥'之句校之，则春雨为妇人语矣。破却工夫，何至学妇人？"王氏论诗亦主雄健豪迈气势，尤重诗句的劲健，因此对秦观诗句中展现的梨花春雨式的婉媚词化特征不满，认为虽工仍然是不值得学习的榜样。这种思想影响了元好问的美学追求，故取则韩愈豪荡雄放的风格。这与推崇中州英雄气是相合的。

另外，第十三首："万古文章有坦途，纵横谁似玉川卢。真书不入今人眼，儿辈从教鬼画符。"胡传志先生认为"这首诗不妨看作是批评'今人'及'儿辈'由卢仝的'纵横'演变而成的'鬼画符'式的诗歌"[1]。挖掘出元好问论诗的现实批评指向，很精彩。卢仝诗歌向以怪谲荒诞著称，如他的《月蚀诗》简直就是非诗非文的东西，难以卒读，以致韩愈对其作了大量删改后才可诵可读。这种作风虽然"纵横"恣肆，显示笔力，力追高古，但与真正的"坦途"还是相差悬远的。此诗隐含未说的标准还是韩愈的奇险高古、雄迈奔放而行坦途大道的风格。

元好问对杜诗的评价也与韩愈相合。如《论诗绝句三十首·十》：

> 排比铺张特一途，藩篱如此亦区区。
>
> 少陵自有连城璧，怎奈微之识碔砆。

---

[1] 胡传志：《金代文学研究》，安徽大学出版社2000年版，第80页。

这首诗批评元稹没有意识出杜甫诗的精神实质，是似是而非之论。考元稹《故工部员外郎杜君墓系铭并序》，他对杜诗评价有两处最显眼：一是认为杜甫是"集大成"者，这大致已成定论和通识；二是创"李劣杜优"论，招来当时和后世之讥。韩愈就认为这是"蚍蜉撼大树，可笑不自量"（《调张籍》）。考察元稹本意，他说："余观其（李白）壮浪纵恣，摆去拘束，模写物象及乐府歌诗，诚亦差肩于子美矣。至于铺陈始终，排比声韵，大或千言，次犹数百，辞气豪迈而风调清深，属对律切而脱弃凡近，则李尚不能历其藩翰，而况堂奥乎？"（《元氏长庆集·卷五十六》）显然元稹判断李劣于杜的根据不在李杜均擅长的古体或乐府歌诗范围内，而是以"排比声韵"的"大或千言，次犹数百"的格律诗为标准，李白不喜格律束缚，不长于律诗这是事实，但杜甫的最高成就也并非就是元稹赞赏的这类长篇排律。大约由于元、白当时相互酬唱爱写这种被称为"元和体"的千字律诗，故特标杜甫这方面的成就。难怪元好问要讥笑元稹这是"识碔砆"。那么杜甫的"连城璧"是什么呢？元好问《杜诗学引》中说："谓杜诗无一字无来处亦可也，谓不从古人中来亦可也。"认为杜诗能吸取古人精华，又自出新裁，不落古人窠臼，这才是杜甫的"无价之宝"。实际上这是重视杜甫开辟诗歌新径的成就。这显然与韩愈的评论相合。韩愈论李杜，不拘泥于琐细，而是观源溯流，赞赏李杜大禹治水式的勃兴诗歌、开辟诗史坦途的巨大魄力，欣慕李杜诗歌使"万类困凌暴"的超强艺术表现力，标举李杜能代表整个盛唐"雄壮浑厚"艺术风格的伟大意义。

元好问论诗又非常重视"真"，这种"真"有"性情之真"与"艺术逼真"两个方面。前者如"古雅难将子美亲，精纯全失义山真"（《论诗绝句三十首·二十八》）批评西昆、江西一派诗人，追慕杜甫、义山，既没有学到杜甫的"古雅"，也失却了义山的"精纯"，因而也就失却了诗人的"真性情"；后者如"眼处心生句自神，暗中摸索总非真。画图临出秦川景，亲到长安有几人？"（《论诗绝句三十首·十一》）认为杜甫十年困居长安，所以他的有关长安的诗歌，都是逼真的，而这种"艺术的逼真"依赖于"亲到长安"式的体验和自出心意的艺术创造。杜诗号称"诗史"，当与此有关。韩诗也是关注现实人生的，一部韩诗就是他人生心路历程的形象记录，其对南方雄奇险怪山水的艺术表现也莫不给人以"逼真"的感受。这与元好问诗歌描述经历国破家亡的真实历史图画，也有一线缕脉，遥遥相通。杜甫、韩愈、义山、元好问之间那一缕追求主观性情之"真"和艺术表现的"逼真"是前后相承，并不断发扬光大的。

二、元好问诗歌创作对韩愈的追慕

刘祁《归潜志·卷八》描述了金源一朝诗风的演变过程："明昌（1190—1196）、承安（1196—1200）间，作诗者尚尖新，故张耒仲扬由布衣有名召用，其诗大抵皆浮艳语。……南渡（1213年）后，文风一变，文多学奇古，诗多学风雅，由赵闲闲（秉文）、李屏山（纯甫）倡之。……赵闲闲晚年，诗多法唐人李、杜诸公，然未尝语于人。已而麻知几（九畴）、李长源（汾）、元裕之（好问）辈鼎出，故后进作诗者多以唐为法也。"在取法唐人的金源一代诗人中，无疑元好问的成就最大，他那追慕韩愈雄健高古诗风和要求写形逼真的艺术理想，在其诗歌创作中有充分的表现。据南开大学出版社出版的《全金诗·四》统计，共收元好问诗十五卷（113卷—127卷），具体情况如下表：

表1　元好问诗歌分体统计表[①]

诗体	五古	附编	七古	乐府	五律	附编	七律	五绝	六绝	七绝	附编	总数
数量	139	4	120	49	91	2	329	24	5	707	1	1511
合计	143		120	49	93		329	24	5	708		

---

　　① 说明：表中"乐府"一体编于118卷，实际上歌辞，含有五绝、七绝、五古、七古四体。"七古"一体实为"七古"（115卷、116卷）和"杂言"（117卷）的总和，"杂言"一体向属"七古"类。另外，《全金诗》所收元好问诗歌数量与清人施国祁《元遗山诗集笺注》中收录元诗数量不同。施书号称收元好问诗最多，为1361首，比《全金诗》少收150首。下文引诗均以《全金诗》为准。

在诸体诗中，元好问创作数量最多的是七绝（708首）和七律（329首），共计1037首，占总数的68.3%；其次是五古（143首）和七古（120首），共计263首，占总数的17.4%。从总体上看，元好问诗歌以七律和七绝成就最高，这两体也最能体现出杜甫、苏轼、黄庭坚等人对他的影响，这方面的论述已多，故从略。而元好问的五古、七古受李白、杜甫、韩愈、苏轼的影响很深，其中韩愈的影响将作为重点探讨。《金史·元好问传》说："其诗五古高古沉郁，七言乐府不用古题，特出新意。歌谣慷慨，挟幽并之气。"（《中华大典》）《金元诗选·金诗选·三·元好问》中说："金诗清苍而近薄，元诗妍丽而近纤。遗山空阔豪宕，意气横逸，波澜起伏，自行自止，不以粗率为奇，不以雕镂为巧，而其中纵横变化，不可端倪。其长篇大章，皆应如是观。"（《中华大典》）都指出元好问诗歌高古雄健、纵横变化风格均集中在五古、七古等大篇之中。下面举例证明。

如元好问有一首《宝岩纪行》：

> 阴岩转清深，秋老木坚瘦。城居望已远，步觉脱氛垢。
> 宝岩夙所爱，丈室方再叩。曛黑才入门，径就石泉漱。
> 遥遥金门寺，宝焰出岩窦。我岂无尽公，昔见今乃又。
> 同来二三子，寝饭故相就。况有杜紫微，琴筑终雅奏。
> 瞳瞳上初日，深越炯穿漏。逶迤陟西巘，万景若迎候。
> 绝壁开三面，仰看劳引胜。西山老突兀，屹立柱图覆。
> 诸峰出头角，随起随偃仆。不可无烟霞，朝暮为先后。
> 横亘连巨鳌，飞堕集灵鹫。九华与奇巧，五老失浑厚。
> 想当位置初，遂欲雄宇宙。太行为洪谷，胜绝无出右。
> 大似尘外人，眉宇见高秀。哀湍下绝壑，电击龙怒斗。
> 崩奔翻雪窖，滢滑泻琼甃。穷源得悬流，伟观骇初遘。
> 仙人宝楼阁，白雨散檐溜。天孙拂机丝，素锦绚清昼。
> 永怀登高赋，意匠困驰骤。窘于游暴秦，百说不一售。

林间太古石，稍复抔饮旧。已约铭窪尊，细凿留篆籀。

兹山缘未了，僧夏容宿留。终当丐余年，奇探尽云岫。

这首诗当作于贞佑南渡之前，即是元好问三十岁左右的作品，因为诗中未见兵乱景象与悲愤情怀，诗中洋溢的是探奇寻幽的情趣。据"宝岩夙所爱""昔见今乃又"和"同来二三子，寝饭故相就"推断，宝岩山应有山寺，诗人与几个朋友同游并宿寺，观看了雄浑壮阔的山景，并期望留在山中"奇探尽云岫"。此诗六十句，而且押奇险的仄韵，一韵到底，一笔不懈。五古大篇一般是穷极笔力，工于雕镂的，尤其纪行的山水之作更是如此。此诗显然是追摹韩愈《南山诗》的，如果说他二十八岁时创作的《论诗绝句三十首》中标示着追慕雄健高古的韩诗风格是确凿的话，那么与此同时或稍后的这首诗则是这种追慕的艺术实践。因为韩愈的《南山诗》雄桀瑰伟，以三次游山为主线，对南山的景物作了前所未有的刻画，绚烂浩博，气势磅礴，且押险韵，一百零二韵一气到底，形成天风海雨般逼人的气势，纷至沓来令人应接不暇的意象群让人既瞠目结舌又叹为观止。被誉为山水诗中"不可无一，不可有二"的杰构，成为后来描写登山的五古诗追摹的典范。如北宋梅尧臣的《游嵩山》就既仿其体，复步其韵，也取得了成功。元好问此诗也是再度仿《南山》之作，而且押韵与韩诗相同，许多诗句也胎息于韩诗。如下表所示：

表2　韩诗与元诗部分词句比较

韩诗	元诗
欲进不可又	昔见今乃又
粗叙所经遭	伟观骇初遭
远贾期必售	百说不一售
刚耿凌宇宙	遂欲雄宇宙
顾盼劳颈脰	仰看劳引脰
仰喜呀不仆	随起随偃仆
或缭若篆籀	细凿留篆籀

　　当然，如果只停留在模仿阶段，即使再像原作，也是没有意义的。正如《金元诗选·金诗选三》所评："金元人纪游诗皆刻意搜索，然才力不逮，求奇反庸。陋者规模《南山》诗，多作比似语，无益意味。遗山只以朴老出之，而锥幽凿险者亦无以过。"（《中华大典》）但是，元好问此诗又并非亦步亦趋的拟作，是有所创造的。首先，它没有韩诗的冗长拖沓，也没有韩诗"文备众体"的散文结构，因而显得清新峭拔、简省明晰。其次，不像韩诗那样喜用奇字奥句来镌镵造化，刻意夸饰铺排，元诗相对显得平易自然。第三，描写物象与韩诗相比，既具雕炼之工，又见平易真切。如写太行山峰与巨谷："绝壁开三面，仰看劳引脰。西山老突兀，屹立柱图覆。诸峰出头角，随起随偃仆。不可无烟霞，朝暮为先后。横亘连巨鳌，飞堕集灵鹫。九华与奇巧，五老失浑厚。想当位置初，遂欲雄宇宙。太行为洪谷，胜绝无出右。大似尘外人，眉宇见高秀。"就既形象生动又亲切昵人。再如写瀑布："哀湍下绝壑，电击龙怒斗。崩奔翻雪窖，滢滑泻琼甃。"既气势雄伟，又具体细致，因而新颖别致。可以说是融李白《蜀道难》描写瀑布的声威气势于韩诗的气韵高古之中而形成清雄奔放、骇震耳目的新境。

　　再如《游黄华山》：

> 黄华水帘天下绝，我初闻之雪溪翁。
>
> 丹霞翠壁高欢宫，银河下濯青芙蓉。
>
> 昨朝一游亦偶尔，更觉摹写难为功。
>
> 是时气节巳三月，山木立兀无春容。
>
> 湍声汹汹转绝壑，雪气凛凛随阴风。
>
> 悬流千丈忽当眼，芥蒂一洗平生胸。
>
> 雷公怒击散飞电，日脚倒射垂长虹。
>
> 骊珠百斛供一泻，海藏翻倒愁龙公。
>
> 轻明圆转不相碍，变见融结谁为雄？
>
> 归来心魄为动荡，晓梦月落春山空。

手中仙人九节杖，每恨胜景不得穷。

携壶重来岩下宿，道人已约山樱红。

这首七古中"丹霞翠壁高欢宫，银河下濯青芙蓉""更觉摹写难为功""雪气凛凛随阴风"等句子令人想起韩愈的名作《谒衡岳庙遂宿岳寺题门楼》。两诗押韵相同，不同的是韩诗主要写山，而元诗重点写水（瀑布）。因为韩诗要泄其郁愤之气，因此通过描写衡山的峥嵘兀傲来表现，并通过宿庙祷告神灵得吉兆而大发牢骚，以"猿鸣钟动不知曙，杲杲寒日生于东"的超然来化解贬官阳山的郁闷。元诗作于金亡后的太宗九年（1237），已经不存在韩愈式的不平，虽然诗中也借描写瀑布的壮伟清丽来"芥蒂一洗平生胸"，但最终还是归结到"道人已约山樱红"式的幽栖遁隐。元诗不采取韩诗的叙事结构，而是过多地融李白式的描写于韩诗的句调韵味之中，形成"奇崛而谢雕刻，巧缛而谢绮丽"的特色。韩诗也追慕李白的气象雄放和恢宏意境，但他加以改造，充实以雕镂削刻，辅之以叙事架构，因而显得特立独出，风味别致。元好问再融李白的清丽雄浑于韩诗的风调之中，则有圆融二家之长而自铸新境的意味。观元好问有很多诗都几乎步韩诗原韵，而诗句则清秀圆润，类似李白，如《游龙山》《西园》《岳祠斋宫夜宿》《并州少年行》等，都有这样的特点，这是值得注意的。

元好问的古诗也有融合杜甫、韩愈两家意象或意境的情况。如《泛舟大明湖》：

长白山前绣江水，展放荷花三十里。

看山水底山更佳，一堆苍烟收不起。

山从阳丘西来青一湾，天公掷下半玉环。

大明湖上一杯酒，昨日绣江眉睫间。

晚凉一棹东城渡，水暗荷深若无路。

江妃不惜水芝香，狼藉秋风与秋露。

兰襟郁郁散芳泽，罗袜盈盈见微步。

晚晴一赋画不成，枉着风标夸白露。

我时骖鸾追散仙，但见金支翠蕤相后先。

眼花耳热不称意，高唱吴歌叩两舷。

唤取樊川摇醉笔，风流聊与付他年。

这首诗作于金亡后的太宗七年（1235）作者游济南时，从诗中"兰襟郁郁""枉着风标""风流聊与付他年"等句，可以看出诗人心中是有郁闷和无奈的，虽然他还是非常旷达超脱地欣赏着大明湖的绝美风光，并说"看山看水自由身，着处题诗发兴新。日日扁舟藕花里，有心长作济南人"（《济南杂诗十四首》）。这首诗可以与杜甫的《美陂行》及韩愈的《奉酬卢给事云夫四兄曲江荷花行见寄并呈钱七兄阁老张十八助教》对读。杜诗作于天宝十三年，与岑参兄弟一起同游："岑参兄弟皆好奇，携我远来游美陂。天地黯惨忽异色，波涛万顷堆琉璃。琉璃汗漫泛舟入，事殊兴极忧思集。鼋作鲸吞不复知，恶风白浪何嗟及。主人锦帆相为开，舟子喜甚无氛埃。凫鹥散乱棹讴发，丝管啁啾空翠来。沉竿续缦深莫测，菱叶荷花净如拭。宛在中流渤澥清，下归无极终南黑。半陂以南纯浸山，动影袅窕冲融间。船舷暝戛云际寺，水面月出蓝田关。此时骊龙亦吐珠，冯夷击鼓群龙趋。湘妃汉女出歌舞，金支翠旗光有无。咫尺但愁雷雨至，苍茫不晓神灵意。少壮几时奈老何，向来哀乐何其多。""美陂"为长安西南近郊的风景胜地，其南岸就是终南山的紫阁峰阴（北坡），"峰下陂水澄湛，环抱山麓，方广可数里，中有芙蕖凫雁之属"（胡松《记游》）。朱长孺评论说："始而天地变色，风浪堪忧；既而开霁放舟，冲融袅窕；终而神灵暝接，雷雨苍茫。只一游陂时，情境迭变已如此，况自少壮至老，哀乐之感，何可胜穷。此孔子所以叹逝水，庄生所以悲藏舟也。"前面的分析非常精当，后面似有求深之嫌。杨伦却只说："只平叙一日游景，而湟漾飘忽，千态并集，极山岫海潮之奇，全得屈骚神境。"这里的"神境"概括精妙，惜其未能详示。但似乎又并非如仇兆鳌所说："此指月下见闻之状：灯火遥映，如骊龙吐珠；音乐远闻，如冯夷击鼓；晚舟移棹，如群龙争趋；美人在舟，依稀湘妃汉女；服饰鲜丽，仿佛金支翠旗。"①我认为都不如德国学者莫芝宜佳的解释更符合诗境，他说"诸解表明人们在怎样努力或通过别解来使诗中那些非现实主义的艺术描写于人无害。确实，诗中的水下映像就像一幅艺术画，要比现实的景象优美、深邃，当然也短暂。"②实际上杜诗的妙处正在于运用非现实主义的幻笔，描绘了一个想象的水下世界的奇观，而这又是由水映山寺而引发的联想。韩愈追慕杜诗，也写了一个倒影的奇幻境界："撑舟昆明度云锦，脚敲两舷叫吴歌。太白山高三百里，负雪崔嵬插花里。玉山前却不复来，曲江汀滢水平杯。"这是一幅人间仙境的图画：一叶轻舟荡漾在云锦铺张的碧波上，诗人脚敲船舷，大唱吴歌（即《采莲曲》之类民歌），忽然看到高耸云霄的太白峰负雪倒插在千顷荷花丛里，山影与花光、白雪与碧波交相辉映，而眼前分明又是曲江那一望无垠的清滢澄澈的湖水。再回来看元好问的诗，他去掉了韩诗的议论和叙事框架，也不用杜诗首尾照应之法，而是加强了山、水、花之间的相互辉映的描写，并明确说出"看山水底山更佳"的审美判断，然后展开"水暗荷深若无路，江妃不惜水芝香"的想象，描写在芳香四溢的荷花丛中，神女凌波微步、踏峰巅踩花影、罗袜生尘的幻境。最后回到自己的"散仙"处境，要一边"高唱吴歌叩两舷"将"风流聊与付他年"。显然元诗取杜甫诗的意境加入韩诗的萧散风神，融铸成独有的空灵轻散、淡荡幽渺的境界。尽管用韵也与杜、韩一样，平仄转换，但元诗不像杜诗那样凝重，也不像韩诗那样散漫，而是显得轻虚流走，精练朗畅，很有韵味，在元好问的后期诗作中可谓上品。

当元好问在一首诗中将李白、杜甫、韩愈、苏轼等人的优长融于一起时，便创造出了更奇妙的境界。如《涌金亭示同游诸君》：

太行元气老不死，上与左界分山河。有如巨鳌昂首西入海，突兀已过余坡

① 杨伦：《杜诗镜铨》，上海古籍出版社1998年版，第77页。
② 莫芝宜佳：《〈管锥编〉与杜甫新解》，河北教育出版社1997年版，第255页。

陀。我从汾晋来，山之面目腹背皆经过。济源盘谷非不佳，烟景独觉苏门
多。涌金亭下百泉水，海眼万古留山阿。觱沸泺水源，渊沧晋溪波。云雷涵
鬼物，窟宅深蛟鼍。水妃簸弄明月玑，地藏发泄天不呵。平湖油油碧于酒，
云锦十里翻风荷。我来适与风雨会，世界三日漫兜罗。山行不得山，北望
空长哦。今朝一扫众峰出，千鬟万髻高峨峨。空青断石壁，微茫散烟萝。
山阴十月来摇落，翠蕤云霄相荡摩。云烟故为出浓淡，鱼鸟似欲留婆娑。
石间仙人迹，石烂迹不磨。仙人去不返，六龙忽蹉跎。江山如此不一醉，
拊掌笑煞孙公和。长安城头乌尾讹，并州少年夜枕戈。举杯为问谢安石，苍
生今亦如卿何？元子乐矣君其歌。

诗题中"涌金亭"是河南辉县西北的一处胜景，附近是有孙登啸台的苏门
山，山下流泉名百门泉；涌金亭就在百泉东，由于泉水从地底下涌出，日
照如金而得名。元好问游涌金亭大约在定宗后海迷失称制元年（1248），
是年作者五十九岁。诗的末尾悲愤激昂，并以"己乐君歌"的旷达结束，
寄托颎洞无际的亡国之思。此诗属于杂言体，颇似李白的《蜀道难》，
五、七、九言错杂交织，并配之以"山之面目腹背皆经过"之类的散文句
法，遂显得开合顿宕，气势流畅。"平湖油油碧于酒，云锦十里翻风荷。
我来适与风雨会，世界三日漫兜罗"有李白、苏轼的雄浑飘逸；"觱沸泺
水源，渊沧晋溪波。云雷涵鬼物，窟宅深蛟鼍"有杜甫的凝练整饬；开头
的兀傲逼仄和结尾的三平调又极似韩愈歌行的风调。"今朝一扫众峰出，
千鬟万髻高峨峨"似韩诗，"江山如此不一醉，拊掌笑煞孙公和"似苏
诗，"空青断石壁，微茫散烟萝……仙人去不返，六龙忽蹉跎"又像李白
诗歌。总之，此诗最富包融性，既有李白诗的天马行空的飘逸，也有超旷
洒脱的苏轼的身影；既有杜甫诗的波翻澜卷般的苍凉情怀，也有韩愈跌宕
隽永的特殊风调。而这一切都涵融于自己淋漓顿挫的壮志难酬的悲愤之
中，真可以算是"烹炼百家"融汇众长的"集大成"之作。

综上所述，元好问从要做"诗中疏凿手"使"泾渭各清浑"的诗学宗
旨出发，推崇"中州万古英雄气"，追慕"虎啸（生）风""笔底银河"

"沧海横流"的雄奇高古境界，因而追摹李白、杜甫、韩愈、苏轼等一流大家，学习他们的自然、精纯和真淳，追求一种融奇崛、雄浑、刚健、清新于一炉的诗歌艺术境界。从上述所论的古体诗创作情况来看，虽然还未能完全摆脱模拟的痕迹，但元好问能熔炼百家并自铸新境的艺术创造，还是取得了较高的艺术成就的。

[原载《安徽师范大学学报》（人文社会科学版）2007年第5期]

韩愈的文学观念

　　韩愈建构的儒家"道统说"及其独具风采的诗文创作对后代（尤为宋为甚）有笼罩性的影响。宋人对韩愈可谓推崇备至，赞誉主要集中在道学和文学两方面。如《新唐书·韩愈传》说韩愈"以六经之文为诸儒倡，障堤末流，反刓以朴，划伪以真。……学者仰之如泰山北斗云。"指出的正是韩愈在道学方面的成就。苏洵则赞美其文"如长江大河，浑浩流转，鱼鼋蛟龙，万怪惶惑，而抑遏蔽掩，不使自露，而人望其渊然之光，苍然之色，亦自畏避不敢迫视。"（《上欧阳内翰第一书》）秦观合诗文而论之，说"韩氏，亦集诗文之大成者欤"（《论韩愈》）。苏轼将"文"与"道"并举，称赞韩愈"文起八代之衰，道济天下之溺"（《潮州韩文公庙碑》）。但他将"文"置于"道"之前，略带抑扬，以致后来朱熹说韩愈"裂道与文为两物"，"缘他费工夫去作文，所以读书者，只为作文用"（《读唐志》）。而赞他"文字尽好，末年尤好"（《朱子语录·一三七》）。这些评价尽管各有某一方面的偏颇，但都肯定了韩愈在文学方面的成就。元、明、清这方面的评论更多，不备举。惟当代陈寅恪先生的论断最有概括性，他说"退之者，唐代文化学术史上承先启后转旧为新关捩点之人物也"（《论韩愈》）。考察历代对韩愈的推崇，我认为韩愈之所以能取得影响深远、流传千载的文学成就，根源于他深邃的思想体系中包含着丰富而复杂的文学观念。

一、"六经皆文"的文学观

魏晋南北朝时代一向被称为"文的自觉"时代，主要包括这几个方面的含义：（1）认识到"文章乃经国之大业，不朽之盛事"（曹丕《典论·论文》），文章的历史地位和现实意义被突出和强调；（2）重视文章的审美娱乐特性，讲究声律、词采、典饰，即萧统所说的"综缉辞采，错比文华"（《文选序》）；（3）具有比较细致的文体分类意识，如曹丕的《典论·论文》（8类）、陆机的《文赋》（10类）、刘勰的《文心雕龙》（25类）、萧统的《文选》（38类），都体现了较强的文体意识。但从总体上看，这种文体分类还是比较粗放，体现一种"杂文学观念"。韩愈所处的中唐时代，这种文学观念，除了新增律诗、绝句等诗类外，大体上并没有多少改观。考察韩愈诗文集，他经常使用的"文学""文章""文辞"等概念，都是一种包含多种文类的"杂（广）文学"概念。如《上兵部李侍郎书》中说："性本好文学，因困厄悲愁无所告语，遂得穷究于经传史记百家之说，沉潜乎训义，反复乎句读，砻磨乎事业，而发奋乎文章。"这里的"文学"就指"经传史记百家之说"，包括内容（训义）和形式（句读）两方面，而"文章"则指创作的"诗、赋、文"等。又如《答窦秀才书》中说："遂发愤笃专于文学"，"以相从问文章为事"。这里的"文学"则指"经史、诗赋、文"等，"文章"特指"古文"。再如《上李尚书书》中说："愈少从事于文学"，"谨献所为文两卷凡十五篇"。"文学"也指"经传、诗赋、文"，"文（章）"则专指"古文"。

"文章"的概念也比较复杂，含有多种意义：

（1）沿袭不同，复之无由，考于今，诚无所用之，然文王、周公之法制粗在于是。孔子曰："吾从周。"谓其文章之盛也。

——《读仪礼》

（2）沉浸浓郁，含英咀华，作为文章，其书满家。

——《进学解》

（3）至周之典籍咸在。考其文章，其所尚者不相远然。

——《进士策问·二》

（4）是故文章之作，恒发于羁旅草野。

——《荆潭唱和诗序》

（5）浮屠师文畅喜文章，其周游天下，凡有行，必请于缙绅先生以求咏歌其所志。

——《送浮屠文畅师序》

（6）国朝盛文章，子昂始高蹈。

——《荐士》

（7）惟酷好学问文章，未尝一日暂废。

——《潮州刺史谢上表》

这些诗文中的"文章"，有的是指三代的"文化礼乐制度"，如（1）和（3）；有的则是指"诗、赋、文"，如（2）和（7）；有的又偏指"诗、文"，如（4）、（5）和（6）。

有时韩愈用"文辞""辞章""词章"来代替"文章"：

（8）愈叔父当大历世，文辞独行于中朝，天下欲铭述其先人功行取信于世者，咸归韩氏。

——《科斗书后记》

（9）其文辞引物连类，穷情尽变，宫商相宜，金石谐和。

——《送权秀才序》

（10）近怜李杜无检束，烂漫长醉多文辞。

——《感春四首》

（11）居闲益自刻苦，务记览，为词章泛滥停蓄，为深博无涯涘，而自肆于山水间。……子厚斥不久，穷不极，虽有出于人，其文学辞章，必不能自力以致必传于后如今，无疑也。

——《柳子厚墓志铭》

（12）声名词章行于京师。

——《唐故国子司业窦公墓志铭》

这些用法里，（8）中"文辞"指"文章辞采"，主要指"铭述"方面；（9）和（10）中"文辞"指"文章词藻"，偏指"诗、赋"方面；（11）"辞章""词章"指柳宗元的文章，包括诗、赋、文、学术等；（12）则是一般意义上的"文章"。

这些概念都反映了韩愈的文学思想里含有"杂糅各体"的文体意识，其中表述含义界限较清楚的是"古文"与"时文"的概念。如：

（13）其所著皆约六径之旨而成文。

——《上宰相书·一》

（14）夫所谓文者，必有诸其中。……体不备不可以为成人，辞不足不可以为成文。

——《答尉迟生书》

（15）朴为文久，每自则意中以为好，则人必以为恶矣。……时时应事作俗下文字（时文），下笔令人惭，及示人，则人以为好矣。

——《与冯宿论文书》

（16）学有师法，文多古风；沉默静退，介然自守。

——《举荐张籍状》

（17）君喜古文。……其志在古文。……愈之为古文。

——《题欧阳生哀词》

（18）李氏子蟠，年十七，好古文。

——《师说》

这些用例中的"文（古文）"，系指与句式整齐、讲究对偶的骈文（时下文字）相对而言。西汉以前文章以散行为主；东汉以后骈偶成份渐渐增多，至南朝后期和初唐，发展到了极致。中唐时期各种考试及应用文体仍然是此种对偶之体，即"时文"，而韩愈主张恢复西汉、先秦文体，故称"古文"。有时候，韩愈还将南北朝时期区分得比较明确的"文"与"笔"合用。刘熙载《艺概·文概》①中说：

> 古人或名文曰笔。《梁书·庾肩吾传》太子与湘东王书曰："谢朓、沈约之诗，任昉、陆倕之笔。"笔对诗言者，盖言志之为诗，述事之谓笔也。其实笔本对口谈而言。《晋书·乐广传》："广善清言，而不长于笔。将让尹，请潘岳为表，岳曰：'当得君意。'广乃作二百句语，述己之志。岳因取次比，便成名笔。时人咸曰：'若广不假岳之笔，岳不取广之旨，无以成斯美也。'"昌黎亦云："不惟举之于其口，而又笔之于其书。"观此而笔之所以命名者见矣。然昌黎于笔多称文，如谓"汉朝人莫不能为文，独司马相如、太史公、刘向、杨雄为之最"是也。

韩愈将"笔""文"混在一起，也说明他的文学观念中还没有清晰的分类意识，韩愈时代还没有出现后代所谓的"散文"概念，这一概念至迟到宋代十二世纪中叶后才产生。②当时的作家别集编辑都是诗文合编，也说明当时文体分类并不像现在这样细致。

问题的关键是韩愈的这种文章观念意义何在？

首先，这种观念能让韩愈的阅读视野更开阔。因为他持"六经皆文"的观点，其"文学"观念中又包容了经史百家学说，所以他对待前代文化遗产态度就非常通脱，能体会各种典籍的精深奥义。如他在《进学解》中所说："上规姚、姒，浑浑无涯，周《诰》殷《盘》，佶屈聱牙；《春秋》严谨，《左氏》浮夸，《易》奇而法，《诗》正而葩；下逮《庄》《骚》，太史所录，子云、相如，同工异曲。"将《诗》《书》《易》《春秋》《左传》《庄子》《离骚》《史记》汉赋等均纳入了"文"的范围，而且吸收它们各

---

① 刘熙载：《刘熙载全集》中的《艺概·文概》，江苏古籍出版社2001年版，第92页。
② 杨庆存：《宋代散文研究》，人民文学出版社2002年版，第18页。

自的艺术优长。若与柳宗元相比，就能见出这种杂文学观念的优点。柳宗元《答韦中立论师道书》中说，为了"羽翼夫道"，他是这样做的："本之《书》以求其质（质朴），本之《诗》以求其恒（永久不变的情理），本之《礼》以求其宜（合理），本之《春秋》以求其断（判断），本之谷梁氏以厉其气（文气），参之《孟》《荀》以畅其支（文章义理），参之《庄》《老》以肆其端（奔放无端），参之《国语》以博其趣（趣味），参之《离骚》以致其幽（隐微深沉），参之太史公以著其洁（简洁），此吾所以旁推交通而以为之文也。"柳宗元主张"辅时及物"为"道"，故他将韩愈杂合融化的经史百家之文，分成两类，《诗》《书》《礼》《春秋》《易》等作为"取道之原"，而将《孟》《荀》《庄》诸子及《骚》《国语》《左传》《记史》等作为"旁推交通"的为文之资，表面上看，柳氏更尊重经典，取道更高，而实际上韩愈将六经诸子百家一律视为"文"，更立一抽象的"仁义道德"作为文之"原"（行之乎仁义之途，游之乎诗书之源），这样他就更能体会出六经百家的优点，因此，韩愈"约六经之旨"而成文，"资书以为诗"的创作方法就有可能比柳宗元取得更高的成就。韩文韩诗从整体成就上均高于柳文、柳诗，可能与这种文学观念的区别有一定联系。

其次，韩愈"六经皆文"的观念，使他能打通诗文的界限，取得新的成就。如果说柳文还能与韩文并列，是因为他们都持"文以明道"的观点，并且对六经百家持基本相似的看法的话，那么韩诗与柳诗则因为观念差别，而成就不在同一层次，柳宗元《杨评事文集后序》中说：

> 作于圣，故曰经，述于才，故曰文。文有二道：辞令褒贬，本乎著述者也；导扬讽谕，本乎比兴者也。著述者流，盖出于《书》之谟、训，《易》之象、系，《春秋》之笔削，其要在于高壮广厚，词正而理备，谓宜藏于简册也。比兴者流，盖出于虞、夏之咏歌，殷、周之风雅，其要在于丽则清越，言畅而意美，谓宜流于谣诵也。①

---

① 柳宗元：《柳宗元集·第二十一卷·题序》，中华书局1979年版，第578页。

柳宗元认为诗、文具有不同的源流和不同的体性特征，文本于经，本于著述，因此"高壮广厚，词正理备"，而诗则本于比兴，本于《风》《雅》，要"导扬讽谕"，因此"丽则清越，言畅意美"。他还认为创作具有不同途经，因此他觉得"兹二者，考其旨义，乖离不合，故秉笔之士，恒偏胜独得，而罕有兼者。厥有能而专美，命之曰厥艺。虽古文雅之盛世，不能并肩而生。"柳宗元古文方面取得很高成就，而诗歌却拘于较狭窄的气局，气象远不及韩诗森严阔大，含蕴也不及韩诗包孕宏深，显然与他持诗文难以"兼胜"观念及强分诗文畛域的文学观点密切相关。文学史上只有韩愈、欧阳修、苏轼等少数作家能取得各体兼工的成就，我认为都与他们具有一种开放的心态和杂汇多种文体的特征而融会贯通的观念有联系。

韩愈自己"作为文章，其书满家"，其中的"书"就是六经及诸子百家史记骚赋等；他"砻磨乎事业，发奋乎文章"中的"文章"也指诗赋文等。而他赞赏卢殷是"无书不读，然只用以资为诗"（《登封县尉卢殷墓志》）以及认为自己"作为歌诗"可以"荐之郊庙""编之乎诗书之策而无愧"（《潮州刺史谢上表》）等，都表明韩愈对诗歌的体性特征及价值的认识比柳宗元更深刻，眼界更开阔。因此，他能将文的各种异质因素移入诗中，开创出一种全新的诗歌艺术形式。如他的名作《南山诗》就是"文备众体"的典型：它铺排景物，繁富炫博似赋，历叙三次遭贬而登山似记，整体上看是赞美京城近郊景物及自然功镂造化又似颂赞。此外，如记载史实夸耀功德的《元和圣德诗》似颂体，《桃源图》《落齿》等似记与论体，《嗟哉董生行》《县斋有怀》似传体，《赠侯喜》《八月十五夜赠张功曹》《岳阳楼别窦司直》又似书体，《北极一首赠李观》《孟生诗》《送惠师》又似序体，《永贞行》《荐士》《龊龊》则是典型的论体。方东树《昭昧詹言》看出了这一点，故他说：

> 韩公诗，文体多，而造境造言，精神兀傲，气韵沉酣，笔势驰骤，波澜老成，意象旷达，句字奇警，独步千古，与元气侔。[1]

---

[1] 东方树：《昭昧詹言·卷九》，人民文学出版社1961年版，第218页。

并称赞韩愈作诗本领高是"实由读书多，笔力强，文法高古。而文法所以高古，由其立志高，取法高，用心苦，其奥密在力去陈言而已"。他还特别列举了杜、韩作诗的"义法""统例"。虽然方氏《昭昧詹言》以文法论诗有一定的偏颇，但他对韩（含杜甫）诗的特征分析，应该说具有真知灼见，惜其对韩诗中文法的罗列论述未能以实例证之，不过从中我们可以看出：韩诗几乎包融了散文的全部技法，并达到了炉火纯青的境界。韩诗的这种成就实源于他"六经皆文""诗文相通"的文学观念。

二、"不平则鸣"的文道统一观

历来对"不平则鸣"的阐释，多围绕"不平"来做文章，把它解释成韩愈的文学创作观，即文学作品是由于作者心中有"不平"而寻求文学的表达，来达到发泄忧郁、平衡心态。对"不平"又有"激荡而不平静"和"愤怒不平"等说法。当然这种文学创作说，能解释许多优秀的文学作品产生的创作心理背景，有重要的理论意义。而且论者还建构了从《礼记》的"发愤作乐"，经司马迁"发愤著书"到韩愈"不平则鸣"再到欧阳修"穷而后工"的文学理论体系。①但如果我们仔细研究韩愈的《送孟东野序》及其他有关"不平则鸣"的论述，就会发现：韩愈的"不平则鸣"是一个比司马迁"发愤著书"广阔得多、深邃得多的复杂的文、道统一观念体系，更不是欧阳修"穷而后工"说能望其项背的。

先来看韩愈发现的存在于当时他所能理解的宇宙自然中的普遍规律：不平则鸣。首先是风挠动宁静的草木和激荡平静的水面，会听到草木发出鸣声，水面波浪撞击也发出鸣响。再联想到敲击金石会发出乐音。类推到万物之灵的"人"，则因为内心为外物所感而"不得已"，必定会以"歌""哭"的形式发出心声，并通过"言之精者（文辞）"表达出来。由具体的物和人再进一步到抽象的"四时"，也是"以鸟鸣春，以雷鸣夏，以虫鸣秋，以风

---

① 王运熙、杨明：《隋唐五代文学批评史》第二编第四章第三节《韩愈》对这个问题有细致论述。上海古籍出版社1994年版，第512-515页。

鸣冬"。这里的"风"已不同于前面作为推动力的"风",而是被四时选择的善鸣之物。我们可以看到,在抽象的四时之鸣声中,实际上概括了生命的历程:春天阳气升而阴气降,百鸟感春怀情而求偶,庆贺生之欣然;夏季冷暖气流交汇,阴阳相荡,因而雷电交加,震荡冲突,正值生命的生长期,"雷霆之震草木,威怒虽盛而欲致其生";秋天阴盛阳衰,气感金石,百虫发出哀鸣,生命凋零的哀戚到处弥漫,"萧瑟兮草木摇落而变衰";冬季则凄历严酷,朔风呼啸,木叶尽落,百虫蛰伏,到处一片冰雪浩洁的肃杀氛围。四时在演化运行中,这种"不平之鸣"由于"四时相推夺"而不可避免要发生的。在这样普遍的宇宙规律作用支配下,韩愈的思路延伸进了人类文明历史的长河。他以周公为界,分为"《诗》《书》六艺"时代和"诸子百家"时代。周公之前,善鸣者有帝王(禹)、法官(咎陶)、名臣(伊尹、周公)、乐师(夔)、诗人(五子),他们善鸣的文化成果就是《诗》《书》六艺。其中《乐经》虽已失传,而韩愈仍然将夔引入,凑成"六艺",说明他的广阔的文化观念,并不局限于经书的存亡,而强调是"善鸣"的结晶。周公以下,是诸子百家争鸣及朝代更替的历史时期,在韩愈所列举的庞大的善鸣者谱系中,我们发现有:(1)孔子、孟子、荀子、扬雄等儒家正统派系;(2)老聃、庄子为代表的道家之流;(3)管仲、晏婴、韩非、申不害、慎到、田骈等法家学派;(4)墨翟为代表的墨家;(5)孙武为代表的兵家;(6)张仪、苏秦为代表的纵横家;(7)邹衍、尸佼、杨朱等为首的杂家;(8)屈原、李斯、司马迁、司马相如、扬雄为代表的文学辞赋家。这些人都是历史进程中被选择出来又为文化史所确证的"善鸣者"。从"鸣"的角度看,没有好坏精粗方面的区别,这反映了韩愈融思想、学术、历史、文学为一体的杂文化观念或广文化观念。这些人或以道或以术或以文辞鸣。在对这些鸣声内涵作选择去取时,韩愈从自然人生与历史文化的交融中确立了他自己的"文统"和"道统"观。如他在《原道》中提出了以"仁义道德"为核心,以"修身治国平天下"为实际效用的儒家"道统"说。这个"道"的内涵是:"其文诗书易春秋,其法礼乐刑政,其民士农工贾,其位君臣、父子、师友、宾主、昆弟、夫妇;其服麻丝;其居宫室;其食粟米果蔬鱼肉。"显然这是一个与人生衣食住行息息相关的生命实体，又是维系和谐的社会秩序的纽带，是相生相养与伦常关系的具体可触摸的东西。这就是人类赖以生存并发展的"道"。"尧以是传之舜，舜以是传之禹，禹以是传之汤，汤以是传之文武、周公，文武周公传之孔子，孔子传之孟轲，轲之死，不得其传焉。荀与扬也，择焉而不精，语焉而不详。由周公而上，上而为君，故其事行；由周公而下，下而为臣，故其说长。"显然韩愈的道统中含有"诗书易春秋"所体现的"文统"，这正是他杂文学观念在道统说中的反映。当道统面临传人"择焉不精，语焉不详"及佛老浸蚀而衰落不济的艰难境地，他毅然要通过恢复文统来拯救道统的失坠，说"孟子不能救之于未亡之前，而韩愈乃欲全之于已坏之后"（《与孟尚书书》）。这种以担当道统为己任"舍我其谁"的精神令人崇敬。虽然韩愈所择所选的只是善鸣整体集合中的一部分，但韩愈发现了它们作为文明进化史主流的意义。韩愈最高明之处，在于既认识到这种普遍存在的共性，从"善鸣"的角度肯定了诸子百家在大文化视野中存在的价值，同时又为其建构一脉相传的以"仁义道德"为核心的儒家道统说提供了一个广阔而宏大的文化背景。他对文化史的贡献在于以"障百川而东之，挽狂澜于既倒"的气魄为对抗佛老而选择并突出了儒家的历史地位，论证了其历史进步性和应该占统治地位的合理性。而为了"扶树教道"，韩愈又突出了复古的"文统"观念。这样"不平则鸣"在韩愈的思想意识中实际上是"文统"与"道统"的交融和统一。

我们再来看司马迁和欧阳修的观点。司马迁说：

> 古者富贵而名摩灭，不可胜记，唯倜傥非常之人称焉。盖文王拘而演《周易》；仲尼厄作《春秋》；屈原放逐，乃赋《离骚》；左丘失明，厥有《国语》；孙子膑脚，兵法修列；不韦迁蜀，世传《吕览》；韩非囚秦，《说难》《孤愤》；《诗》三百篇，大抵圣贤发愤之所作为也。此人皆意有所郁结，不得通其道，故述往事，思来者。[1]

---

[1] 班固：《汉书·司马迁列传》，中华书局1962年版，第2735页。

司马迁只是从历史角度得出圣贤著书的心理动因是发泄忧郁，期望传之将来。这显然是根据儒家"立言"传远思想结合他自身独特遭际而提出的，目的是"传畸人于春秋"，很好地解释了文学创造的心理动力，其对韩愈的影响无宜很大，但不及韩愈文化视野开阔，韩愈的"不平则鸣"建立在宇宙普遍规律的基础上，比司马迁的发愤著书包孕更加宏深。而欧阳修进一步缩小范围，他说：

> 予闻世谓诗人少达而多穷，夫岂然哉！盖世所传诗者，多出于古穷人之辞也。凡士之蕴其所有而不得施于世者，多喜自放于山巅水涯之外，见虫鱼草木风云鸟兽之状类，往往探其奇怪；内有忧思感愤之郁积，其兴于怨刺，以道羁臣寡妇之所叹，而写人情之难言，盖愈穷则愈工。然而非诗之能穷人也，殆穷者而后工也。[①]

欧氏的"穷而后工"说比司马迁的"发愤著书"说范围更小，充其量不过是诗歌创作发生说，运用枚举法，进行不完全归纳，道出了诗歌创作的某种规律，严格说来，欧阳修的"穷而后工"论只是发挥了韩愈《荆潭唱和诗序》中的观点，显然没有"不平则鸣"说视野广阔。一方面韩愈认为："夫和平之音淡薄，而愁思之声要眇；欢愉之辞难工，而穷苦之言易好也。是故文章之作，恒发于羁旅草野，至若王公贵人气满志得，非性能好之，则不暇以为。"（《荆潭唱和诗序》）但韩愈只说"难工"，并没有说一定不工，因此他另一方面又说："三子（李翱、张籍、孟郊）者之鸣信善矣，抑不知天将和其声，而使鸣国家之盛耶？抑将穷饿其身，思愁其心肠，而使自鸣其不幸耶？"（《送孟东野序》）虽然历史证明三子都只是作愁思心肠的自我哀鸣，但是韩愈的诗学观念里存在着"天和其声"的"鸣国家之盛"的盛世和鸣这方面的可能性，这使他的"不平则鸣"说理论体系更趋于完整，与司马迁为控诉自己的命运不平而想实现生命价值的自我超越的"发愤著书"相比，概括性更强。与欧阳修的"穷而后工"相比，

---

① 欧阳修：《欧阳修全集·四十三卷·梅圣俞诗集序》，中华书局2001年版，第612页。

韩愈的"不平则鸣"实际上包含了"穷而后工"和"通亦可工"的正反两个命题，因而显得更宏通。

考察韩愈的诗文创作实际，他一方面是"自鸣不幸"的，如《上兵部李侍郎书》中说自己的南行诗是"舒忧娱悲，杂以瑰怪之言"，《上宰相书·一》中说自己"约六经之旨而成文"，却"时有感激怨怼奇怪之辞"，都是这方面的表现。而另一方面，他又自负地说"至于论述陛下功德，与《诗》《书》相表里；作为歌诗，著之郊庙，纪泰山之封，镂白玉之牒；铺张对天之闳休，扬厉无前之伟迹；编之乎诗书之策而无愧，措之乎天地之间而无亏，虽使古人复生，臣亦未肯多让"。（《潮州刺史谢上表》）这是要"鸣国家之盛"了。这大概是以他的《元和圣德诗》和《平淮西碑》一类的诗文创作为例证。其中后者写于元和十二年平淮西藩镇之后，其时韩愈正是官运通泰之时，他写作的《平淮西碑》正是所谓的"鸣国家之盛"的大手笔，此碑后来得到晚唐大诗人李商隐的大力赞扬，说是"点窜尧典舜典字，涂改清庙生民诗"[1]，可见其历史文化价值是有定论的。

最后，"不平则鸣"还运用到对历代诗人或其他艺术家的评论上。如对陶渊明的认识，虽然在《荐士》诗中将陶诗纳入"气象日凋耗"的南朝诗人群体中加以否定，但那是就总的诗歌发展趋势来说的，而在《送王秀才序》中借论王绩隐居避世而作《醉乡记》，接着论述陶渊明："及读阮籍、陶潜诗，乃知彼虽偃蹇不欲与世接，然犹未能平其心，或为事物是非相感发，于是有托而逃焉者也。"这比钟嵘、沈约、萧统甚至杜甫的认识更深刻[2]，不能不说是其理论观照下的新发现。再如，对张旭草书的认识

---

① 李商隐：《韩碑》，载刘学锴、余恕诚《李商隐诗歌集解》，中华书局2004年版，第909页。

② 钟嵘认为陶诗"笃意真古"，但置于中品。沈约《宋书·陶潜传》仅指出他耻事二姓。萧统《陶渊明集序》说："其文章不群，辞彩精拔，跌宕昭彰，独超众类，加以贞志不休，安道苦节，不以躬耕为耻，不以无财为病。"评价很高，但并未指出其内心矛盾，也没有多选陶的作品。杜甫《遣兴五首》"陶潜避俗翁，未必能达道"，指出他虽隐居却未能安之若素，未能忘怀是非得失。而韩愈则正面强调了陶心中的不平，比杜甫认识要深刻。后来鲁迅说陶有金刚怒目式的一面即是韩愈意见的发展。

也是在"不平则鸣"的背景下作出的。《送高闲上人序》中说:

> 往时张旭善草书,不治他伎,喜怒窘穷,忧悲愉佚,怨恨思慕,
> 酣醉无聊,不平有动于心,必于草书发之。观于物,见山水崖谷,鸟
> 兽虫鱼,草木之花实,日月列星,风雨水火,雷霆霹雳,歌舞战斗,
> 天地事物之变,可喜可愕,一寓于书。故旭之书,变动犹鬼神,不可
> 端倪。以此终其身,而后名世。

认为艺术家只有将自己的人生遭际和观赏外物而产生的美感结合起来,才能创造艺术的极境,如张旭的草书就是竭思凝虑,不平则鸣的精品。

甚至,在实际生活中,人们心中因为遭遇到不公正的对待,也会以争吵的方式"不平则鸣",如曹雪芹的《红楼梦》中就在叙述戏子芳官和她的干娘之间的矛盾时运用这一概念。干娘欺负芳官,拿了她的月钱,还让她洗干娘女儿的洗脚水,于是争吵起来。晴雯认为芳官狂,袭人则认为老的"不公",小的"可恶"。这时宝玉说:"这怨不得芳官!自古说'物不平则鸣'。他失亲少眷的在这里,没人照看;赚了他的钱,又作践他,如何怪得!"这是小说中运用"不平则鸣"的例子,可见这一概念具有雅俗通用的共性特征,尽管宝玉所用已不完全是韩愈的本意,但足见其应用范围之广泛,影响辐射得深远。

三、"李杜并尊"的盛唐观

韩愈出生时,大诗人李白已去世六年,而另一位大诗人杜甫也在韩愈三岁时谢世。随着李杜的告别诗坛,标志着文学史家盛称的"盛唐之音"的结束。到韩愈活动的中唐贞元、元和时期,安史之乱已过去了半个多世纪,诗人们开始抹开历史的血痕,反思盛唐了。在盛唐名气并不大的李

杜①，由于其诗歌的巨大艺术成就，在中唐进入了重要文人的评价视野。然而，由于文学观念的原因，存在"抑李杨杜"的倾向。如元稹在《杜工部墓系铭并序》中说："余观其（李白）壮浪纵恣，摆去拘束，模写物象及乐府歌诗，诚亦差肩于子美矣。至于铺陈始终，排比声韵，大或千言，次犹数百，辞气豪迈而风调清深，属对律切而脱弃凡近，则李尚不能历其藩翰，况堂奥乎？"②此铭应杜甫之孙杜嗣业的请求而作，有赞谀杜甫的因素，当可理解。而元稹判断李劣于杜的标准显然不在李、杜均善长的古体或乐府歌行范围内，而是以"排比声韵"的"大或千言，次犹数百"的格律诗为标准，李白不喜格律束缚，不长律诗这是事实，但杜甫的最高成就也并非是元稹欣赏的这类长篇排律。大约由于元、白当时相互酬唱爱写这种被称为"元和体"和千字律诗，故特标杜甫这方面的成就。仅凭此就见其识力不够高明。再看白居易的评价："诗之豪者，世称李、杜。李之作，才矣奇矣，人不逮矣，索其风雅比兴，十无一。杜诗最多，可传者千余首。至于贯穿今古，尔见缕格律，尽工尽善，又过于李。"③白居易则在格律之外，再立一"风雅比兴"标准，这样更见出李不如杜。元白的"李劣杜优"论在后代产生很大的影响，即使北宋大诗人王安石在内心深处也有这样的潜在观念，如他的《四家诗选》，以子美为第一，永叔次之，退之又次之，太白为最下。虽然突出了唐宋诗的传承由李、杜、韩向欧过渡的基本线索，但将李白置于最后，则显然有贬抑轻视之意。后经苏轼、黄庭坚、严羽等人的辨别标举，才又回到"李杜并尊"的评价上来。而第一个推崇"李、杜并尊"者正是与元白同时的韩愈。

韩愈在《调张籍》中说："李杜文章在，光焰万丈长。不知群儿愚，

---

① 殷璠：《河兵英灵集》不选杜甫，李白选了十三首，但比王昌龄、常建、王维要少。芮挺章《国秀集》不选李、杜。令狐楚《御览诗》也不选李、杜。高仲武《中兴间气集》也没有李、杜的身影。说明在唐代当时人们的视野里，李、杜是不入第一流的诗人，并未见其特异突出之处。参傅璇琮：《唐人选唐诗新编》，陕西人民教育出版社1996年版。

② 《四部丛刊》影明嘉靖本《元氏长庆集·卷五十六》。

③ 文学古籍刊行社影宋本《白氏长庆集·卷四十五》。

那用故谤伤？蚍蜉撼大树，可笑不自量。"据说这是讽刺元稹的。①在《荐士》诗中又说："国朝盛文章，子昂始高蹈，勃兴得李杜，万类困陵暴。"还有《醉留东野》《城南联句》《石鼓歌》《酬司门卢四兄云夫院长望秋作》《感春四首》等诗中均将李、杜并提，没有轩轾之意。考察韩愈对李、杜的并尊，是将李、杜作为一个整体象征来推崇的，并没有像元稹、白居易那样做细致分析并做符合某种标准（风雅比兴、格律）的取舍。尽管在韩愈眼中，李、杜是定位在古典主义风格的大背景上（对陈子昂的肯定也立于相同的古体风格这根诗史链条），没有对李、杜的全面成就进行评价；尽管韩愈着力赞赏的是李、杜大禹治水式的"垠崖划崩豁，乾坤摆雷硠"的勃兴诗歌、开辟诗史坦途的巨大魄力，欣慕的是李、杜诗歌使"万类困陵暴"的超强艺术表现力，以及代表整个盛唐"雄壮浑厚"艺术风格的诗歌规范的意义，但由于李、杜在当时并没有受到应有的重视甚至存在严重褒贬的情况，因而韩愈提倡李、杜并尊，树立李、杜最高的诗史地位，就具有非同寻常的重大而深远的诗史意义，同时也表现了韩愈欲回归开天盛世的诗歌理想和取则盛唐的创作意图。在中唐时期，固然需要像白居易、元稹那样的更为细致的评价，需要确立具体的标准来重新思考审视盛唐，但更需要的是高瞻远瞩，观源溯流。这有如平定淮西藩镇，是归功于最高统治层的决策还是单个将领的奇勋一样，韩愈表现出穿透历史时空不拘泥于具体琐屑的眼光。韩愈的这一经典评价，可以说建构了两宋、元、明、清的诗歌盛唐观念的基石，宋明人对盛唐之音的认识，对雄浑飘逸、雄壮浑厚的盛唐气象的审美判断，都可以说是以韩愈的这一评价为基础的。如宋代严羽《沧浪诗话·诗辨》中说：

（学诗）须熟读《楚辞》，朝夕讽咏以为之本；及读《古诗十九首》、乐府四篇，李陵苏武汉魏五言皆须熟读，即以李、杜二集枕籍观之，如

---

① 魏泰：《临汉隐居诗话》："元稹作李、杜优劣论，先杜而后李，韩退之不以为然，诗曰：'李杜文章在，光焰万丈长。不知群儿愚，何用故谤伤。蚍蜉撼大树，可笑不自量。'为微之发也。"引自何文焕辑《历代诗话》（上），中华书局1981年版，第320页。

今人之治经，然后博取盛唐名家，酝酿胸中，久之自然悟入。

又说：

> 诗之极致有一，曰入神。诗而入神，至矣，蔑以加矣！惟李、杜得之。[1]

虽然严羽以禅喻诗，主张妙悟，要求诗歌具有"透彻玲珑，不可凑泊，如空中之音，相中之色，水中之月，镜中之象，言有尽而意无穷"的审美特性，但他的诗学体系还是以古体诗为标的的，李、杜的并尊是最高追求，因此，他的诗学宗旨显示出其不变的坐标还是韩愈的盛唐观念。对李、杜优劣问题，严羽认为："李、杜二公，正不当优劣。太白有一二妙处，子美不能道；子美有一二妙处，太白不能作。"又说："子美不能为太白之飘逸，太白不能为子美之沉郁。……论诗以李、杜为准，扶天子以令诸侯。"

其后，明初高棅编《唐诗品汇》，其序中说："开元天宝间，则有李翰林之飘逸，杜工部之沉郁，孟襄阳之清雅，王右丞之精致，储光羲之真率，王昌龄之声俊，高适、岑参之悲壮，李颀、常建之超凡，此盛唐之盛者也。"[2]高棅的此书正式提出唐诗"初盛中晚"四期风格流变说，他对盛唐（甚至四唐）诗的品鉴显然比他的前辈们看得更清晰、细致，这主要得力于他三十多年对唐诗的"左攀右涉，晨济夕览，下上陟顿，进退周旋"，以大量阅读、揣摩、钻研、感悟为基础，因此结论非常厚重可信。他以"盛唐为正宗、大家、名家、羽翼"（《凡例》），是极度推尊盛唐的，而盛唐诸公又置李、杜于首位，其推尊李、杜之意可见。他的这一取则虽然是在继承杨士弘《唐音》"能别体制之始终，审音律之正变"的优点基础上，弥补其不录李、杜大家的缺陷而作出的，但他更远的诗学渊源显然是严羽，再上溯就是北宋的古文家们和中唐的韩愈。高棅之后，整个明代都笼罩在盛唐观念之下。如明代宋濂《答章秀才论诗书》对诗经到宋

---

① 严羽：《沧浪诗论校释》，郭绍虞校释，人民文学出版社1961年版，第1、8页。
② 郭绍虞、王文生：《历代文论选》（第三册），上海古籍出版社2001年版，第14页。

末的诗人都有论列，其中也盛推李、杜："开元、天宝中，杜子美复继出，上薄风雅，下该沈宋，才夺苏李、气吞曹刘，掩颜、谢之孤高，杂徐、庾之流丽，真所谓集大成者，而诸作皆废矣。并时而作有李太白，宗风骚建安七子，其格极高，其变化者神龙之不可羁。"①宋濂将杜甫的"集大成"置于李白的"变化若神"之前，是因为杜薄"风雅"，而李宗"风骚"，并没有刻意轩轾，大致还是李、杜并尊的。李东阳《怀麓堂诗话》说："诗有五声，全备者少，惟得宫声者为最优。盖可以通众声也。李太白、杜子美之诗为宫，韩退之之诗为角"。（宫声正方而好义，角声坚齐而率礼）②也是将李、杜置于最优的行列，这影响"后七子"之首的李梦阳提出"文必秦汉，诗必盛唐"的诗学主张。③

从此，盛唐诗歌观念牢牢地建立在人们的心中，而这所有的都可以认为是对韩愈盛唐诗歌观念的继承和发展。这不能不说是韩愈为中国诗史做出的重大贡献。

四、扶树教道的创作观

韩愈在《答李翊书》中介绍自己二十年为学的艰苦历程中第一阶段的情况时说："始者非三代两汉之书不敢观，非圣人之志不敢存；处若忘，行若遗，俨乎其若思，茫乎其若迷，当其取于心而注于手也，惟陈言之务去，戛戛乎其难哉！"首次提出"务去陈言"的观点。到底什么是"陈言"呢？方东树《昭昧詹言·卷九》中说：④

---

① 郭绍虞、王文生：《历代文论选》（第三册），上海古籍出版社2001年版，第23页。

② 郭绍虞、王文生：《历代文论选》（第三册），上海古籍出版社2001年版，第31页。

③ 《明史·文苑传》称"李梦阳才思雄鸷，卓然以复古自命。弘治时，宰相李东阳主文柄，天下翕然宗之。梦阳独讥其萎弱，倡言文必秦汉，诗必盛唐，非是者弗道。"

④ 方东树：《昭昧詹言》，人民文学出版社1961年版，第218页。

> 去陈言，非止字句，先在去熟意：凡前人所已道过之意与词，力禁不得袭用；于用意戒之，于取境戒之，于使势戒之，于发调戒之，于选字戒之，于隶事戒之；凡经前人习熟，一概力禁之，所以苦也。

刘熙载《艺概·文概》中也说：

> 所谓"陈言"者，非必剿袭古人之说认为已有也，只识见议论落于凡近，未能高出一头，深入一境，自"结撰至思"者观之，皆"陈言"也。①

方氏理解的"陈言"在于古人的词句、意旨方面，刘氏理解更深入一层，认为见识议论平庸即使不源于古人也是"陈言"。考韩愈的本意是指自己作文时，对自己沉迷涵咏其间的"三代两汉之书""圣人之志"等熟习言词、意旨等不肯蹈袭，力求写出自己的真切感受、体悟来。再经过第二阶段的去伪存正达到第三个阶段的纯正恣肆，并且要终身"行之乎仁义之途，游之乎《诗》《书》之源。"韩愈是一个终身"扶树教道"，意欲使儒道重振"全之于已坏之后"的人，故他从文化史的角度，从"不平则鸣"的背景下，选择了儒家道统，并论了其合理性。但为了使孔道以明，他又以"务去陈言"为文，以突出"戛戛独创"的艺术追求。关于韩愈古文创作方面的论述已经很充分，如刘宁就认为："韩愈所追求的'陈言务去'并不仅仅体现在语言的创新方面，而是构成了韩文最基本的旨趣，它的核心内涵，是以不落陈俗的方式，追求'自我树立'的深刻精神个性；建立在这一基础上的韩文之'奇'，不仅贯穿在'感激怨怼奇怪'之文中，也贯穿在文字顺的作品里。"我认为韩愈的"务去陈言"并不限于"韩文"，因为韩愈的"文"的观念里是包含着诗的，因此，他的这一观念深刻影响甚至左右着他的诗史观念。我们只要以诗歌为例，考察一下韩愈的先唐诗史观念，就可以明白他的诗歌创作为什么取则古体的原因。

《荐士》诗是韩愈先唐诗史观念最集中的体现。这首诗的最终写作目

---

① 刘熙载：《刘熙载全集》，江苏古籍出版社2001年版，第72页。

的虽然是为了推荐才华超众的诗人孟郊，因为他具有继承诗歌正统的复古意识，但是诗中前面部分勾勒的诗史观念值得注意。大体上和刘勰《文心雕龙》、钟嵘《诗品》的诗歌发展观念相近，也和陈子昂、王昌龄、殷璠等人对诗歌发展趋势的判断基本相同，但由于过分简略，不免有重要疏漏。如对建安诗歌不论三曹，特别是对曹植"骨气奇高，词采华茂，体披文质，情兼雅怨"的典型建安风格缺乏认识，不能不说是一个缺陷，不及李白将陈思王引入"古来圣贤皆寂寞"（《将进酒》）的行列的见识高远。另外，晋宋之交的大诗人陶渊明也沉沦在"气象日凋耗"的颓败里，也是一个不准确的地方。或许这与陶诗风格的平淡冲和不在韩愈追慕的视野里有关。除了对鲍照、谢灵运表示赞赏外，几乎南朝的诗人都在否定之列。这显然是对颜之推、王通、王勃诗歌观点的继承。[1]与王通、王勃的贬斥相比，韩愈对鲍、谢的肯定值得珍视，韩愈的肯定主要在两个方面：一是清新的风格，这显示在鲍照的拟古乐府和谢灵运的山水诗中。与杜甫称赞的"俊逸鲍参军"，和南朝人称大谢诗如"初发芙蓉"相通；二是内容的深奥，风格带有古气，鲍诗多压抑愤懑情怀和人生际遇感慨的抒发，与韩愈诗有相通之处，大谢则借山水发泄忧郁，韩愈也有感同身受之处，故与两人多有共鸣，加上两人都好用古体，也符合韩愈崇尚古典风格的美学理念。而那些永明体的诗人一味追求声律排偶、使事用典、字句藻饰；宫体诗人则围绕洞房密室、歌儿舞女、男欢女爱、声色犬马，剪翠偎红，雕琢刻削，绮艳轻靡，颓废凋耗，形成中国诗歌史上的一股逆流，因此韩愈要加以彻底否定，这与他维护儒家诗歌有关礼乐教化、关怀现实人生、重视风雅比兴的观点有密切联系，虽没有杜甫"转益多师"那样的通脱，却与李白"自从建安来，绮丽不足珍"（《古风五十九首》）的观点如出一辙。这样的诗史观体现出韩愈文统与道统交融在一起的特色，可以看出

---

① 颜之推《颜氏家训·文章篇》对屈原、宋玉、东方朔、司马迁、扬雄……曹植、王粲、阮籍、嵇康、谢灵运、谢朓等几乎所有诗文家都有否定性的批评。王通《中说》对谢灵运、鲍照、江淹……徐陵、庾信、谢朓等诗人也极度贬斥。王勃《上吏部裴侍郎启》也对屈宋、枚马、魏文帝、沈谢、徐庾等予以否定。参《历代文论选》第一册350页，第二册第2页、第8页。

对诗史的认识及价值判断是以"扶树教道"为标准的。因此，韩愈力尊秦汉文风和诗经传统是复古观念的必然产物。而在这样的大背景上，他揭示出陈子昂、李白、杜甫的诗史意义，并大胆将孟郊放在继承这复古传统的重要位置上，更见出他眼光的超迈与犀利。

韩愈在《答李翊书》中还提出了"气盛言宜"的创作主张：

> 气，水也；言，浮物也。水大而物之浮者大小毕浮。气之与言犹是也，气盛则言之长短与声之高下者皆宜。

王运熙、杨明先生在《隋唐王代文学批评史》中这样解释说："所谓'气'，指作者的精神状态。对于所欲说明的道理充满自信，是非瞭然，有高屋建瓴、利刃破竹之势，沛然而有余，或者是情思酣畅，感情强烈，处于高亢兴奋的心理之中，便是所谓'气盛'。具有此种精神状态，则遣词造句声调之抑扬、句式之长短，便能自然合宜。"[1]而周振甫先生则认为"这是从语言方面说明内容怎样决定形式的精辟见解"[2]。我认为这里的"盛"是"大"的意思，一方面是占有充分的道理，一方面是积蓄了很深厚的修养，再一方面是具有语言表达技巧。总之，对一个问题有了全面深入细致的研究，又拥有语言表达技巧，再加身体、心理条件也不错，当然会"长短高下皆宜"，会形成无往而不胜的气势。韩愈的"气盛言宜"实际上在继承孟子"知言养气"说和曹丕"文气"说基础上揭示了作者在表达思想情感时，学养、精神状态与文辞声调、句式长短的关系，要用以与内容相适应的、随内容变化而变化的声调句式，取代骈文那种固定刻板的格式，来更好地"明道"。

"明道"并不是最终目的，而将所明之道传之久远才是韩愈最终极的目标，因此韩愈主张创作应该在"道"贯穿的前提下，要"不因循，能自树立"。孔子说："辞达而已矣。"又说："言之不文，行而不远。"既强调把理说清说透，又要求充分注意表达的文采，即运用修辞手段将道理形象

---

① 王运熙、杨明：《隋唐五代文学批评史》，上海古籍出版社1994年版，第498页。
② 周振甫：《周振甫讲古代散文》，江苏教育出版社2005年版，第102页。

化而意味深长地表达出来。韩愈继承了孔子的这一思想，他在《答刘正夫书》中曾说："夫百物朝夕所见者，人皆不注视也，及睹其异者，则共而言之。夫文……用功深者，其收名也远，若皆与世沉浮，不自树立，虽不为当世所怪，亦必无后世之传也。"又说："家中百物其所珍爱者，必非常物"，因此"能者非他，能自树立不因循者是也"。正是这种"能自树立欲"传之久远"的强烈信念使他形成"为文尚异"的审美观，由此出发，对于他"务去陈言"，追求散文方面的气势充沛、平易畅达、千变万化来与骈文的雕饰呆板、陈腐庸俗相对抗；在诗歌方面"镵镵造化"，刻意求奇求险，力避俗套软懦，并且大胆地"以文为戏"，在戏谑中明道（如《调张籍》）等在常人眼中值得指责的东西，全部都可以得到解释，他是要追求诗、文的强烈主观化的个性色彩，务欲独立自树于中唐，并传之久远。这样的文学观念使他那"雷奔电发""鲸铿春丽"的诗文创作既属于中唐，又远远超越中唐，因此，宜在宋代之后产生遥远而壮阔的历史回响。

综上所述，我们认为韩愈是唐型文化向宋型文化转变的枢纽，韩文韩诗也是由主情的唐音向主理的宋调转变的津梁。他的广文学思想中融会了文道统一的观念，在"不平则鸣"的背景下，他能明晰地勾勒出与儒家道统相适应的诗文发展的轨迹，对重要作家作品的地位与价值做出正确的判断，他建构的"盛唐"观念对后代产生深远的影响。为了"扶树教道"，他主张"务去陈言""气盛言宜"，并认为一切"不因循能自树立"的手段都能使道传之久远。韩愈的文学观念是一个由道统说为核心，以"不平则鸣"为基本线索，以"务去陈言""气盛言宜"为辅助的严密的体系。他独具特色的理论体系融铸于他个性鲜明的诗文创作之中，二者相辅相成，共同构成中唐文化史、文学史的奇观。

（原载《文艺理论研究》2007年第4期）

试论元稹的文学思想

——以《故工部员外郎杜君墓系铭并序》为中心

　　元稹（779—831），字微之，中唐通俗派著名诗人，与白居易并称"元、白"。他的文学思想主要集中体现在他精心结撰的名文《唐故工部员外郎杜君墓系铭并序》中。"叙曰：予读诗至子美而知小大之有所总萃焉。"叙即"序"。一种文体名称，起源很早，大约在春秋末至战国初期产生，是整理文献时，按照一定的次序，编排文献，说明写作情况、意旨的一种实用文体。后来，除一般的书籍、文集之外，有些单篇的赋、诗歌、散文前面都有"序"。这篇"序"既是一篇精美的"墓志铭"序，又是一篇理论价值极高的诗论。因为杜甫一生并没有赫赫战功或者从政方面的业绩，只是在诗歌艺术创造方面做出了划时代的贡献，所以，元稹主要评价杜甫的诗歌成就，与墓主的实际情况非常契合。他用"总萃"一词来归纳杜甫的成就，认为杜甫是诗歌发展的集大成者，这一诗史判断非常准确。

一、元稹的诗史观念

　　一般文学史都认为诗歌产生于民间，是在劳动人民的生产劳动中创造的。元稹却认为最早的诗歌产生于尧舜时代的君臣唱和。他说："始尧、舜时，君臣以赓歌相和。"据《尚书》记载：舜继尧为帝后，天下大治，于是作歌曰："股肱喜哉！元首起哉！百工熙哉！"大臣皋陶乃赓歌（接着续歌，应和）曰："元首明哉！股肱良哉！庶事康哉！"又曰："元首丛脞

（细碎、繁琐）哉！股肱惰哉！万事堕哉！"①从上面的诗歌看来，舜的三句诗描述了天下大治的背景下，股肱大臣到百工熙乐和睦的太平景象，流露出他作为元首的喜悦之情；而皋陶的和诗，一首赞美元首和大臣的英明、贤良及政事顺畅，另一首则有进谏意义，说如果元首喜欢细碎繁琐，不思奋进，贪图享受，那么股肱大臣就会懒惰，结果就会导致万事毁坏、不堪收拾的局面。元稹是主张诗歌要有干预生活的进谏功能的，故以尧舜君臣赓歌作为诗歌的起点。这里含有元稹的诗学理想。

沿着"干预社会生活"这条主线，元稹展开了对历代诗歌的评价。他说："是后诗人继作，历夏、殷、周千余年，仲尼缉拾选练，取其干预教化之尤者三百，其余无闻焉。"这是总体评价《诗经》。元稹认为：《诗经》三百首，经过孔子的精心研究、编辑、整理、挑选、删除，所剩下的全部是有关政治教化的最好作品。此说继承了司马迁提出的"孔子删诗"观点，后代一般认为不可信。元稹所以这样说，还是为了突出他的诗学见解，即主张诗歌要有干预生活、反映现实、直面人生的实用功能。由此可见中唐时代的人们对诗经价值的判断，也可以看出当时的诗学观念。值得注意的是，这在当时是有普遍意义的，否则"新乐府"运动就不会有那么多同声相应的唱和者。

接着评论屈原等骚体诗人的作品。他说："骚人作而怨愤之态繁，然犹去风雅日近，尚相比拟。"这是评论以屈原为代表的诗人及其作品。对屈原的评价可以作为一种诗学理论的试金石。历史上自司马迁高度赞美之后，对屈原评价有两种对立的情况：一种认为《离骚》取得了很高的成就，《诗》《骚》并列为中国古代诗歌的两大源头，可以与日月争光；一种则认为屈原露才扬己，从班固到颜之推，再到王通、王勃都否定屈原。而杜甫、李白是推崇屈原的，元稹的评价稍稍折中，一方面用"态繁"略显不满，另一方面又说与诗经很接近，还可以相互比拟。我认为，元稹认为可比拟的不是《离骚》的惊采绝艳、自铸伟词，而是其中包含大量的以刺

_____

① 李学勤：《尚书注疏卷五·益稷》，北京大学出版社1999年版，第130页。

世事的谏诤内容，符合他的诗歌价值观。那么，秦汉诗歌又会怎样呢？元稹说："秦汉以还，采诗之官既废，天下俗谣、民讴、歌颂、讽赋、曲度嬉戏之词，亦随时间作。"这里特别值得注意：元稹大概是第一个将秦汉连在一起论述的人，而且将民歌民谣与颂歌、讽谏性诗歌及娱乐游戏的唱词结合起来，表现他对俗文学的关注，这与他和白居易、李绅、刘禹锡等诗人重视民歌创作相关，正是由于他们的通脱观念，才使他们能够在中唐时期尝试被称为卑俗的"词"体创作。《元稹集》中虽然没有词，但是他的观念中是重视并赞赏"词"的。从上面的叙述中，不难看出，元稹更看重的是"采诗"讽谏之类的民歌和刺诗，而采诗制度的破坏，多少是遗憾的事，因此在元和初年，他和白居易一起，大力提倡新乐府诗，力图恢复先秦时代的诗歌讽谏传统。接着说："逮至汉武赋《柏梁》，而七言之体具。苏子卿、李少卿之徒，尤工五言。虽句读文律各异，雅郑之音亦杂，而词意简远，指事言情，自（如果，假若）非有为而为，则文不妄作。"这是论述汉代文人创作。从体裁来看，元稹认为：文人创作有七言、五言的区别。现代学者一般都认为《柏梁》诗和苏、李赠答诗是伪作。但元稹和韩愈等人都相信苏李是五言诗的开创者，这固然可以看作是他们疏于考辨的缺点，而另一方面，我们也可以看出唐人受梁代萧统编《文选》的影响。请注意：元稹强调五言诗虽然文字、音韵、格律不同，内容方面也存在"雅郑"间杂的情况，但是在总体上还是有"词意简远"的"指事言情"特点，并且是"有为"之作。

建安文学是中国古代文学发展史上最为辉煌的一页，唐人为了复古多推崇建安风骨，元稹当然也不例外，但他对建安文学的认识有他的取舍和偏重。他说："建安之后，天下文士遭罹兵战，曹氏父子鞍马间为文，往往横槊赋诗，故其遒壮抑扬、冤哀悲离之作，尤极于古。"这是评价"建安三曹"为代表的建安诗歌。令人想起刘勰所概括的"建安风骨"。刘勰《文心雕龙·时序》："观其时文，雅好慷慨，良由世积乱离，风衰俗怨，并志深而笔长，故梗概而多气也。"①钟嵘《诗品》论曹植曰："骨气奇高，词采华茂；情兼雅怨，体被文质，粲溢古今，卓尔不群。"②推为上品中耀眼的巨星，赞扬备至。然而，颜之推却提出相反的看法，他在《颜氏家训》中批评道："自古文人多陷轻薄：屈原露才扬己；曹植悖慢犯法；谢灵运空疏乱纪。"③这位严守儒家中庸观念的理论家，以"轻薄"作为这些著名文人的缺点，虽然主要目的是告诫家人弟子不要陷入文人式的轻薄，以防招致悲剧命运，但是他的这个判断却击中了文人的一个致命硬伤，因此，后代也有回应这种观点的人。如王勃就是其中著名的一位。他在《上裴侍郎启》中说："自微言既绝，斯文不振，屈（原）宋（玉）导浇源于前，枚（乘）马（司马相如）张淫风于后；魏文（曹丕）用之而中国衰，宋武（刘裕）贵之而江东乱；虽沈（约）谢（灵运）争骛，适先兆齐梁之危；徐（陵）庾（信）并驰，不能免周陈之祸。"④不仅文人而且连文学也彻底否定了，这显然是偏激的文学观念。从初唐陈子昂起，对建安风骨十分向往，作为唐诗振兴的一个美学理想被提出来，得到广泛的认同。陈子昂《东方左史虬修竹篇序》："文章道弊五百年矣。汉魏风骨，晋宋莫传。"⑤李白《古风·大雅》："自从建安来，绮丽不足珍。"⑥韩愈《荐士》："建安能者七，卓荦变风操。"⑦相较上引诸家评论，可以看出元稹是继承陈子昂以来肯定"建安风骨"诗歌艺术风貌及诗学传统的，但元稹的评论有自己的特点：第一，元稹关注曹氏父子"鞍马间为文"的创作背景，标举的是"横槊赋诗"的气概和刀光剑影的社会动荡中所表现的怨愤、悲伤、离别之作；第二，元稹欣赏的是三曹诗歌遒劲健举、抑扬顿挫

① 刘勰：《文心雕龙注》（下册），范文澜注，人民文学出版社1958年版，第673-674页。

② 钟嵘：《诗品译注》，周振甫译注，中华书局1998年版，第37页。

③ 王利器：《颜氏家训集解·文章第九》，中华书局1993年版，第237-238页。

④ 郭绍虞：《历代文论选》（第二册），上海古籍出版社2001年版，第8页。

⑤ 郭绍虞：《历代文论选》（第二册），上海古籍出版社2001年版，第55页。

⑥ 瞿兑园、朱金城：《李白集校注》，上海古籍出版社1980年版，第91页。

⑦ 钱仲联：《韩昌黎诗系年集释》（上册），上海古籍出版社1994年版，第527页。

的风格特征；第三，元稹认为曹氏父子的作品达到了"极于古"的艺术成就。 这些都反映了元稹具有复古的诗学思想，要求诗歌反映社会现实和真实的人生，这实际上就是汉乐府精神。元稹赞美杜甫正是在这样的理论基础上。这与同时代的白居易、韩愈等人观点相似，说明中唐时代具有一股强大的复古思潮。

对晋朝诗歌的看法，元稹认为："晋世风概稍存。"什么是"风概稍存"呢？我们知道晋代著名诗人有：太康之英陆机，元嘉之雄谢灵运，（颜延之为辅），陶渊明、鲍照、谢朓等。韩愈曾评论说："逶迤抵晋宋，气象日凋耗。中间数鲍（照）谢（灵运），比近最清奥。"（《荐士》）而元稹却认为：晋代的诗歌还能够稍稍保存着建安诗歌的风格和气概，总体上是肯定的，这与韩愈不同，这是元稹能够正确评价杜甫的前提，因为认识到晋宋诗歌的价值，又能看到杜甫对晋宋诗歌的艺术继承，所以才能得出比较允当的结论。由此可以看出元稹对诗歌史的见解是正确而全面的。

元稹最有特色的观点表现在对南朝诗歌的评论上，与陈子昂、李白、韩愈等人全盘否定不同，元稹是有条件的否定。他说："宋、齐之间，教失根本，士以简慢、歃习、舒徐相尚，文章以风容色泽、放旷精清为高，盖吟写性灵、流连光景之文也，意气格力无取焉。"这里的"教"是指儒家思想，政治教化。宋齐梁陈时代，儒家思想衰微，玄风和佛教盛行，所以元稹说"教失根本"。而此时的士人状态是"简慢"，惰废轻忽，不遵礼度；"歃习"，近习，狎邪放荡；"舒徐"，缓慢，散漫拖沓。追求"风容""色泽"，即文章追求形式优美，辞藻华丽。崇尚"放旷"（放浪旷达）"精清"（精致清新）；要求抒写"性灵"（指个人的性情）。因此出现大量描写景物、美女的"流连光景"的文章，骈文流行，宫体泛滥，当然作品缺乏"意气格力"，即作品没有健康的积极内容，风格柔靡婉媚，缺少劲健的骨力。元稹的这一评价是有文献依据的。我们知道魏晋南北朝时期，是"人的觉醒，文的自觉"时代，前者主要体现在对个体生命价值的体认，要求摆脱儒家经学思想的桎梏，追求心灵的自由，加上文人经常惨遭杀戮，因而对人生无常的幻灭感有深切认识，遂滋生出生命短暂需及时行乐的消极思想。进入南朝后，朝代更替，如白云苍狗，变化莫测，更强化了从朝廷统治者到普通士人的这种悲哀情绪，反映到文学作品中就是元稹提到的这些文学现象。后者，主要表现在对文章价值的认识上，文体分类意识增强了，强调文章的审美娱乐功能，经历了"文章乃经国之大业"到"为耳目之玩"的变化过程，形成了"美文"概念，而且将为文与为人分开对待。对文章之"美"的认识有一个复杂的相互斗争的辩证发展过程。三国时期曹丕《典论·论文》提出"诗赋欲丽"的观点，西晋陆机《文赋》进一步发展为："诗缘情而绮靡，赋体物而浏亮。"①而同时期的挚虞《文章流别论》却批评今文是："丽靡过美。"②葛洪《抱朴子·钧世》也说今世文是："清富赡丽。"③认为文辞过分超过了内容，是不妥当的。进入南朝后，人们对文章的形式美更加重视。如梁代沈约《谢灵运传论》提出了美文的标准："英辞润金石""清辞丽曲""以情纬文，以文被质""缀响联辞，波属云委""五色相宣，八音协畅"④。刘勰《文心雕龙·神思》也说："吟咏之间，吐纳珠玉之声，眉睫之前，卷舒风云之色。"⑤萧子显《南齐书·文学传论》更说："文成笔下，芬藻丽春。"⑥萧统《文选·序》略作折中，其标准是："综缉辞采，错比文华""事出于沉思，义归乎翰藻。"⑦到萧绎却又走向了极端，他的《金楼子·立言》说："文者，惟须绮縠纷披，宫徵靡曼，唇吻遒会，情灵摇荡。"⑧元稹对美文概念形成的过程是非常清楚的，他也不十分反对美文，但是作为一种时代的文学思潮毕竟走向了过分强调形式的极端境地，因此他也表明了自己否定的看法，他说："陵迟至于梁陈，淫艳刻饰，佻巧小碎之词剧，又宋齐之所不取也。"

---

① 郭绍虞：《历代文论选》（第一册），上海古籍出版社2001年版，第171页。

② 郭绍虞：《历代文论选》（第一册），上海古籍出版社2001年版，第191页。

③ 郭绍虞：《历代文论选》（第一册），上海古籍出版社2001年版，第206页。

④ 郭绍虞：《历代文论选》（第一册），上海古籍出版社2001年版，第215-216页。

⑤ 刘勰：《文心雕龙注》（下册），范文澜注，人民文学出版社1958年版，第493页。

⑥ 郭绍虞：《历代文论选》（第一册），上海古籍出版社2001年版，第265页。

⑦ 郭绍虞：《历代文论选》（第一册），上海古籍出版社2001年版，第330页。

⑧ 郭绍虞：《历代文论选》（第一册），上海古籍出版社2001年版，第340页。

上面引用的有关梁代文论家的论点，恰好证明了元稹的判断，中唐时代诗人继承初唐以来对六朝文风的批判，大体都是全盘否定，而且认为是一代不如一代。他们强烈反对雕刻、典饰、华丽、工巧的骈文及讲究声律、内容空泛的永明体诗歌。

历史的脚步终于进入了唐朝。唐朝文学无疑是辉煌灿烂的，连唐人都这样无比自豪地认为。元稹认为"唐兴，官学大振，历世之文，能者互出"。官学，指国家的学校教育。据史书记载，唐代建立后，官办学校教育有很大发展，如唐高宗时期国子监（中央最高学府）最多有学生八千人，地方州县有学生六万多人。学生有统一的课本《五经正义》，孔颖达于高宗永徽四年（653）编成，次年通行全国。从此，儒家思想重新回到统治地位。从初唐到中唐时期，诞生了大量的文人和诗人。文人如：文章四友、燕许大手笔等；诗人如初唐四杰、王孟山水诗派、高岑边塞诗派、李白、杜甫等，可谓人才辈出、群星灿烂。那么这些文人诗人取得了哪些重要的艺术成就呢？这是必须概括的内容。首先是律诗方面："沈（佺期）、宋（之问）之流，研练精切，稳顺声势，谓之为律诗。"稳顺，妥帖和顺。声势，即声律，指诗歌语言声调的高低长短变化配合。律诗：分五律和七律两种。这是唐代成熟的新诗体，也称近体诗，脱胎于梁陈时期的永明体诗歌。

永明体：八句　四声　八病【非常繁琐】

唐　律：八句　平仄　粘对【相当简约】

沈、宋是高宗、武则天时期的宫廷诗人，才华出众，大量写作宫廷应制诗，钻研诗歌格律，追求对仗工整，用语妥帖得体，声调宛转悠扬，风格平稳雅正，但泯灭个性色彩，显得空洞单一，缺少变化。但他们对律诗定型做出了贡献。元稹是中唐时期的复古文学家中最重视格律诗的人，这一点与韩愈不同，韩愈复古追求的是汉魏古体，而排斥近体诗，虽然他也大量创作近体诗，但他的诗论中强调的是"古诗"。元稹和白居易比较通脱，一方面，他们和韩愈一样，要求回归诗经汉魏乐府诗传统，要求直面现实人生，"惟歌生民病，愿得天子知"，主张"文章合为时而著，歌诗合为事而作"；另一方面，他们又积极探索新形式的格律诗，大量创作长篇排律，开创相互唱和的新风气，在当时引起广泛的影响，以致被后世称为"元和体"。在重视格律诗这一点上，元稹与杜甫有高度的契合。"由是而后，文变之体极焉。然而莫不好古者遗近，务华者去实，效齐梁则不逮于魏晋，工乐府则力屈于五言，律切则骨骼不存，闲暇则纤秾莫备。"这几句是批评当时学习以往诗歌传统方面表现的片面性，非常重要，是要赞美杜甫的重要铺垫，但具体所指却不是十分清楚，需要细加辨析。"文变之体"：元稹时文体有散文、骈文，前者占主流，后者在古文运动声势中逐渐退缩，影响力变小，文人之间的实用文体都变成了散文，只有朝廷的制诰类庄重文体还在运用骈文；诗歌有五古、七古（歌行、乐府）、乐府、新乐府、五律（五排）、七律（七排）、五绝、七绝、六绝、短律。后世所有的诗体，中唐时期以前已经全部完成并形成了基本规范。"好古者遗近"：指推崇古体诗而不喜欢近体诗的人，隐约指以韩愈为代表的复古诗派，即"韩孟诗派"，这个诗派文人集团人员众多，以韩愈为中心，声势浩大，占据重要的地位，也取得了很高的成就，对扭转当时的社会风气，尤其是士人气骨、情操方面有重要作用。因为这派源于朝廷要员而下的诗人群体，从李华、独孤及、萧颖士、权德舆、梁肃直接到韩愈，有很强的艺术传承体系。元稹、白居易与这派诗人艺术趣味大相径庭，也很少交往。"务华者去实"：追求华丽文词而缺少内容实质。剩下的几句说：学习齐梁宫廷诗风的人，没有达到魏晋的水平，也就是缺乏"建安风骨"；专工乐府的人，则没有达到魏晋五言古诗的成绩；追求格律的人，又忽视了骨力、气格方面的深层内含；而那些抒写闲适情怀的人，又没有文采，缺少修饰，显得淡而无味。

总之，没有一个诗人能取得全面发展的成就。为下面评价杜甫作好了最后铺垫。杜甫的伟大之处：就在于他能在一个需要伟大旗手的时代，取得了代表时代的重要成就，成为诗歌历史发展的一座新的里程碑。而且杜甫以开阔通脱的胸襟，海纳百川，全面继承、吸收前代诗歌的艺术成就，推陈出新，开创了唐诗的新境界，成为诗歌史上不可逾越的高峰。

二、元稹对杜甫的评价

元稹认为："至于子美，盖所谓上薄风、骚，下该沈、宋。"薄：迫近。该：兼备。风：指代《诗经》。骚：指《离骚》。这两句是时间跨度大、风格差异大的两类诗歌。《诗经》是中国古代第一部诗歌总集，也是现实主义诗歌传统和风格的奠基之作，具有深远的历史意义，成为温柔敦厚的最高典范；《离骚》为代表的则是想象奇特、意境恢弘、辞采瑰丽、表现铺张的浪漫主义诗歌的典范；沈宋律诗又是唐代确立的新的艺术规范，对仗工稳、韵律精严、声情兼备、格调新颖。杜甫诗歌兼有古典诗歌和现代诗歌的艺术风貌，既全面继承诗骚传统又具有当代品格。"古傍苏、李，气吞曹、刘。""苏"指西汉苏武，传说他在匈奴被扣留19年之后，回国时与投降匈奴的名将李陵告别，赠给李陵四首诗，都是五言抒情诗，李陵也回赠三首。七诗都收入《文选》，因此唐人一般都认为这是最早的文人五言抒情诗的开山之作。曹、刘指建安时代两位杰出诗人曹植和刘桢，两人的诗歌都具有骨气和辞采交融之美，钟嵘赞美曹植"骨气奇高，辞采华茂，情兼雅怨"，刘桢是"真骨凌霜，高风跨俗"。杜甫的五言古诗取得了境界浑融、骨力健举、气势充沛、情感苍茫的艺术成就，达到了古体诗所能达到的最新境界。即在大气磅礴的境界中包涵沉郁顿挫、茫无涯际的情思。"掩颜、谢之孤高，杂徐、庾之流丽，尽得古今之体势，而兼人人之所独专矣。"颜延之，刘宋时期著名诗人，其诗以"错采镂金、雕绘满眼"为特色，注重用典和刻画，是最早"以学问为诗"的代表，诗歌表现了他孤傲高洁的品性，钟嵘赞美他是"经纶文雅才"。谢灵运，袭封康乐公，后贬永嘉太守，孤傲悲愤，后因谋反罪被诛，享年49岁。谢灵运诗被同时代的鲍照认为是"初发芙蓉，自然可爱"，钟嵘赞美道："若人兴多才高，寓目辄书，内无乏思，外无遗物，其繁富，宜哉！

然名章迥句，处处间起，丽典新声，络绎奔会。譬犹青松之拔灌木，白玉之映尘沙，未足贬其高洁也。"①徐陵，梁陈时期诗人，《玉台新咏》的编者，著名的宫体诗人。庾信，梁陈时期著名宫体诗人，入北周被扣留不返，暮年诗赋多乡关之思，浑涵苍茫，沉郁悲壮，为杜甫所赞赏。两人诗歌格调虽然不高，但是雕镂秀美，描摹精细，明艳婉转，声色动人，艺术上也有可取之处。杜甫作诗抱着"不薄今人爱古人，清词丽句必为邻"的通脱态度，具有"别裁伪体亲风雅，转益多师是汝师"的气魄，尽管他告诫自己"恐与齐梁作后尘"，但是他还是能够吸取徐陵和庾信诗赋艺术中的合理成分，融化为自己诗歌的血肉。杜甫诗歌格律精严和用词锤炼、藻饰精美、用典深厚都得益于对庾信等人的学习。这才是一种真正的大家气象。杜甫擅长古今诗歌艺术体裁的特点，融会各人的独特专长，成为汇纳百川的大海。最后元稹总结说："使仲尼考锻其要旨，尚不知贵其多乎哉？苟以为能所不能，无可不可（一作"以其能所不能，无可无不可"），则诗人以来，未有如子美者！""其多乎"出《论语子罕》："吾少也贱，故多能鄙事。君子多乎哉？不多也。"孔子的这些话实际上说得很心酸，所以又说："吾不试，故艺。"杜甫一生也是栖栖遑遑的一生，在政治上一无作为，生活上穷困潦倒，最终客死他乡，但是他在诗歌艺术上呕心沥血，苦苦追求，专精独诣，练就多种艺术腕力，使他成为没有哪一种诗体不擅长的多面手。这就是元稹眼中的集大成诗人杜甫形象！也是中国诗歌史上第一次对杜甫做出如此高的评价，至今仍然闪耀着真理性的光辉！

元稹为了强调突出杜甫的诗史地位，又提出了著名的"李杜优劣"论。他说："时山东人李白，亦以奇文取称，时人谓之李杜。予观其壮浪纵恣，摆去拘束，模写物象，及乐府歌诗，诚亦差肩于子美矣。"这是评价李白诗歌。"差肩"即比肩，并列的意思。有几点值得注意：（1）李白，不是"山东"人，可能因为李白曾经隐居山东，号"竹溪六逸"。

---

① 钟嵘：《诗品译注》，周振甫译注，中华书局1998年版，第49-50页。

（2）李白和杜甫在中唐时期并称"李杜"，写作这篇文章时，杜甫去世43年，李白去世51年。说明他们的诗歌艺术成就得到了时代的认同。（3）李白诗歌特点是浪漫主义的，元稹认为是"壮浪纵恣"，天马行空，无拘无束，描写景物，真切动人。乐府歌诗也不错，可以和杜甫比美。

但是元稹接着说："至若铺陈终始，排比声韵，大或千言，次犹数百，词气豪迈，而风调清深，属对律切，而脱弃凡近，则李尚不能历其藩翰，况堂奥乎！"这是最引起研究者非议的一段话，一般学者认为，元稹这段评论比较偏颇，是自己艺术趣味和审美理念的产物。元稹是持"李劣杜优"论者，一方面认识到李白诗歌的价值，另一方面觉得杜甫诗歌的成就更高，所以用李白来衬托杜甫。实际上，元稹是就自己的艺术嗜好来评价的，并不是按照严格的学术规范来论述的，只是一种总体上的判断。元稹这样说是有他具体的审美标准的，但我认为他的评价不如韩愈的准确，韩愈是主张李杜并尊的，认为李白和杜甫诗歌作为盛唐时代杰出的代表，一种整体的艺术象征，同样为唐诗的发展开辟了艺术坦途，不能也不应该强分优劣。李白是浪漫主义风格的代表，代表了盛唐文化精神和神韵，杜甫是现实主义风格代表，代表的是艺术锤炼和博大精深。从文体角度来看，李白是古典风格的总结者，杜甫是新风格新规范的建立者，两者都以独特的艺术风貌为后世树立了不可企及的典范。元稹的观点有很多人反对。如韩愈《调张籍》说："李杜文章在，光芒万丈长。不知群儿愚，哪用故谤伤。蚍蜉撼大树，可笑不自量。"①金代元好问《论诗三十首》也说："排比铺张特一途，藩篱如此亦区区。少陵自有连城璧，争奈微之识碔砆。"②清代潘德舆《养一斋诗话》回应元好问的论点，他说："微之少游（秦观），尊杜至极，无以复加。而其所以尊之之由，则徒以其包众家体势姿态而已。于其本性情，厚人伦，达六义，绍三百者，未尝一发明也，则又何足以表洙泗（指孔子）无邪之旨，而允为列代诗人之称首哉！

---

① 钱仲联：《韩昌黎诗系年集释》（下册），上海古籍出版社1994年版，第989页。
② 郭绍虞：《历代文论选》（第二册），上海古籍出版社2001年版，第450页。

元遗山云：少陵自有连城璧，争奈微之识碔砆。所见远矣。"[1]当然也有同意元稹观点的人，如清代王鸣盛《蛾术编》就说：（元稹）评李、杜优劣，精妙之至。盖杜之胜李，全在铺陈排比，属对律切也。千古公论，至微之始定。到底杜甫什么才是"连城璧"，到底杜甫和李白谁优谁劣，这是一个难题，牵涉很多问题。但是，元稹评论的依据我们必须有所交代。

三、元稹推崇杜甫的原因及其意义

元稹写作此文的原因有客观和主观两个方面。客观方面：元稹当时因得罪宦官贬官江陵士曹参军，正碰上杜甫的孙子杜嗣业迁其祖父杜甫的灵柩回到故乡河南偃师安葬，而嗣业恳求元稹作序与铭，元稹当时得了疟疾，不能推辞嗣业的请求，因此精心撰写这篇文章。更重要的主观原因是：元稹喜爱杜甫的诗歌，并接受了杜甫的创作方式。

元稹为什么偏偏喜爱杜甫呢？

（1）元稹喜爱杜甫起于青年时代母舅郑云逵的奖掖。[2]元和元年（806）元稹制举登第，授右拾遗，官职与杜甫相同，为人处事极言直谏，嫉恶如仇，对政治弊端、生民疾苦非常关切，与杜甫"致君尧舜上，再使风俗淳"的理想也相同。正在这时，有人以陈子昂《感遇》诗相示，吟诵之后，也怀着深切的历史责任感写了《寄思玄子》诗二十首。这组诗得到

---

① 郭绍虞：《清诗话续编》（下册），上海古籍出版社1983年版，第2183页。

② 据《旧唐书·郑云逵传》：郑云逵是荥阳人，大历初年举进士，性果诞敢言，客游两河时，以善谋划得到朱泚的赏识，被表为节度掌书记，检校祠部员外郎，娶朱泚弟朱滔女。后朱滔取代朱泚并谋反，郑云逵弃其妻女投奔德宗，被德宗拜为谏议大夫。奉天之难，云逵奔赴行在，为李晟行军司马，显示出军事才能。后迁刑部、兵部侍郎，迁御史中丞，充顺宗山陵桥道置顿使。元和元年拜右金吾大将军，改京兆尹。元和五年卒。见《旧唐书》（第十一册），中华书局1975年版，第3770页。（吴按：郑云逵是德宗、顺宗、宪宗三朝重臣，地位高，资历老，声望隆。他是元稹的母舅，对元稹的影响是很深远的。元稹元和元年制举第一不可能与此没有关系，特别是郑云逵的奖掖对元稹任拾遗时期的讽喻诗写作有重要影响。郑云逵元和五年卒后，元稹即贬官江陵，也与朝中失去保护有关）

京兆尹郑云逵的赞赏，说"使此儿五十不死，其志义何如哉！惜吾辈不见其成就"。元稹从此更加"勇于为文"。正是在这时，元稹读到了杜甫的诗歌数百首，"爱其浩荡津涯，处处臻到，始病沈宋之不存寄兴，而讶子昂之未暇旁备矣"。①当时与元稹同样爱好杜甫的还有杨巨源、白居易、李绅，因此形成了一种风气，认为诗歌创作应当以杜甫为榜样。所以，杜甫被诗人认同是时代因素作出的必然选择。

（2）元稹具有自觉继承诗骚汉魏乐府现实主义精神的文学思想。他在《乐府古题序》中这样表述："自风雅至于乐流，莫非讽兴当时之事，以贻后代之人，沿袭古题，美刺见事，犹有诗人引古以讽之义也。曹、刘、沈、鲍之徒，时得如此，亦复稀少。近代唯诗人杜甫《悲陈陶》《哀江头》《兵车》《丽人》等，凡所歌行，率皆即事名篇，无复依傍。予少时与乐天、李公垂辈谓是为当，遂不复拟赋古题。"②由此可见，元稹喜爱并选择杜甫作为学习的榜样，是对乐府诗发展史进行总结，结合当时的社会现实状况，融合自己的思考后确定的，也是杜甫诗歌强烈的关注现实精神和批判精神所致。正是在这一点上，我非常赞赏元稹的诗学思想。杜甫在这样的背景下被发现并突出是一种诗史的必然现象。

（3）元稹非常重视长篇排律的创作，有领袖一代诗歌风向的自豪感，这是他重视杜甫的另一原因。《上令狐相公诗启》中说："稹与同门生白居易友善，居易雅能为诗，就中爱驱驾文字，穷极声韵，或为千言，或为五百言律诗，以相投寄。小生自审不能以过之，往往戏排就韵，别创新词，名为次韵相酬，盖欲以难相挑耳。江湖间为诗，复相仿效，力或不足，则至于颠倒语言，重复首尾，韵同意等，不异前篇，亦自谓元和诗体。而司文者考变雅之由，往往归咎于稹。"③这种长篇排律是杜甫晚年所致力的一种诗体，需要有很深的诗歌修养和高超的艺术技巧，元稹和白居易的大量唱和，引来很多人的仿效，形成一种风尚。能否在将来成为诗史对元稹的

---

① 元稹：《元稹集·叙诗寄乐天书》（上册），中华书局1982年版，第351-352页。
② 元稹：《元稹集·乐府古题序》（上册），中华书局1982年版，第255页。
③ 元稹：《元稹集·上令狐相公诗启》（下册），中华书局1982年版，第633页。

定位，元稹没有十分的把握。但是，这确实没有成为诗歌发展的主潮。由此可见，仅仅以自己的个人嗜好来领袖一代诗风是不切实际的，如果又以个人的嗜好来评价李杜这样的一流诗人，那么其论点具有偏向性也就不可避免，这是元稹文学思想中的重要缺陷。

综上所述，我们认为：元稹是中唐元和时期重要的诗人兼诗学批评家，他不仅在新乐府创作、文体改革等方面做出了重要成绩，而且在乐府诗歌理论和复古诗学理论建设方面均有重要的建树。尽管对李白的评价有失偏颇，但他对杜甫的评论却具有真知灼见，为杜甫诗歌经典地位的建立做出了重要贡献，对后代影响深远，至今仍闪耀着真理的光辉。元稹的文学思想全面细致准确，既有广泛的包容性又有鲜明的独特个性，其核心观念是要求文学具有积极干预生活反映现实的战斗精神，属于现实主义文学思想范畴，具有重要的文学史意义。

（原载《宁波大学学报》2011年第6期）

“不著织女襄”试解

韩愈《调张籍》：“腾身跨汗漫，不著织女襄。”对后一句注释意见分歧。陈迩冬《韩愈诗选》：“襄，据《说文》解为织文。《诗经·大雅·大东》：‘跂彼织女，终日七襄。’这里的‘织女襄’犹如说织成的文章，与郑氏笺‘襄，驾也’用法不一样。旧注多引郑笺，失之。”按，郑笺如下：

> 毛传：跂，隅貌。襄，反也。郑笺：襄，驾也。驾谓更其肆也。从旦至暮七辰，辰一移，因谓之七襄。（疏）曰：跂然三隅之形者，彼织女也。终一日七辰，至夜而回反，徒见女是，何曾有织乎？孔颖达《正义》曰：“襄，反”者，谓从旦至暮七辰而复反于夜也。又说：“襄，驾”，……星之行天，无有舍息，亦不驾车，以人事言之耳。

旧注认为：织女在天上终日来回奔忙，所以不能织成“报章”，即空忙碌之意。理解的难点是“襄”到底作“驾”还是作“织文”解。据钱仲联《韩昌黎诗系年集释》所引方崧卿《举正》：“唐本作‘襄’。《诗》‘跂彼织女，终日七襄。’襄，驾也。”童第德《韩集校诠》依《毛传》训“襄”为“反”。可见传统一派均依《毛诗正义》认为是“空忙碌”之意。唯陈迩冬新解为“织文”，结合诗意为“不著织女织成的文章”。显然与上句“腾身跨汗漫”有扞格难通之处。因此孙昌武调和二说，不注己见，只释意：“此二句谓自己到天上遨游，不再如织女那样终日劳苦。”（《韩愈选集》）但我仍有所疑，因为，韩诗在运用古诗文，有时不一定皆用原文含义，而另有它意。"织女襄"前面还有一个动词"著"，"著"与"着"（zhuó）可以相通，有"附着""接触"之义，如"着陆"。韩诗此句中的"著"似可以引申为"借助"。《汉语大词典》收有"不著（zhuó）"一词，释义："不用；无须。"如唐王建《三台词》："不著红鸾扇遮。"《唐五代语言词典》也收"不著"一词，认为是唐宋时口语，释义同《汉语大词典》，举例：唐白居易《自劝》诗："十千一斗犹赊饮，何况官供不著钱？"均可证韩诗"不著"是"不须，不用，无须借助"之意。而"襄"，据《词源》："驾，指马牵引车舆。《诗·郑风·大叔于田》：'两服上襄，两骖雁行。'"则说明"襄"的本义就是"驾"即"车子"之意，旧注所引均为其引伸义。我认为"织女襄"就是"织女的云车"。织女，织云锦于天空，她所乘当然也是"（云）襄"（云车）了。这样一来，诗意就豁然贯通："不借助织女的云车而遨游太空。"韩诗所要表达的是一种不受任何束缚、也不借助任何工具的任性适情的遨游，取庄子逍遥游的意境。因此，我认为韩诗诗句是用《诗经》字面而表现庄子无所待而游的意境，表达一种适情的任性逍遥，这正是与李、杜"精神忽交通"后产生的必然结果。所以他要告诫地上的朋友（张籍）"经营无太忙"。

（原载《文学遗产》2008年第1期）

试论陈廷焯的词学观念
——以《白雨斋词话》对吴文英的评论为中心

  陈廷焯（1853—1892）是晚清著名的词学理论家，在其词学名著《白雨斋词话》中提出了"沉郁"说，认为词应该具有含蓄蕴藉的审美特质、诗化意境的风骨韵味、比兴寄托的艺术手法，体现了他比较通脱深邃的词史观念。有清一代的词学家对待南宋著名词人吴文英，无不显示出其理论观念的某些偏颇，褒贬不一，往往从肯定的一极摆向否定的一极，存在严重的"钟摆现象"，从某种角度上讲，梦窗词成为检验一种词学理论的试金石。陈廷焯虽然没有像周济那样给予梦窗词很高的词史地位，虽然梦窗词不是他词学境界的最高代表，但他确实能够认识梦窗词的佳处，他对梦窗词的深刻体悟与把握却能给人启迪。下面试图通过《白雨斋词话》中对吴文英的评论来探讨陈廷焯的词学观念，以求教于通家。

一、"沉郁"标准下的"梦窗词"

  陈廷焯生当多灾多难、风雨飘摇的时代，针对晚清"倚声之学""大雅日非，繁声竞作，性情散失，莫可究极"的状况，认为只有"正其情性，温厚以为体，沉郁以为用"，才能"引以千端，衷诸一是"[①]。他认为："诗词一理，然亦有不尽同者。诗之高境，亦在沉郁。然或以古朴

---

① 陈廷焯：《白雨斋词话·自序》，人民文学出版社1959年版，第1—2页。本篇以下所引凡出自该书者只注页码。

胜，或以冲淡胜，或以巨丽胜，或以雄苍胜：纳沉郁于四者之中，固是化境；即不尽沉郁，如五七言大篇，畅所欲言者，亦别有可观。若词则舍沉郁之外，更无以为词。盖篇幅狭小，倘一直说去，不留余地，虽极工巧之致，识者终笑其浅矣。"①那么什么是沉郁呢？陈廷焯说："所谓沉郁者，意在笔先，神余言外。写怨夫思妇之怀，寓孽子孤臣之感。凡交情之冷淡，身世之飘零，皆可于一草一木发之。而发之又必若隐若现，欲露不露，反复缠绵，终不许一语道破。匪独体格之高，亦见性情之厚。"②又说："作词之法，首贵沉郁，沉则不浮，郁则不薄。顾沉郁未易强求，不根柢于风骚，乌能沉郁？十三国变风，二十五篇楚辞，忠厚之至，亦沉郁之至，词之源也。"③显然，陈氏对词的看法来自苏轼"诗词一家"的观念而与李清照"别是一家"的尊体观念迥然不同，他在《诗经》和《楚辞》中找到了词的源头，找到了诗词相通的"沉郁"这一核心的审美特质，从而提高了词体的地位，提高了词的品味，为他的词学理论建立了一个较高的标准，以此为基础，词具有诗性品质。他认为"温厚"为体，是词的根本和主旨内涵；而"沉郁"为用，则是词的表现方式，为内容的外在形式，所以他在界定"沉郁"内涵时总是围绕着"温厚"本旨，使用一些特定的表现手段，诸如"意在笔先，神余言外""若隐若显，反复缠绵"等。在这一理论关照下，梦窗词有具有怎样的位置呢？《白雨斋词话·卷一·五》说：

> 唐五代词，不可及处正在沉郁。宋词不尽沉郁，然如子野（张先）、少游（秦观）、美成（周邦彦）、白石（姜夔）、碧山（王沂孙）、梅溪（史达祖）诸家，未有不沉郁者；即东坡（苏轼）、方回（贺铸）、稼轩（辛弃疾）、梦窗（吴文英）、玉田（张炎）等，似不必（一定）尽以沉郁胜，然其佳处，亦未有不沉郁者。词中所贵，尚未可以知耶？

这一段话陈氏将词划分为"唐五代"和"两宋"两个阶段，前者高不可

①陈廷焯：《白雨斋词话·卷一·四》，第4页。
②陈廷焯：《白雨斋词话·卷一·八》，第5-6页。
③陈廷焯：《白雨斋词话·卷一·三》，第4页。

及，因为其与诗一样具有完全的"沉郁"品质；而后者由于"不尽沉郁"，故总体上稍微低一等级，但两宋名家名作"未有不沉郁者"。虽然陈氏没有对两宋强分优劣，但他将苏轼、辛弃疾、吴文英排在后面，并说他们"不必尽以沉郁胜，然其佳处，亦未有不沉郁者"，还是略有微辞的。这大约因为对苏轼"以诗为词"、辛弃疾"以文为词"、吴文英"以绮艳密丽为词"稍有不满，但又不能否定他们作为宋词大家的地位，因此，在"沉郁"的标杆下，他对梦窗词有一种很微妙的扬中带抑的态度，与同时或稍后的大尊梦窗词显然不同，表现出陈氏论词重内涵轻形式的总体倾向，也看出他对艺术创变不够重视的缺陷。苏、辛破体为词，开拓词体发展的新途径，实现了词体向诗文的回归；而吴文英在严守格律的条件下以典重质实、密丽哀怨为词，也推进了词体的雅化，实现了词体向无题诗比兴寄托、朦胧境界的回归，都对词体的发展做出了贡献。吴文英实在不应该排在最后的行列，由此可见陈氏词论的偏颇。

由"沉郁"的要求出发，陈氏论词最讲究"含蓄蕴藉"。《白雨斋词话·卷二·一》：

> 姜尧章词，清虚骚雅，每于伊郁中饶蕴藉，清真（邦彦）之劲敌，南宋一大家也。梦窗、玉田诸人，未易接武。

陈氏论词，极举清真，认为只有南宋大家姜夔是其劲敌，因为姜词具有"清虚骚雅"和"伊郁中饶蕴藉"的特点。诚然，姜词确有这些特点，并深受清真词的影响，但说梦窗"未易接武"，并未看出本质之处，其实梦窗词既大得清真的浸染，也深受姜夔的影响，只不过梦窗词以丽语写凄情，较周、姜清空骚雅一派，有所变化，自成一格罢了。不能简单地认为梦窗不如周、姜。陈氏又说："南渡以后，国势日非，白石目击心伤，多于词中寄慨。不独《暗香》《疏影》二章，发二帝之幽愤，伤在位之无人也。特感慨全在虚处，无迹可寻，人自不察耳。感慨时事，发为诗歌，便已力据上游，特不宜说破，只可用比兴体，即比兴中亦须含蓄不露，斯为沉郁，斯为忠厚。"①对照此论来读梦窗的《祝英台近·春日客龟溪》（采幽香）、《丑奴儿慢·双清楼，在钱塘门外》（空濛乍敛）、《八声甘州·陪庾幕诸公游灵岩》（渺空烟四远）、《贺新郎·陪履斋先生沧浪看梅》（乔木生云气）等，也会深感梦窗词中亦具有这种含蓄不露、感慨深婉、情思苍茫的虚处传神之妙境。由此可见，陈廷焯以沉郁论词能发现梦窗词的一些优点，但只要定位于词史时，就会暴露出他的一些弱点。

陈氏论词除了内涵上讲究沉郁、含蓄之外，还特别强调"骨韵"。《白雨斋词话·卷二·一三》：

> 竹屋（高观国）、梅溪（史达祖）并称，竹屋不及梅溪远矣。梅溪全祖清真，高者几于具体而微，论其骨韵，犹出梦窗之右。

所谓"骨韵"，应该指词作在内涵沉郁含蓄的基础上，具有一种沉雄劲健的骨力和耐人寻味的神韵。以此为标准，陈氏排出了周邦彦（清真）、史达祖（梅溪）、吴文英（梦窗）、高观国（竹屋）四位词人的成就名次。梅溪因为"全祖清真"，所以骨韵高于梦窗诸人，可惜陈氏未能举出具体作品来说明"骨韵"内涵，据我的理解，大约梦窗词绮丽婉媚、密实典重的风格不为陈氏所喜，所以退梦窗而进梅溪，实际上梦窗的《贺新郎》（乔木生云气）等恰恰就是具有骨力的作品。由此可见陈氏论词总体上重北宋但又想以此来评价南宋的高下，实在是游移于"浙西派"和"常州派"之间，而对梦窗的态度正好说明了这一点。

再如《白雨斋词话·卷二·一四》：

> 彭骏孙云："南宋词人，如白石、梅溪、竹屋、梦窗、竹山诸家之中，当以史邦卿（达祖）为第一。昔人称其分镳清真，平睨方回（贺铸），纷纷三变（柳永）行辈，不足比数，非虚言也。"此论推扬太过，不当其实。三变行辈，信不足数，然同时如东坡、少游，岂梅溪所能压倒？至以竹屋、竹山（蒋捷）与之并列，是又浅视梅溪。大约南宋词人，自

---

① 陈廷焯：《白雨斋词话·卷二·二》，第28页。

> 以白石、碧山（王沂孙）为冠，梅溪次之，梦窗、玉田（张炎）又次之，
> 西麓（陈允平）又次之，草窗（周密）又次之，竹屋又次之，竹山虽不
> 论可也。然则梅溪虽佳，亦何能超越白石，而与清真抗哉？

这一则词话陈氏批驳彭骏孙的观点，认为史达祖不应该是南宋第一人，这个位置应该是白石、碧山的，这与浙西派推崇白石是一致的，但陈氏又力举梅溪为第二，而将浙派推崇的张炎排在吴文英之后，认为只能排在第三档次，这就反映陈氏的词史观念实际上又与浙派相左。他轻视梦窗、无视蒋捷的成就也足见他的艺术眼光比较偏狭，其词论又相当的偏颇，这种偏颇的原因就是不能正确认识以梦窗、竹山为代表的艺术派词家的成就，而这也正是以"沉郁"论词又要求"清空峭拔"所必然带来的缺陷，因此梦窗虽然能进入陈氏的评论视野，但总是处于不高的地位。

二、词史接受视野中的梦窗词

常州词派论词除了强调"比兴寄托""意内言外"外，还特别重视"词史"观念。如周济就说："感慨所寄，不过盛衰：或绸缪未雨，或太息厝薪，或已溺已饥，或独清独醒，随其人之性情学问境地，莫不有由衷之言。见事多，识理透，可为后人论世矣。诗有史，词亦有史，庶乎自树一帜矣。"[①]陈氏论词折衷于清初盛极一时的"浙西词派"和清中叶崛起的"常州词派"之间，对两派各有取舍，但总体上还是稍稍偏向常州派。其词史观念中的梦窗词最能看出陈氏论词的价值取向。《白雨斋词话·卷二·二一》：

> 梦窗在南宋，自推大家，惟千古论梦窗者，多失之诬。尹惟晓（尹
> 焕）云："求词于吾宋，前有清真，后有梦窗，非予之言，四海之公论
> 也。"为此论者，不知置东坡、少游、方回、白石于何地？沈伯时（沈

---

① 周济：《介存斋论词杂著·六》，人民文学出版社1959年版，第4页。

义父）云："梦窗深得清真之妙，但用事下语太晦处，人不易知。"其实梦窗才情超逸，何尝沉晦？梦窗长处，正在超逸之中见沉郁之意，所以异于刘（辰翁）、蒋（捷）辈，乌得转以此为梦窗病？至张叔夏（炎）云："吴梦窗如七宝楼台，眩人眼目，拆碎下来，不成片段。"此论亦余所未解。窃谓：七宝楼台拆碎不成片段，以诗而论，如太白"牛渚西江夜"一篇，却合此境；词惟东坡《水调歌头》（明月几时有）近之。若梦窗词，合观通篇，固多警策，即分拆数语，何尝不成片段？总之，梦窗词，在超逸中见沉郁，不及碧山、梅溪之厚，而才气较胜。

这是《白雨斋词话》中关于梦窗词的较长一则评论，比较集中地体现了陈氏对梦窗的看法。他概括的梦窗词"超逸中见沉郁"自是不可移易之论，但其他论点就不可避免存在一些缺陷。首先，他肯定梦窗在南宋为"大家"，但这个"大家"应排名第几，陈氏有自己的看法。他不同意尹焕的评价，其实尹焕所言，只是当时人的评论，讲"四海之公语"，无非说大家都这么认为，并不一定代表词史上的定论，因尹焕和吴文英为同时代的人，又是关系密切的朋友，其中含有私意肯定在所难免，所以陈氏指责道："置东坡、白石于何地？"表面看，陈氏在为苏轼、姜夔争词史地位，实际上表现了他的审美价值判断和取向中，视梦窗词不及苏、姜的词史观点。尹焕所论，主要从婉约风格的词学本色当行角度，指出南北两宋的两位大婉约词家，清真为北宋巨擘，梦窗为南宋大家，其论点也有一定的合理性。接着陈氏又反驳沈义父的观点，认为梦窗才情超逸，并在超逸中见沉郁之意，否定了沈氏的"沉晦"说。这是连梦窗的缺点也当成优点了。沈义父也是梦窗同时代人，沈氏论词的四点宗旨[1]就是梦窗的词学观点，可以说沈义父的《乐府指迷》乃梦窗作词家法，沈氏指出梦窗词的晦处为"人不易知"，虽然不是严重的"不可晓"，但毕竟是说梦窗炼词用典时，

---

　①沈义父：《乐府指迷·论词四标准》："词之作难于诗：盖音律欲其协，不协则成长短之诗；下字欲其雅，不雅则近乎缠令之体；用字不可太露，露则直突而无深长之味；发意不可太高，高则狂怪而失柔婉之意。"蔡嵩云：《乐府指迷笺释》，人民文学出版社1963年版，第43页。

过于求深求隐，使人不易懂得其意，这实际上是梦窗的缺点，而陈氏给予否定，可见其立说的偏颇。陈氏论词多从感性印象出发，并未能全面辩证看问题，因此片面性是难免的。最后，陈氏又不同意张炎《词源》中提出的"七宝楼台之说"。①认为梦窗词"分摘数语，亦自入妙"。张炎此论源于他对词的审美品质的判断，他论词主"清空"，轻"质实"，认为清空推姜夔为宗，质实以梦窗为首。在张炎看来，梦窗词多用浓词艳语，意象排列密实堆垛，不能像姜词那样"野云孤飞，去留无迹"。实际上张炎看到的是梦窗词表面景观，梦词眩人眼目的深层依然有意脉潜回流动，而且梦窗词的虚实、疏密处理也极有艺术性。陈氏的批评有一定的合理性，但他仅看到梦窗词在超逸中含沉郁的特点，却未能看到梦窗词"密处能令无数丽字，一一生动飞舞，如万花为春"②的特点。试想：繁花似锦、姹紫嫣红何害春天的美丽？

陈氏的词史观念还表现在浙西派词论的批评方面。《白雨斋词话·卷八·一九》：

> 汪玉峰（森）之序《词综》云："言情或失之俚，使事或失之伉，鄱阳姜夔出，句琢字炼（此四字甚陋，不知本原之言。按：此为陈氏原注），归于醇雅，于是史达祖、高观国羽翼之。张辑、吴文英，师之于前，赵以夫、蒋捷、周密、陈允平、王沂孙、张炎、张翥效之于后，舞箾至于九变，而词之能事毕矣。"此论盖附阿竹垞（朱彝尊）之意，而不知词中源流正变也。窃谓白石一家，如闲云野鹤，超然物外，未易学步。竹屋所造之境，不见高妙，乌能为之羽翼？至梅溪则全祖清真，与白石分道扬镳，判然两途。东泽（张辑）得诗法于白石，却有似处，词则取径狭小，去白石甚远。梦窗才情横逸，斟酌于周、秦、姜、史之外，

---

① 张炎：《词源·清空》："词要清空，不要质实；清空则古雅峭拔，质实则凝涩晦昧。姜白石词如野云孤飞，去留无迹；吴梦窗词如七宝楼台，眩人眼目，碎拆下来，不成片段。"见夏承焘：《词源注》，人民文学出版社1963年版，第16页。

② 况周颐：《蕙风词话·卷二》"梦窗厚处难学"条。见《蕙风词话·广蕙风词话》，中州古籍出版社2003年版，第33页。

自树一帜，亦不专师白石也。虚斋（赵以夫）乐府，较之小山、淮海，则嫌平浅，方之美成、梅溪，则嫌伉坠，似郁不纡，直率无味，与白石尤属歧途。草窗、西麓两家，则皆以清真为宗，而草窗得其姿态，西麓得其意趣，草窗间有与白石相似处，而亦十难获一。碧山则源出《风骚》，兼采众美，托体最高，与白石亦最异。至玉田，乃全祖白石，面目虽变，坨根有归，可为白石羽翼。仲举（张翥）则规模于南宋诸家，而意味渐失，亦非专师白石。总之，谓白石拔帜于周、秦之外，与之各有千古则可，谓南宋名家以迄仲举，皆取法于白石，则吾不谓然也。

这是针对汪森为朱彝尊编的《词综》①所作的序中提出的"南宋诸家皆祖白石"之说而发。《词综》一书编撰历经前后达八年之久，不仅规模宏大，应该说编选体例、诸家词作选择还是相当精审的，梳理出词体发展的大致线索，两宋重要词人（少数如吴文英等不选自是失误）都能入选，并且推尊词体，标榜白石为代表的"醇雅"为词学正宗，对清代词学的振兴起了重要作用，以至"浙西填词，家白石而户玉田"。经历清代中叶常州派对浙西派末流空疏、叫嚣之弊病矫正补偏之后，晚清时期的陈廷焯对词史的发展当然看得更清一些，他标举北宋清真和南宋白石、碧山三家，以此为准的，在考校细析白石、梦窗、梅溪、东泽、虚斋、草窗、西麓、仲举诸家风格特点的基础上，指出诸家词虽受白石词的某一方面影响，但不足以羽翼白石，许多还与白石异道而驱，仅有玉田全祖白石，可为白石羽翼。因此陈氏认为汪森所论是不辨词的源流正变。最后陈氏得出结论：白石只能作为南宋词坛上具有特色的一家，而不能为诸家法则。为了与朱、汪此论相抗，陈氏还特表碧山词，认为其来源于风骚传统，"兼采众美，托体最高，与白石亦最异"。而梦窗词在陈氏的词史视野里，仅以才情横

---

① 《词综》，清初朱彝尊为矫正南宋《草堂诗余》的鄙陋而编，目的是使"倚声者知所宗"，采撷唐、宋、金、元词凡五百余家，共三十卷，续补八卷。但据汪序，此书实为朱、汪共同完成，朱氏完成前十八卷后，即北游京师，南至于白下，三年后广为二十六卷，在此期间，汪氏"从故藏书家，抄白诸集，相对参论，复益以四卷，凡三十卷。"见光绪金匮浦氏重修本《词综·序》。

逸，"自树一帜"于周、秦、姜、史之外，他显然看到了梦窗的独特处，但就是不给予最高等级的地位。

清人的词史观念中多喜欢褒贬南北宋，朱彝尊虽然重南宋的"工巧"（也不过分排斥北宋）但力主清空峭拔，所以他不选梦窗词，而常州派则反过来重南宋而贬北宋，陈氏则相对通脱，如《白雨斋词话·卷八》说："词家好分南北宋，国初诸老，几至各主门户。窃谓论词只宜辨别是非，南北宋不必分也。若以小令之风华点染，指为北宋，而以长调之平正迂缓、雅而不艳、艳而不幽，目为南宋，匪独重诬北宋，抑且诬南宋也。"但在更大范围内的词史观念中，陈氏词论又显得比较偏颇。《白雨斋词话·卷八·三七》：

> 词有表里俱佳，文质适中者，温飞卿、秦少游、周美成、黄公度、姜白石、史梅溪、吴梦窗、陈西麓、王碧山、张玉田、庄中白是也，词中之上乘也。有质过于文者，韦端己、冯正中、张子野、苏东坡、辛稼轩、贺方回、张皋文是也，亦词中之上乘也。有文过于质者，李后主、牛松卿、晏元献、欧阳永叔、晏小山、柳耆卿、陈子高、高竹屋、周草窗、汪叔耕、李易安、张仲举、曹雪珂、陈其年……，词中之次乘也。有有文无质者，刘改之、施浪仙、杨升庵……，词中之下乘也。有质亡而并无文者，则冯浩澜、周冰持……，并不得谓之词也。

根据"文"与"质"的不同融合关系，陈氏表露出他的整体词史观，就是重晚唐、两宋而轻视元、明、清。梦窗词在陈氏的词史视野里属于"表里俱佳，文质适中"的上乘之列，高于苏轼、辛弃疾，显然与前面推崇苏轼有抵牾之处，这也看出他对待梦窗词和苏、辛词的矛盾心态，这种矛盾根源于他的词学理论摇摆于"浙西"和"常州"两派之间，既想调和又想立异，既要中正平和又想自成体系。

三、品读赏析和编选梦窗词

晚清时代，由于诗学的发展到了集大成的阶段，词学研究向诗学借鉴经验和方法成为必然趋势。诗歌研究中品诗的方法也自然用于品词，这种在词中发现诗品的研读，本身就提高了词体地位。《白雨斋词话·卷八·一六》：

> 白石，仙品也；东坡，神品也，亦仙品也；梦窗，逸品也；玉田，隽品也；稼轩，豪品也；然皆不离于正，故与温、韦、周、秦、梅溪、碧山同一大雅，而无傲而不理之诮。后人徒恃聪明，不穷正始，终非至诣。

在陈氏品词的"大雅"系列里，梦窗被品为"逸品"，等级略次于白石、东坡的"仙品"，而在王士祯的诗学体系中"逸品"却属于最高品级。由此可见，陈氏确实能认识梦窗词的佳处，但总是将梦窗置于"次一等"的大家行列。又如《白雨斋词话·卷二·四》：

> 南宋词家，白石、碧山，纯乎纯者也。梅溪、梦窗、玉田大纯而小疵，能雅不能虚，能清不能厚也。

这里将姜夔、王沂孙奉为最高典范，而对梦窗等略有微词，认为梦窗未能做到雅而虚、清而厚。因此他为词坛立法，推出了三绝："词法之密，无过清真；词格之高，无过白石；词味之厚，无过碧山。词坛三绝。"（《白雨斋词话·卷二·四一》）并进而说："碧山词，性情和厚，学力精深，怨慕幽思，本诸忠厚，而运以顿挫之姿，沉郁之笔，论其词品，已臻绝顶，古今不可无一，不可有二。"（《白雨斋词话·卷二·四二》）对王沂孙词品的推崇到了极点。在《白雨斋词话·卷二·六二》中更说："词法莫密于清真，词理莫深于少游，词笔莫超于白石，词品莫高于碧山，皆圣于词者。而少游时有俚语，清真、白石间亦不免，至碧山乃一归于雅正。"简直将碧山词当作了完美无缺的最高典范，这不仅与他前面的论述自相矛盾，而且也不符合词史的实际。

陈氏论词最倾倒词中"仙气"，因此有时从梦窗词中发掘这方面的内容。如《白雨斋词话·卷六·四五》：

> 美成《蝶恋花》云："鱼尾霞生远树，翠壁黏天，玉叶迎风举。一笑相逢蓬海路，人间风月如尘土。剪水双眸云鬓吐，醉倒天瓢，笑语生青雾。此会未阑须记取，桃花几度吹红雨。"语带仙气，似赠女冠之作，否则故为隐语，已为梦窗"北斗秋横""春温红玉"两篇，开其先路。

此条论清真词中仙气、隐语对梦窗词的影响，是很精细的发现，因为周邦彦、吴文英的情词都受晚唐义山爱情诗的影响，义山的情诗多写一些本事沉隐的故事，抒情上埋没意绪，一任主观的创作方法，对清真、梦窗词有深刻的渗透性浸染。[①]

梦窗词以密丽为主要特征，而陈氏针对梦窗词的"疏"与"密"却提出一种反传统的观点。《白雨斋词话·卷三·五三》：

> 昔人谓梦窗之密、玉田之疏，必兼之乃工。就形骸而论，竹垞（朱彝尊）似能兼之矣。然余则云："梦窗疏处，高过玉田，而密处不及。"与古人之言正相反，书之以俟识者。

不知陈氏所说的"古人"指谁？此条可以看出陈氏有时喜欢作惊世之语，这来源于他对梦窗词的品读，在他看来，传统的"梦窗之密、玉田之疏"应该颠倒过来，并自信地说"以俟识者"。我认为说梦窗疏处高过玉田是妥当的，因为梦窗词中有一些作品确实具有一种疏荡之美，如《松入风》（听风听雨过清明）等；说密处不及则欠妥，因为梦窗的密丽绮艳是最突

[①] 吴振华：《绮窗凄梦：词中之商隐》，载《学术月刊》2004年第3期。

出特征，如《莺啼序》等，张炎何能及哉？况且张炎力主"清空峭拔"是不崇尚"密丽"的。

对梦窗具体作品的分析，陈氏总是围绕"沉郁"和"含蓄"来立论。如《白雨斋词话·卷二·二六》：

> 梦窗《金缕曲·陪履斋先生沧浪看梅》云："华表月明归夜鹤，问当时花竹今如此。枝上露，溅清泪。"后叠云："此心与东君同意，后不如今今非昔。两无言对沧浪水。怀此恨，寄残醉。"感慨身世，激烈语，偏说得温婉，境地最高。若文及翁之"借问孤山林处士，但掉头笑指梅花蕊。天下事，可知矣。"不免有张眉怒目之态。

此条对比分析梦窗与文天祥的同题《金缕曲》，都是咏史怀古的名篇。陈氏认为梦词中蕴含的"身世感慨"通过"温婉语"表达出来，"境地最高"。而文词由于直抒"天下事，可知矣"的慨叹，情感激切，有"张眉怒目之态"，不符合"温柔敦厚"的原则。由此看出，陈氏将其词学理论运用于具体作品分析时，确实有独到见解和精细发现。

清代词学家的理论表述还有一个重要特征，就是往往通过词的选本来体现和宣扬其词学主张，如朱彝尊的《词综》、周济的《宋四家词选》等。陈廷焯的词学思想也在他编选的《词则》四集中有具体表现。

吴文英在《词则》四集中都有作品入选，但除了"别调"，没有一项是最多的。这一方面说明陈氏心目中，吴文英作为大家只能排列在第二、三的档次；另一方面，陈氏又看到了梦窗词多种风格的面貌和多层次的艺术成就。

《白雨斋词话·卷五·六二》收录《词则》的序文，由此序可以看出他论词的宗旨和编词选的目的，就是要承继风雅的遗意，延续大雅正声的传统，与他主张的"沉郁顿挫""温柔敦厚"相配合，使"好古之士，庶几得所宗焉"，带有强烈的复古精神和振兴词道的意图。他汲取了此前选本的经验教训①，努力避免其缺点，因而采取比较通脱的态度，以"大雅"精神为主线，陈氏既重视豪放、婉约等各种风格，也不排斥"闲情"和"别调"，只是在"闲情别调"中要见词人"性情之厚"。我们还可以从陈氏的其他表述中得其选词旨趣。又如《白雨斋词话·卷七·三六》中说："癸酉甲戌之年（按：即1873—1874年，作者21—22岁时。），余初习倚声，曾选古今词二十六卷，得3434首，名曰《云韶集》。自今观之，殊病芜杂。"这大概是作者的少作，是为学习作词而选，还未形成自己的词学思想体系。在《白雨斋词话·卷八·二十二》中又说："今拟辑古今二十九家词（附选四十二家），约二十卷。此选大意务在穷源竟委，故取其正，兼收其变，为利于初学耳。非谓词之本原，即在二十九家中，漫无低昂也。惟殿以皋文（张惠言）、中白（庄棫），却寓深意。"②这个选本应该是陈氏晚年词学思想成熟时期的构想，除了明词外，唐宋清三代名家都在其中，显示了比较通脱的词学观念。而他将张皋文、庄中白殿后的"深意"就是表明他论词的旨归偏向常州词派。

　　陈氏毕生精力所选的选本中，我们可以从他对梦窗词的一些选择处理略微探知他的词学思想。《白雨斋词话·卷二·二十二》：

---

　　① 陈氏对清初以来的选本均有批评，如《白雨斋词话·卷五·五〇》批评孙默编《国初十六家词》"独遗竹垞，殊不可解。其中王士禄、王士禛，于词一道，并非专长，不知何以选入。"《白雨斋词话·卷五·五一》批评彭骏孙《词藻》四卷"品论古人得失，欲使苏、辛、周、柳，两派同归"，是"未能洞悉原委"。《白雨斋词话·卷五·五二》批评王昶编《词综》不该编选明代的词作。《白雨斋词话·卷五·五三》指责夏秉衡《清绮轩词选》"大半淫词秽语"。《白雨斋词话·卷五·五四》对戈载《宋七家词选》将草窗代淮海表示遗憾。《白雨斋词话·卷五·五五》称赞"皋文《词选》，精于竹垞《词综》十倍，去取虽不免稍刻，而轮扶大雅，卓乎不可磨灭，古今选本，以此为最"。《白雨斋词话·卷五·五六》认为近时冯梦华所刻乔笙巢《宋六十一家词选》"甚属精雅"。

　　② 这二十九家是：唐代一家：温飞卿；五代三家：李后主、韦端己、冯延巳；北宋七家：欧阳永叔、晏小山、张子野、苏东坡、秦少游、贺方回、周美成；南宋九家：辛稼轩、姜白石、高竹屋、史梅溪、吴梦窗、陈西麓、周草窗、王碧山、张玉田；元代一家：张仲举；国朝（清代）八家：陈其年、曹珂雪、朱竹垞、厉太鸿、史位存、赵璞函、张皋文、庄中白。

张皋文《词选》，独不收梦窗词，以苏、辛为正声，却有巨识。而以梦窗与耆卿、山谷、改之辈同列，不知梦窗也。至董氏《续词选》，只取梦窗《唐多令·忆旧游》两篇，此二篇绝非梦窗高诣。《唐多令》一篇，几于油腔滑调，在《梦窗集》中，最属下乘。《续选》独取此两篇，岂故收其下者以实皋文之言耶？（自注：董毅为皋文外孙）谬矣！

此则评论张惠言《词选》和董毅《续词选》不选梦窗或选梦窗词下乘作品的不当，表现出既要重视梦窗，更要注重精选佳作的观点。那么梦窗词哪些可以算作佳作呢？《白雨斋词话·卷二·二十三、二十四》：

梦窗《高阳台·落梅》一篇，既幽怨，又清虚，几欲突过中仙（王沂孙）咏物诸篇，是集中最高之作，《词选》何以不录？

梦窗精于造句，超逸处，则仙骨姗姗，洗脱凡艳；幽索处，则孤怀耿耿，别缔古欢。如《高阳台·落梅》云："宫粉凋痕，仙云堕影，无人野水荒湾。古石埋香，金沙锁骨连环。南楼不恨吹横雨，恨晓风千里关山。半飘零，庭上黄昏，月冷阑干。"又云："细雨归鸿，孤山无限春寒。"《瑞鹤仙》云："怨柳凄花，似曾相识。西风破屦，林下路，水边石。"《祝英台近·除夜立春》云："翦红情，裁绿意，花信上钗股。残日东风，不放岁华去。"又《春日客龟溪游废园》云："绿暗长亭，归梦趁风絮。"《水龙吟·惠山泉》云："艳阳不到青山，淡烟冷翠成秋苑。"《满江红·殿山湖》云："对两峨犹锁，怨绿烟中。秋色未教飞尽雁，夕阳长是坠疏钟。"《莺啼序》云："暝堤空，轻把斜阳，总还鸥鹭。"《八声甘州·游灵岩》云："箭径酸风射眼，腻水染花腥。"又云："连呼酒，上琴台去，秋与云平。"俱能超妙入神。

这两则可以看出，陈氏论梦窗词极其推崇既幽怨又清虚、既超逸又孤幽的词作。所列举的词，都是梦窗佳作，说明他确实别具慧眼，其眼光实高于张惠言等人。

《白雨斋词话·卷二·二五》：

梦窗《赋女骷髅·调思佳客》云："钗燕拢云睡起时，隔墙折得杏花枝。青春半面妆如画，细雨三更花欲飞。情轻爱别旧相知，断肠青冢几斜晖。乱红一任风吹起，结习空时不点衣。"又《题华山女道士扇·调蝶恋花》云："北斗秋横云髻影，莺羽衣轻，腰减青丝剩。一曲游仙闻玉磬，月华深处人初定。十二阑干和笑凭，风露生寒，人在莲花顶。睡重不知残酒醒，层城几度啼鸦暝。"又《醉落魄·题藕花洲尼扇》云："春温红玉，纤衣学翦娇鸦绿。夜香烧短银屏烛，偷掷金钱，重把寸心卜。(注：此三句亦平常浅熟，意虽非恶劣，究属疲庸，不谓梦窗蹈之。)翠深不得鸳鸯宿，采菱谁记当时曲。青山南畔红云北，一叶波心，明灭淡妆束。"此类命题，皆不大雅，金应珪抉词中三弊，似此亦在俚词之列，故为皋文所不取。然用意造句，仙思鬼境，两穷其妙。余录入《闲情集》中，不忍没古人之美也。

陈氏为了"存古人之美"，一反金应珪《词选后序》中提出的"淫词""鄙词""游词"三蔽之说，偏偏选张皋文不取的作品录入《闲情集》。一方面可以看出陈氏对梦窗词中这类"仙情鬼境"作品的肯定与关注；另一方面，由于这三首作品除第一首较有特色外，其余两首情趣不高，只能算下乘之作，则可见陈氏词学观念中含有一定的搜幽抉微去取欠精之瑕疵。

综上所述，陈氏围绕梦窗词的品读鉴赏、编选比较充分地展现了他的词学观念，也显示出他立论存在前后矛盾的现象，这主要由于在对梦窗词的词史定位和具体作品评析之间存在观念上的差异，从词史上看，梦窗在陈氏的视野里只能属于"大家"行列里次一等的地位，永远排在周邦彦、姜夔、王沂孙等人之后，而以"沉郁""忠厚"来研读梦窗词又得出"逸品""仙骨姗姗""超逸中见沉郁"等真切感受。形成这种矛盾的原因我认为有这样几点：第一，陈氏的《白雨斋词话》并非最后由他自己校订的定本，当他的外甥包荣翰要将八卷本词话付梓时，陈氏说："于是编历数十寒暑，识与年进，稿凡五易，安知将来不更有进于此乎？"①这样一本还未

---

① 陈廷焯：《白雨斋词话·包荣翰跋》，第225页。

最终定稿的规模宏大的专著，存在一些前后抵牾是可以理解的；第二，就是他词学理论本身存在缺陷，清代实际上都是通过推尊词体来振兴词学，清初浙西词派由于要力避南宋《草堂诗余》等推重北宋的偏颇，改而推尊南宋的姜夔和张炎，在"清空""醇雅"的标尺下，当然没有梦窗词的位置；后来常州词派兴起，创"意内言外""比兴寄托"之说，立"诗有史，词亦有史"之论，无论张惠言的不选梦窗词还是后来的周济推尊梦窗为领袖一代的大家，都是严重的偏颇，因此陈氏再次纠偏补正，对梦窗采取折中处理，在诗骚大雅"沉郁幽怨"和"温柔敦厚"标准下，陈氏虽然能知梦窗词的佳处，但必然不是最高典范；第三，梦窗词在词史上各种理论观照下的沉浮升降的事实，说明推尊词体、追索本源的任何努力必然存在重内容轻艺术的偏颇，而以艺术创造见长的梦窗词在陈氏之后乃至将来还会继续存在这样褒褒贬贬的"钟摆现象"。这就令人想起吴熊和先生的那句名言："对梦窗词的理解程度，就常常要看读者的学识、诗词修养与鉴赏水平了。"①

（原载《词学》2008年第1期）

---

① 吴熊和：《吴熊和词学论集》，杭州大学出版社1999年版，第293页。

论刘熙载《艺概》对王国维《人间词话》的影响

王国维的《人间词话》以中国传统的诗话形式，运用摘句点评、诗词类比、引用印证等方法，建立起一个比较完整但结构却较松散的诗学体系。其中受西方美学家叔本华、康德的影响是其理论建树的新特色，但其作为中国古典诗学的终结，也全面继承了中国传统诗学的精华。如对刘熙载的诗学观、艺术观、美学观，王氏就十分倾倒，仅在《人间词话》中就引用达十九处之多，而且对刘氏的观点几乎从未提出异议，这是大可值得注意的。下面从诗学理论、词史观、作家论、美学观、艺术论等方面试作论述，以求教于通家。

一、境界说、情景论

王国维《人间词话》第一条（滕本第三十一条）①论词的境界："词以境界为上。有境界则自成高格，自有名句。五代、北宋之词所以独绝者在此。"什么是"境界"呢？"境界"是怎样创造出来的，具有什么样的特质呢？境界，即意境，是中国古典诗学的重要术语，指通过情景交融的艺术描写而产生的一种充满令人联想、回味的象外之象的新境。所以王国维又说："原夫文学之所以有意境者，以其能观也。出于观我者，意余于境。

---

① 本篇所用王国维《人间词话》通用本，为上海古籍出版社1998年版。滕本，为滕咸惠《人间词话新注》本，齐鲁书社1986年版。所引原文只注条目不注页码。

而出于观物者，境多于意。然非物无以见我，而观我之时，又自有我在。故二者常互相错综，能有所偏重，而不能有所偏废也。文学之工不工，亦视意境之有无与其深浅而已。"（《人间词话》附录，第二条）王氏认为文学作品具有意境的原因是作者有审美的直观，即作者在创作前对审美对象作带有情感的观察思考，然后寻找合适的意象将其表达出来。在这个过程中存在"意余于境"或"境多于意"的问题，也就是主观倾向性的情感因素过强或过弱的问题，前者主体情感热烈而突出，呈现"有我之境"的特征；后者倾向性多随景物场景而自然体现，呈现"无我之境"的特征。由"能观"到"善观"是处理"意"与"境"的关键。关于"境界"或"意境"，刘熙载有重要论述。如《艺概·诗概》中说："'思无邪'，思字中境界无尽，惟所归则一耳。"①强调文学作品在"思"想内容方面既要"境界无尽"，又要有纯净无邪的最高归属。《诗概·词曲概》又说："司空表圣云：'梅止于酸，盐止于咸，而美在酸咸之外。'严沧浪云：'妙处透彻玲玲，不可凑泊。如水中之月，境中之象。'此皆论诗也，词以得此境为超诣。"②这里所说的"此境"也就是"意境"，显然这对王国维"词以境界为上"的观点有直接影响。《艺概·书概》说："学书有二观：曰观物，曰观我。观物以类情，观我以通德。"③刘氏认为学习书法要认识物性来达到与我的情感一致，要认识自我来实现道德的修养。而王氏运用"二观"来论诗词境界，是一种创造性的借鉴。

那么，创造意境的诗人必须具备怎样的本领呢？王国维说："山谷云：'天下清景，不择贤愚而与之，然吾特疑端为我辈设。'诚哉是言！抑岂独清景而已，一切境界无不为诗人设。世无诗人，即无此境界。夫境界之呈于吾心而见于外物者，皆须臾之物，惟诗人能以此须臾之物，镂诸不朽之文字……此大诗人之妙秘也。"（《人间词话》附录，第五条）他认为诗人最大的本领在于能将常人所感而只有诗人独悟的须臾即逝的情景，用

---

① 刘熙载：《艺概·诗概》，江苏古籍出版社2001年版，第117页。
② 刘熙载：《艺概·词曲概》，江苏古籍出版社2001年版，第148页。
③ 刘熙载：《艺概·书概》，江苏古籍出版社2001年版，第188页。

形象表现出来，并传诸不朽。那么，世无诗人，无具有这种天才的诗人，则没有这种艺术的境界。因此，能感受这种创造出来的境界并受其陶染的人，也就必须具备诗人的一颗诗心，否则不能进入此境界。这说明"境界"与接受者的素质也很有关系。境界是诗人和读者共同创造的吗？这就涉及"意境"的内涵问题。王国维说："文学中有二原质焉：曰景，曰情。前者以描写自然及人生之事实为主，后者则吾人对此种事实之精神的态度也。故前者客观的，后者主观的也；前者知识的，后者感情的也。自一方面言之，则必吾人至胸中洞然无物，而后其观物也深，而其体物也切，即客观的知识，实与主观的感情为反比例。自他方面言之，则激动之感情，亦得为直观之对象、文学之材料，而观物与其描写之也，亦有无限之快乐伴之。要之，文学者，不外知识与感情交代之结果而已。苟无敏锐之知识与深邃之感情者，不足于文学之事。"（《文学小言》）这里王氏将"景"与"情"区别得很清楚，要求诗人做到主客观的统一。那么，诗人的创作成就怎样区分高下优劣呢？王国维说："文学之事，其内足以摅已，而外足以感人者，意与境二者而已。上焉者意与境浑，其次或以境胜，或以意胜。苟缺其一，不足以言文学。"（《人间词话》附录）要达到意境浑成的境界，则要求"诗歌之题目，皆以描写自己深邃之感情为主。其写景也，亦必以自己深邃之感情为之素地，而始得于特别之境遇中，用特别之眼观之"（《屈子文学之精神》）。所谓"特别之眼"即指诗人所具有的天才的观察力，这是深受叔本华唯意志论和天才论的审美观影响的结果。然而，恰当地合度地处理"情"与"景"的关系，则一直是中国古典诗学"意境论"关注的重要问题，要求做到"情景交融"。如王夫之《姜斋诗话》说："情景虽有在心在物之分，而景生情，情生景，哀乐之触，荣悴之迎，互藏其宅。"又说："情景名为二，而实不可离。神于诗者，妙合无垠。巧者则有情中景，景中情。"①刘熙载也说："情句中有景字，景句中有情字。'昔我往矣，杨柳依依；今我来思，雨雪霏霏。'雅人深致，

---

① 王夫之：《姜斋诗话》，人民文学出版社1961年版，卷一，第144页；卷二，第150页。

正在借景言情。"①况周颐也说："词境以深静为主。盖写景与言情，非二事也。善言情者，但写景而情在其中。次等境界，唯北宋词人往往有之。"②因此王国维说："一切景语皆情语也。"由此可见，王国维的诗学理论是全面继承中国古典诗学的精华而加以创造的结晶，而其中刘熙载的影响是比较明显的。

二、词史观

《人间词话》删稿第四条（滕本第十七条）、《人间词话》删稿第十九条（滕本第六十六条）主要表述王氏的两宋词史观。前者说："诗至唐中叶以后，殆为羔雁之具矣。……词至南宋以后，词亦为羔雁之具，而词亦替矣。此亦文学升降之一关键也。"王氏所说的"羔雁之具"，是古代士大夫相见时的礼品。即是说：诗至中唐，词至南宋，已成为士大夫之间酬唱的工具，故真的性情被掩盖，虚情矫饰之风兴起，因此诗词的创作就走上了衰替的道路。王氏诗词史观看出了问题的一个方面，但忽视了另外一个更重要的方面。这说明诗到中唐、词到南宋，已成了士大夫抒情言志的工具，从词一方面说，这意味着词的题材向日常生活、向诗歌所表现的领域开拓，词的表现手法开始多样化，词的体制由小令向慢词转化，并且逐渐从歌筵酒席的轻歌曼舞中，从剪翠偎红的香软脂粉气息中解脱出来，能真正成为与诗并立的抒情体式，既解放了词，又提高了词。应该说这是词的进步，决不是词的堕落。王氏仅从情感的"真"来观察问题，是有严重偏颇的。后条主要驳斥朱彝尊"词至北宋而大，至南宋而深"的观点。王氏引用周济和刘熙载（按，王氏归为潘德舆《养一斋诗话》，误。实出于刘熙载《艺概》）的观点作为印证，否定南宋词的艺术成就。周济说："南宋下不犯北宋拙率之病，高不到北宋浑涵之诣。"又说："北宋词多就景叙情，故珠圆玉润，四照玲珑。至稼轩、白石，一变而为即事叙景，使深者

---

① 刘熙载：《艺概·诗概》，江苏古籍出版社2001年版，第117页。
② 况周颐：《蕙风词话》，中州古籍出版社2003年版，第17页。

反浅，曲者反直。"①我认为周氏此论只在于指出北宋、南宋词的区别，实未强分优劣。首先，从南北宋来说，词境都有不均匀、不统一的一方面，他说南宋词境界不够"浑涵"，但也没有北宋那样的"拙率"；北宋词显然存在"拙率"与"浑涵"掺杂的状况，这正是词急需调整的走向统一时的状态。而南宋词在整体词境上要比北宋显得中和、统一。其次，从艺术表达手法上看，南北宋似乎正好相反。北宋是"就景叙情"，故"珠圆玉润，四照玲珑"，而南宋则是"即事叙景"，故"深者反浅，曲者反直"。周氏对艺术的判断是值得商榷的。就北宋的"就景叙情"来说，柳永《雨霖铃》中的"今宵酒醒何处？杨柳岸晓风残月"名句，恰恰是因情设景，不是"就景叙情"；而苏轼《念奴娇·赤壁怀古》中的大江景色也是为情而设的幻景。故只能说，北宋词主体上具备了这样的特征，而不能用此来涵盖一切。从南宋方面看，姜夔、吴文英的词，写景叙情恰恰是"深""曲"，而不是"浅""直"。就像李清照的"雁字回时，月满西楼"（《一剪梅》），辛弃疾的"楚天千里清秋，水随天去秋无际"（《水龙吟》）这样的写景名句，并不以"浅""直"为特色，而是相反，包涵了复杂而深邃的情思。因此，周氏的观点本身就有严重疏漏，不能作为否定南宋词的依据。再看刘熙载的观点。他说："北宋词用密亦疏，用隐亦亮，用沉亦快，用细亦阔，用精亦浑。南宋只是掉转过来。"②刘氏指出的是南北宋词具有不同的风格特征，即在表现手法、语言、风格等方面，北宋词具有"疏、亮、快、阔、浑"的特点，南宋词则具有"密、隐、沉、细、精"的特点。这些特点是否一定劣于北宋，刘氏未加以判断，而王国维用来印证自己的独特判断，就违背了刘氏的原意，因而也不能作为依据。王氏在此则中还引用了潘德舆的观点："词滥觞于唐，畅于五代，而意格之闳深曲挚则莫盛于北宋。词之有北宋，犹诗之有盛唐。至南宋则稍衰矣。"③王氏最服膺此条，因为这完全符合他的词史观，因此他称赞说"其推尊北

① 周济：《介存斋论词杂著》，人民文学出版社1959年版，第4页、第8页。
② 刘熙载：《艺概·词曲概》，江苏古籍出版社2001年版，第142页。
③ 潘德舆：《与叶生名沣书》。

宋，与明季云间诸公（按，指陈子龙、宋徵舆、李雯这三个"云间"才子）同一卓识"。实际上，潘氏的论点也有问题，他说北宋词的意格"闳深曲挚"如同"盛唐之诗"，显然与刘氏的"疏、亮、快、阔、浑"是相佐的，倒像是南宋的"精、深"之类。总之，王国维以"文体演进论"的观点来评价两宋词，有较重的个人审美嗜好因素，不尽符合艺术史的真实，其论述存在一定的疏漏，我们也不必为其曲护。

从对有些重要的词人进行评价，也能看出王国维的词史观。如《人间词话》第四十三条（滕本第十一条）专论南宋词人，王氏认为南宋词人中只有稼轩一人"堪与北宋人相颉颃"，对白石、梦窗则极尽贬斥之能事，他说"白石、梦窗可学，幼安不可学"，又说"学幼安者，率祖其粗犷、滑稽；以其粗犷、滑稽处可学，佳处不可学也"，还说辛词"俊伟幽咽，固独有千古，其他豪放处亦有'横素波、干青云'之慨，宁梦窗龌龊小生所可语邪？"为什么王国维要横扫南宋词坛呢？因为清初朱彝尊创浙西词派，他在《词综发凡》中说："世人言词，必称北宋。然词至南宋，始极其工，至宋季而始极其变。姜尧章氏最为杰出。"在《黑蝶斋诗余序》中又说："词莫善于姜夔，宗之者张辑、卢祖皋、史达祖、吴文英、蒋捷、王沂孙、张炎、周密、陈允平、张翥、杨基，皆具夔之一体。"①浙派论词尊姜夔为极则，讲究词律，主雅洁、清空，以致出现"千百年来，浙西填词者，家白石而户玉田"的情况，其末流沦为空疏、枯涩。因此清中叶后常州词派崛起，对于浙派推尊南宋、贬低北宋，尤其过分抬高姜夔深致不满。但他们对南宋词人一般也不否定，尤其对吴文英、王沂孙等人还推崇备至。在浙派词人眼里，辛稼轩词只不过属于能自立门派的北宗画派，而清真、白石则属于南宗画派，北宗不及南宗②。而到常州派眼里，辛词又受到重视，在周济的四大家行列中辛弃疾排在清真之后，代替了姜夔的位置。王氏对浙西派和常州派都加以否定，其力矫词坛流弊的用心可见，但他在扫荡南宋时为什么又独尊辛词呢？这可以联系到刘熙载对辛词的评

①　朱彝尊：《曝书亭全集》，四部备要本。
②　厉鹗：《樊谢山房文集·张今涪红螺词序》，四部备要本。

价，他认为"稼轩词龙腾虎掷，任古书中理语、廋语，一经运用，便得风流，天姿是何复异！""苏辛皆至情至性人，故其词潇洒卓荦，悉出于温柔敦厚。世或以粗犷托苏辛，固宜有视苏辛为别调者哉！"①刘氏所论与周济、谢章铤、陈廷焯诸家的论点较为接近。可能众口一词，王氏才不得不单尊辛词，而否定其余。这一方面说明王氏有自己的艺术嗜好和审美判断，另一方面又吸取众家论词的相同观点，这方面刘熙载的评语至关重要。几乎凡是刘氏肯定的王氏从未反对。而刘氏有贬斥的，王氏则竭力挞伐。可见王氏的词论深受刘熙载的影响。

又如《人间词话》第四十四条（滕本一百一十四条）论东坡、稼轩词。王氏认为："东坡之词旷，稼轩之词豪。无二人之胸襟而学其词，犹东施之效捧心也。"此条也从刘熙载而来。刘氏说"东坡词具神仙出世之姿"，"稼轩词龙腾虎掷"，"稼轩豪杰之词"。王氏只取"旷""豪"二字，较为简洁。王氏观点与陈廷焯之论也相合。《白雨斋词话》说："东坡心地光明磊落，忠爱根于性生，故词极超旷，而意极和平。稼轩有吞吐八荒之概，而机会不来，正则可以为郭（子仪）、李（光弼），为岳（飞）、韩（世忠），变则即桓温之流亚，故词极豪雄，而意极悲郁。苏、辛两家各自不同，后人无东坡胸襟，又无稼轩气概，漫为规恍，适形粗鄙矣。"②陈廷焯生于1853年，死于1892年，而刘熙载生于1813年，死于1881年。陈氏完成《白雨斋词话》时间当与刘熙载完成《艺概》时间相近。《白雨斋词话》卷六（第177页）就曾说："近时兴化刘熙载论词颇有合处。"③说明陈氏看到过《艺概》。冯煦（1842—1927）《蒿庵论词》也说："兴化刘熙载所著《艺概》，于词多洞微之言，而论东坡尤为深至。"④王国维的《人间词话》完成于1907年，当时年仅三十一岁，与上述词学著作同时或紧随其后，从这些著作中借鉴也是必然的。其中刘熙载应该是很重要的。

---

① 刘熙载：《艺概·词曲概》，江苏古籍出版社2001年版，第140页。
② 陈廷焯：《白雨斋词话》，杜维沫校点，人民文学出版社1983年版，第166页。
③ 陈廷焯：《白雨斋词话》，杜维沫校点，人民文学出版社1983年版，第170页。
④ 冯煦：《蒿庵论词》，人民文学出版社1959年版，第60页。

三、作家论

（1）温庭筠。《人间词话》第十一条（滕本第四条）论温庭筠词的总体风格。先引张惠言的观点，张氏为常州派词论家，他认为温词"深美闳约"，即精深细美宏大简约，富于比兴寄托的特色。王氏不同意张说，认为足当此评的只有冯延巳。那么温词的特色怎样呢？王氏引用刘熙载的评价，认为温词"精艳绝人"。刘氏的评语着眼点在于温词绮艳、精致、温馥迷人的特色。刘、张二氏一着眼于外，一着眼于内，但都指出温词精致赡丽、警艳动人。同时刘氏还认为温词"然类不出乎绮怨"，较能得旨，指出温词绮艳的表象下有深沉的情感内涵，虽没有张氏的刻意求深，但比较切合温词的特点。王氏作了删选，只取前一句，而去掉后一句，目的是否定张氏的审美判断。

（2）冯延巳。《人间词话》第十九条（滕本第六条）论冯延巳词，王氏认为冯词"虽不失五代风格而堂庑特大，开北宋一代风气"。王氏此论实有所本，首先是冯煦的观点，他在《唐五代词选序》中说："吾家正中翁，鼓吹南唐，上翼二主，下启欧、晏，实正变之枢纽，短长之别流。"其后在《蒿庵论词》中又说："词至南唐，二主作于上，正中和于下，诣微造极，得未曾有。宋初诸家，靡不祖述二主，宪章正中，譬之欧、虞、褚、薛之书，皆出逸少。"[1]冯煦显然有显扬家学的意思，但其判断应该说是较有眼光的。这与正中词中表现的忧患意识和他对词的细约幽美、婉丽深曲风格的追求有关，确实对欧、晏有重大影响，当然也应该考虑到南唐与北宋的地域因素。其次，王氏论点也与刘熙载论点有关。《艺概·词曲概》中说："冯延巳词，晏同叔得其俊，欧阳永叔得其深。"[2]施蛰存先生在《读冯延巳词札记》中说："夫俊与深如何衡量，晏殊岂无深处，欧阳亦不乏俊语。惟心目中先有尊冯之成见，遂悬此深俊二格以贬抑晏、欧，

---

① 冯煦：《蒿庵论词》，人民文学出版社1959年版，第59页。
② 刘熙载：《艺概·词曲概》，江苏古籍出版社2001年版，第138页。

总之谓晏、欧皆不如冯耳。此则持文学退化论者厚古薄今之弊也。"①实际上刘氏的论点没有对冯与欧、晏的抑扬之意，只是强调晏、欧对南唐词风的继承性、延续性。总体上是继承和延续，但各自又有不同角度的发展，强调"俊"只就其大晏词的主体方面而言，并不排除大晏有"深"的一面；强调"深"，也是就欧阳词的主体方面而言，并不排除其有"俊"的一面。之所以区别，是为了说明晏、欧在继承南唐的同时又有不同的风格特征。我认为，"俊"，一方面指风格，另一方面指语言。晏词的风格表现出一种雍容娴雅的风度，保持着一种平静而矜持的心态，显得含蓄蕴藉，从容不迫。这与冯延巳是相似的。他二人都居相位，又都是整天歌舞宴乐的环境，可以说晏殊的地位、环境心态，甚至情感，处处能从冯延巳那里找到依据。晏词的语言向有"珠圆玉润"的美誉，指其淡而雅的词藻用语之美，也指其音调谐婉的声韵节律之美。这都表现了晏词的"俊"美。欧词的"深"，一方面是对传统题材表现的开掘之深；另一方面指对新题材的开掘之深。如对传统的离愁别恨，着重开掘离人的深层心理感受，由表及里进行细微深刻的心理刻画，抒情的成分也更多更浓。深婉的思致、曲折无尽的意蕴是欧词"深"的极重要的表现。

（3）周邦彦。《人间词话》第三十三条（滕本第八条）论周邦彦词。王氏认为清真词"深远之致不及欧、秦，唯言情体物，穷极工巧，故不失为第一流之作者。但恨创调之才多，创意之才少耳"。王氏对清真词的认识经历了一个由"最不喜美成"到"词中老杜"的不断的深化过程。从此条中可以看出，王氏虽将清真置于"第一流"作者的行列，但只是从"言情体物，穷极工巧"角度立论的，并认为周词是"创调"多，"创意"少，甚至比不上欧阳修和秦观。这种肯定中含有严重褒贬的评价，显然本于刘熙载。刘氏在《艺概·词曲概》中说："周美成词或称其无美不备。余谓论词莫先于品。美成词信富艳精工，只是当不得一个贞字。是以士大夫不肯学之，学之则不知终日意萦何处矣。"又说："周美成（词）律最精

① 宋绪连、钟振振：《宋词艺术技巧辞典·附录》，吉林文史出版社1998年版，第1063页。

审，史邦卿句最警炼，然未得为君子之词者，周旨荡而史意贪也。"①刘氏是将词旨、词品与艺术分开论述的。刘氏对诗、词艺术有精深造诣，显示了他对艺术的敏锐深邃的感悟，所下的判断是千古确论；但一涉及思想内容，则立刻显示了他这个纯儒、道学先生的陋处。他所说的"不肯学"的士大夫必定也是那些正道直行的所谓"醇儒"吧，而词作为一种与诗的主体情志异趣的抒情文学，不能做这样的道德方面的要求。可见，王氏对清真词的态度与刘氏是有渊源的。除刘、王二氏之外，近代几个词论大家均对清真词极为服膺。如陈振孙《直斋书录解题》中说："清真词多用唐人语隐括入律，浑然天成，长调尤善铺叙，富艳精工，词人之甲乙也。"②陈氏是南宋人，与清真年代接近，当可代表最早对清真词的肯定，指出周词善隐括唐人诗句、善铺叙而风格浑然天成、富艳精工的特色。强焕在《宋六十名家词·片玉词》中《题美成词》云："公之词，其摹写物态，曲尽其妙。"③张炎的《词源》也说："美成词只当看他浑成处，于软媚中有气魄，采唐诗融化如自己者，乃其所长；惜乎意趣却不高远。"④张氏所论与刘氏有相似之处，所谓的"意趣"，不是指一般士大夫的离愁别恨方面的情趣，即个人生活方面的意趣，而是作为一个朝代末期词人应该具有的寓家国之思与忧患意识。而沈义父的评价则异于张炎，他不强调这样的"意趣"，而从艺术的角度看，在《乐府指迷》中说："凡作词当以清真为主。盖清真最为知音，且无一点市井气，下字运意，皆有法度，往往自唐、宋诸贤诗句中来，而不用经史中生硬字面，此所以为冠绝也。"⑤沈氏是从艺术的角度，表述他"雅词"的美学理念，因而将清真作为最高典则。这种观点对清代词学影响很大。如承沈氏之论，周济《宋四家词选目录序论》说："清真，集大成者也。"又说："清真浑厚，正于勾勒处见。他人一钩

---

① 刘熙载：《艺概·词曲概》，江苏古籍出版社2001年版，第140页。
② 陈振孙：《直斋书录解题》，据《丛书集成初编》本。
③ 毛晋：《宋六十名家词·片玉词》，四部备要本。
④ 张炎：《词源》，夏承焘注，人民文学出版社1963年版，第30页。
⑤ 沈义父：《乐府指迷》，蔡嵩云笺释，人民文学出版社1963年版，第44-45页。

勒便刻削，清真愈钩勒、愈浑厚。"①陈廷焯也说："词至美成，乃有大宗，前收苏、秦之终，后开姜、史之始，自有词人以来，不得不推为巨擘。后之为词者，亦难出其范围。然其妙处，亦不外乎沉郁顿挫。顿挫则有姿态，沉郁则极深厚。极有姿态，又极深厚，词中三昧亦尽于此矣。"②王国维后期对清真词的肯定则是接受陈氏观点影响的结果。

（4）姜夔。《人间词话》第四十二条（滕本第二十二条）论白石词。王氏认为"古今词人格调之高无如白石，惜不于意境上用力，故觉无言外之味，弦外之响，终落第二手。其志清峻则有之，其旨遥深则未也"。王氏对白石词的态度是相当复杂的，一方面肯定其词"格调"很高，另一方面又恨其没有遥深的言外之意。这可能因为姜词追求雅洁、清空，而有时喜用代字的缘故，故真性情未能完全表露，是"有格而无情"。这是不符合白石词实际的，白石词中写到与合肥歌伎恋情的词可以说是精心结撰的深情之作，像"淮南皓月冷千山，冥冥归去无人管"（《踏莎行》），怎么是有格而无情呢？姜夔善于描绘冰清玉洁的情感世界，表达同样冰清玉洁的雅化情感，这应该是符合王氏的审美取向的，不知为何他看不起白石词。在这一点上，刘熙载与王氏有差别。刘氏说："姜白石词幽韵冷香，令人挹之无尽。拟诸形容，在乐则琴，在花则梅也。词家称白石曰白石老仙。或曰：毕竟与何仙相似？曰：藐姑冰雪盖为近之。"③王氏盛赞白石词的格高，当与刘熙载"幽韵冷香""藐姑冰雪"的评价有联系，但不如刘氏之说全面。

（5）秦观、晏几道。《人间词话》第二十八条（滕本第四十条）论秦观、晏几道词。王氏同意冯煦的看法，认为秦观词"其淡语皆有味，浅语皆有致"，并同意秦观是"古之伤心人"，而认为晏几道"矜贵有余，但稍胜方回耳"，进而认为秦观与晏几道词风不同。而刘熙载却说："少游词有小晏之妍，其幽趣则过之。"又说："秦少游词得《花间》《尊前》遗韵，

---

① 周济：《介存斋论词杂著》，人民文学出版社1959年版，第12页。
② 陈廷焯：《白雨斋词话》，杜维沫校点，人民文学出版社1983年版，第16页。
③ 刘熙载：《艺概·词曲概》，江苏古籍出版社2001年版，第140页。

却能自出清新。"①评价较为细致。冯煦认为，秦观天才绝出，贬谪南荒后，在词中寄慨身世，闲雅有情思，却怨而不怒，深得《小雅》遗意，是李后主之后最突出的继承者。并认为少游词与他人的"词才"不同，表现的是自己独特的"词心"，与苏轼的明隽，柳永的幽秀有明显的区别。②王氏对秦观、晏几道、贺铸的艺术成就排序显然与刘熙载和冯煦的论述有关。

（6）史达祖。《人间词话》第四十八条（滕本第七十三条）论史达祖词。王氏先引用周济的话："梅溪词中，喜用'偷'字，足以定其品格。"③这种用一个字来概括某词人词品的"春秋笔法"，王国维是很欣赏的，并用此法评价了梦窗、张炎、飞卿、端己等人的词。接着又引刘熙载的话："周（邦彦）旨荡而史（达祖）意贪。"④王氏说："此二语令人解颐。"史达祖的词在王氏看来"偷"与"贪"足以成为其词品格的定语。这样的评论是缺乏严肃性的，完全随自己的兴味所左右，缺乏理性的思考。仅就所谓"偷"而论，史词中喜欢用"偷"字，如"做冷欺花，将烟困柳，千里偷催春暮"（《绮罗香·咏春雪》），"巧沁兰心，偷沾草甲，东风欲障新暖"（《东风第一枝·春雪》），"讳道相思，偷理绡裙，自惊腰衩"（《三姝媚》），"轻衫未揽，犹将泪点偷藏"（《夜合花》）等，"偷"字有的是拟人（前2例），有的是描写心理活动（后2例），都很传神，怎奈王氏"偷"换题意，以"小偷""偷窃"目之，这真有一点诬陷的意味了。说明王氏在赞同刘熙载的观点时，连错误也一起接受了。

（7）吴文英、张炎。《人间词话》第五十条（滕本第十五条）论梦窗、玉田词。王氏极力否定梦窗词，认为用"映梦窗，凌乱碧"评价最确切，即认为梦窗词是一片狼藉凌乱的雕红镂碧，堆垛炫目，不成境界，毫无韵味，隔而晦涩，简直是艺术的最大败笔。而张炎词则为"玉老田

---

① 刘熙载：《艺概·词曲概》，江苏古籍出版社2001年版，第139页。
② 冯煦：《蒿庵论词》，人民文学出版社1959年版，第61页。
③ 周济：《介存斋论词杂著》，人民文学出版社1959年版，第7页。
④ 刘熙载：《艺概·词曲概》，江苏古籍出版社2001年版，第140页。

荒"，也是一片不好的气象，不能算作词的正统。至于他们在艺术方面的成就，王氏不措一词，大概也是否定的。在这一方面刘熙载比王国维要通脱得多，他的《艺概·词曲概》中说："张玉田词，清远蕴藉，凄怆缠绵，大段瓣香白石，亦未尝不转益多师，即《探芳信》之次韵草窗，《琐窗寒》之悼碧山，《西子妆》之效梦窗可见。"①刘氏指出张炎词与姜夔、周密、王沂孙、吴文英之间有艺术上的借鉴，而形成"清远蕴藉，凄怆缠绵"的特色，大体上是肯定的，因而也见出刘氏对梦窗词并未彻底否定。王国维生平"最恶梦窗、玉田"（《人间词话》），在托名樊志厚的《人间词话序》中说："君之于词，于五代喜李后主、冯正中，于北宋喜永叔、子瞻、少游、美成，于南宋除稼轩、白石外，所嗜益鲜矣。尤痛诋梦窗、玉田，谓梦窗砌字，玉田垒句。一雕琢，一敷衍。其病不同，而同归于浅薄。六百年来词之不振，实自此始。"②在"最恶"之外，还要痛加挞伐，把"六百年来词之不振"的罪责加在两家头上。梦窗词在周济和况周颐眼里是艺术的极则。周济说："梦窗奇思壮采，腾天潜渊，返南宋之清泚，为北宋之秾挚。""梦窗立意高，取径远，皆非余子所及。惟过钉饾，以此被议。若其虚实并到之作，虽清真不过也。"③认为梦窗词风格上"清泚"与"秾挚"融合为一，立意高远，结构上有"腾天潜渊"的新变，总体上是超过清真词的。况周颐《蕙风词话》也说："重者，沉著之谓。在气格，不在字句。于梦窗词庶几见之。即其芬芳铿丽之作，中间隽句艳字，莫不有沉挚之思，灏瀚之气，挟之以流转。今人玩索而不能尽，则其中所存者厚。沉著者，厚之发见乎外者也。……梦窗与苏、辛二公，实殊流而同源。其见为不同，则梦窗致密其外耳。"④也肯定梦窗词不是徒有密丽繁缛的外在美，而是包涵了沉挚的内容，有灏瀚之气在潜行流转，因此显得厚重而美赡，比较能概括梦窗词的艺术特色。王国维因为艺术的偏见，致

① 刘熙载：《艺概·词曲概》，江苏古籍出版社2001年版，第142页。

② 滕成惠：《人间词话新注》，齐鲁书社1986年版，第110页。

③ 周济：《介存斋论词杂著》附录，人民文学出版社1959年版，第12页。

④ 况周颐：《蕙风词话·广蕙风词话》，孙克强辑考，中州古籍出版社2003年版，第34页。

使他对这样一种全新的艺术美极力否定，不能不说是他词学的一个重要缺陷，在这一点上，他不及周济和况周颐，也没有刘熙载那样的艺术眼光。

（8）文天祥。《人间词话》删稿第三十一条（滕本第八十六条）论文天祥词。王氏认为："文文山词风骨甚高亦有境界。远在圣与（蒋捷）、叔夏（张炎）、公瑾（周密）诸公之上。"这是在南宋词坛上又找出了一位有"境界"的词人，可能是与王氏"境界说"中前面提到的南宋词人中只有辛弃疾一人堪于北宋相颉颃的观点相左，故定稿本将此条删去。然而，此条也本于刘熙载的判断："文文山词有'风雨如晦，鸡鸣不已'之意，不知者以为变声，其实乃变之正也。"并说："故词当合其人之境地以观之。"①王氏肯定文天祥词有境界，大约指文天祥对宋朝的忠诚之心，可算作血书文学的缘故，而刘氏的知人论世观，王氏没有全面继承。

四、艺术观、美学观

《人间词话》第三十九、四十条（滕本第七十六、七十七条）论"隔"与"不隔"。王氏说："白石写景之作，如'二十四桥仍在，波心荡、冷月无声'，'数峰清苦，商略黄昏雨'，'高树晚蝉，说西风消息'，虽格韵高绝，然如雾里看花，终隔一层。梅溪、梦窗诸家写景之病，皆在一'隔'字。北宋风流，过江遂绝。"这里所举的三则例子，不过全用拟人手法写景，化美为媚，写出了景物活的情思，也可以说是移词人之情融于景物之中，形成一种含蕴较为复杂的情状，能引起人们的联想罢了。"隔"实际上是因为求"雅"而含蕴深邃，需要转几道弯才能品出意蕴，这又有什么不好？为什么非得一览无余才算美呢？王国维的艺术审美观与刘熙载联系紧密。刘熙载的整个艺术观的核心之一就在于强调一个"真"字，包括"真情""真味""真韵""真境"等方面，这一点与王国维相同；刘氏在论"点染"之法时，强调"点（情）"与"染（景）"之间不

---

① 刘熙载：《艺概·词曲概》，江苏古籍出版社2001年版，第142页。

能有他语相隔，否则名句就成为死灰。①王国维取这个"隔"字加以扩大，拓展为对整个词的境界起关键作用的诗学问题，并由此而界别了两宋词的基本艺术特征。但不可否认，"隔"也是一种艺术，其价值不能一概否定。我认为：初发芙蓉，绿叶红花，碧水照影，韵淡天真，确是一种赏心悦目的自然美；但雕绘满眼，融人工于天工甚至巧夺天工，像少数民族的工艺品、各种刺绣艺术品那样，繁缛绚丽，五彩缤纷，也是一种美。还有，大型的宴席上固然需要淡妆的美人，也更需要浓妆的佳丽，否则艺术的大观园就不免寂寞，有了雕绘之美才见出清韵美的珍贵。正如刘熙载所说："诗中固须得微妙语，然语语微妙，便不微妙。须是一路坦易中，忽然触着，乃足令人神远。"②故两种美的形态应该是相辅相成，不可强分优劣。当然理想的艺术应该是在雕琢中显示自然的状态。

又如《人间词话》第七条（滕本第四十六条）论境界全出的美学问题。此条虽短却很重要，谈论的是创造境界的核心问题。王氏认为"红杏枝头春意闹"，着一"闹"字而境界全出。毫无疑问，宋祁《玉楼春·春景》中的"红杏枝头春意闹"句，是全词的警句，在词中处于独拔超众、鲜亮妍媚的地位；而"闹"又是该句的"词眼"。为什么着一"闹"字就境界全出呢？因为"闹"是一个发声的动词，且只能形容人，有喧嚣、热烈的意思，能够渲染一种氛围，这里移情入物，运用拟人手法，写出红杏争春、展妍怒放的姿态，且突出众芳鲜媚、神态逼真的生命状态；艺术上沟通视觉、听觉，盘活整个春天的意境，确实非常有效，它使得全词"开合变化，一动万随"，使全句由量变进入了质变，由一般的"赋"而变得与"兴"结合了，能开辟一个引人联想、遐思并沉醉其中的春意盎然的境

---

① 刘熙载：《艺概·词曲概》云：词有点，有染。柳耆卿《雨霖铃》云："多情自古伤离别，更那堪冷落清秋节。今宵酒醒何处？杨柳岸、晓风残月。"上二句点出离别冷落，"今宵"二句乃就上二句意染之。点染之间，不得有他语相隔，隔则警句亦成死灰矣。

② 刘熙载：《艺概·诗概》，江苏古籍出版社2001年版，第120页。

界。刘熙载称这样的诗句为"触着之句",这样的词眼为"触着之字",①所谓"触着"即能道着,点亮全诗或盘活全句的警句警字,能生动地摹写物态之神,起到凿开浑沌、开辟境界的作用。王国维此条的艺术观点显然与刘熙载有渊源关系。其实他们所论实质上是古典诗词中的"炼句""炼字"现象。

又如《人间词话》第二十二条(滕本第五十二条)论少游词。王氏先引刘熙载的话:"少游词有小晏(几道)之妍,其幽趣则过之。梅圣俞《苏幕遮》云:'落尽梅花春又了,满地斜阳,翠色和烟老。'此一种似为少游开先。"②刘氏意谓梅词善于炼字(如此词中炼"老"字)且极富阴柔之美又充满感伤情调,成为秦观词的导夫先路者,只不过指出秦词艺术渊源的一端。而王氏却说:"少游一生专学此种。"则将秦观的审美取向锁定在梅圣俞词的这种意境范围之内,显得取径狭隘,可能不符合刘氏论词的本意,而且也不符合秦观词的实际,如秦观词明显受到晏几道的影响,则就不同梅圣俞词的那种风格了。

再如《人间词话》第三十一条(滕本第六十二条)论词的气象。王氏列举的两种气象是:昭明太子称赞陶渊明诗"跌宕昭彰,独超众类,抑扬爽朗,莫之与京";王绩称赞薛收赋"韵趣高奇,词义晦远,嵯峨萧瑟,真不可言"。概括起来,前者超旷爽朗,后者则韵远萧瑟。故王氏说前者唯东坡,后者唯白石略得一二。这是以诗境、赋境类比词境的例子,这种连类并举的方法也来自刘熙载的启示。刘熙载说:"王无功谓薛收《白牛溪赋》'韵趣高奇,词义晦远,嵯峨萧瑟,真不可言。'余谓赋之足当此评者盖不多有。前此惟小山《招隐士》乎?"③刘熙载是在论赋的艺术渊源,而王氏借来论词,是借鉴基础上的发展,比苏词为陶诗是恰当的,但比白石词为薛收赋则似乎不妥。

---

① 刘熙载:《艺概·词曲概》云:"词中句与字有似触著者,所谓极炼如不炼也,晏元献'无可奈何花落去'二句,触著之句也。宋景文'红杏枝头春意闹','闹'字,触著之字也。",江苏古籍出版社2001年版,第139页。

② 刘熙载:《艺概·词曲概》,江苏古籍出版社2001年版,第139页。

③ 刘熙载:《艺概·赋概》,江苏古籍出版社2001年版,第125页。

综上所述，作为中国古代诗学集大成者刘熙载的诗学观、艺术观、文学史观、美学观，对王国维有重要影响，尤其王氏境界说中的情景关系的论述，及其对情感质地纯真的要求，都或多或少地向刘氏借鉴，有些重要的概念如"隔""境界"等均直接来自刘氏诗论、词论，对具体作家作品的论述也大多取则刘氏。因此，刘熙载与王国维之间的传承与新变是值得认真研究和总结的。

（原载《文艺理论研究》2007年第2期）

后　记

　　我于1998年9月进入安徽师范大学跟随刘学锴师、余恕诚师、胡传志师读研,迄今已经整整二十年了,在这段并不算短的求学、从教的时间里,体味了学术研究的百般酸甜苦辣,今将读书所得的一些成果编成这本小书,自然感慨深沉。

　　业师余恕诚先生已归道山,但先生当年的音容笑貌还时时浮现在眼前,其谆谆教诲依然回响在耳边。他和刘学锴师及胡传志师组成导师组,由余师主导,刘师把关,胡师管理日常事务,我们按照唐代作家王勃、王维、李白、杜甫、韩愈、白居易、元稹、李商隐、杜牧的顺序,阅读作家全集,然后自己寻找研究题目,跟导师组汇报后,撰写读书报告,严格按照学术论文的规范操作。作业先交给余师审阅,如果有一定的创见,就交给刘师把关,最后由胡师返还给我们。所有的作业中只有关于李商隐的都由刘师写评语,其他的作业都是余师写评语,胡师则间或口头交谈而不写评语,导师之间的配合非常默契,我们就在一次次地写作业、交作业、改作业的过程中,逐渐提高了学术研究水平。如果有重要会议,也会让我们带着这些作业参加,得到更多专家的指导。这本小书中的十八篇论文大部分都是在这样的学习、思考、交谈、碰撞中产生的。

　　我最先取得成功的是关于李商隐诗歌虚词艺术的研究,记得在研二的时候,我读完《李商隐诗歌集解》,发现义山诗大量运用虚词盘旋咏叹,很有特色,就写了一篇读书报告,这次刘师写了长长的评语,鼓励我潜心研究,于是完成了硕士论文《李商隐诗歌虚词艺术研究》,2002年安徽师范大学召开关于李商隐的国际学术研讨会，会上见到陶文鹏先生、张明非先生等一批重要学者，我宣读论文后，得到陶文鹏先生三次表扬，尽管后来并没有如愿在《文学遗产》发表，但给我很大信心，最终论文在张明非先生关照下，发表于《东方丛刊》2003年第4期。后来，我继续努力，写出了《论韩愈诗歌运用虚词的艺术成就》一文，参加2004年孟州韩愈国际学术会议，终于发表在《文学遗产》2006年第5期。

　　研二时用来考试的作业《绮窗凄梦：词中之商隐——试论义山诗对梦窗词的穿透性影响》，余师与刘师虽然觉得课题较有意义，但语言较华丽，需要修改。后来我经过数次修改，尝试投给《学术月刊》，但遭遇退稿，因为文章投错了地点，于是我鼓足勇气，再次寄给《学术月刊》杂志社，仅仅过了两周，就收到了用稿通知，据说得到该杂志社一位老编辑的赏识，执行编辑张曦先生遂将此文用黑体标题刊出，这本2003年第4期的《学术月刊》，也成为终生温暖我的慰藉。

　　2005年9月，我晋升副教授后，再次跟随余恕诚师攻读博士学位，由于此前严格的学术训练，已经初步形成了自己的研究特色，所以进展较快。在一次韩愈学术会议上，认识了华东师范大学的陈晓芬先生，记得陈先生很期待我跟她读博，无奈两次考试英语均未过线，但陈先生对我很是看重。大约2006年暑假，我将一篇论文《从刘熙载到王国维》寄给她，没想到陈先生直接将论文送到了《文艺理论研究》主编徐中玉先生手中。大约过了半年毫无消息，于是我便将另一篇《论韩愈的文学观念》直接投给了该杂志，却意外接到责任编辑陈家鸣先生的电话，得知论文录用了。当时的兴奋自然无以言表。可是，2007年春节期间，一天上午突然接到陈家鸣先生的电话，他向我道歉说："振华，我对不起你呀！我把你的论文都编入第二期目录了，但被主编徐老先生扯下来换成另一个吴振华的论文了。"我很是吃惊，赶忙说："陈老师，没事的。但不知您说的另一个吴振华论文题目叫什么呢？"得知正是那篇六个月没有消息的《从刘熙载到王国维》时，我释然了，便说："陈老师，那篇也是我的论文，您手中的那篇不发也没事啦！"尽管陈老师语气缓和了许多，但他仍然坚持说他看中的那篇更好一些。由此可见陈家鸣先生是一位多么认真严谨且恪守职业道德的责编啊！本以为这件事已经结束了，可我万万没有想到，2007年暑假期间，再次接到陈家鸣先生的电话，他说："振华，我算对得起你哈，我坚持把你的那篇论文发表了，这样我心里安慰一些，但因此跟徐老大吵一架，干了三十年的编辑，我今天辞职了！"仅仅因为我的一篇论文，导致了陈家鸣先生的辞职，我心里真不是滋味，但不由得不对这位素未谋面的陈先生肃然起敬！他是为了学术啊！我是此年唯一一位在《文艺理论研究》上发表两篇论文的作者，这也成为我学术生涯中永远的记忆，在此谨向陈家鸣先生深深鞠上一躬表达敬意！

2006年深秋，安徽师范大学召开纪念曹道衡先生的学术会议，我在好友北京师范大学刘宁博士的引荐下，终于在铁山宾馆的一个房间见到了心仪已久的葛晓音先生，正是在葛师的建议下，我以《唐代诗序研究》作为博士论文题目，此后长达八年时间里几乎都围绕这个论题展开研究，本书中凡是关于诗序研究的论文都来自博士论文的部分章节。其中《序体溯源及先唐诗序的流变历程》完成较早，记得2007年11月份，《学术月刊》的责编张曦先生来师大参加一次美学学术会议，我在我们资料室见到她，并把文稿当面交给她，没想到2008年第一期就顺利发表了，我为她的高效和严谨点赞！也对葛师和刘宁先生表达永远的敬意！

2013年暑假，在北京参加吴相洲先生任会长的乐府学国际学术研讨会，无意之间踏入了乐府学这一研究领域，在跟吴先生商议后，他让我研究中唐乐府诗歌，我于是撰写了五篇论文，其中《论柳宗元唐雅的现实意义及其艺术特点》就发表在《文学遗产》2014年第3期，《论李贺奉礼郎经历与其诗歌中的音乐描写》发表在《国学研究》第四十卷，还有三篇发表在《乐府学》上，如果没有吴相洲先生的鼓励与帮助，就不会有这些论文的产生，在此向吴相洲先生表达深深敬意！

最后，还有一篇论文也值得回忆。2002年春天，我将《绮窗凄梦：词中之商隐》那篇论文先投给华东师范大学编辑的《词学》杂志，但两年多没有任何消息，本以为不可能有机会发表了，但2004年暑假突然接到《词学》杂志主编马兴荣先生的亲笔信，信中说："如果此文没有发表，我们准备刊用了。"我很感激，但文章已经在《学术月刊》发表了，只能深表遗憾。没想到，过了不久马先生又来信了，说欢迎我投稿。我本来主要精力用在诗歌研究方面，对词学涉猎不深，没有什么深刻的见解，但有一篇关于陈廷焯《白雨斋词话》的读书报告，于是精心修改为《试论陈廷焯的词学观念——以〈白雨斋词话〉对吴文英的评论为中心》投给《词学》，在马老先生指导下，纠正了几个错误，最终发表于《词学》2009年第2期。

　　弹指一挥间，二十年飞驰而过，回首一路艰辛的历程，没有写出什么有深刻见解的文章，深感愧疚。唯有不断努力，力争下一个二十年留下一点真的学术印痕。

吴振华

二〇一八年十二月二十四日

于芜湖花津河畔陋室